變法

Reform

上官鼎

變法

上官鼎

CHAPTER 01

塞美奇晶帝國

塞美奇晶星球距離地球一・五八光年。

一・五八光年在浩瀚的宇宙中，算是很「近」的空間距離。然而塞星與地球之間的宇航路徑必須穿過一個蟲洞，兩個星球之間的時間維差就大了；粗略地說，塞美奇晶星球的一天約相當地球上一百天。

塞美奇晶星球上有大氣層、有水，適合發生生命。但是演化途徑則有異於地球，呈現出與地球不同的生物圈面貌。

塞星上絕大部分是水世界，陸地只佔星球表面的十分之一，而且主要是一個「洲」，另外一些島嶼在大洋中星羅棋布，其餘十分之九的表面積全是海洋。

陸洲上五顏十色的植被覆蓋率達到百分之七十。說「五顏十色」乃是因為塞星球上的植物行光合作用時，不像地球上植物主要都吸收紅色區段光子，它們各取所需吸收陽光中不同波長的光子，所以一年四季都有各種顏色的植物欣欣向榮，廣大森林看上去隨時都是紅橙黃綠，彩色繽紛。

塞星球的陸洲上動物的種類及數量皆遠遜於植物。星球上的人類先天生殖能力不高，後天又曾遭病毒侵害，以致塞星球的人口總數始終不超過一億。主要是兩個族群：塞美奇晶人和皮幽人。前者佔有優勢，所以他們就不客氣地以星球之名自稱。

即使岩石圈也有極大的差異，例如地球上鐵比碳量多出百倍，而在塞美奇晶星球上，碳量則是僅次於氧的元素，而鐵量則較稀少。

塞美奇晶人的理性思考能力極為發達，但很奇怪是他們在人文社會方面大多頭腦比較簡單，以致於塞國的科技發展遠勝地球，但政治社會制度方面則遠遠落後。

一個很好的例子是，他們有比地球人更進步的網路科技，但是只有皇宮、高官府第、科技智人等特殊階級才能使用，一般平民百姓是不可及的。統治階級採用的是典型的愚民政策。

第二大族群皮幽人也有相同的情形。

二十多「塞星年」前，也就是二千多「地球年」前，塞美奇晶國是亞奇王朝，在地球上的中國時值西漢武帝年間，曾有塞美奇晶特遣探測隊造訪地球，從地球帶回了許多漢朝的典章制度；在塞星球上來說，確是引進了當時最先進的政治社會制度，塞國菁英們依此建立了空前強大的帝國，一舉佔領皮幽人的領地，兩大族群納入了塞星球上唯一的大國：塞美奇晶帝國。

在時間的維度中有百倍差異的情況下，二十多個「塞星球年」雖然難比地球上的「千古興亡多少事」，也自然會有盛衰起伏的變化。帝國一統十多年後，由於高科技僅供統治階層用於戰爭及控制人民，各種制度漸趨僵化，社會活力走弱，國力開始走下坡；此時族群問題漸趨嚴重，終於發生整批皮幽人出走的事，他們聯合一些少數民族建立了「皮幽國」，成為塞美奇晶帝國西北方的強敵。

帝國國內也開始了社會的異議和騷動，武力鎮壓的頻率及範圍有逐漸擴大的趨勢。換言之，帝國在衰落中。

正值此時，老帝君駕崩，結束了亞奇王朝；新帝君就位，開始了札赫朝代。

札赫在沒有成為儲君之前，曾在農村中待過，因此比他老爸對塞國基層的問題有較多的瞭解，他上任後就苦思一個問題，要如何改變才能讓塞美奇晶帝國再次強盛。

因為在底層待過，他感受到政治、社會制度需要改革的迫切性，正因為對塞國基層比較瞭解，他知道微調小修無濟於事。

塞國亟需變法革新。

但是要大刀闊斧地改革，他不知道從何下手。

朝廷中他的左右手，丞相金博和太尉尤古，都是菁英中的菁英，但一談到「變法改革」便不敢進言，乃是因為他們提不出有效的解決之策。

整個塞美奇晶族人，要找能解決科技問題的頂尖人才不難，但要尋求有創意能解決政治、社會問題的人，太困難了。

這一天早朝之後，丞相金博留下來有事要單獨陳議，札赫便命侍衛引丞相到御書房覲見。

札赫帝年約四十，雖下了朝殿，身上的帝服未換，只見他頭上金冠上鑲三顆鴿蛋大小的海藍色鑽石，異光四射，顯得威嚴而高雅。一身大紅長袍是特製的衣料，表面塗了一層極薄的膠態奈米金粒子，金粒子的尺寸小於一百奈米時，便呈現鮮明的紅色，但長袍隨著行動而擺動時，便閃耀出原來黃金的光澤，紅金變化如夢幻迷離，令人望之不可方物。

丞相金博雖然頭髮俱白，仍然精神抖擻，絲毫不見老態，札赫帝對這位老臣很是敬重，見他上前行禮，連忙伸手止住道：

「此非廟堂之上，丞相不必多禮。快請坐下說話。」

金博謝坐，侍者奉茶，啜了一口，恭敬地道：

「謝陛下賜坐。皇上登基以來，念茲在茲要改革朝政，臣等雖然心感崇敬，卻不能有一言助聖上興邦，心中實在又急又愧。昨日在府中與幾位學者朋友談起此端，眾說紛紜，各種異想天開之策皆有人提出，雖有百家之言，實無可行之策。待眾散去，老臣思及當今我朝的主要法度典章乃仿地球大漢帝國之舊制，施行以來，匆匆已逾二十年，雖然對我國統一天下有所助益，然世事變化極快，吾國二十餘年治國之道一成不變，多處皆發生吃緊之趨勢。如今皇上欲作重大之改變，何不再遣人到地球考察……」

聽到此處，札赫目光一亮，打斷金博，聲音帶些興奮之情。

「對啊！彼地球人對政治、社會之屬典章制度遠較我國先進，事隔二十多年，彼地在此方面之進展應該達到另一種進步境界，正好供我國改革時參考借鏡。」

金博丞相接下來說明他的想法：

「以地球之紀年計算，距上次先帝派遣『塞美奇晶一號』去大漢帝國考察已經兩千多年，地球上兩千多年來的政治、社會制度必有極大之改變，我等亟思變法之道不可得，與其在此坐困愁城，實不如遣適當之能人再次造訪地球，帶回有用之資料助我國設計更進步之制度，重振我塞美奇晶帝國之國力。」

札赫帝聞言喜道：

「丞相所言甚合朕意。此事之籌備即交丞相辦理，需要多少時間？」

金博起身道：

「根據上次『塞美奇晶一號』之經驗，派遣前之訓練及準備足足費時兩年半，但事成後智人院的檢討顯示，我方事前準備工作仍有若干不足之處。不過這一次重去地球，有了上次的經驗，準備時間或許可以縮短一些。」

札赫帝咦了一聲道：

「怎麼會需要如此之久？」

金博回道：

「此去地球，唯一的路線必須穿過一個極為危險的蟲洞，到了地球那邊一切生態環境與我塞星球迥異，因此我們派遣的人士必需事先作各種生理調整及必備技能之訓練，此外，對地球之語言、生活……皆須學習。當然，有了上一次之經驗，這一回的準備時間可能可以縮短，不過事前生理狀態之調整，需時較多且不可便宜行事，否則只憑藥物難以克服地球的水土不服，這些細節都要請咱們的智人院詳加研究……」

札赫微微點頭道：

「瞭解。此為一極具挑戰性的危險任務！定須生醫智人負責，確保派遣人員身體生理之安全，而科學智人則要為派遣人員量身訂製最先進的防身及資訊設備，還要負責宇宙航行之訓練工作……這樣看來，確是需要相當時間，急不得也。」

金博丞相拱手道：

「陛下聞一知三，的確是如此。既然準備工作費時頗長，則派遣前往地球之人選最好馬上決定……」

札赫打斷道：「丞相是否記得上次派遣人員是如何組成的？」

金博道：

「上次先帝派出『塞美奇晶一號』太空船，共載四人出發，二男二女。到地球上主要工作交給一聰明絕頂之女子，名叫隨清娛，其餘三人，一為宇航駕駛員，留在中繼站上，另二人各具其他專業……這一次嘛，據老臣瞭解，各種科技設備有大幅進步：儀器設備全面自動化，能力更強大、操作更簡單，是以老臣猜測，派遣隊可能不需要四人之多……」

札赫帝頷首道：

「至少也不能少於兩個人吧。我們派誰去呢？」

金博丞相顯然有備而來，他毫無猶豫：

「太空船的駕駛便還派前次『塞美奇晶一號』原來的駕駛員吧……」

「他叫什麼名字？」

「阿里十三，科學智人。一則他有上次經驗駕輕就熟，無須花太多時間於基本訓練，再則當年留在太空中繼站上的許多資訊及控制設備必須更新，阿里十三近幾年研發新資訊電子產品的成績十分亮眼，依老臣看，派遣此人不僅因為他是有經驗的宇航駕駛員，同時可兼任科技資源管理者，實不作第二人想。」

札赫稱善。隨即問道：

「朕知道阿里十三之名，他是吾國頂尖的科學智人。問題是送去地球上考察的主角該怎麼挑選？」

「啟稟皇上，當年去地球的女子隨清娛已經病故，她在地球上意外的成了大漢帝國太史令司馬遷的紅粉知己，她懷了司馬遷的種回到我國後生下一子，是以此子血脈基因中有一半為地球人，如果派此子去地球，對融入彼地生活……更重要是瞭解彼地文化、政治、社會制度方面，當能發揮我國其他人都不具有之優勢……」

札赫帝喜道：

「妙極！我倒忘了這一點！但不知道此人現在何處？」

「此子名叫司馬永漢，現在京師城防部隊中為奴。」

「為奴？軍奴？」

「是！此乃因為當年隨清娛私與地球人發生關係，又懷著地球人的種返回我國，犯了欺國大罪，不過她所帶回的資訊助我國施政立有大功，功過相抵纔未加重罰於她，但其子則被視為地球野種，發配軍中為奴……先帝駕崩後，司刑人知悉司馬永漢實為無辜，遂准其『以役代刑』，命其成為基層軍士協助城防。」

金博停了一下，又補了一句：

「此案當年由先帝親自拍板定案。記得當時朝野頗有不同的議論，時間久了，也就不再有人關注。」

札赫皺眉道：

「如今國之大政需要派遣此人赴地球，一切都得從權。朕命丞相你去處理，讓這個司馬永漢儘快接受必須之訓練及生理準備諸事宜……」

他停了片刻，想起一事，對金博道：

「對了，等一切準備工作就緒，朕要見見這個司馬永漢，煩請丞相你記得安排。」

「遵命，老臣告退。」

就在此時黃門令伍勃入報：

「啟稟聖上，尤古太尉請見。」

札赫帝一面回答「宣」，一面伸手止住正要辭離的丞相。

「丞相稍待，太尉所密奏定是與北方軍情有關，你留下一起聽聽。」

尤古太尉踏著大步入進御書房，所過之處，長廊兩邊侍衛們俯首敬禮格外殷勤，此乃因為按照西漢制度，太尉乃是國中軍事最高主管，而尤古本人英武高大，軍裝上寶石勳章閃爍發光，益發引人尊崇。

尤古正要行禮，札赫帝揮手止住：

「太尉看坐不必多禮。」

尤古對金博丞相行禮，顯示他對這位兩朝老臣的禮數一絲不苟。接著便直接奏道：

「啟稟皇上，北方有緊急情報傳來……」

札赫帝見他面色凝重，心中耽憂駐守邊境之屯田軍隊遭敵襲擊。

「哪個屯堡出了事？」

尤古抬眼道：

「情報不是來自屯堡，而是出自皮幽國的智人院！」

「皮幽智人院？出了什麼緊急大事？」

尤古解釋道：

「皮幽國的智人院始於他們獨立建國後，一批從我國叛逃的皮幽智人，他們盜取了我國智人院中的重要資料及先進設備，所以很快就具備規模，而後又用綁架手段，前後從我智人院中擄走了三位高手，迫使他們為皮幽國效力，彼智人院的研究能力因而如虎添翼。而他們卻不知老臣也利用這時機，在三人中埋伏了一位我方臥底的，此人表面上參與對方的研究計畫，暗地裡不斷以最機密之通訊方式直接向臣本人匯報皮幽國的科技機密……」

札赫帝咦了一聲，打斷道：「這事有多久了，朕怎不知道？」

尤古不慌不忙地解釋道：

「此事屬操作手段之細務，臣以為暫無稟報聖聽之必要，事實上因實際操作困難，必須保持單線領導及絕對保密，知曉之人最好就只臣一人。待預定任務達成後臣自會一五一十詳細向皇上呈報。」

丞相金博這時插入道：「既屬絕對機密，臣告退。」

札赫望了金博一眼，暗忖：「這個金博確實老練厲害。」

尤古也望了丞相一眼道：

「丞相不須迴避了，事情有變，我派去臥底的智人身分曝光了。」

札赫與金博幾乎同時驚呼道：「身分曝光？怎麼回事？」

尤古道：「昨日他向我報告，皮幽國帝君撥鉅款獎助其智人院，是因為他們最近突破了基因工程上一個難搞的瓶頸，他們的標的是無性生殖……」

他停了下來，丞相金博暗自點頭忖道：

「生殖力低是塞美奇晶星球上人類的弱點，皮幽國佔了北方肥沃的土地，最需要的便是增加人口，他們如果真能突破無性生殖的瓶頸，人口數迅速追上來，確是我國未來心腹大患。」

果然札赫帝也皺眉插問：

「無性生殖，要想迅速增加人口？」

尤古太尉點了點頭，卻又搖頭道：

「啟稟皇上，臣得到的情報是，他們的計畫之一是人工複製『赤目人』，而且已有了一些重要的突破……不過，更糟的消息是……」

丞相驚呼：「赤目人？如果皮幽國那一支半人半獸的赤目軍得以擴大，確是我國之大患……」

太尉嘆道：「丞相所言不錯，但更糟的消息是……」

札赫見他說到一半開始吞吞吐吐，便直問道：

「還有更糟的消息？是什麼？」

「就在剛才，那臥底的智人和我之間的量子通訊斷了，被自動切斷了……」

太尉見札赫面露困擾之色，便補充說明道：

「我們通訊用二代量子糾纏的技術，訊息即傳即到，中間沒有任何耽擱，就如心電感應一般，敵人也就沒有方法可以截取或竊聽，亦無任何中斷訊息之可能，除非……除非其中一方自行主動切斷……依我們的約定，自動切斷就表示身分已曝光，或是遭受到致命威脅，必須破釜沉舟，毀去訊號源以保護通訊內容！」

丞相緊張地問：

「太尉您是說，這位智人有可能已經遇害，或落入皮幽人手中，是不是這樣？」

尤古太尉輕嘆一口氣，沒有直接回答，只搖了搖頭道：

「願護國神靈保佑他！」

札赫面現憂色，輕聲問道：

「尤古，你現在不需要保密了，告訴朕，那臥底的智人是誰？」

「阿里十三！」

塞美奇晶帝國的京城城牆巍峨，是用一種塞國特有的黑色奇石所砌，高達百尺，以塞國先進的科技水平而言，它絕不是不可攻破的城堡，而只是代表一種歷史的遺產。朝南的主城門，就是仿漢長安城而名為「安門」。城門內一條南北向長達十里的大道貫穿全城精華地區，便是有名的章台街。

位於西北的城門叫「橫門」，城門口兩個武裝軍士在盤查出進城門者的身分，一個胖大的富商乘著一輛白色豪華的自動駕駛轎車被攔下，富商一臉的不高興，指著車頭上一個有翅膀的怪獸標誌，對正在盤查的軍士搖了搖頭，不耐煩地道：

「啥事也沒有，幹麼要盤查出城的車輛？你們沒有看見我『金獾號』的標誌？這是朝廷賜的特別通行證件，你們憑什麼阻攔？」

盤查的軍士是個蓄了一部紅鬍子的大漢，聞言回道：

「咱們要查你車上載了什麼東西！別說你出城，進城也要查，你快把車廂打開讓我檢查！」

那胖大富商不悅，很勉強地按了一個按鈕，車廂門啟開，那軍士看了一眼，車廂裡全是一包包的小鑽石，包在透明袋中，陽光照射下，閃爍有如一簇簇天上的明星。

大鬍子軍士伸手翻了翻貨袋，喃喃道：

「這些小鑽石不值幾個錢，你靠賣這個還自以為是權貴？笑死人了。」

原來塞美奇晶星球的地殼中，儲量最多的元素之一就是碳，天然形成各種結構的碳晶體，像這種半個小拇指甲大小的鑽石產量很大，一般庶民家裡都擁有幾顆，算不得是珍品。

那富商一身打扮十分豪華，聞言動了火氣：

「你這吃糧的好生無理，大爺我買賣啥管你屁事，快讓開不要耽擱我寶貴的時間……」

那軍士正要放行，卻聽到身後有個人結結巴巴地低聲道：

「軍爺，你……你沒瞧見左邊……左邊廂底還有一個夾層。」

大鬍子軍士回頭一看，見是一個衣衫襤褸的邋遢少年，指著車廂對自己提醒。

那少年一頭亂髮，穿得像個小乞丐，雖然因為一臉汙泥看不清真實面貌，但他卻有一雙靈活的眼睛，嘴型也長得有趣，隨時看上去總有點像是在冷笑。軍士隨著他手指看去，果然發現廂底左邊有一些凸起，似乎是個大箱中藏著的小箱，便指著那裡道：

「那是啥？你打開讓我看！」

那富商大怒：「啥也不是，不信你自己來摸摸看！」

大鬍子軍士俯身在車廂內摸了一陣，卻找不到任何可開口之處，正有點尷尬時，他身後那邋遢少年忽然拿一支碳精棍往廂底左側一點，只聽到咔嚓一聲，那凸起的地方忽然張開，果然是一個隔開的密箱。大鬍子軍士對少年豎起大拇指讚好，那少年衝著他傻笑。

富商大喝一聲：「混帳小鬼，你要作死嗎？」

富商一拳打向少年，那少年似乎有些心不在焉，並不閃躲，富商重重一拳打在少年臉上，少年竟似毫不在意，站在一旁的另一個軍士卻看不過去了，他大步上前一把抓住富商，喝道：「你怎麼動手就傷人？……」

這軍士年紀甚輕，長得一副斯文相，有一頭柔而捲的長髮，隨著行動而上下彈跳，有如波浪。年輕軍士見到這情形，疑心大起，仔細盤查密箱後指著富商大叫：

「你，你走私精靈翠兒……是要走私去敵國？」

只見那小箱中擠著三隻嫩綠色的小動物，長毛碧綠發亮，一雙眼睛卻是淺紅色，看上去似兔非兔，似鼠非鼠，十分可愛。這小動物是塞國國寶；牠們是塞美奇晶星球上古遺留下來瀕臨絕跡的珍貴物種，據調查全國不超過二十隻，皮幽國的智人對這些國寶一向垂涎。

這種珍奇動物長得極為可愛，大家更給牠起了一個親暱的名字：「精靈翠兒」。牠的價值在於有錢無處可買，尤其在生命智人院裡更被認為是無上珍寶。其原因除了物以稀為貴，主要是這種從上古遺留下來的生物在演化過程中走了一條不可思議的途徑；竟然一身具有動物、植物兩界的特徵，又與某些特種細菌共生，能夠自身製造生命必需的養分。

就是這些特性，使得精靈翠兒成為塞美奇晶國生命智人的鎮院之寶。這時卻被發現有人偷盜，想要私運出境，守城的兩個軍士大感驚怒。

大鬍子軍士用塞國語粗口罵道：

「我操，你膽敢盜取國家寶物、走私敵國，跟我去見長官！」

說著雙手抖出一條碳精鍊條，巧妙地套落在那富商的頭上，伸手一扯，立刻將富商咽喉鎖住，手法極為熟練，是個捉拿人犯的老手，他一面收鍊一面對身旁年輕的伙伴道：

「你快把那三隻精靈翠兒連箱子起出來，咱們人贓俱獲，捉這廝到司裡說話……小哥，你也跟咱們去作個證人。」

他回頭看，方才指點車廂中另有藏物密箱的邋遢少年，正一臉神祕兮兮地凝視著車廂內那三隻精靈翠兒，大鬍子軍士叫道：

「喂，小哥，跟你說話呢，聽到沒有？」

那少年卻搖了搖頭道：

「我不跟你去，尤古太尉在找我，我要去太尉府。」

太尉是國內掌管軍事最大的官，怎麼會要找這個邋遢少年？大鬍子軍士聽了喝道：

「胡說什麼！你且跟咱們一起到司裡去……」

那少年道：

「大鬍子你們管好自己的事比較重要，我的事就不勞操心了。」

他一面說一面走近那富商，那富商怒目相瞪，恨不得一口吞了他，少年端詳富商，然後傻笑著說道：

「胖子你別……別發狠，這下可好，犯了走私……走私那個國寶的罪，就算不砍頭，恐怕四肢總要去掉一兩肢……」

那富商突然鼓起全身力氣，一舉掙脫鎖鍊撲向少年，那少年似乎被嚇呆了，竟然不閃躲，被富商雙手掐住脖子。富商怒吼道：

「老子先要了你這小鬼的命！」

兩個軍士大驚，連忙過來援救，說時遲那時快，那輛轎車的排氣管中忽然冒出一股粉紅色的煙幕，兩個軍士首當其衝，吸入一口，只覺極為辛辣令人窒息，才叫了一聲：

「毒氣！」

那富商忽然放開小叫花，飛快地跳入了車廂，那無人駕駛轎車自行發動向前滑行，兩個軍士屏息衝出粉紅色的毒氣圈，奮力追車，卻只見那輛白色豪華轎車冉冉升起，在空中劃了半個圓弧，向西北飛去。

大鬍子軍士大喝道：「用槍！」

兩人從腰間拔出三尺長的碳精短槍，對著飛離的轎車發射強烈激光，只見兩道紅色的雷射光直射空中的轎車，可惜並未射中，那轎車瞬間消失在天空。

兩個軍士面面相覷，大鬍子搖了搖頭，年輕的軍士低聲驚呼：

「好快的無人駕駛飛車……咦，他去哪裡了？……」

原來他發現那個邋遢的少年人不知何時竟也失去了蹤影。年輕的軍士呵了一聲道：

「這少年趁亂開遛了，他來得古怪，去得也古怪，不知是什麼路數……」

大鬍子軍士面色嚴肅地對年輕的軍士道：

「司馬永漢，今日這事十分麻煩，牽涉了國寶精靈翠兒的走私案，還讓嫌犯跑了，回去的報告書就由你負責寫好上呈，我先去準備口頭報告。」
年輕的司馬永漢沒有回答，大鬍子顯得不滿：
「司馬，要你寫書面報告，你不情願？」
司馬永漢道：
「紅鬍兒，我倆階級一樣是一等軍士，為什麼凡事總是你在發號司令？」
紅鬍兒板下面孔，冷笑道：
「司馬永漢你一個罪籍的小子，讓你從勞動營放出來幹上一等軍士，這是天大的恩惠，但你罪籍未除，不乖乖地聽從我吩咐辦事還想要怎地？別他媽不識相！」
司馬永漢抗聲道：
「我幹這一等軍士，就算是天大的恩惠，也是上級長官給的，干你什麼事？紅鬍兒，我警告你不要欺侮人，我身上雖有罪籍，上頭已經瞭解我的冤屈，才明白批示要我以役代刑，你少看不起人……」
紅鬍兒被反駁，便用力想如何反唇相譏。
這兩人搭檔守城門，日子過得無聊，鬥嘴是日常生活中重要的一部分，司馬永漢顯然腦子遠比大鬍子管用，見他漲紅了臉一時無語，便趁勝追擊：
「再說，你處處爭著當領導，好，就算您是領導，可這回讓走私精靈翠兒的奸商逃脫了，您這當領導的該當何罪？小弟我最多被打回勞動營去做軍奴，您紅鬍兒大好的軍旅仕途就葬送了。」
紅鬍兒鬍子雖長年紀卻輕，聽了這一番話倒是有些耽憂起來，瞪著對面嘴帶冷笑的司

法】

馬永漢說不出話來。就在這時，城內一個碟狀的小型飛行器無聲無息地從天而降，上坐一人身著黑衣頭頂黑帽，帽尖處有一條銀色的飾帶閃閃發亮，面色嚴肅地對著兩個城防軍士下達命令：

「吾乃丞相府侍衛長，奉丞相口諭，你們仔細聽著：第一，通令全國搜尋少年烏沃，據悉他出現在橫門附近，守城軍士務須日夜警戒，一有發現，直接帶到太尉府，不得有誤！」

紅鬚兒面色緊張，悄聲道：

「司馬，我們麻煩已經夠大了，現在又是……是丞相府親自下命令欸！這差事可一分也馬虎不得，否則你我都要倒楣。」

司馬永漢倒還顯得從容，他仰望來人，躬身道：

「領命！我等絲毫不敢怠慢！」

紅鬚兒低聲道：

「司馬，你說說看……」他欲言又止，一雙怪眼瞪住司馬永漢。

司馬永漢點頭低聲道：

「剛才那個邋遢少年……我猜……會不會就是他們要找的烏沃！」

侍衛長開口繼續傳令：「丞相第二個口諭，司馬永漢在嗎？」

司馬永漢嚇了一跳，答道：「小人便是司馬永漢。」

「你立即隨我進丞相府聽命！」

法】

CHAPTER 02

少年烏沃

京師城外有一條河蜿蜒流過，河水極為清澈，流入一個林子裡，夾岸都是高大喬木，河邊長滿了野花。

一個年約十五、六歲的少年坐在河邊一棵大樹下，他望著淙淙流水，喃喃自語：

「傳說亙古之時這條河的源頭在天上，我便依照此意替自己取了一個假名：水天。哈哈，水天啊，你用這假名字在皮幽國智人院混吃混喝，還兼學習高等生物醫學，這回一時興起多管閒事，將那個富商抓包，沒想到他竟走私國寶，多半是要高價賣給皮幽國智人院，這『精靈翠兒』可是朱橙和其他皮幽智人們作夢都想要得到的寶貝，差一點就讓那兩個軍士給截下了，還好我放了富商一馬……」

他自言自語時顯得甚是流利，了無在人前人後的傻態。他搖搖頭忖道：

「照說精靈翠兒乃是塞美奇晶帝國的寶貝，而皮幽國是我們敵人，可是皮幽國的智人朱橙是我師父，待我真不錯啊，這精靈翠兒落到她手上，如能助她完成研究任務，倒也是好事一樁……唉，我的內心到底該偏向哪一邊，真傷腦筋……」

河邊的林子密不透光，只在風動時才有一縷縷的陽光閃過重重樹葉，落在河水上立刻化為零碎的光點，閃爍跳躍，少年想著自己九死一生的點點經歷，也像河面上那點點鱗光，跳躍著回到他的腦海……

「赤目人來了！」

「快跑！赤目人來了！」

山腳下遼闊豐美的田園，有菜圃也有果樹園，數十人在園間工作，其中約有一半人身著黑色制服，雖在田園工作，上身依然披著碳纖維製成的輕甲，顯然是屬於屯田軍團的兵士，他們放下農具隨時就可進入戰鬥。

一個身材高大的漢子跳上一個土墩大聲喊道：

「塞美奇晶屯田軍的弟兄，拿起你們的武器跟我走，眷屬們趕快回屯堡，躲進地下，快！」

軍士們從田埂上放置整齊的武器中很快地找到屬於自己的專用碳槍和彈藥，有的拿子彈，有的拿火箭彈頭，還有的在槍尾加上超導蓄電棒，朝天空試了試雷射，霎時十來道強光束直射雲端。

塞美奇晶部隊使用的步槍是碳精所製，輕便而堅固，能夠發射殺傷力超強的特種子彈，也能發射火箭彈頭，近距離時還能發射強力雷射，威力極大。

屯長大聲喝道：

法】

「眾兵士跟我走！記住，遇上赤目人就蹲下或臥倒，攻他們下體，遇上機器人就用雷射攻他頭頂紅燈，快，咱們只要抵擋一陣，正規軍就會來援，弟兄們，為保衛國土和家人，咱們去跟該死的皮幽國叛賊拚命！」

眾軍士齊聲呼喊，聲勢倒也不弱，在屯長帶隊下向山腳前進。

土墩下有一條水溝，平時是灌溉用的，一半天然一半人工，屯兵離去後，水溝裡冒出一個男孩。

男孩長得比較瘦小，他頭上戴了一頂沾滿泥巴的金色軟帽，身上衣褲全濕，他爬上土墩四面張望了一下，喃喃自語：

「媽媽好不容易找到一個隨軍炊婦的工作，分派來這屯堡插隊，原以為可以安頓些時日，哪曉得來了還沒兩天，這裡倒先被赤目軍攻擊……」

他年紀雖小卻頗有自己的主意，忖道：

「媽媽他們在屯堡中躲地下自然安穩，我剛才為瞧瞧熱鬧沒跟著那些眷屬歸去，現在落單了路又不熟，只好朝屯堡方向摸索著回去，赤目軍還在山邊上，我應該還有足夠時間回屯堡。」

他個兒小，儘量在長草和矮樹之間朝屯堡跑去，跑了不到一里路，耳中忽然聽到一串詭異的笛聲，他停下身來四處張望，無法判斷笛聲來自何方，那笛聲聽在耳中令他感到震撼，心神一陣發慌便埋頭拚命加快腳步向前狂奔。

這一陣快奔也不知方向是否正確，直到他一抬頭見到左邊半里外一根高高的旗杆，男孩即鬆了一口氣，知道自己已到了屯堡的門外。

正覺高興，忽然聽到遠處傳來轟然爆炸之聲，回頭就看到前方竟在這麼一刻時間裡變成了一片火光及雷射光海，他嚇了一跳，連忙對著那根旗杆撒開兩條小腿快跑過去，然而才跑出幾步，就再次聽到天上傳來那詭異的笛聲，緊接著一個奇異的圓形飛行器以不可思議的速度飛到頭頂，倏然就停在半空中，離自己的頭頂大約只有五十公尺高。

可怕的是這東西飛過來速度有如閃電，說停就停，靜悄悄地沒有聲音。不知從何處傳來詭異笛聲，這飛行器便依笛聲的命令動作。這時奔跑中的男孩又聽到一響笛聲，抬眼處就看到那飛行器開始移動，速度和自己奔跑的速度一模一樣，自己跑得快它也飛得快，自己停下身它也停在半空，然後又是一聲笛響，飛碟上垂下了三根繩纜，刷的一下將他套住，他尖叫聲中，那三根繩纜已經收緊上拉，男孩就被綁上天空，他張口大叫，口鼻間忽然聞到一股好聞的花香味，然後他看到屯堡方向忽然起火，火光及濃煙直衝向天空，接著他就失去了知覺。

男孩悠悠醒來時，發現自己睡在一張石床上，在密不通風的小房間中，冰冷的石床略微減少了一些燥熱。想要爬起身來卻發現身體被綁在石床上，四肢只能有限地略微活動。

腦中閃過的第一個意念是：「我還活著。」

接著發現自己頸項卡在一個環套中完全不能轉動，他暗忖道：

「這是什麼地方呀?……啊，我是被一個圓形的飛行怪物擄了……想來這是『皮幽國』的地方，糟糕，我已落入敵人手中了……」

小小年紀的他也知道「皮幽國」是塞美奇晶西北的敵國。皮幽國最令塞美奇晶人害怕的是擁有一支半人半獸的赤目軍，男孩耽憂自己若是落在赤目軍手上，聽大人說就會被撕裂成碎片，然後被生吃，連肚腸內臟都被吃掉。

厚重的石門轉動時發出嘎嘎的聲響，聽到這聲音，男孩猜有人進來了，接著他聞到一股很乾淨、很令人清醒的異香，視中出現了兩張面孔；一個五官英俊的男人和一個面目和藹的女人，四隻眼睛瞪著他看，他雖不能轉動頭頸，仍勇敢地睜大了眼回看這兩個敵人。

那男人年約四十，那女人看上去三十出頭，男子對女人低聲道：

「測試完了，可以除去他頸上的儀器了。」一口塞美奇晶話，說得完全沒有異族口音。

女人低聲應是，男孩聽到咔的一聲，頸上環套及身上束縛已除，他心中一喜便坐了起來，那女子叫道：「當心撞頭！」

男孩已跳下石床，因身體小並未撞到石床上方的儀器架，他衝著那女人咧嘴傻笑，心中的恐懼之情已消除了大半。主要原因是，可以確定這兩人肯定不是半人半獸的赤目人了。他暗想：「他們多半是皮幽人，長得倒和我們塞美奇晶人差不多。」

「你叫什麼名字？」女人問道。

男孩閉目想了一瞬間，答道：「水天。」

「水天？奇怪的名字。」女人喃喃自語。

男孩朝她笑著補充：「水從天上來的意思。」

英俊男子問道：「你為何會在戰場上遊蕩？」

「不是戰場是農場，你們來了才變戰場。」

這話回得像是孩子的傻話，卻又像充滿機智的反嗆，男女對望了一眼，女人看了看儀器架的數據顯示儀，低聲用水天聽不懂的皮幽語道：

「根據測量，這孩子腦力之潛能係數超過一千，遠超過我國智人培育計畫的條件，應該是今年所捕獲的最優秀的一名，只是不知為何看上去似乎有些傻傻的。」

男人點頭，轉用塞國語問少年：「水天，你父母在哪裡？」

水天的回答卻是答非所問：

「我們屯堡裡的叔叔伯伯全都是最勇敢的軍人，他們會來救我出去。」

「你爸媽呢？」

「我媽在哪裡不能告訴你們。」

女子暗忖：

「到底是個孩子，自以為保護母親而隱瞞她的所在，卻不自知露了底，你只提媽媽、叔叔伯伯，卻不提爸爸，分明是個和母親相依為命的失怙孩子。」

女人柔聲問道：「水天，你知不知道我們是什麼人？這裡是什麼地方？」

水天道：「我曉得你們是皮幽國人，專門侵略我們的敵人，這裡是……是赤目軍的地方……」

他想到他在田園中玩耍時聽到大夥兒驚慌的喊叫「赤目人來了」、「快跑，赤目人來了」，然後他又想到自己狂奔回屯堡時看到的一片火海，他忍不住問道：

「屯田軍，我們的屯田軍……」

「你們的屯田軍全都覆滅了。」

「你們……我現在是在皮幽國？」

那男人抬眼看了女人一眼，女子點頭道：

「我們是皮幽國的智人。『智人』，你知否？你們的屯堡已經沒有了，所有的屯田軍人全遭殲滅，你運氣好逃過一死，被送到我們手中，只要你能通過測試，便能活下去，這是我皮幽國的律法……剛才我們已經對你做過了測試。」

水天聽說「能通過測試就能活下去」，忍不住問道：「什麼測試？我通過了嗎？」

女子笑答：「通過了，大大的通過了！」

水天聞言放下了心，傻傻拍手道：「那我可以回家了……」

那女人搖頭道：

「你沒有家了，你們的屯堡已全毀。再說，『你通過測試』的意思不是回家，而且要待在這裡跟我們學習最先進的生物醫學……」

那男子指著女子道：

「這位智人在從事最了不起的生物醫學研究，你跟著她做學徒，大有出息。」那男子雙目盯著水天，水天初見他相貌英俊，心中有些好感，但這時卻發現他一雙眼中散放出一種嚴肅光芒，雖只一閃而過，卻令他無由的感到心寒。倒是那女子，初看只感到她和藹可親，再看就發現她整個人都透露一種說不出的溫柔婉約，有點像媽媽，便覺得她美麗了。

水天一頭霧水，喃喃低語：

「我哪懂得什麼生物醫學？求求你們放我回去。我要去找媽媽。」

那女子面上一絲憐憫之色一閃而過，她柔聲道：

「水天，你是我們近年測出的最聰明的智人胚子，你跟著我們，我們可以在你身上植入一個生醫晶片，它上面儲存了當今所有的生醫知識，和你的大腦同步運作，你瞬間就成了知識淵博的生醫達人，可以和我們同步進行研究工作，今後你新發現的知識都會匯入、累積……你身上的晶片就愈來愈厲害，這可是你千載難逢的機緣，依我們看來，你是走大運了。」

水天聽得似懂非懂，淡而透明的眼珠對著男女兩個皮幽智人轉了幾圈。突然而來的巨變使他的小腦子消化不了，過了好一會，終於低聲問：

「你們，說了半天，你們是誰？」

那和藹女人指著面貌英俊的男子道：

「他是柳黃柳總管，我是朱橙智人。我們原是塞美奇晶國的生醫智人，因不滿塞國人歧視我皮幽人而來到皮幽國，我們搞的是病毒研究，專攻各族人的共生病毒群……」

男子柳黃插入道：「包括獾族獸人。」

水天尖叫一聲：「獾族？赤目軍人？」

「不錯，就是他們，塞美奇晶全星球只剩下數萬獾族人，有兩萬多人在咱們皮幽國，他們……」

水天搶著道：「他們長得很……很可笑，比較像是野獸。」

朱橙聽他說起赤目人，不說可怕而是說可笑，不禁莞爾，她對水天道：

「他們身體裡的病毒更可怕。水天，你現在就跟我去實驗室，我要為你植入生醫晶片，不要怕，很簡單的。」

朱橙摸摸水天的頭，對他善意地笑笑。水天睜大眼睛轉看柳黃，柳黃也對他點頭微笑。但不知為什麼，柳黃的微笑讓他感到一絲不安。

朱橙柔聲道：

「植晶片只一點點疼，沒事的。」

水天其實十分怕痛，對朱橙的話將信將疑……

少年水天被分配在皮幽國的生物醫學研究院工作。智人朱橙是他的導師，對他很是照顧，他也學習得很有心得。師徒二人相處甚佳，朱橙不但傾囊相授，生活上也很關心，水天不禁對她心生了很大的親情之感。

但是最近他被行政總管柳黃派了新工作，好日子就沒了。

他被派在「屍體研究室」，跟著兩個比他大十歲左右的智人院助理秋奴和冒敦實習，主要工作是在新鮮驟死的人身上，採取對智人的研究有用的樣品。

大部分的樣品須在死亡後一個時辰內採取，智人們對這個要求執行得十分嚴格，如果誤了時，就會受到極重的懲罰。這是因為智人們基於研究上要求，他們須在載體之生命驟然死亡時，採集仍處於生鮮活性的細胞或其他生物檢體；自然死亡的載體對他們沒有用，必須是意外驟死者才會快速送到這個研究室。水天是菜鳥，當老鳥秋奴和冒敦受了罰，他們的怨氣肯定加倍地在手下小弟身上發洩出來。

上個月冒敦標錯一份樣品，導致一個研究得到完全錯誤的結論，受到鞭笞的重罰，餓了三日，直到快死才准進食，所以作為屍體研究室主管的秋奴，脾氣壞到極點，對新上手的水天每一個動作都要挑剔，不是斥罵便是揮以老拳，水天忍氣吞聲不敢反抗。

好不容易秋奴下了班，命水天留下值夜。水天雖只是十多歲的少年，神經有些大條，和屍體為伍倒也不害怕，反而覺得秋奴和冒敦比屍體更可怕，少了他們在旁凶惡地監督，自己一個人自在得多。但是一整天工作下來確實有些累了，便胡亂吃了些食物，在一排已處理過的屍體旁架一支簡單的擔架床，躺下歇口氣。

休息了沒多久，正覺漸有睡意，忽然牆上紅燈閃起，同時鈴聲大作，水天趕快爬起身來，從監視器上一瞧，核對了密碼無誤，知道有新屍運到。

他在案上找到一個亮黃燈的按鈕，一按之下，隱藏在牆內的輸送帶就從外面將一具屍體運送進來。

他暗忖：「這個時候送屍體來，秋奴和冒敦又不在，只好我一個人來採樣了。」

等到那具屍體送到眼前，他看傻了。

那具屍體極為碩大，比常人足足大了不止一半，屍體全裸，全身長有一層翠綠色的體毛，十分詭異，但可以看出已經過清洗。身上似乎沒有明顯的傷口，但撥開濃密的綠色胸毛後就能清楚看見他胸腹之間有一個外翻的血洞，分明是被什麼尖銳的器物從後面刺入，從胸腹之間穿出。

但是翻過那屍體的背面來查看，竟然沒找到任何傷口。沒有入口，那麼前面胸腹間的出口是如何造成的？

水天小小年紀，但思維邏輯卻超乎常人，他仔細察看，發現屍體的雙股下滲出一些血水，他壯著膽用一個鉗子將雙股掰開，果然發現肛門處有一個三指寬的血洞。

「啊，原來這人被別人用一根尖物從肛門刺入、腹胸之間穿出，死得好慘。」水天忽然想起一件事，他啊了一聲，自言自語道：

「一槍從肛門刺入殺了此人，此人……大概是……赤目人？但從來也沒聽說過赤目人身上長綠毛呀！」

一念及此，他再仔細看那屍體的臉，發現這死者有一張怪臉；鼻嘴突出，額頭及兩頰上全是短硬的綠毛，確是像一隻巨獸。

「這個綠毛赤目人果然長得半人半獸，不知他脊髓幹細胞樣品的採取是否就如平常人的一般程序？」

水天心口相商，腦波已經啟動了植入在身的生醫晶片，這片專家系統的晶片中的資訊以極高傳真度傳入他的大腦額葉接收中心，立時就轉化成了水天的知識。

傳來的訊息是：「暫無特別注意之資訊，可試用一般程序進行採樣。」

水天暗喜，忖道：「連問都不須問，只要在心中想到的事，答案就來了，這晶片真可愛。」

他對著採取樣品的機械手，用語音輸入了各種參數，採樣的程序便自動開啟，機械手以柳葉利刃切開赤目人背脊，然後換以特別形狀的碳針刺入脊髓，採樣動作精確無比，更勝人手。然而就在這一瞬間，可怕的事發生了，赤目人的屍體突然微微抖動起來，他脊髓周邊的組織似乎逐漸復活。

水天已有多次協助採樣的經驗，但是從來沒有經歷過這種情形，他膽子再大畢竟是個十幾歲的新手，嚇得尖叫一聲，立刻下達「停止」的指令。

機械手雖停，赤目人脊髓周邊組織的抖動卻不停下，水天從監視器螢幕上看到，死者脊髓與腦幹相連處開始緩慢地一點點滲出淡藍色液體。隨著藍色液體的滲出，那赤目人的脊椎周邊組織愈來愈活躍，水天嚇破膽，未加思索地抓起一支秋奴稱之為「神經細胞殺手」的針筒，一針注入抖動的組織中，藍色液體流了約一毫升就停止，周圍組織也隨著停止跳動，在監視器上只看到液體發散出一種淺藍色的螢光，極是怪異。

水天等待屍身體內組織的抖動完全停止，在腦海中向生醫晶片送出方才組織跳動的畫面，然後問一個直接的問題：「這是怎麼一回事？」

這回卻沒有答案，水天的腦波再次向晶片提問，仍無回答。

正在不知所措，忽然叮的一聲，他腦中及眼前的桌上電腦螢幕上同步出現了一行字：「超出本專家系統之容量」，旁邊顯示回答的時間。

水天看了哭笑不得，他發指令讓螢幕回到赤目人的腦幹，看了一眼不禁發出咦的一聲。只見原先約一毫升的淺藍螢光液體，這時已變成一小撮藍光閃閃的微小針狀結晶體。

他腦中閃過的問題：「變成結晶我怎麼辦？」

這回生醫晶片立刻回答：「揀一顆送入結構室檢測。」

水天用鑷子小心翼翼地揀了一顆漂亮的針狀結晶，放入在手邊的結構分析儀的樣品室中，啟動掃描，十秒鐘後螢幕上出現了一個複雜的分子結構圖，水天按了「三維」鍵，分子結構立刻成為三維立體的圖像，水天將這個分子轉了三百六十度，分子結構看得清清楚楚，但究竟是什麼分子？

他的腦波傳出問題：「這是什麼分子？」

生醫晶片又卡住了，三十秒鐘過了仍無回音。水天再次啟動機械手，這回他動用了兩隻機械手，果然「雙手萬能」，很快地就把那一小撮淺藍螢光的結晶體全都收入了一個細小的藥瓶，居然沒有一顆結晶受損，真是一雙巧手。

這時耳內又是叮的一聲，原來生醫晶片的回答終於到了：「去問朱橙。」

水天忍不住笑了起來。

經過深夜一番折騰，水天終於昏昏睡去，一覺睡得極熟實，秋奴施施然來到停屍間時，他完全不知曉。

「冒敦下午可以回來上班了，水天這個偷懶的小鬼，太陽曬屁股了還在睡，真不知這種蠢人怎會被選入智人院裡……咦？這是什麼？」

顯然他看見了躺在工作檯上的赤目人龐然大隻的屍體。

「赤目人？昨晚深夜送來的？奇怪，怎麼是個綠毛怪物？」他喃喃自語，心中立時有些忐忑不安。

「這小鬼肯定不知如何處理，這個半人半獸的赤目人死了已半日，現在我來採樣已經太晚了，上頭智人們知道了又要怪罪，我可要把責任切割、把紀錄做好，一切要怪就怪水天這個懶惰的小鬼……」

他正要大聲叫醒水天，忽然看到那赤目人的背脊上似有一道刀口，只是隱藏在寸長的綠毛之中不易被發現，他嘸口趨前仔細察看，果然看到一道極為乾淨俐落的刀口，再看手術檯邊的電腦監視器，上面閃著「第三號樣品，綠毛赤目人」，下面註明了屍首送到和採樣完畢的時間。

「這小鬼如此能幹？竟然一個人做完了採樣！這怎麼可能?!」

他心中吃驚，但也有鬆了一口氣的感覺，至少屍體送到時就立刻採了樣，沒有任何耽誤。至於採樣的工作做得如何，樣品的品質是否合格，反正有水天這小鬼負責。

此時他倒不急於叫醒水天了，只因他要仔細檢查一下採樣的紀錄，以備事後智人問起來，自己要能全面掌握情況及數據。

於是他坐在電腦前將水天輸入的全部資料一一叫出來仔細察看。當他看到一張３Ｄ立體分子結構出現在螢光幕上，便立刻用語音輸入一連串各種搜尋密碼，螢幕上一直現出「新奇生物分子，查無檔」。

看到「新奇生物」分子六個字，秋奴立刻面現興奮之色，他喃喃道：

「採了上千個樣品，總算找到了一個新分子，而且已經得到３Ｄ結構，這小鬼倒是走了狗屎運，一出手就能有新發現，我可不能讓他獨享功勞……」

這時他看到了桌上有一個極小的藥瓶，瓶中裝了一些散發淡藍色螢光的結晶。他想了一下，伸手將小瓶拿了揣在內衣口袋中，悄悄離去。

水天緩緩地從簡陋的擔架床上爬起身來，他喃喃自語：

「秋奴，你以為我還沒醒？你為什麼要把那一小瓶藍色結晶偷偷拿走？你在打什麼主意？」

他躡足走到門前，耳貼門上聽了一會，確認秋奴已經遠去，這才輕輕推門而出。他凝視那牆上的電眼小鍵盤，想了一會，決定輸入他的個人生物密碼，他將電子紀錄迅速倒轉掃描，不久前秋奴進入的畫面完全不見了。

「秋奴用主管的特權指令刪去了他剛才進入的紀錄，為什麼要這樣鬼鬼祟祟？」

法】

當智人朱橙上午召集助理們開討論會時，水天就知道了答案。

朱橙的桌上放著一個小燒杯，杯中放置了那個裝著藍色結晶的小藥瓶，秋奴面帶得色地坐在朱橙的對面。水天在後排邊上找一個左右無人的位置悄悄坐下。

朱橙發言：

「好，到齊了，今天有一個好消息要告訴大家，『屍研室』有了新發現，我們先聽這個好消息的當事人秋奴作個簡單報告，然後討論。」

「秋奴，你講講發現的經過。」

秋奴得意洋洋地站起來報告：

「是，朱橙智人！昨天我在一號屍研室值班，午夜時收到這個從邊境戰場直接送來的赤目人戰士的遺體。大家都知道，赤目軍戰士在戰場上殺敵無數而自身損傷極少，是以赤目人戰士的屍體特別少見，更兼他們是介於人、獸之間的生物，其體內採樣對本院智人們的研究工作特別珍貴，我立即小心作業，不但成功採到他脊髓的樣品，意外地竟然採到一種淺藍色的晶體……」

說著他指著桌上的小瓶道：

「我揀了一顆晶體作了分子結構分析，所得到的結構竟然是智人院的資料庫中所沒有的新物質……這便是昨夜發生的事，至於這個結晶物究竟有什麼用途，就要靠智人們來研究了，這，這便是秋奴的報告。」

報告簡明扼要，從頭到尾沒有提到水天的名字，報告人沒有瞄水天一眼，就像水天根本不存在這個房間中。

水天心中想了很多，臉上的表情卻像是什麼也沒有想，只是無動於衷地聽講，有一點痴呆的木然。

智人朱橙站起身來道：

「各位都是研究院的助理，大家都知道我們在研究什麼，這個計畫的核心部分就是要瞭解塞美奇晶星球上的生物在演化過程中，是哪些因素影響最原始的生命走向分歧演化的行為？為什麼有的走向動物界，有的走向植物界？在動、植物界的中間又怎會存在有半植物半動物的物種？在動物界中又怎會有半人半獸的物種……為什麼？我們要解開這個亙古以來最大的謎，謎底的掌握牽涉到我們對生命及物種終極瞭解，也關係到我們皮幽國在尖端科技上是否能領先我們的敵國……」

朱橙說到這裡，停下來望了秋奴一眼，繼續道：

「因此，一個半人半獸的赤目人戰死了之後，前方特別用超級飛行器即時送來，就是要在一個時辰內用特殊方式採取到這生物種的基因體，秋奴在這個戰死的赤目軍人身上找到了一種從來不知的新物質，其可能帶來的價值實不可言喻。」

秋奴臉上的笑容變得更加燦爛，兩頰因興奮而泛出潮紅，朱橙結論道：

「今天召集多位研究助理開會，就是希望大家工作時心中要常常念及自己工作背後宏大的目標，你們做每一個操作時都多一份用心、多一份思考，不放過任何新發現的可能，向秋奴的工作態度學習！」

朱橙說到這裡才注意到萎縮在一角的水天，她停下來指了指水天：

「嘿，水天，昨夜你也在一號屍研室值班，對吧？」

水天坐在一角只希望沒有人注意到他，集會快快完畢他就可以回到他一個人的世界，卻不料在最後一刻還是被朱橙看到；既被點名，只好站起身來回答：

「報告智人，是的。」

朱橙道：

「秋奴處理這個赤目戰士的經過你應該都親眼看了，有沒有什麼可以補充的說出來給大家參考參考。」

被指定要發言，水天囁囁不知所措，那秋奴卻因受到甚大的誇獎而有點嗨，忽然大膽插口道：

「報告智人，水天啥也不懂，他不是咱皮幽國人，而且笨手笨腳，腦子也不好使，是不是不要讓他參與這麼重要的工作，免得壞了國家的大事！」

朱橙轉眼對秋奴望了一眼，再轉向水天，只見水天漲紅了臉，仍然囁囁說不出話；表現出來的正像是秋奴描述的樣子；便擺了擺手道：

「水天如沒什麼可補充，也不必如此緊張不安，你坐下吧。」

水天點頭如搗蒜，尷尬地坐了下來，那模樣惹得大家一陣笑聲。朱橙正要宣布散會，秋奴又發言：

「報告智人，秋奴方才提議不讓水天繼續在我的屍研室工作，您還沒指示。」竟然有一點相逼的味道。

朱橙抬眼對秋奴點了點頭，然後對水天道：

「水天到我研究室來一下。散會。」

說完便率先離去，水天低頭跟著走出，大夥開始竊竊私語，幾個相識的上前對秋奴又是恭喜又是恭維，一號屍研室的另一位助理冒敦上前拍了拍秋奴的肩膀道：

「好樣的，可是你要把水天那愣小子趕走的主意我不贊成；好不容易來了這麼一個傻小子替咱倆打下手，咱們不想幹的苦差事全讓他包了，你把他趕走，咱們又回到之前的情況，所有的事只好咱倆分擔……」

秋奴聽得有些不耐煩，揮揮手道：

「冒敦你不懂，水天不是我皮幽國人，絕不能讓他留在咱們研究室裡，少一個幫忙的下手算得了什麼，待我趕走了這小子，再向智人要求添個人就得了。」

冒敦見秋奴立了大功後說話和態度都與以前大不相同，處處顯得信心滿滿，甚至有點大剌剌的模樣，便閉嘴不再言語。

秋奴瞪了冒敦一眼，喃喃道：

「不信你就等著瞧吧，朱橙智人打發了水天，馬上就會回來……」

朱橙回到她的研究室，從衣袋中將那小藥瓶拿出放置在藥品架上。水天跟在後面，進到室內不發一言，呆呆站在門口，朱橙指著屋角幾張椅子道：

「自己拉張椅子坐下，我有話問你。要不要喝一杯定神茶？」

朱橙轉身沏茶，水天牢牢盯著桌旁的藥品架。

水天硬著頭皮坐好了，朱橙深深看了他一眼問道：

「水天，秋奴說的是否全都屬實？你真的沒有話要說？」

法】

水天搖了搖頭沒有答話，朱橙耐著性子再問道：

「水天我問你，秋奴在屍研室處理藍色結晶時，你在幹什麼？」

「我……我在睡覺。」

朱橙面露慍色。

「你在睡覺！」

水天茫茫然點頭：「我實在太累，便睡了。」

朱橙揚眉：「你為何太累？有份資料顯示你前晚入睡前自慰……」

水天吃了一驚，滿面羞愧之色中也夾著幾分驚慌，顯然他沒有想到他夜間的私生活全在研究院監視之中，不禁感到心寒，一時之間更加答不出話來。

朱橙見狀便放柔了聲音：

「少年人有性幻想也沒有什麼可恥的，只要不影響工作和學習……」

話聲未了，外面傳來敲門聲，接著一人推門而入，顯然是和朱橙極為熟識之人，才能敲門後立即自行進入。

那人一步踏進朱橙的研究室便大聲道：

「朱橙，把這個偷懶不上進的小子交給我，讓我教育教育他，教他如何尊重他的工作，保證這一輩子他再也不敢犯偷懶的毛病！」

朱橙聞聲起立，對來人點頭為禮：「柳總，怎勞您來操心？」

來者正是皮幽國智人院行政總管柳黃，他的研究工作表現平平，但管理才能卻是一般智人中所少見，當年在塞國時曾幹上了副組長的位置，到皮幽國柳黃索性不再做研究工作了，十足地幹起科研官僚來，最近他坐上了行政總管的位置，最重要的工作之一便是招攬新血，尤其是有潛力成為未來智人的天才少年。

「水天，你跟我來！」

他指揮水天隨他離開朱橙的研究室，水天雖見他臉色森森然，倒也沒有在怕；原本正被朱橙問到難以啟齒回答的事，這時跟著柳黃脫離尷尬正合心意。他卻沒有看到身後朱橙智人臉上流露出耽憂的神情。

水天以為柳黃會帶他去行政總管的辦公室，等他進入院部中一個石砌的地下室時，他才發現自己被帶入了一間行刑罰的密室，他年紀雖小卻也感覺到壁上、石床上的各種奇形怪狀的「工具」所散發出的恐怖氣息；他小小腦袋中閃過一個念頭：

「這些都是刑具！」

他驚慌地反頭仰看柳黃一眼，忽然覺得柳黃的臉色已經從嚴肅變為冷酷了……

朱橙坐在她的辦公室前默默沉思，她的桌上放了一份報告書，那是手下助理對那一小瓶藍色結晶的分析報告。

藍色結晶是從赤目人脊髓得到的，由於是前所未見過的新物質，助理們以驚人的效率得到了各種物理、化學、生物性質的測試，第一時間將結果送到朱橙的桌上，但朱橙卻心事重重地盯著壁前的３Ｄ全像發呆。

朱橙思考到，這個赤目人是建院以來所碰見的第一個「綠毛」的獾族人，之前也沒有聽說過。這「綠毛」似乎提供了什麼重要訊息，她凝視著懸在空中的３Ｄ全像，一個從未發現過的新巨大分子，它的結構隨著朱橙手中的遙控緩緩轉換角度，從左、右視轉到俯視，最後停留在仰視的角度。

朱橙看了很長一段時間，在這一段時間裡她已經默默將新分子的各個細部結構和她身上生物電腦晶片所提供的資訊一一對比，似乎理出一些頭緒。

這個塞美奇晶星球上從未發現過的新分子十分巨大，朱橙發現它含有大量核醣酸的結構體，看似複雜其實由某種巧妙的機制連結在一起，令朱橙感到智惑神迷的是，從每個角度透視它都能感到這個分子隱藏著一種神祕的生命的信息，但這個機制究竟是什麼？卻一時看不透。

朱橙的思考順著那神祕分子結構所帶給她的生命信息向下沉澱，愈沉愈深，似乎漸漸接近到一個洪荒的深淵中，難道是那原始生命發生的深淵？似乎在萬丈深的黑暗中……一縷藍光隱隱出現……

「朱橙！妳有沒有看見水天？水天有沒有來找妳？」

柳黃的聲音打破了朱橙的瞑思，也趕走了她腦海中創意思緒的萌芽，朱橙頗為惱怒，低罵一聲：「可惡！」

柳黃快步走入，看到室中就只朱橙一人，呵了一聲：「啊，他不在妳這裡……」朱橙注意到柳黃的臉色不好看，忍不住問道：

「水天？你不是領他去管教了嗎？怎麼到我這裡來找人？」

柳黃哼了一聲沒有立時回答。朱橙好奇地問：

「總管，你是怎麼修理那小孩的？他怎麼又不見了？」

柳黃輕嘆一聲道：

「我看他年紀還小，便用我們最輕一級的刑罰減半為之，他挨了三毒鞭便昏過去了……」

朱橙驚叫打斷：「你，你用毒蟒鞭打一個孩子？」

柳黃面不改色，冷冷道：「我那裡可沒有第二種鞭子！」

朱橙知道「毒蟒鞭」是用深海中所產的劇毒海蟒皮製成的刑具，毒蟒的皮上遍生微細倒刺的小鱗片，柳黃總管的「一級刑罰」是五鞭，普通力道五鞭打下去能讓一個成年壯漢躺一兩個月，加強力道五鞭就得殘上大半年。

朱橙說不出話來，柳黃冷笑繼續道：

「行刑機偵測到水天確實不省人事便自動停鞭，我去辦公室找妳之前配製的療傷藥膏，打算給這小子用上一點，找了半天也沒有找到，哪曉得回到行刑房，卻發現刑椅上空空如也，水天這小子卻不見蹤影了……」

「水天不可能自行解開刑椅上的碳鋼捆帶，絕無可能！除非有人潛入放了他！」

「我第一時間也這麼想的，但是我上前檢視行刑機的電腦紀錄，刑椅上所有的偵測儀都顯示受刑人已經死亡，捆鎖系統才會自動鬆開，更吃驚的是……」

朱橙一面沉思一面走到桌邊，「啊」的驚叫一聲，她盯著桌邊藥品架低聲道：

「放置在藥品架上的那個小藥瓶不見了！」

她掩口忖道：

「秋奴從赤目人屍體上取得的那一瓶藍色結晶怎麼會不見了？難道是水天拿走了？……

但是不對啊，行鞭刑時受刑人全身赤裸，小藥瓶藏在哪裡？如果真是……應該是藏在他衣裳口袋裡……」

於是她立刻問柳黃：「水天的衣褲還在行刑室嗎？你們有查過他的衣袋？」

柳黃瞪了她一眼道：

「當然搜查過，那小子全身上下空無一物……至於衣物嘛，當然是穿回到那小子身上了，他總不能光著……屁股被……」

他一面沉吟一面接著道：

「這事充滿了詭異，比較合理的猜測是有人趁我離開的時間潛進行刑室，將死亡的水天小子移走了，但問題是那人是誰？他要水天的屍體何用？」

朱橙瞪著柳黃不語，想了一會微微搖頭道：

「未必。」

「未必？妳是說沒有第三者潛入？」

朱橙搖頭道：

「不，您猜有人潛入行刑室是合理的，但水天未必死了。」

「電腦紀錄上所有的感測器的數據都顯示那小子已無生命現象，他怎麼沒有死？」

「譬如說……有一個人在你離開後潛入行刑室，在電腦上輸入了各項假數據，電腦得到水天已死亡的結論，然後就遵照結論的指令解開了水天身上的枷鎖，來人將昏厥過去的水天劫走……」

「等一下，我們的電腦系統有特級保密之設定，是根據當年塞美奇晶科學智人院的最高級軟體加以改寫而成，除了主管我本人，即便是妳都無法進入操作它，妳說『來人』是誰？竟能任意進入行刑室然後輸入假數據，這……這太不可能。我知妳十分喜愛水天那小子，下意識中不免希望他沒有死，但電腦上所有的數據都告訴我們，水天已死了。」

朱橙想了想，點頭道：「您說的有理，我這想法有些一廂情願。但是不管死活，水天失蹤是事實，您要不要先下令全院，搜查水天的下落……」

柳黃陰沉地瞇起雙目道：「不錯，死活都先搜查一遍再說！」說完他快步離去。

朱橙坐回椅上，閉目想了一想，喃喃道：

「可憐的孩子，聰明無比不說，小小年紀居然有大智若愚的慧根，真不敢相信他被柳黃三鞭打死了，唉，這個柳黃，自從當了行政總管，整日只會算計人事、經費、安全……愈來愈不像是個智人。倒希望我一廂情願的猜想成真，真有人潛入行刑室救走了水天……」

她卻不知道，她和柳黃的猜想都錯。

水天趁朱橙轉身沏定神茶的當兒，飛快地將藥品架上的小藥瓶拿了藏在袖中。

柳黃領他到了行刑室，命他脫光搜身，水天只好偷偷將小藥瓶含在嘴裡。

水天挨鞭笞痛徹心扉，咬牙抵抗之下，不覺藏於舌底的小藥瓶被咬碎，碎片割破口腔滿口出血，那瓶中的藍色結晶溶於血水和唾液中，迅速地從舌底黏膜吸收入體內，說也奇怪，水天背上劇痛立刻減緩，但呼吸及心跳漸漸停止。

也不知過了多久，水天緩緩醒來，他不知其間發生了什麼事，直到感覺到口中的藥瓶碎片才意識到小瓶被咬碎了，而瓶中物已全部進入了自己的體內。他連忙將碎片吐出……

身體一動，這才發覺原來捆綁在身的鋼鎖不知何時已全鬆綁，水天心中大喜，連忙從刑椅上爬下，穿上衣服，一面動腦筋想如何迅速脫離這個可怕的行刑室。

刑室四壁皆是灰色巨石所砌，進口的石門已被鎖死，只有左角另有一個石門，水天試推石門，發現並未上鎖，水天用力一寸一寸將石門推開尺許，仗著身軀瘦小，竟然擠身而過。石門另一邊是一條狹小的地道，水天心中雖有些害怕，但也只能硬著頭皮往前摸。

水天原以為這條地道能通到外面，但很快就發現估計錯誤；這地道延伸約百步之遙就碰到另一扇石門，這座石門撼之紋風不動，顯然上了鎖。水天呆立在黑暗中不知所措。

就在這時，他忽然聽到有人在喊叫他：

「喂，小子，你是什麼人？怎麼跑到這裡來玩？」

水天嚇了一大跳，但他立刻鎮靜下來，因他聽到的是塞美奇晶國語，他想到：

「這人應是塞國同胞，否則他會對我說皮幽話。」

循聲探望去，黑暗中果然發現左邊石壁上有一個小窗孔，原來那裡面是一個嵌壁的「空間」，那發話之人就在裡面。

水天壯膽答道：「我是水天，從塞美奇晶國來……不是來玩的。被他們抓來抽鞭子的。」走得近些，依稀見到小窗孔裡半張人臉。

那人低聲道：「小子，你在窗口右邊石壁上摸摸看，有一個小鍵盤，你夠不夠高……」

水天踮腳尖伸直手，正好勉強摸到。

「嗯，一個鍵盤，三排數字……啊，上面還有一個鍵，應該是『零』……」

那人壓低了聲音：「小子，我也是塞國人，你快幫忙放我出來，我可以帶你逃出這裡……」

水天大喜：「怎麼幫你？快告訴我。」

「你把這個解碼儀貼在壁上的鍵盤上，三秒鐘後，解碼儀上就會顯出開門的密碼，剩下的不用我說了吧……」

「這麼簡單？你不騙我？」

「我老命操在你小子手上，幹麼騙你？你走近些……」

水天壯著膽走近小窗，一小方薄片從窗孔遞出，水天接過在手中捏了捏，不知是什麼材料製造的，只覺有些滑滑溜溜的，他依言將這片解碼儀貼在壁上鍵盤的表面，不到三秒鐘，那片解碼儀上真有一個九碼數字亮了出來，水天連忙記下了。

他壓抑著滿心無比的驚奇、興奮和緊張的情緒，強自鎮定地將九碼數字按鍵完畢，只聽到轟然一聲響起，「石牢」的門禁竟然自動打開了。

一個長頭髮、蓄著鬍鬚的漢子彎身從石牢中走出，暗中看不出他真實的年紀，也不待水天問話，他一把抓起水天的手腕，低聲道：「快，跟我走！」

那人拉著水天飛奔到地道的盡頭，伸手搶過那片解碼儀，貼在石門邊上的鍵盤上，三秒鐘後，解碼儀上亮出「錯誤」兩字，在黑暗中一閃一亮。那漢子低聲咒罵：

「媽的，怎麼錯誤了……啊！」

他猛然想起，解碼儀沒有歸零，於是趕快再次歸零重測……

水天耳中似乎聽到地道遠端傳來人聲，他心急如焚但不敢出聲。

解碼儀上終於亮出新密碼，那漢子按鍵後，用力推門，石門果然緩緩移動打開，一縷天光射入，水天幾乎歡呼雀躍，他們脫困了。

柳黃全面搜索移走水天「屍體」的人，下達命令後，他終於冷靜下來。

他忽然想到了囚禁在地道裡的那個要犯，難道是那人逃出了石牢，趁機移走了水天的遺體？這個念頭雖然閃過腦海，他在心中卻在嘀咕：

「這怎麼可能？絕無可能！」

但是他還是忍不住奔回行刑室，推開第一道石門，進入地道，終於，他看到被打開的石牢大門……他這回叫出聲來，聲音中充滿了震驚及憤怒：「這怎麼可能？」

這時水天跟著那漢子已經逃入密林，從蜿蜒小道一路潛逃。

那漢子似乎對林中密道十分熟悉，幾乎毫不加考慮地飛奔，遇岔道不假思索即選擇其中一條，速度絲毫不減。水天連發問的機會都沒有，被那人抓著手飛奔，雖然氣喘連連，但他兩條瘦腿子相當有力，倒也跟得上這一陣狂奔。

這片林子極大，水天只覺他們兩人愈跑地勢愈低，也不知跑了多久，鑽進了多少岔道，終於聽到了流水聲。

那漢子奔跑的速度慢了下來，水天總算緩過一口氣，正想開口相問，那漢子指著前方一片草地喘氣道：「我們……跑到那草地上就能……歇一口氣。」

那片草地上長滿了比人高的茅草，一進入其間，外面是完全見不著了。那漢子放開了手，水天只覺手腕被他這一陣緊握著疾奔，都已紅腫了起來，忍不住用另一隻手搓搓。

那漢子道：「對不起弄疼了你，小子，你挺能跑呢！」

水天白了他一眼道：「你便不抓著我手臂，我也能跟得上……」

那漢子指指左前方，低喝道：「好！你跑，左前方半里！」

說完拔腿就奔，水天連忙跟上，他一雙瘦腿在密密茅草中果真利索，竟然絲毫不落後地跟跑了五百公尺，兩人停在一個地洞前。

那漢子竟毫不猶豫地鑽入地洞，水天正要跟進，那人已經從淺洞中拖出一個碟狀的平台，黑黝黝的，非金非木，一時看不出是什麼材料塑造的，從那漢子輕鬆的模樣看來，應該不會很重。

那漢子拉著水天站上碟形平台，只見他在一個面板上按了幾鍵，一個紅燈閃了起來，一個透明鐘罩快速伸出，在頭頂上密合，那漢子再輸入幾鍵，碟狀平台底部發出輕微的滴答聲，響了五聲後快速斜飛，向南而去。

水天心跳如鼓，驚喜和興奮使他的臉漲得通紅，再也忍不住對著那長髮長鬚的漢子叫道：「叔叔！小飛碟？」

那漢子微笑回道：

「別小看我的簡易飛行器，它的透明鐘罩防彈又防雷射，載我們安全回家。」

小飛碟降落在塞美奇晶國京城的郊外小山頭。

水天仔細望著身邊長髮長鬚的漢子，覺得這人貌似嚴肅，眼光卻透出些許親切，直覺此人相貌長得相當英俊，可惜面孔被鬚髮遮蓋了一半，瞧不真實。

水天鞠躬道謝：「沒有您、還有您的飛行器，我這一輩子回不了家，謝謝。」

法】

那人竟也對水天鞠躬：「沒有你小子，我還關在石牢裡，謝謝。」

兩人陷入一陣沉默，奇的是兩人都沒有問對方為何會落在皮幽國的行刑室和石牢之中，好像那些事已經過去不再重要，反正已經到家了。

那漢子打破沉默：「小子你要去哪裡？」

「我？去哪裡？還沒想定，反正先去京城裡……叔叔，您要去哪裡？」

「我回智人院，哈，當然是我們塞美奇晶國的智人院。」

一聽到「智人院」三個字，水天立即心頭一緊，他被強抓到皮幽國強迫接受訓練成為智人的種種遭遇浮現眼前，只有朱橙對他好心的教導是溫暖的，其他的記憶都是酸苦辛辣，他想到受欺侮、挨毒鞭……一時竟然發呆，忘了身在何處。

忽然他驚醒過來，因為他想起一事，禁不住喃喃道：

「奇怪，我……一點也不痛了……」

「小子你說什麼？」

「沒什麼，我是奇怪……為什麼我背上的毒鞭傷口竟然一點也不痛了？」

「你挨了毒蟒鞭？嘿，柳黃竟用毒蟒鞭打一個小孩？」

「沒什麼了不起，我不痛了。」

「你剛才一路拚命奔跑，傷口都……都不感覺痛？」

「不痛，一點感覺都沒有。而且……而且跑得比平常快、有力。」

長髮大漢睜大了眼睛瞪著眼前這個瘦小的少年，覺得不可思議地搖了搖頭，低聲道：

「小子，你是個怪物。」

水天笑了起來。邁步往山坡下走，揮手道：

「叔叔，我走了。」

「等等，你叫什麼名字？」

水天停步，回頭正色答道：「我在皮幽國時叫水天，那是假名字，叔叔您救了我，我不能騙您，我的真名字是烏沃。」

那漢子也揮了揮手道：「烏沃，我的名字叫阿里十三，我是塞美奇晶國的科學智人。」

他說著，從左手大拇指上摳下一片「指甲」，遞給烏沃，烏沃嚇了一跳，以為他拔下了手指甲，仔細看原來是一枚製作精巧的指甲套。

阿里十三道：「少年人，你要找我，用一根石墨針在這片指甲上連點十三下。」

烏沃回到塞國已快兩年了，他到處打聽媽媽下落，都沒有結果，久而久之他終於不得不接受一個事實，媽媽已在那場屯堡大火中喪命，他只好含悲死心了。

於是各郡縣的基層社區中多了一個遊手好閒的浪蕩子。

他整日進出大街小巷，與人幫閒賺幾文飯錢，城中凡有什麼婚喪喜慶，總會有他的影子，或幫場或湊數，也能混個兩三餐。若是有人發生什麼爭吵鬥毆，他必到場調解。

他調解爭鬥的方式十分特異，一般情形是主動介入強作和事佬，沒完沒了地講些牛頭不對馬嘴的話硬要勸和，當事人不聽從他便糾纏不放，接著就轉移話題，開始喋喋不休地責怪雙方，由於口齒不清，結結巴巴辭不達意，卻還顯得咄咄逼人，常常惹得雙方人都火大了，便動手揍他出氣，他只挨打並不還手，引得旁觀者看不過去便責怪當事雙方，直到雙方出了氣有些不好意思，也就罷手不了了之，而他在眾人同情的稱讚聲中往往得到幾十上百文的慰問金。

奇的是他的身體隨便挨了多少打，從來沒有受過傷，通常是得了賞錢便悄悄從人群中消失，不知去向。不過當晚在某一黑巷的賭場中，他必然會現身。

塞美奇晶國是禁賭的，但禁令再嚴也禁不了賭徒的賭癮，他們總找得到黑暗隱密的地方開賭。烏沃好賭而常贏，因為總是贏多輸少，搞賭場的地霸們對他很有意見。其實這些人不瞭解，烏沃天生精於算術，他若施展精算，在賭場上肯定所向無敵，但他覺得靠計算贏賭殊無趣味，既然賭博就要不知結局，一顆心吊在半空中等待翻牌結果才夠味。

他從來不在賭局中計算勝負機率，一切憑運氣、靠手氣，享受刺激。但是說來奇怪，無論哪一種賭法，他都是常勝將軍，只不過他偏愛搖骰子。他是一個為賭而賭的純賭徒。

他賭品極好，贏了錢一定打賞身旁所有幫閒吆喝的潑皮，偶爾輸光了也不發脾氣，只笑瞇瞇地蹲在一旁觀戰。別人贏得火紅，他開心無比地為別人高興。

「兩頭蛇！」

「七眼蛙！」

「四角井！」

「九尾龜！」

長巷底一間暗屋裡擠了十幾個人在聚賭。莊家在一個蓋碗中搖骰子，賭客大聲吆喝自己下注的數碼，為自己助威。

兩顆骰子能擲出十一個不同的數字，從「二」到「十二」分別是：「兩頭蛇」、「三腳貓」、「四角井」、「五葉松」、「六爪熊」、「七眼蛙」、「八節竹」、「九尾龜」、「十瓣菊」、「熊抱松」、「雙六爪」。

各種下注的彩頭多寡全依各下注數碼出現的機率而定；例如壓「兩頭蛇」贏得多，壓「七眼蛙」贏得少。

除了賭客，還有兩個略有姿色的年輕女人夾在中間跟著吆喝起鬨，她們不是賭客，是妓女，一個著紅裙，一個著青裙。

塞美奇晶國是禁賭禁娼的，帝國的社會秩序原來嚴謹保守，賭博、嫖妓這些行為皆視為墮落的罪行，但是在社會各角落裡，人之大慾依然暗流，地方治安小吏負有掃除罪惡的責任，但是道高一尺魔高一丈，抓不勝抓之餘也就睜一隻眼閉一隻眼，省了白費力氣，而且得些孝敬，不無小補。

賭場莊家長得高頭大馬，濃黑的絡腮鬍很有氣勢，賭客們都喚他石頭，倒不是因為他姓石，而是這人天賦異稟，其腦袋真比石頭硬。看他單槍匹馬開這賭場，場子四角沒有一個保鑣，便知此人是個有實力的豪客，事實上他在九疇郡一帶人脈極廣，江湖上提起石頭老大，人人知曉。

烏沃混在賭客中小心經營他的賭本。依他的本性原不愛斤斤計較，實因賭本太少，為了能多享受一下賭博的樂趣，他不得不小心投注，免得兩三下就清潔溜溜，只能蹲在一旁看別人熱鬧。

這一晚他運氣不壞，一上來小贏幾把，桌前銀子多起來就大膽了，賭注下得大了依然

法】

贏多賠少，不到半個時辰，烏沃身前已堆了十幾錠白銀。

他正對面坐了一個華服公子哥兒，下注手頭大方，運氣卻是先盛後衰。他身旁擠了那兩個妓女，其中一個眼尖的已經開始轉移陣地，趁大家沒有注意時，她一聲不響移到了烏沃的身邊。一般而言，賭場收場時，贏家才有銀子和興致召妓歡度良宵。顯然烏沃今夜已經有人看好。

烏沃又贏了一把，耳邊就聽到一個甜膩的聲音：「公子，您好手氣啊。」

烏沃頭都不回，冷冷地道：「又不是我搖骰子，跟我的手氣有什麼關係？」

那妓女的搭訕一時為之中斷，便安靜了下來。莊家又在搖骰子了，一面大聲吆喝：

「壓奇贏大，壓常贏小；莊家通吃，贏多賠少！」

莊家要等到大夥都下定了注，觀察每個人下了多少，這才立馬算出開出何等數字能讓滿桌總數贏少賠多，他就賺到最多。至於搖不搖得出那個數字，就要看莊家的手段了。對賭客來說，輸贏全憑運氣。烏沃喜歡這種賭法。

今晚是他的好運罩身，一個時辰下來，他已是賭桌上第二大的贏家了。

第一大贏家是莊家。輸得最多的對面的華服公子，緊挨在他身邊的另一個女人也偷偷擠進烏沃的右邊，眾賭客心中都有數，暗道這小子今夜要一男雙女聯歡了，不禁又羨又妒。

那華服公子輸了不少，卻是面不改色，隔案對烏沃道：

「敝姓錢，老弟今晚好運當頭，敢問怎麼稱呼？」

「我叫烏沃，錢公子好氣魄。」

「我瞧咱們一桌賭友，除烏公子和敝人一個大贏一個大輸之外，其他諸位輸贏都不大，今晚賭得也盡興了，何不讓莊家歇下，由烏公子和敝人對賭一把，我這裡還有些銀子，想要全部輸給烏公子，圖個乾脆利索。」

他說完瞅著莊家，心想：「莊家贏了全桌，巴不得立即結束賭局，聽我如此說，哪有不答應的？」

卻不料石頭莊家道：

「那好，好得很。錢公子家是咱們郡裡首富，烏沃這小子在咱們同行口中也是赫赫有名的常勝將軍，你們拚一場就以烏沃桌前全部銀子為注，再加上我老石今晚吃來的全部銀子插一枝花，壓在烏沃這邊，錢公子您財大氣足怎麼說？待會兒一翻兩瞪眼，贏者全掃光，輸者屁光光，他媽的痛快。」

錢公子拍手叫好：

「石老大快人快語，咱們就這麼賭，誰擲的點數大誰贏，簡單明瞭，烏公子你敢不敢？」

烏沃哈哈笑道：

「我今晚進場時，身上賭本還不足一兩銀，現桌上堆積如山的銀子原來都不是我的，咱倆賭這一把，就算我輸個精光，能讓各位賭友瞧著刺激有趣，樂一樂又有何妨？」

眾人都被逗樂叫好，只有三個人沒反應。

烏沃身邊兩個妓女面無笑容，在她們想來，烏沃已經大獲全勝，今夜已是兩人的獵物，幹麼還要節外生枝再賭一把？

另外還有坐在左角的一個白面無鬚的漢子，他桌前空空，顯然輸得血本無歸，臉色愁

法】

苦，心事重重，並未隨眾起鬨。

烏沃看在眼裡，微微皺眉，對著錢公子道：

「錢公子，您姓得好，不像小弟我姓得晦氣，這一把該您先擲。」

錢公子道一聲：「石大莊家和諸位賭友見證……」

抓起兩粒骰子瀟灑地隨手擲出，骰子在碗中蹦跳翻轉，好一會，停了下來。眾人大叫：「熊抱松！熊抱松！」

也有的喝道：「六五配，十一點！」

錢公子面露微笑，暗忖道：「十一點，十成裡我贏了八成！」

兩個妓女竊竊私語，著紅裙的對著青裙的耳語：

「錢公子贏定了，我趕快站到他身邊去。」

著青裙的面露緊張之色，留在烏沃身旁不動，她也耳語道：

「要過去妳去，我喜歡烏公子。」

許是聲音大了些，身旁的烏沃轉臉對著她低聲道：

「多謝姑娘，且看我這一把……」

他抓起那兩粒骰子，在手中搓了搓，吹一口氣就撒出去，骰子在瓷碗發出叮叮咚咚的聲響，停下時，就聽到爆炸般的叫聲：

「雙六爪，好樣的！」

「六六配，十二點！」

「烏公子，你他媽的又贏了！」

莊家老石也忍不住叫道：

「烏沃，同行傳言你不只一次靠最後一擲大獲全勝，這回是你第幾次了？」

烏沃自己也不相信這手氣，樂得心花怒放，連忙答道：

「不一樣，不一樣！之前幾次是最後一擲反敗為勝，今晚是乘勝追擊，不好意思，通殺啦！」

大夥的眼光這才轉向大輸家錢公子，卻見錢公子面色如常，從手邊提袋中拿出兩大包銀子，看上去遠多過烏沃桌前所贏的戰利品，他將銀子交給莊家，淡然道：

「石莊家的，你作證，這些銀子夠賠你們了吧。」

說罷站起身來，對那最後關頭趕回到他身邊的妓女笑了笑，轉身便走人，走到門口又停下腳步，回頭對烏沃道：

「烏沃，你方才擲出那兩顆骰子真是石破天驚，我給它起個名，叫做『乾坤一擲』可好？」

說罷哈哈一笑瀟灑地出門去了。

滿室賭客看了這一幕，無不欽羨，有一人叫道：「他媽的，姓錢真好！」

眾人齊聲稱是。

烏沃檢視桌上戰況後宣布道：

「看到這四位賭客早已輸得精光，方才仍然留下來觀戰，而且吆喝興奮之情絕不亞於在座任何一位，實乃我輩中人，今晚小弟僥倖贏了些銀子，四位吃點紅，總不能空手回家吧。」

他分了每人一兩銀子，得者千謝：

「謝烏沃公子，一兩銀子吃紅固是好，接過您的好手氣更重要，下回反敗為勝！」

只有那個白面無鬚、一臉愁苦的賭客，將銀子退回給烏沃，一言不發，起身離席而去。烏沃吃了一驚，正要追前相問，卻迎上兩個妓女攔路，那紅裙的臉皮厚，伸手問：

「有我們的嗎？」

烏沃順手就把那人退回的一兩銀子給了她。那青裙的卻低聲問：

「烏公子晚上歇哪兒……奴家去陪你吃酒說話兒。」

烏沃多抓一兩銀子遞給那穿青裙的，笑著對她眨眨眼，道：

「難得姑娘對我不棄不離，妳吃雙紅吧。今晚還有事，不勞姑娘相陪了。」

莊家石老大遞過來烏沃該得的銀兩，他接過銀包往懷裡一塞，對眾賭客點頭致意：

「今夜別過，來日有緣再賭，祝諸位賭友手氣長旺。」

說完便匆匆離開，走出賭場，昏暗光線下，依稀看到長巷盡頭處那個白面無鬚漢子的背影。

夜涼如水，子夜時分忽然起了一陣風，越發增添幾分寒意。

村盡頭的小路外有一棵不知名的大樹，烏沃跟蹤那輸得精光的漢子到了大樹側面的叢林裡。

天空烏雲密布，四周一片漆黑，烏沃看不清楚，但他卻知道那漢子站在大樹下沒有移動。一道閃電給了烏沃一剎那的明亮，他近日目力增強，清晰地看到那棵大樹巨大的樹幹，約兩公尺高處分岔橫出一支側幹，也看到那漢子就站在下面。

一個念頭忽然閃過烏沃的腦海：

「這支橫幹無論是高度和角度正好讓人……哎呀，不好！」

一道閃電中他看到那人正在將一條繩索拋過橫幹，烏沃不再猶豫，飛快地衝向大樹，同時叫道：「老兄！不可輕生！」

衝到大樹根前，看見那人站在一塊墊腳石上，正要將繩索套上頸項，烏沃躍身上前，攔腰將那人撲倒，兩人跌入樹下的草叢中。

那人一聲悲嚎，顫聲道：

「讓我走吧，老弟不要多管閒事……」

這「多管閒事」四字觸動了烏沃的天性，他是決定管到底了。

「老兄，天下沒有事過不去的，你有啥為難處說與小弟聽。」

那人差一步便要命歸黃泉，這時突然遇救，心中的感受就如打翻了油鹽醬醋五味雜陳，一時不知所云，只是喘氣如牛，發出嗬嗬的呼吸聲。

烏沃等那人喘停了，便問道：「老兄，你輸了多少？」

那人嘆了一口氣，低聲回道：「五兩銀子……」

烏沃倒抽一口涼氣，驚喊道：

「你瘋了嗎？為了五兩銀子竟要尋死！你大好生命就只值五兩銀子？」

那人抬頭盯著烏沃看，那眼光似憤怒卻又不全是，反是摻雜了極度的哀傷和絕望，烏沃嚇了一跳。

「五兩銀子，在公子看來不值一提，卻是我一生希望所繫，公子您……您不會懂的！」

烏沃聽了為之震驚，同時他發覺這人談吐文雅，不似粗人，他盡量放柔了口氣道：

「我在聽著呢，老兄你慢慢告訴我是怎麼回事？」

那人只是嘆氣卻不言語，烏沃改問：

「老兄貴姓大名？家住附近麼？」

這回那人答覆了：

「小人叫魯八奔，原在前面村裡和妻子種地養狗過日子，雖然貧窮，倒也過得自在。五年前郡守下令重新丈量土地，小人的地拿不出地契，那塊地便被劃為公地，小人原以為只要納些糧給公家，起碼還能讓咱們耕種下去，全家顧個溫飽，哪曉得過了半年公家又把地賣給了縣裡姓采的大戶，小人若要繼續種那塊地，就要變成采家的家奴……」

烏沃大不以為然，打斷道：

「豈有此理，憑什麼你要做那什麼采頭鬼的家奴？」

那人睜大了雙眼，驚訝地瞪著烏沃道：

「您叫他采頭鬼！他的名字還真叫作采桃桂呢！小人身無財產，也無其他謀生能力，除了種地便只會養狗，為了一家三口活下去，只好勉強同意做他家奴，他讓我種那塊地，每年收成他卻要抽去大半，公子您想想看，憑小人和妻子兩人，就算老命拚下去能種多大塊地？能有多少收成？地主拿去大半，我一家三口如何吃得飽……」

烏沃打斷道：「你一家三口？上面還有老人家？」

「不，我父原是讀書人，盛年病故，母親也於前年走了，小人夫妻生有一個男孩，今年才五歲……」

烏沃嘆口氣道：「那你們怎麼辦？」

魯八奔更長嘆道：

「小人能怎辦？只好寅吃卯糧，借錢過日子，五年下來，連本帶利欠采大戶五十兩銀，他逼著要小人還錢，小人哪有辦法？於是他提個條件，要小安樂給他抵債……」

「什麼？小安樂是你們的兒子？」

「不錯，那采大戶身體強壯，家中妻妾七八個，卻生不出半個兒女，見到小安樂長得乖巧，便要強收為義子，我老婆聽了這事，每日以淚洗面，人也愁病了，小人變賣家中所有東西得了五兩銀……」

烏沃聽不下去了，他打斷魯八奔，厲聲道：

「不要說了，我知之矣。我倒要問你，你這吊在樹上兩腳一伸，小安樂還是會被那個采桃桂搶去做義子，你生病的老婆怎麼辦？」

魯八奔低首不答，過了一會低聲道：

「小安樂才五歲，他做了富家的義子，很快就會忘了生父母，說不定是他命運翻身的機會，老婆要是熬不過，便早些和我陰間相聚吧。」

烏沃聽得背脊發涼，他自浪跡江湖，也曾聽說各地的情形，富者連田千里，貧者無一席之地，富者為主，貧者為奴……只是沒有親眼看到被迫鬻兒抵債，為五兩銀子上吊捨命的情事，他平時許多事都大而化之，好像什麼都不在乎，其實胸中暗藏一把火，這把火藏得深，但一旦燒起來，他立時就變了一個人。

「豈有此理，這是什麼世道！來，我這裡四百兩銀子都給你，你去還了債，把地買回來自己種，帶妻兒過自己的日子，那個采頭鬼要是不答應，你告訴我，我來想辦法！」

魯八奔不敢相信自己的耳朵，他瞪大了眼，又閉上，雙手用力揉了揉道：

「烏公子，您……您這是說真的？我……我是在作夢麼……」

烏沃道：「怎麼不真，你現在便拿去，天亮就去找那個采頭鬼……」

「我……小人那塊地不值那麼多錢，烏公子您給太多了。」

烏沃道：「那采頭鬼我雖沒見過，聽來便是個貪財之徒，你給他多算一點，省得他使壞，刁難於你。」

魯八奔囁嚅了一陣，望著烏沃身上的衣衫，破舊的程度較之自己不遑多讓。

「您……烏沃公子您的錢全給了小人，那您……」

烏沃笑了起來，伸手拍了拍身上的衣袋道：「我今晚的賭本還在呢。」

魯八奔注意到烏沃今晚開賭時的賭本不足一兩，剛開始他賭得小心翼翼，贏到十兩銀時便將原始賭本悄悄收回袋裡，然後就大開大闔，大贏特贏了。

他無言，只感恩地看著烏沃，熱淚長流。烏沃道：

「可我也有一事要問魯兄……你們郡裡種地的庶民都是魯兄這般遭遇？還是只魯兄倒楣碰上了？」

魯八奔道：

「我們九疇郡原本人少，土地肥沃、氣候適宜，無主的土地到處都有，願意種地的庶民只要勤快開墾，不誤農時，家家戶戶無不安居樂業，但自從官家搬出『普天之下莫非王土』，便開始打這些無主土地的主意，收歸國有後就能向朝廷邀功，說是為朝廷增加多少稅收，這也罷了，最可怕的是官家與土豪官商勾結聯手侵吞，全郡的無契自耕農就全成為豪門的農奴了。烏公子問的好，我九疇郡全郡都這個樣，少有例外……他們愈來愈富，我們愈來愈窮，大家都活不下去了……」

烏沃搖頭道：

「這樣沒有道理，你們該聯手起來反抗，若是任人欺壓不敢反抗，有力欺壓的人就得寸進尺……」

「這道理我們都懂，但種田的人手無寸鐵如何跟惡勢力鬥爭……之前不也曾有農友起義的事發生過？結果都被撲滅，帶頭的人被殺得慘不忍睹，參加的人也都受到嚴懲，誰還敢輕言反抗，唉，人為刀俎，我為魚肉，我等除死豈有他途？」

烏沃把銀子交到魯八奔手上，點頭道：「說的也是，想不到老兄你還讀了不少書。」

「我父生前在村裡私塾教授《詩經》和《史記》，我跟著聽講學了丁點，公子見笑了。」

他接過銀子跪下行禮，一連磕了五個頭，抬頭起立時，烏沃已經走了。環目四顧，黑暗中不見蹤影。

樹林中有一個人默默地旁觀這一幕，他喃喃自語：

「這姓烏的好樣的，他的心放在窮苦大眾這邊，還鼓勵大家聯手起來反抗不公義！」

閃電照在這人的臉上，竟然是賭場的莊家石老大。

烏沃在濃密的林子中緩緩獨行，心中在想：

法】

「我一次只能救一個人，我要想個徹底改變的法子，讓全國的窮人安居樂業……我得先好好想一想，該採取什麼步驟。」

天亮後，魯八奔的故事開始在九疇郡傳開，烏沃的名字更在各地市井中傳得火紅。土豪采桃桂讓手下農奴買回土地贖了身……大家傳得愈厲害，把他為富不仁說得愈是不堪。

傻小子好像混得還不錯，可最近不好玩了。

烏沃開始察覺到自己身體及生理有一些變化，想到這事心煩，他先是自我安慰，一句「沒事」便不再想它，但隨著時間過去情況愈來愈顯著，他不得不有些耽憂起來。

「說也奇怪，自從逃離皮幽國智人院，這段時間我的體力倍增，目力耳力都愈來愈好，而且寒暑不侵；但最奇怪的是人變得不怕挨餓；喝點水、曬曬太陽便有力氣……這一切難道是因為我誤食入那小瓶中的藍色結晶所致？」

他忍不住喃喃自語：

「我曾經試過五日不進糧食，只靠喝水便能維持體力不衰，只是之後變得愈來愈不愛進食，身體和體力才變瘦變弱，兩個月前開始偶發心悸心痛，每次發作時整個人便近於癱瘓，須得數個時辰才能恢復，更令人耽憂的是有幾次我竟然失去理智，腦中充滿暴力的想像，不但變得暴躁易怒，甚至產生殺戮的衝動……我知道，這暴力的傾向多半是那綠毛獾族人身上的藍色結晶進入我體內的結果……」

想到在皮幽國智人院處理的那具綠毛獾族赤目軍屍體，那半人半獸的恐怖模樣飄過他閉著的眼前，烏沃不禁打了一個寒噤。

大膽的烏沃竟然心生恐懼，他想了半天，對這些正在他體內發生的事完全束手無策，一時之間，一種無助的感覺湧上心頭。

就這時，他忽然想到了阿里十三。他從懷裡摸出一個指甲套。

城東一家小飯店，價錢不貴，幾道魚鮮做得特別可口，用餐時間食客不絕，直到廚房裡當天食材用盡，老闆娘出面宣布「今日魚鮮已全部供應完畢，明日請早」，向隅食客才紛紛散去。

老闆娘端著一個大木盤，盤上一條碩大的紅燒魚，一盤帶殼蝦，一大碗滷肉，一盤青菜，一大壺酒。老闆娘走到一個獨據角落方桌的客人前，彎腰將食物在桌上布好了，對著一個少年食客打趣道：

「小哥兒，偏你運氣好，今日最後一尾特大的深海寶刀魚讓你給點到了。」

老闆娘年紀三十多，風韻猶存，因天熱，穿一件寬鬆的衣衫，領口敞開一半，一彎腰，少年食客隱約瞅到她又白又大的胸脯，老闆娘站直了，少年目光連忙收回。

老闆娘微笑道：

「小鬼你看什麼？莫要看壞了眼睛。這許多菜你一個人吃得了麼？」

少年心想誰看妳了？被老闆娘調侃還是有些尷尬，支吾了一下答道：「我還在等朋友……」

老闆娘笑道：

「這魚不能久等，要趁熱才能吃出我們老闆的手藝。還有，對不住小哥兒，老娘今日要

法】

早一步回家了，麻煩你先付了飯錢吧……」
少年這才瞭解這老闆娘是見自己衣衫襤褸，害怕吃了酒菜付不出錢，他也不惱怒，伸手從懷中掏出一塊銀子，他輕輕放在桌上，低聲道：
「老闆娘，妳瞧這夠付我的酒菜麼？如果夠，就不用找零了。」老闆娘笑逐顏開。
「夠、夠，公子好氣派。不過這魚我還勸公子趁熱用……」
少年暗笑自己亮了銀子，在老闆娘眼中就從白食客升格為公子爺了。
就在這時，兩個中年漢子大步走了過來，一個長髮長鬚一派瀟灑，另一個相貌出眾，一部鬍鬚是純黃金色，閃閃發光，襯著他一頭金髮，顯得貴氣。
那長鬚長髮的漢子指著少年道：
「烏沃小子，我帶了好朋友奇奇哥來看你，你身上的毛病他或許有法子幫你治一治。」
少年站起身來向兩人行禮，低聲道：
「阿里十三叔叔，我知道你們智人們工作有多忙，為我的事驚動兩位，實在不好意思……」
那金鬚智人奇奇哥一言不發，伸手戴上一副鐵灰色的頭盔和眼鏡，走近烏沃，在他前後左右各站了十幾秒鐘，烏沃全身上下已被徹底掃描，所有的生理數據已入了奇奇哥的生物晶片中，正在啟動超級運算，診斷烏沃身上的毛病。
阿里十三卻逕自坐下，對著那條大魚深吸一口氣，叫道：
「好香，好香，老闆娘來三碗飯，小子點的這些菜定要配白飯吃才過癮。」
奇奇哥坐下一言不發，抓起酒壺自顧自先喝了一碗，搖頭喃喃自語：「這酒嘛，只一般……」

他挾了一筷紅燒魚，吃了就叫道：「不得了，這是什麼魚，如此美味？」

老闆娘正好送三碗白飯過來，笑道：

「我們老闆的拿手好菜，深海寶刀魚，用地球黃河鯉魚的古法烹調，那味道還能不好？」

奇奇哥喜道：

「原來是寶刀魚，這種魚活動在海平面下一百公尺的海域，我曾在潛水時看到過這種魚群，算不得是深海魚，頂多算半深海魚。」

阿里十三自顧自斟酒，舉筷大吃起來，幾樣菜都試過才停筷道：

「奇奇哥專攻深海生物，海底幾萬種魚類的知識，他都瞭然於胸，至於各種魚鮮的美味則藏於口舌。」

烏沃也不替客斟酒布菜，這三人各據一方，吃喝自己來，全無客套，倒也痛快。吃得差不多了，奇奇哥才停箸望著烏沃，緩緩地道：「小子，你的麻煩大了。」

阿里試問：「奇奇哥，烏沃全身掃描的結果出來了？」

奇奇哥摸了一把頷下黃金鬍子，皺眉喃喃道：

「你身體裡到底發生了什麼事？我測出你的基因正在發生變化……這是不可思議的事，從未聽說過的事……你知道，人的基因自然改變需要多少時間嗎？烏沃，你在皮幽國是否接受了什麼基因重編的手術？」

阿里十三插口對烏沃道：「奇奇哥是我生死之交，咱們的事不瞞他……」

法】

烏沃道：

「沒有，但是我誤打誤撞，吸收了一種世上從未發現過的新物質，一種從一個綠毛獾族人屍體上取得的藍色結晶，從那時起，我的生理開始慢慢改變，食量萎縮而體力反而變好，耳目功能倍增，喝水曬日光就能補充體力……但身體各部常感痠痛，最令我擔心的是心跳不規則又常抽痛，呼吸不暢，常有要斷氣的感覺，奇奇哥智人，這是否意味我的基因……」

奇奇哥打斷他說下去，喝乾手上一碗酒道：

「聽你這麼說，我幾乎可以斷言，你的生理變化和誤食入那藍色結晶有關，但為什麼會影響到你基因的層次，則一時搞不清楚……這其中的細節可能十分複雜……」

阿里十三懶得聽他說細節，直接打斷他問道：

「那些細節留給奇奇哥你自己去傷腦筋吧，我只問你，烏沃這小子的毛病能不能治？」

奇奇哥道：

「你若問一個醫生，他肯定告訴你沒法治，因為……因為確實沒有現成的療法；但是你要是問一個厲害的生醫智人，譬如像我奇奇哥這種，他就會告訴你，天下沒有不能治的毛病，因為發現了新的怪病，不久將來肯定就有創新的法子，而智人有興趣的向來不是現成的東西，反而是創新事物之發明……」

阿里十三再打斷他說下去：

「欸，你說怎麼治便好，講那麼多大道理，我若有病找你，你說這病目前束手無策，但未來肯定會有療法，這不是……廢話嗎？」

奇奇哥想了想道：

「也是。但阿里十三你說目前束手無策卻說錯了，我馬上就給烏小子開個藥方，定能改善症狀，然後我再教小子一套養氣練氣的法子，你照著練，用自己的生命機制和大自然的浩然之氣相互運動，便能漸漸穩住你體內的變化……」

烏沃仔細地聆聽每一個字，這時問道：

「奇奇哥智人，您是說無論如何我的身體沒法回到原來的樣子了，是不？」

奇奇哥道：

「不錯，已經有了變化的基因沒法還原的了，但我們要設法讓它不繼續變下去……譬如說，我假設你不會想變成那個綠毛赤目人的模樣吧，再說基因改變也不見得全是壞事……」

這話深得烏沃之心，他連連點頭。阿里十三是個極其務實的科學智人，加上工程師的性格，立刻緊追奇奇哥：「你快教他養氣練氣之道，不要空談誤時了。」

奇奇哥抓了抓他的金髮，皺眉道：

「現在不行，因為我還沒有想好怎麼練才適合這小子身上的怪毛病，而我今晚吃完飯就要去南極角，到那邊下深海工作三日。」

烏沃拍手笑道：「南極角？我可熟啦！小時候在那海邊住了好些日子，每天下海找皇帝魚玩耍……」

奇奇哥咦了一聲：「巧了，你也知道皇帝魚？」

烏沃道：「怎麼不知道？有一條特別大的皇帝魚，牠特喜歡游到淺海來鬼混，我總是騎著牠在海裡到處玩，牠總是對著我笑，我叫牠『大王』，就不知道現在還在不在？」

奇奇哥笑道：「行！我這回下海注意一下，如看見牠就替你問候兒時玩伴，哈哈！小子，待我回來時，全套養氣練氣的法子就想好了，那時我再和你談談條件，要我傳授，你拿什麼來交換？」

阿里十三聽了以為烏沃將會失望，卻見烏沃笑嘻嘻地舉酒相敬，滿臉高興地道：

「奇奇哥智人，您剛才說得對，基因改變也不見得全是壞事，我就覺得如果喝水能替代吃飯，有什麼不好？最重要的是我絕不想變成獾族人的模樣，您要我拿東西交換傳授養氣之道，我烏沃身無長物，唯有這條小命，您若救了我，你要什麼我捨命相報。」

奇奇哥點點頭並不回答。他胃口不錯，喝酒極乾脆，一陣吃喝，酒菜吃得差不多了，也不客套，站起身來就告辭：

「為這趟遠行我申請到一架飛行器，就停在東城客棧前，從這走過去還有三、四里路，我還得帶上裝備，就先去告辭了。」

奇奇哥將剩下的酒喝了，對烏沃扮個鬼臉就走了，阿里十三對烏沃道：

「小子，奇奇哥是我在生醫智人院中交情最好的朋友，他平日作風看起來有點市儈氣，要他做什麼都要交換報酬，其實都是表面上裝模作樣，私底下是個極仗義的好朋友，他說回來後傳授你養氣之道絕不會食言，至於要你用什麼去交換，我是猜不出，反正絕不會是你付不起的東西，你等著瞧吧……」

烏沃一面點頭一面喃喃自語：「還真巧啊！」

阿里十三接著道：「你說你身無長物，這酒菜錢我來付了吧。」

說著便起身走向櫃檯，烏沃攔住道：「昨晚賭場贏了些銀子，酒菜錢已付過了。」

塞美奇晶國邊境緊張，京城已經三個月戒嚴，不但沒有婚喪喜慶，賭場、鬥毆更是樣樣絕跡。

烏沃花完了身上的零錢，又沒了混飯吃的地方，已經三天沒有進米了。

大雪已停，京城四郊一夜積雪半尺，天空卻出現燦爛的陽光，照在皚皚白雪上十分耀眼。城外不遠處有個跑馬場，跑馬場邊的亭子裡烏沃仰臥在地上，他伸手從亭外地上抓了兩把雪塞在口中嚥了，側身背對著陽光睡起覺來。

陽光照在他背上，襤褸布衣已經破損難以蔽體，一陣強風吹過，他背上破衣衫被吹翻起，半個背脊都暴露出來，他卻似絲毫不畏寒冷，全無哆嗦之態。

這時雪地上忽然傳來人聲。兩個身著公差服裝的漢子走近，其中一人道：「走得乏了，在這亭子裡歇一腳吧。」

另一人忽地驚叫：「這裡有一個人凍死了！」

另一人走近察看，也發出驚叫聲：「你看這人的背脊，好可怕……」

地上人的背上露出三條紫色的疤痕，每一條都有一尺長，肉疤隆起凸出三分高，同樣長度、同樣間隔整整齊齊地排在背上，看上去著實駭人。

「啊，是鞭笞疤痕！從來沒有見過傷得這麼厲害的鞭痕！這苦命的人，生前受此酷刑，又凍死在此地，真是可憐。」

「死於這裡碰上咱們也是我們的善緣，回頭城裡弄一副棺材著人把他埋了吧。」

「老兄心存善念必有善報，唉，世上苦人多啊！」

兩人似乎有些感慨，便無言坐下歇了一會，一人打破沉默道：

「太尉府尋找那名叫烏沃的少年尋得急切，京師城坊司已派出十多人，咱們倆走遍全國北方屯堡之地也沒有尋到這個烏沃，上級無法交代，只好叫我們回到京城來找，也是死馬當活馬醫，盡了力的意思。」

「不錯，我說最不可能找著烏沃之地就是京城，天子腳下，五里一崗、十里一哨，那人若真在京城，豈不老早就被找到，還輪到咱們來大海撈針？」

「聽說這姓烏的是屯堡邊防軍的後代，說也感人，太尉發跡自邊防軍，對邊防軍老同袍的後人有拳拳照顧之心，咱們就算明知找不到人，做一番虛工，倒也甘願。」

「不錯。日頭要當頂了，雪地反光傷眼，我們歇得也好了，快趕路進城吧。」

兩個公差匆匆離去，躺在亭子裡的「死人」卻緩緩坐起身來。

他俯身從雪地捧起一撮乾淨的白雪吞下了，伸了個懶腰。

「他們說太尉在尋找我，想來是因為他認識我爺爺或是爸爸的緣故吧。但他身居高位，卻勞師動眾派那麼多人尋找我，想必有什麼特殊原因，我倒想去太尉府弄個清楚呢。」

他右手深入上衣裡，摸到裡子上縫著的一塊圓皮。這是他隨身帶著不離身的寶貝，也因為這寶貝，身上這件上衣無論怎麼破損，總是穿著不能拋棄。

他解開衣扣將上衣脫下，裡外翻轉就看見那張縫在裡子的圓皮了，那塊圓皮大約半個巴掌大，上面燙金凸出三隻張牙怒目的金色獸頭，製作得十分精良，獸頭目露凶光，栩栩如生。他對爺爺、爸爸的事所知不多，只知道他們都曾是塞美奇晶國邊防部隊的軍人，爸爸生前做到最精銳的金狁大隊的中隊長，爺爺則做到大隊長。

而這塊圓皮正是金狁大隊大隊長的徽章，在塞國的軍中享有無比尊榮，母親將它縫在他的衣底時曾告訴他，這是光榮的傳家標誌，務須小心保存。

「我見太尉時這徽章就是身分證明的物件了。」

烏沃來到太尉府側牆外，老遠就看到三個軍士在對兩個老人施加拳腳。

那兩個老人似是一對夫妻，老婦已經委頓倒地，老頭還在一面招架一面哀求。烏沃遠遠聽見他對軍士求道：

「軍爺行行好，讓小民進府見太尉大人一面……」

一個胖大的軍士一面揮拳一面冷笑：

「太尉府是你這兩個賤民想進便進麼？還不快滾！」

那老頭年紀不小，想是平素勞動多身子健，動作甚為靈活敏捷，他一面閃避一面退而求其次：

「那麼小人就不進府，就在府外頭等著，等太尉出門時向他老大人陳情……幾句話便好，絕對不敢耽擱……」

另一個黑面虯髯漢子插口道：

「你這鄉巴佬還想攔路陳情啊？方才要你走你不走，現在想走已經晚了！」

他揮手一抖，一條碳鋼鍊如毒蛇出洞直鎖那老頭的脖子，刷的一下就套在老頭頸上，一拉之下老頭向前撲倒，正好迎上胖大軍士踢出的一腳，頓時慘叫一聲，口吐鮮血。

第三個軍士階級較高，他見傷了人，不驚也不急，大剌剌地揮手叫道：

「大膽刁民強闖太尉府，不知有何圖謀，給我上綁帶回拷打……那老太婆也一併帶上！」

兩個軍士應聲「是」，便要動手。倒在地上的老婦又哭又喊，聽不出她喊些什麼。

就在此時，一旁傳來一聲大喝：「住手！」

烏沃扶起倒在地上的老婦，對著三個軍士瞪眼，毫不畏縮。胖大軍士怒道：

「你這小叫花子要幹什麼？」

黑面鬍子陰側側地道：

「小子你要管閒事，就跟這兩個老鬼一同到咱們那裡去一趟。」

烏沃穿得破爛，一件上衣反穿著，看上去特不順眼。他胸口縫著一塊圓形的皮，眼神凝重，嘴角總像是掛著一絲冷笑。

「軍爺，這兩位老人家膽敢來太尉府陳情，定是有極大的冤情，便讓我帶著他們一道入府吧。」

胖軍士不敢相信自己的耳朵，怒極而笑：

「哈，你帶著他們一道入府？你以為你是誰？」

他一面罵一面對黑鬍子打個眼色，黑髯軍士一抖手中長鍊，便往烏沃頭上套來，烏沃機靈地閃開，朗聲道：「胖軍爺，你問我是誰？我是烏沃！」

「烏你媽個頭，臭叫花……」

那階級較高的軍官一聽到「烏沃」兩字，大喝一聲：「胖子住口！」

他轉向烏沃道：「你說什麼？你是烏沃？」

烏沃道：

「不錯，我就是烏沃。聽說太尉親下口諭要找我，我便來了，難道我應太尉之諭來此，卻進不得太尉府？」

那軍官再次打量烏沃，一臉的狐疑。

「你要先證明你的身分，若是說不明白，罪加一等，莫怪我們不客氣了。」

烏沃上前數步，伸手指著自己胸前衣上的皮徽章道：「識得這個麼？」

那軍官趨前仔細看一眼，面露驚色，叫道：

「金狁部的大隊長！小子你從哪裡偷來這個徽章？從實招來……」

烏沃滿不在乎地道：

「這個徽章本來就是我家的東西，何須去偷？軍爺你太瞧不起人了。」

這時側方傳來吆喝之聲：

「什麼人在此喧鬧？還不快閃開，保持肅靜，太尉立刻駕到。」

幾個侍衛話聲才了，轉角處已傳來得得蹄聲，緊接著一隊騎兵簇擁著一輛四騎大車緩緩走來。騎兵隊的旗手高持黑旗，旗上黑底白字一個大大的「尤」字。

是太尉尤古及其儀仗隊到了。

塞美奇晶帝國就是這樣一個特殊的國度，它一方面擁有遠超過地球水準的科學技術，另一方面，有些方面它卻維持了極為保守的舊思維和舊制度；其宮廷儀規方面尤其如此，許多地方仍然維持從西漢武帝時候攜回的中華制度。是以太尉府雖然配有來去如風的飛行器，但同時也備有漢朝太尉府的車馬儀仗，相對照而成奇趣。

階級高的軍官低喝一聲：「大家快靠邊行禮！」

胖子和那黑髯軍士立刻退到路邊，那老頭和老婦被拉到身後，命他們蹲下行禮，卻不料那老頭忽然像發癲一樣，站起身來奔向太尉的馬車。

軍官叫道：「快拉住他！」

已然來不及，老頭直奔到路中央跪在地上大聲喊道：

「太尉大人請停車，小人有大事要陳情！」

那黑髯軍士比較莽撞，他一把沒有抓住老頭，一時心急也衝了出去，抖手將鋼鍊甩向老頭，眼看便要打中老頭的腦殼，軍官見狀大驚，想要阻止已經不及，心想今日要糟，恐怕要在太尉車駕前把陳情的老百姓當場打死在地……

說時遲那時快，一人上前一把將老頭拉開，正好躲開了一鍊，定眼看時，又是那叫花子打扮、自稱是烏沃的少年。

太尉車駕受阻，四匹訓練有素的駿馬處變不驚，輕嘶一聲，整齊一致地前腿揚起，停步在老頭和烏沃之前。車駕旁的侍衛飛快地衝上前來，一把揪住老頭，一面向那黑髯軍士怒目瞪了一眼，眼角瞥見路邊的軍官，更是對他怒斥：

「呔，你這軍官還管不管事？讓這刁民橫衝直撞？……」

只見那穿著破爛的少年忽然對著馬車大聲叫道：

「我是烏沃！太尉你要找我？」

馬車的門簾掀起，身著戎裝的太尉尤古露面，威嚴的目光從左到右掃了一遍，然後停留在少年烏沃臉上。

「你說你是烏沃？」

烏沃行禮道：「小人烏沃，不知太尉大人找我何事？」

太尉道：「你走近一些。」

烏沃緩步上前，心中忐忑不定，便停步在馬車三步前。

太尉尤古雙目圓睜，目光停在烏沃胸前的皮製徽章仔細看了一下，然後發出長長一聲嘆息。

「確是烏老隊長的徽章……你……你隨我入府。」

烏沃回頭看了跪伏在地的老頭兒一眼，回道：

「啟稟太尉，小人答應這老人家夫妻二人，要帶他們一同入府……」

太尉呵了一聲，皺眉道：「這兩人做甚？」

烏沃道：「他們有要緊事向太尉陳情。」

太尉聽了顯得不悅，道：

「何事要進太尉府陳情？不能找京師令丞處理？烏沃你不可多管閒事。」

烏沃也覺得這老頭其實不須入府，現場就可陳情，便催促那老頭：

「老人家，你不是要向太尉陳情麼？怎麼見了太尉又不說話？」

那老頭兒鼓足勇氣抬起頭來道：「太尉……我……我……」老漢仍然說不清。

太尉不耐下令：「起駕回府，烏沃相隨！」

眾侍衛大聲應「是」，馬隊便要啟動。

去】

卻聽到老頭兒一聲暴喊：「太尉，京城危險了！有人要造反，大大的危險了！」
這樣一句攸關國之大事的話出自這一個老頭兒之口，顯得十分怪異，甚至有點滑稽。
眾人以為太尉肯定不會理會，卻不料太尉凌厲的目光停留在老頭兒的臉上數秒鐘，然後斷然道：「你也跟上入府。」
一進入太尉府，兩個老人家立刻被帶入一間密室，烏沃則被帶入一間小會客室，烏沃想要表示意見，府中的嚴峻氣氛竟使他自動噤聲，引導的侍衛面色如鐵，看不出有任何表情，進了會議室伸手指著左邊的座位，冷冰冰地說了兩個字：「坐，等！」
轉身便退出，「砰」的一聲關上了厚重的門。
室中寂靜，烏沃只聽得到自己的呼息聲，過了好一會兒，心情才平靜下來。這屋與外面音響隔絕，他等得無聊，不禁胡思亂想，忖道：
「皮幽國人在追『水天』的下落，在塞國是找不到名叫水天的這個人了，朱橙透過我身上的晶片想要聯絡我，難保皮幽國不會派人來抓我，我實需有一個棲身的處所……我若能躲在這太尉府中，誰也找不到我……豈不是好？」
想到這裡，他又開始想他的身體的變化。
「還好找了阿里十三，他介紹好朋友生醫智人奇奇哥為我處方配藥，外加傳授養氣練氣之道。吃他給的藥，心痛發作的時間縮短了些……奇奇哥說服藥之外須佐以養氣，但養氣需要有安靜的環境修練……」
想到奇哥哥，烏沃嘴角露出一絲微笑。
「這人雖是資深生醫智人，但行為卻像個商人。他傳我養氣之道，還要和我做個買賣；

我得了他的方子，定要一日兩次詳細記載服藥練功後身子的反應，照他的清單，要詳報三十幾項……每天報兩次，唉，我四處流浪總是漏三遺四；要是我能躲在這太尉府裡靜靜地修練一陣子，肯定就能好整以暇完成奇奇哥的要求了。」

想著想著，烏沃在寂靜無聲中竟然感到有些睡意，這時，一個清亮的女子聲音在他耳邊響起：「小子你隨我來，太尉大人在等著呢。」

他睜目一看，只見一個衣著華麗的美婦人站在眼前。

那女子面貌姣好，舉止優雅，正睜著一雙美目在打量烏沃，不知為何，大膽不羈的烏沃竟然被她看得有點心虛，他囁嚅了一下道：「有勞……有勞姐姐帶路。」

那女子露出一絲笑容，臉上冰霜稍融，她正色答道：

「你叫我姐姐？我年歲堪作你娘了。」

臉上立時恢復了冰霜。

烏沃不敢多言，站起身來俯身拱手道：「阿姨請！」

那女子板著一張俏臉道：

「我乃穆姬，太尉內府總管，不許你這小子姐姐阿姨的亂叫，在太尉大人面前要誠實回話，不得胡亂發言。」

這幾句話說得清脆俐落，在烏沃聽起來甚至有點聲色俱厲的味道，他不敢多言，跟著穆姬走出小會客室。

太尉仍未換裝，顯示他回到府上一直忙著處理事務。烏沃暗忖不知那個陳情老頭兒的事如何了。

他低頭前行，抬頭卻發現，一身朝服的太尉面帶溫和的笑容，已立在前面等著自己走近，烏沃的心中忐忑不定，太尉已先開口：

「你說你是烏沃，走近讓我再細看你胸前的皮徽章。」

烏沃上前，太尉仔細檢視烏沃縫在破衣衫上的徽章，低聲溫言道：「嗯，確是烏大隊長的專用徽章，烏沃，你可知道你祖父和父親的姓名？」

烏沃結結巴巴回道：「我祖父烏斯圖，我父烏巴，我娘希拉朵……」

太尉微笑打斷道：

「夠了，這烏大隊長的徽章證明……烏沃，你是烏斯圖大隊長的孫兒沒錯，我答應過你祖父，要收你做我的義子，你就留在府裡不要再到處流浪了……」

烏沃原已有躲在太尉府隱身修練的念頭，但卻萬萬沒有料到太尉要收他為義子，一時之間完全說不出話來，原就有些口拙，這時更是目瞪口呆，一臉的傻樣。

太尉看了他一眼，嘆了一口氣，溫言道：

「當年我在你祖父的大隊中當一名軍官，在與皮幽國赤目軍血戰時，他曾救我性命，我們隊員們和烏大隊長之間全是過命的的交情，是生死都可以交給對方的那種交情，你可懂得？」

烏沃很認真地聆聽，聽到太尉問：「過命的交情你可懂得？」腦中忽然閃過一句自幼熟讀的文字，便脫口而出：

「其言必信，其行必果，已諾必誠，不愛其軀，赴士之困。」

太尉吃了一驚，問道：

「你讀過書?你讀過《史記》?」

烏沃道:

「《史記》?沒讀過。我娘教我識字,她看我在孩童之中喜歡管閒事,打架鬧事,便教我讀了一篇有關游俠的文章。那篇文章就是《史記》?」

太尉莞爾一笑道:

「你娘教你讀的是《史記》裡的一篇〈列傳〉而已,整部《史記》可厲害了,怕不有五、六十萬漢字,你若喜歡,可以在府中好好學習。」

烏沃啊了一聲就陷入沉默,太尉正要追問他對作太尉義子的意見,烏沃冒出一句:

「我很愛讀書。」

太尉暗喜,這表示烏沃願意了,便直接道:

「烏沃,從今天起你便是我的義子,你也不需改姓,就還叫烏沃挺好,愛讀書,府裡有好多藏書,除了《史記》,還有《論語》、《孟子》、《詩經》等經典巨著,明日我便請個先生來教你讀書……」

烏沃又冒出一句:「我自己讀書,自己一人就好。」

太尉雖覺烏沃這孩子的思維有些無厘頭,但他今日總算找到了他救命恩人唯一的後人,能夠一踐當年自己親口答應烏大隊長的承諾,心中充滿了喜悅和感恩。

「很好,你就先安心待在我府中,今後要怎麼做,我下次再和你談,現在你去梳洗安憩……穆姬,妳帶烏沃去為他準備的房間,晚間他和我一同進餐。」

穆姬應聲而至,向太尉行禮後便對烏沃道:「公子請隨我走。」

烏沃行禮而退，到了門邊，他忽然回首問道：

「太尉，那隨我進府陳情的老頭夫婦怎樣了？」

太尉臉色忽然變得冷峻，他點了點頭道：

「他們陳情的事已經處理了。今後你做了我的義子，好賭、好管閒事的性子要改一改了。」

烏沃一怔，暗忖他怎知我好賭，正想再問，穆姬低聲道：

「你的惡名在江湖上傳得響噹噹，我們打聽不到麼？別再問，快隨我去你房間。」

烏沃想到晚餐時還可以再問個明白，便住口隨著穆姬走出會客室。

走到府中為烏沃準備的房間，烏沃才嚇了一跳，只因房間又大又豪華，他環目四顧，竟不敢相信世上有如此寬敞華麗的臥室，只為一個人享用，不禁結巴地嘆道：

「哇，這是我一個人的房間？昨天……昨夜我還睡在露天……」

穆姬驚訝：「睡在露天？這下雪天你就穿這樣的？」

「我……不怕冷。以前我是怕的，現在不怕了。」

穆姬不明其意，正在思索，烏沃已然跳到別的事上：

「穆姬，來陳情的老夫妻怎麼了？」

穆姬未料到他忽然又問到此事，想了一會就面色嚴肅地回答：「此事很是複雜，請公子不要再問。」

烏沃忽然堅持起來：「是我帶他們進府的，我當然要問的。」

穆姬正色道：「那兩人對太尉所陳之事，關係國家大局，不是你我該問或談論的……」

烏沃鍥而不捨：「那兩人現在哪裡？他們……他們安全嗎？」
穆姬凝視烏沃，過了一會，很小心地回答：「很安全，只是一時恐怕見不著他們了。」
烏沃聞言一驚道：「他們……被囚禁了？」
穆姬搖搖頭道：「沒有……只是去了安全地方，你不要想去見他們！」
烏沃傻笑一聲道：「有妳這句話，那……那我就放心，也不用去見他們了。」
穆姬轉變話題道：
「你還是快梳洗休息一會，換一身新衣服，今日來得突然，我只備了三套新衣放在櫃中，明日再帶公子去城裡多購些用物，晚餐時有人來叫你。」
她轉身離去，烏沃望著她婀婀娉娉的背影發呆，他感覺到自從太尉收他為義子，穆姬的態度就變溫和許多，此時他坐在舒服的搖椅上，伸展四肢，又陷入了沉思。
烏沃從一個浪跡天涯的少年，突然變成太尉大人的義子，昨天還在餐風露宿，今夕卻住入豪華舒適的太尉府第，他心思如潮湧，久久不能自已。
「自從那綠毛赤目人身上的藍色結晶進入我體內，我的身體開始一連串的變化，想想十分可怕，今日既然躲入太尉府裡，便要裝呆賣傻，最好變成一個不懂事的富貴家子弟，總之要不引人注意，好好待在府裡修練養氣，只望身體的變化能儘快穩定下來，然後我再開始測試身體變化為我帶來的奇特功能……」
他自覺想得有理，腦中便泛現一個問題：「那瓶藍色結晶，解析出來的分子結構……」
才想到這裡，他的腦波觸動了植在他身上的生醫晶片，那個複雜的三度空間結構立刻清晰地呈現在烏沃的眼前。

烏沃以意念控制那分子作了三百六十度緩緩的旋轉，一時之間他似乎抓到了一些這分子的奧祕，但仔細想又覺模糊不清……就在這時，一個清脆的叮噹聲打斷了他腦波和生醫晶片中立體分子的連線，取而代之的卻是朱橙溫柔的聲音。

「水天，我們還原了那一夜及次晨屍研室所有的出入門禁的原始紀錄，也查出了綠毛獾族人檢體數據輸入電腦的時間點，我知道那一夜所有的採樣分析工作都是你一個人完成的，那段時間秋奴根本不在屍研室。水天，你為什麼不發一言讓秋奴搶走你的功勞？這事害你受了鞭刑，我真為你覺得抱歉和不捨，可是，可是你為什麼要偷走那瓶藍色結晶？」

停了一會，又傳來一個語音資訊，還是朱橙的聲音。

「水天，你逃走已經夠久了，該回來了吧。我保證你回來院裡有功無罪，我們一起把那藍色結晶的祕密解出來，這是一件偉大的工作，是因為你的發現而帶來的機會，你一定要加入。」

聲音停在這裡，數秒鐘後，生醫晶片送來第三封語音資訊：

「水天，你為什麼不回答？我知道你已經逃到了塞美奇晶的京城，你不要再躲藏了。」

烏沃苦笑，喃喃自語道：「我要去洗澡換衣服了。」

他用這個意念切斷了腦波和生醫晶片的連線，腦中恢復了平靜，思維回到了現實，他起身走到側廂的沐浴房。

換了便服的太尉顯得很親切，但換了公子服的烏沃卻顯得更拘謹，一方面是有些緊張，另方面是他想要刻意把自己塑造成一個心無城府、胸無大志的少年，很樂意留在太尉府中吃喝玩耍混日子。

還有一個原因是穆姬。在引導烏沃來到餐廳時，她語帶善意地對烏沃說了一句話：

「你若還想留在府裡做太尉的義子，那兩個陳情人的事在晚餐時不可再提，太尉不願有人再談到那兩個人的事！」

烏沃傻傻地道：

「謝謝妳的好意，我不提，我自會去找那兩人，他們還在府中，我終會找著的。」

穆姬聞言吃驚，暗忖：

「這個烏沃明顯腦子犯傻，唉，主人幹麼要花那麼大力氣找個傻蛋來做乾兒子？」

烏沃見穆姬不答，竟然自作聰明又補一句：

「我是試探妳的，哈哈，妳不敢回答便表示那老頭夫妻倆一定仍在太尉府中，哈，穆姨，妳中我計了。」

「叫穆姬，不許叫穆姨……」

她口中阻止，心中暗忖：「這小子的毛病還不輕。」

太尉的晚餐很家常。

他單身一人，日常生活全由穆姬打點。尤古原是屯田邊防軍官，得到長官提拔，推薦入宮擔任負責皇宮安全的衛尉，在札赫登基時立下了擁立的大功，札赫不顧他年資短缺，居然破格擢升他為太尉，在塞國歷史上從無先例。他知道自己資淺而高居全國首席軍職，行事力求克己為部屬表率，加以生性儉樸，除了宴客之外，平日飲食十分簡單，處處還維持軍人本色。

穆姬先舉杯：

「恭喜主人有了後人，俗語說得好：『好螟蛉，勝親生』，我也恭喜烏沃，一夕之間貴為太尉義子，這一杯斟滿，一定要一口乾掉。」

原來塞美奇晶星球人的生殖率低，許多富有家庭無後，收養義子女是常事，貧窮家庭常因子女為富貴家收養而家境改善，這種情形在某種程度上成為社會階層遷移的動力；因此才有「好螟蛉，勝親生」的俗語。

這句俗語還有一層深意：親生兒女之良莠優劣無法預知，養子養女則可擇優而收養。是以穆姬這仰面乾了一杯，心中卻暗暗為太尉覺得不值，心中更為今後要侍候這樣一位傻乎乎的少主人感到不爽。

烏沃聽了這話不禁默然，他想到在九疇郡賭場發生的事……被五兩銀子逼得要上吊的魯八奔，強奪人子為義子的采桃桂……

太尉多年尋找烏沃，今日終於收他為義子，遂了夙願，顯得很開心，他用的是大杯，一口氣喝完，哈了一口氣道：

「烏沃你從皮幽國逃回，還救了智人阿里十三，有勇有謀，很有一點你祖父的遺風呢。」

烏沃收起心中思緒，喝乾了手中杯酒，覺得滋味挺好，便自顧自抓起酒壺斟滿了第二杯，卻沒有替義父斟。只乾笑答道：

「其實應該是阿里十三救我逃回國的，我是湊巧碰上，照著他說的法子打開了囚禁他的石門而已，太尉……義父你這酒真好喝。」

尤古點頭微笑道：「嗯，智勇雙全，還懂得謙虛，不錯不錯。」

尤古太尉滿意地接過穆姬為他斟滿的大杯，又是一乾而盡。

十數杯下肚後，桌上菜餚吃得差不多了，穆姬命侍者上米飯及大餅，烏沃卻不吃了，他連聲喊飽，不肯再進主食。

尤古是軍人作風，每餐必備米飯及大餅，不然不會感覺吃飽，見狀便對烏沃的小食量不滿：

「年輕人怎麼吃這麼少？義父我在你這年紀時，沒有三大碗飯怎夠飽，你方才酒菜也沒吃多少便不吃飯了，難怪身子如此單薄……穆姬，以後注意烏沃的飲食飯量，定要讓他多吃，長壯一些將來才能幹大事……」

穆姬應「是」，心中卻暗暗嘀咕：「這小子的飲食起居要老娘管？真要倒楣了。」

晚餐要結束了，太尉飲了不少酒，紅光滿面，他年紀不老卻有一頭威武的銀髮，看上去格外貴氣，烏沃已經沉默了好一會，這時忽然開口問道：

「義父，今日那兩個老人他們陳什麼情呀？」

穆姬立刻打斷：「烏沃，這事你不要多問吧……」

這時太尉府侍衛長匆匆從門外進來，小跑步到太尉座旁，呈上一封公文，朗聲報告：

「南郊各村鎮密謀對京師舉事之首領，共十一人已全數就捕，南軍校尉羅哈依鎮暴平亂典章，已將十一首領先斬後奏，特急報太尉。」

太尉聽了面色如常，只淡淡問道：

「十一人？先前密報不是說九人麼？」

侍衛長抬眼見太尉的臉色變得凝重，連忙答道：

「上午來府陳情通報的老人夫婦，咱們不信他們所言並予斥回，兩人回到南郊後，立刻被帶到九個首領密會之處，受到九人盤問，老頭說太尉並不相信他，對他的通風報信不賞反罰，眾首領聽了防範之心略微放鬆，卻不料我南軍精銳衛隊在羅哈校尉指揮下，尾隨那老頭及婦人，突然殺到，兵不血刃便捕捉了所有的謀亂首領……」

烏沃忍不住插問：「那來陳情的老夫妻……」

侍衛長頭都不抬答道：「一起殺了。」

烏沃又驚又怒，但他一抬眼碰上太尉臉上凌厲的神色，突然醒悟，硬生生把口中的話嚥了下去，卻聽侍衛長冷冷地說明：

「他們舉事在即，派兩個土老兒以陳情之名來刺探，以為透露些我們早已知道的消息，就能探出朝廷高層的動靜，我奉命盤問他們，彼等來意被我看破，我嚴斥所陳有人造反之情報全為謠言，並掌嘴三十斥回老家，羅哈校尉手下不分青紅皂白將這兩人一併殺了也算是剛好而已。」

烏沃聽了強按壓住心中的不滿，冷靜地分析，暗忖道：

「好厲害的手段！我留在這府裡，必須萬分小心，裝驢要裝得像，切不能露出馬腳。」

烏沃斜目看穆姬一眼，只見穆姬面目淡然，杏眼目光平和，嘴角甚至隱隱含著一絲微笑，一副見慣不怪的模樣，不禁暗嘆：

「看來這個穆姬也是個狠角色。這太尉府中須得步步為營。」

太尉揮手，侍衛長退出，穆姬上前行禮道：

「賀喜太尉，將計就計，一舉將即將爆發之京畿造反撲滅於未然，這是天大的好消息，但此刻時間已晚，皇上恐已就寢，就明日早朝再向聖上報喜可好？」

太尉點首，從袖中掏出一卷紙，伸手遞給烏沃，烏沃接過，展開一看，上面寫著：

「《論語》，《孟子》，《詩經》，《史記》，《韓非子》。」

太尉對他正色道：

「這五部書府裡書房都有，讀了對你的修身、氣質、思想、見識、策略，都有助益，你要認真地讀，你每讀完一篇就寫一篇讀後心得，義父要考較你的進度，今日就到此吧，你回去早睡，明日早起就開始晨讀，我平日公務繁忙，你有什麼事便找穆姬解決……穆姬，烏沃初來府裡，一切妳多照應。」

太尉說時面色、語氣都趨嚴肅，殊不似先前的溫和，他揮了揮手道：

「我醉欲眠，你去吧。」

穆姬對烏沃輕聲道：

「我還有事要處理，你隨門外的『青帶』回房去可也。」

烏沃心中暗暗嘀咕：「青帶？是個侍女？」

他不願再多問，點頭起身對太尉行禮道：「義父晚安好睡。」

一走出餐廳，他嚇了一大跳。

只見門外立著一個龐然巨人，一聲不響。巨人身高起碼有常人一個半高，腰上繫了一根青帶，不知是什麼材料所製，只是一眼看上去便覺得青得格外耀眼。

烏沃驟見巨人，嚇得倒吸了一口氣，定眼再看，青帶原來是一個機器人。他一時興起，心想是一個機器人，我且捉弄他一下，便道：「喂，你好？」

他用的是皮幽人的問候語，原以為機器人一定被搞糊塗，卻不料青帶立刻用純正的皮幽語回答：「公子隨我去臥房。」

烏沃目瞪口呆，機器人又補了一句，仍是皮幽語：

「原來公子是皮幽人，以後青帶和公子說話便用皮幽語。」

烏沃學會的一點皮幽語有點罩不住了，連忙道：

「我不是皮幽人，青帶，算你厲害，你還是說塞美奇晶語吧，我服了你。」

青帶立刻轉換成塞國語：「遵命，公子請。」

青帶說話條理分明，顯然有相當高的智慧，只是言語之間不帶情緒，烏沃聽來，感覺那語氣既不冷淡也不熱絡，但對應的語意卻絲絲入扣、恰如其分，不禁暗中嘖嘖稱奇。

烏沃隨著機器巨人青帶回到他的房間，青帶十分禮貌地鞠躬告辭：

「公子早憩，今夜不要出房，明早有人前來請安，會帶公子在府中各處走一圈以瞭解環境，然後方可在府中活動。此事至為重要，否則恐有性命之危。」

烏沃聽了不但不怕，反而心生不滿，暗忖：

「不就是個太尉住的府第吧，能有什麼性命之危？為什麼他們大官家裡一個機器人都會恐嚇老百姓？」

第二天一早機器人前來向烏沃公子問安時，烏沃發現「青帶」的腰帶換成了紅色。

「啊哈，你換了腰帶？」

機器人躬身道：

「沒有換腰帶，小人是另外一個機器人，名叫『紅帶』，今日輪到我紅帶當班……」

「啊，你們有幾個像這樣的機器人？」

「不多，就我們三個兄弟，青帶、黃帶和我紅帶。公子用過早膳，小人便帶您參觀太尉府，裡裡外外走一圈，有許多重要處所要一一指給公子牢記。」

等到走完了一圈，烏沃才明白，昨晚青帶說在府中不可亂走，否則恐有性命之危的話不是隨便說來恐嚇人的；整個太尉府中暗藏監控設備的地點竟有二十四處，這些地點都設了致命的自動武器組，由中央監控室統一發號，射殺任何侵入的敵人。

對住在府中的人而言，不論身在何處都必須謹言慎行，隨時隨地都有被監視的壓力，一個不慎觸發了隱藏的火網，就要被射成蜂窩了。

烏沃察覺機器巨人身上就暗藏各種監測器物，近距離跟在身邊，比一個活生生的跟監人還要可怕；因為機器人不會累也不會閃失。於是他在回到自己的房間之前，語帶敬意地對紅帶說：「今日到此為止，由衷感謝你們貼心的保護。」

紅帶立刻回道：「公子忒謙了，小人們侍候公子是應該的。」

烏沃一時心血來潮道：

「你們不是侍者，你們是我的兄弟。紅帶，你去告訴青帶和黃帶，我要和你們結拜，明日咱們四人捻一炷香，向天祝禱完畢，咱們四人就是同生共死的兄弟了。」

紅帶的人工智慧畢竟有限，「結拜兄弟」這個概念在他的電腦中並不存在，聽完烏沃說了就不會回答，超過二．五公尺的巨漢呆立在地，體內的電腦在瘋狂地啟動搜尋，發出一陣輕微的咔咔聲，類似人類吃壞肚子發出的咕咕聲。

足足過了十幾秒鐘，紅帶體內發出「叮」的一聲，他終於從「同生共死」四字的連結，造出一句回答：「同生共死，對，紅帶為你擋子彈。」

烏沃難倒了紅帶，但見這個巨大的機器人搜腸搜肚冒出這麼一句話，明知未必有意識，聽了竟也有些感動，他哈哈一笑轉身進房。紅帶恢復了流利，鞠躬而退。

烏沃和衣躺在舒服的床上，雙目盯著屋頂上的雕花，默默地對自己說：

「我瞧太尉對我雖好，其實生性冷酷，太尉府表面華麗實則危險四伏，我烏沃還想要在這裡待一陣子，就要是一個紈絝的傻小子，愈不上進愈安全，最好讓太尉對我徹底失望，不再理會我，我的日子就好過了……對，除了這些機器人，還有那個總管穆姬，也要應付得宜……」

次日烏沃當真約了三個機器巨人，自己腰間也繫了一條橙色的腰帶，四「人」拜天結為兄弟，三個機器人拿香跟著拜，也不知道他們是否真懂在幹什麼。

春去秋來，四季輪轉，太尉府宏大的家院中，林木扶疏、鬱鬱蔥蔥，各種植物花草彩色繽紛，此起彼落，竟感覺不出季節的轉換。

烏沃坐在東院林子裡，手上拿了一本《詩經》，只仰面迎著陣陣涼風，快意地遐想這段時間中悉心扮演他設定的角色，太尉見他不上進的本質逐漸顯露，不但讀書進步有限，寫的功課見識低俗，對各種遊玩興味卻高，愈來愈像是個紈絝的傻蛋。

其實烏沃這段時間裡讀了不少書，成熟了許多，滿不是太尉看到的模樣。

太尉初則忍怒諄諄善誘，但毫不見效，後變嚴厲，烏沃表面上唯唯諾諾，實地裡陽奉陰違，於是除了紈絝之外，又養成說謊的習慣，只要太尉對他一發怒，他立刻編造各種謊言只求當下過關。太尉事忙有時便被矇騙，只穆姬這關不易過，因此烏沃和穆姬的關係愈來愈緊張。

烏沃的內心對這種發展感到滿意，他躲在太尉府過他自己的日子，一切尚稱順利。但另一方面，也有一事令他忐忑不安。

他服用奇奇哥為他開的藥方並勤練他傳授的養氣功夫，一年多來確實有了顯著的效果，體內的各種不適漸漸消失了，只是他的食量愈來愈小，他更喜歡多喝水、多曬太陽。他吃得少，但體力較先前更好，速度和彈性增強，視力和聽力倍增。

但是近來他發現自己皮膚上的汗毛有逐漸綠化的傾向，還好他皮膚原來並不白皙，些微綠色不太顯明。每當他想到那個赤目軍屍體上的綠色體毛，不禁感到一陣不自在，一個問題令他耿耿於懷：「我是否也會變成一個半人半獸的怪物……」

這時一個威嚴的聲音傳來，打斷他的胡思亂想。

「穆姬，烏沃一整天跑到哪裡去了？」

是太尉的聲音，烏沃聽了整個人如彈簧一般跳了起來，耳邊聽到穆姬嬌聲回答：

「剛才還看到公子在院子裡吟詩讀書哩。」

烏沃匆匆從林子中走出來，快步走到太尉前行禮。

「義父、穆姬，我正在林子中迎風吟讀《詩經》，聽到您們聲音就趕來見過……」

太尉見他手上持著一本《詩經》，正翻到〈邶風〉篇。

太尉道：「難得你主動讀詩，我問你這首〈北風〉有何寓意？」

烏沃其實根本就沒有在讀詩，被義父這一問，竟答不上話來，他低頭看了書頁一眼，正好看到：「莫赤匪狐，莫黑匪烏。惠而好我，攜手同車。其虛其邪？既亟只且！」

便胡亂謅道：

「赤狐狸黑烏鴉，全都跑了，堂堂大官們怎麼還不快馬加鞭？這寓意……這寓意嘛……」

謅不下去了，正著急時，不料太尉卻面帶嘉許之色，連連點頭道：

「不必說了，我知之矣！」

太尉見他肯讀書，心中便有幾分暗喜，聽他對這首詩的文義解釋得好，似乎將詩之寓意指向時局，便心照不宣阻止其明表了。

卻不知他又誤會了烏沃。烏沃其實是一頭霧水，他正暗思：

「我啥也不知，你卻知之矣，這是怎麼回事？」

太尉指著前方一個涼亭道：「我們到涼亭坐坐，陪義父說說話。」

烏沃有些忐忑不安，不知義父要訓示什麼。走入涼亭，太尉道：

「今日上朝，見到一個有為青年，真乃我塞美奇晶的好男兒，這年輕人比你大不了幾歲，名叫司馬永漢，長得聰明斯文，一表人才，帝君在大殿召見他，對他勉勵有加，滿朝大臣皆祝福他任務順利成功，安全歸來……」

烏沃啊了一聲，問道：「他要執行什麼任務，竟然驚動帝君召見？」

太尉道：

「他將為我塞美奇晶國出任務到億萬里之外的地球，為此任務，他已接受科學智人及生醫智人近兩年的特別訓練，現在他已充分準備好，萬事皆備只待帝君一聲令下……」

烏沃哇地叫出聲來：「了不起，真了不起啊！他一個人去國億萬里？」

「當然還有人同行，那人要駕駛太空船，並留在太空中繼站上支援他安降地球……」

「啊，那人也了不起，他是誰？」

「就是科學智人阿里十三……」

烏沃幾乎跳了起來，驚叫道：「阿里十三？他要去地球，為什麼不告訴我？」

太尉微笑道：

「我知道你們一同逃出皮幽國，是患難之交，但阿里十三在執行國家頂級機密任務，他不可能告訴你的。」

烏沃抓抓頭，問道：「那，義父怎麼現在就能告訴我了？」

「今日在大殿上司馬永漢已露了臉，他們明晨出發，這任務已經不是機密了。」

烏沃愣愣地追問：「他們要去多久？」

太尉瞅了他一眼，答道：

「司馬永漢如果待在地球上一年，加上往返的時間，在我們塞美奇晶也就是十天半月的時間吧；你不用急，很快就能見著你的患難之交從地球歸來。」

CHAPTER 03

札赫變法

出使地球的任務圓滿完成，「塞美奇晶二號」安返塞國。〔註〕

司馬永漢在帝宮外候傳。

黃門令伍勃低頭踏著小碎步從帝宮大殿正前方走向殿廷的中央，他身著黑衣，頭頂黑帽，帽尖處有一條金黃的飾帶。他的一舉一動十足是個老練的黃門太監，百官幾乎忘了他其實是個機器人。

正殿裡鴉雀無聲，左邊列立文官，以丞相為首；右邊列立武官，以太尉大將軍為首。伍勃誠惶誠恐地從左右百官中間的通道走到大殿中央點停下身來，抬首對宮門外朗聲宣道：

「司馬永漢入殿覲見！」

司馬永漢一身黑衫，頭上紮了一個龍盤髻，一支碧綠玉簪，兩段白帶，略帶緊張之色地大步入殿，走到廷前單膝落地行禮道：

「京城衛戍一等軍士司馬永漢叩見帝君。地球之行幸不辱命，特來覆命交差。」
一個一等軍士居然向帝君覆命交差，這是史無前例的異事，實因這個軍士奉欽命執行的任務實屬世所罕見。
帝君札赫，身披大紅金袍，頭戴金冠，冠上鑲有三顆鴿蛋大小的藍色鑽石，略一頷首便精光四射。
雖然派遣出發之前曾經親自召見過司馬永漢，此時他功成歸來，滿朝君臣無不對這個完成「不可能任務」的年輕人另眼相看，對他地球之行的過程大感興趣。
札赫帝君將司馬永漢從頭到腳打量個透，頗覺他比出任務前成熟了不少，微笑道：
「司馬永漢，你勇敢機智，往返三十兆里外之地球，安全歸來，朕心甚喜。」
司馬永漢奏道：
「小人離國在地球上過了二百五十多天，對地球最強大的民主大國美國，及新興進步之民主小國台灣，都作了相當深入之考察及瞭解，由是略知『民主』之治的優劣處，特以十萬份實錄資料帶回我國，可供君主及朝廷諸公參考利用……」
他見帝君對他和藹可親，緊張之情稍微鬆緩。札赫帝君的笑聲打斷他的上奏，顯然心情甚好：
「哈哈哈，汝帶回如此多珍貴的東西，朕可沒有時間看完十萬份視聽資訊。」

註：司馬永漢出使地球任務，詳見時報文化出版，上官鼎著《阿飄》（二〇一八）。

左列大臣之首，丞相金博跨前一步，行禮奏道：

「啟稟皇上，臣於會前已先邀司馬永漢到丞相府中與眾卿共議，將司馬繳回之晶片內容剪輯成半個時辰之精華集，重要處並由司馬永漢配上漢字字幕，皇上及眾位大臣只須看了此精華集便可清楚瞭解這十萬資料之大旨，然後垂詢當可省卻皇上寶貴之時間。」

皇上對丞相抬手答禮道：

「丞相設想周到，真乃吾國之福，今日議事不多，就在殿上將司馬永漢的地球精華篇放給眾位大臣一同觀賞，看地球人搞的『民主』治國究竟是如何個治法？」

金博丞相行禮稱謝，他手一揮，自有議曹椽屬小吏立即行動，燈光暗了下來，大殿的空中出現了３Ｄ的高清全像術投影，在場每個人看到的都是從個人角度看的「實」像。

皇帝和大臣一開始看到的是一輪紅日在海平面呼之欲出，海天相接處，金色霞光沖天，天空被照射得五彩繽紛，錄像中傳出司馬永漢對著一個碟形飛行器發號司令的聲音，

「塞美奇晶二號速回中繼站，向科學智人回報。」

碟形飛行器停在沙灘上三尺半空，頂上有六個隸體漢字「塞美奇晶二號」，只見飛行器上紅燈閃了三次，冉冉升起，然後以一個不可思議的速度沖天而去，此時那輪紅日已從海平面升起，沙灘上像是被灑了一層金粉，不遠處有數重斷崖矗立在萬道霞光及無邊大洋之間，陡壁上林木蔥蔥，海水碧藍而白浪撫崖，彩色奇幻而氣象萬千。

這時聽到司馬永漢的輕呼聲：「婆娑之洋，美麗之島！此乃我任務計畫中首訪之地台灣也。」

兀自單膝跪地的司馬永漢猛一抬眼，看見金博丞相微笑對著自己，手指微指示意自己

可以站起，他便站起身來。

耳邊聽到群臣對此驚人美景情不自禁的讚嘆之聲，他重見此景，心中忽然百感俱興，過去兩百多天地球之旅的一幕幕，甜蜜的、辛酸的、詭譎的、驚險的……一一浮過眼前，他不禁輕嘆一聲，一時之間渾忘身在皇宮大殿之上。

隨著他地球之旅「精華集」一段段在大殿的空中放送，司馬永漢的心情由激動漸趨平靜，他發現帝君和丞相都聚精會神地觀看，大臣中有一個人不但認真看，還不時點首連連，甚至發出極輕聲的喃喃自語。

那人英俊魁梧、身著軍裝，胸前掛著一排寶石製成的勳章，有紅藍寶石、翡翠、還有一個星形的鑽石，在雷射光閃爍下散出漂亮的光芒，十分地惹眼。

司馬永漢知他是太尉尤古，也是塞美奇晶國的大將軍，聽說他為人十分威嚴剛正，朝中大臣及武將們對他都是又敬又畏，連丞相金博都讓他三分。

司馬永漢暗忖道：

「看來皇上、丞相、大將軍這三個塞美奇晶國權力最大的人都對我帶回的『民主』治國資料極感興趣，這對我國政局的改革大大有利。」

他想到這裡心中感到一陣安慰，看來自己歷經千辛萬苦取得的寶貴資訊總算值得了。大殿空中的３Ｄ全像術投影已放映到結局部分，只見空中出現了一個年輕漂亮的女孩坐在一個床邊，對坐在小圓桌旁的司馬永漢說：

「這麼說，你們的君主選你來做考察民主制度的先發部隊，還真有識人之明呢。」

鏡頭仍鎖在那女孩的臉上，只見她皓齒明眸，一臉的聰明相，這時聽到司馬永漢的聲音。

「紫芸，其實我最大的心得是，地球人的智慧裡，科學與人文能相對均衡發展，所創造出來的文明實在了不起。但是，建立好的政治制度，須有菁英的頭腦，以領先世紀的遠見來奠定宏觀的規劃，才可長可久；像美國建國之初的先賢，他們的睿智和先見確保了美國兩百年的興盛，如果沒有這樣歷史的機緣，所有社政制度順著人性逐步演化，終將淪入徒有制度而運作全遭扭曲的境地；像現在的地球，就算人們看到了問題所在，也有要改革的理想，但已時不我與，很難和平地扭轉。我的星球雖然科技超過地球，社經政治制度仍停留在專制的社會，這時候如果能以地球為師，以地球為鑑，設計出更理想的社政制度，領先星球現況『兩千年』；也許能保住星球進步繁榮『兩千年』，晚了就來不及了，畢竟我們那裡過一年，地球上就是一百年，改革，此其時也。」

紫芸聽得很專注，一雙大眼睛微泛淚光。過了一會，她很感動地道：

「一千年前，宋朝有另一個姓司馬的大學問家，司馬光，他說：『由儉入奢易，由奢入儉難。』這話可供參考。」

司馬永漢的聲音充滿了感激：

「說得真好，由緊放鬆易，由鬆收緊難，這放收過程的設計和拿捏，可是成敗的關鍵啊。」

空中3D錄像裡的司馬和紫芸漸漸淡出，畫面變成浩瀚的雲海和滿天的繁星，最後拉近，見到八顆星斗布列成一組人形星座，顆顆皆有拳大，星座中間三星並列，像是一個宇宙巨人身上的腰帶，在太空中閃爍。

「精華篇」放送至此結束，大殿立時恢復了照明。

由於錄像中的對話全是地球上華語的普通話，大殿上有學問的文臣自幼熟讀漢朝時從地球帶回的《論語》、《孟子》、《詩經》、《史記》等經典，對文言文頗有些造詣，現代的漢語普通話雖不曾學過，幸好漢字兩千多年來基本維持不變，藉字幕之助，琢磨著也就能懂個概要，可憐那列立在右邊的武將們，就如鴨子聽雷不知所云，個個只能看畫面猜含意，各自領悟不同。

武將裡面有一個例外，就是太尉尤古。此人聰明絕頂，不但文武雙全，對科學、醫學皆甚精通，是朝中有名的才子。他對精華集的對話不但聽懂八九成，對全篇內容也能心領神會，只半個時辰內，已有相當深刻的瞭解，甚至有了若干自己的想法。

皇上看完「精華篇」，對司馬永漢點頭稱許道：

「司馬永漢，難得你一個京城衛戍的軍士，竟能克服萬難完成任務，朕要好好賞賜於你……」他對左列站在丞相下首一個高瘦官員道：

「風長史，你說依律，朕該如何賞賜立此大功的軍士？」

長史風晗上前一步躬身答道：

「啟稟皇上，軍士有功自來由其指揮官行賞，從來沒有皇上親自敘賞的先例；臣以為司馬軍士前往地球取得重要資訊歸來，固然勞苦功高，皇上還是撥交太尉，再由太尉轉命京城衛戍師之長官敘獎即可。」

太尉尤古聽風長史提到他，正要開口，皇帝已接過道：

「風長史所言雖不錯，依律此事是該交由京城衛戍師處理，唯此次情況特殊，司馬永漢

法】

帶回之資料攸關我塞美奇晶國革新圖強之大計，朕早已命丞相儘速規劃新政，得此十萬資料，便如撥雲見日，功效不可謂不大，是以朕決定親自賞賜司馬永漢上等鑽石十顆，美姬三名，章台街宅第一幢……」

群臣中發出竊竊私語，文官列中有人壓低了嗓子輕呼：「呵，這是頭功之賞！」武將列中也冒出驚呼，聲音就沒有怎麼克制，而且透出幾分氣憤之情，有人低聲開罵，用的是塞美奇晶市井語：「啊，我操，頭功之賞！這廝……有戰功麼？」

原來皇上親賞乃是戰勝敵人班師回朝的將軍特有的殊榮，司馬永漢原是城坊部隊中一個小軍士，又沒有戰場上的軍功，難怪惹惱了眾將軍，年輕的立刻出了聲，年長位高的心機較深，雖然不動聲色，心中卻是忿忿不平，有幾個站在第一排的老將便拿眼光瞅著太尉，指望這位大將軍為大夥兒說句公道話。

站在尤古正後面的是北軍校尉阿速勒，他是塞美奇晶北方防戍軍的總領，因戰功封了威武侯，是大將軍尤古多年的老部屬，也是老戰友。他在太尉身後壓低了聲音道：

「太尉，皇上這麼做，恐怕大家都不服，您……」

也不知尤古有沒有聽清楚，只見他走前一步向帝君行禮道：

「啟稟皇上，司馬永漢乃一個京城衛戍軍士，蒙皇上格外恩拔，賜他赴地球考察之艱鉅任務實屬異數，臣以為在敘功論賞之前，應先考量此人身分原為罪屬奴戶，驟加重賞，恐怕於律不合……」

才說到此處，站在身後的阿速勒已忍不住跨步向前行禮奏道：

「啟稟皇上，據臣所知，司馬永漢之生母乃是因與地球賤男通姦而遭定罪，此種賤人這次立了功，最多便是將功贖罪，皇上欲比照大戰首功之規格加賞，是否有當，萬請聖上三思。」

帝君札赫沒有料到武將們的反應如此強烈，便伸手指向左列第二排的太史令黃石九，朗聲道：

「太史令，關於司馬永漢之出身，在其出發之前，朕曾命卿詳查，當時並無人對其出身有何意見，如今威武侯出言如此激烈，汝且說明清楚。」

太史令原列於第二排，聞言出列恭聲答道：

「啟奏皇上，司馬永漢之母隨清娛為我國塞南郡世家之女，其父為地球漢朝太史令司馬遷，乃是中國最負盛名之史家，我等習文之人自幼熟讀之《史記》便出於其手筆，阿速勒將軍所謂『地球賤男』言之差矣，差之大矣……」

北軍校尉阿速勒厲聲打斷道：

「黃太史令，你不要因為司馬永漢之父同是太史令便曲意維護於他，就算他不是地球賤男，隨清娛在先帝時期即已定罪，雖然僥倖免了刑責，然而罪婦的兒子豈可獲頒戰役首功的賞賜？你等讀了幾本漢書便自以為了不起，不懂得功勳的賞賜乃是國之大事，你等沒有功勳的官員沒有資格說三道四。」

黃石九對皇上再拜奏道：

「臣奉諭對司馬永漢之父母來歷加以說明，對陛下賞賜司馬之旨意尚未著一言一字，何來什麼有無資格、說三道四之說？北校尉言之差矣，差之大矣。」

這人似對「言之差矣，差之大矣」這八個字特有偏愛，他這一番話乃是點醒阿速勒，殿上議事皆是奉皇帝之令，大臣之間不可擅自放對，阿速勒卻不理會，續斥道：

「戰首之功是皇上專賞給重要戰役得勝首功之將領，豈容軍奴小子獲領？說你不懂，你就閉嘴，回去捧你的書本吧！」

一旁恭立的司馬永漢十分震驚，他原以為皇帝之尊，朝殿之上議事定是肅穆莊嚴，大臣們言行謹慎，豈料第一次見證殿議，見到的竟是武將當著帝君之面對文臣出言不遜，而且聲調愈來愈響，用詞愈來愈烈，不禁駭然。另一方面，他見朝廷大臣為自己的身世大起爭論，也不禁感到惴然不安。

札赫帝臉色鐵青，卻未出聲，這時丞相金博拱手齊眉道：「陛下……」

不料太尉尤古同時也起奏：「陛下……」

朝中兩大臣同時發言欲要上奏，通常遇此情形，皇帝肯定會請丞相先發言，然而此時札赫帝竟揚手對尤古道：「太尉可先奏。」

丞相欣然退讓，他心知言詞激烈的北軍校尉乃是太尉的心腹大將，皇上甚望太尉出言將他壓制，以免這個悍將口不擇言，搞到不好收拾的地步。

尤古輕咳清了一下喉嚨，然後朗聲道：

「司馬永漢之母隨清娛，二十一年前為我塞美奇晶帶回漢朝典章制度，對我國其實立有大功，先帝時入罪乃是罰其私以身許地球人並懷孕生子，有違天命，然功過相抵，並未刑及隨氏，其子則為軍奴。今日太史令一席話，吾等重新思及，隨婦所從之地球人司馬遷實乃中國不世出之偉大史家；時過境遷，先帝時之判決或有重新審視之必要，臣方才所言乃是建請皇上，如對司馬永漢賜賞，宜先去其奴籍，然後賞之，國人便無不額手稱慶了。」

北軍校尉阿速勒聽得傻眼，想不到太尉轉了如此一個「髮夾彎」，心中又急又怒，正要發言，丞相金博已緊接著奏道：

「太尉之言，興德之嘉言也！隨清娛於私有過於國有功，以今日觀之，其功遠大於過，便以與地球人生子之罪而言，所生之子司馬永漢在二千一百地球年後重返地球，而能順利達成皇命，此間因其身具地球人類基因而大有助益，可謂功不可沒。陛下正宜當此之時免去司馬永漢所有之原罪，恢復其庶民戶籍，然後恩賜以彰其功，則理順章成，社稷甚幸、司馬家甚幸。」

札赫帝君聽了兩人之言甚覺合意，便朗聲道：

「丞相、太尉二卿之言甚合朕意，司馬永漢立此大功，即日起免除其家族之罪名，並封長安侯，秩千石，其餘賞賜如朕先前所諭。」

武將之列中又響起一陣騷動，阿速勒身旁立著南軍校尉羅哈，只見他滿面通紅，一跨步出列奏道：

「啟稟聖上，司馬永漢出使地球有功，免其奴籍也就罷了，但他並無寸土之得，竟然又得府第又獲爵位，臣深恐有傷保衛江山的將士們之士氣，萬求聖上再多想想。」

他氣粗聲壯，語氣中似有逼宮的意味，尤古側身圓瞪雙目直逼羅哈，他知羅哈的手下衛尉負責皇宮禁衛，他的發言，皇帝更加顧忌，然而自己這個親信以皇宮禁衛首領之身分竟膽敢對皇帝咄咄相逼，甚至對自己也怒氣相向，心中不禁極感不是滋味，而那羅哈像是吃錯了藥，竟然絲毫不畏，冷眼回瞪太尉，大有豁出去的架勢。

司馬永漢對皇帝賜賞原不期待，賞賜輕重亦不在意，正想要謙辭幾句，但見武將們對此事的反應強烈如斯，便覺自己不能示弱；既已成了這批手握兵權的武將們的眾矢之的，此刻若是退讓，難保以後不會命喪在這批囂張跋扈的軍頭之手；想到這裡，他就閉口不言，靜觀皇帝如何處理。

帝君札赫睜目從左到右掃了一遍，他要看殿上群臣的全面狀況，尤其是丞相金博與太尉尤古的態度。然後他換上一副凜然生威的神色道：

「眾卿聽了，司馬永漢出使地球取回十萬珍貴資訊，正應我國改革開放之所需，功勞實不亞於開疆闢土，朝廷依此而賞賜如朕之前諭，實屬合情合理，爾等不得再言，即由丞相處理文書奏章呈報！」

丞相首先躬身應道：

「臣金博領旨！臣另奏請皇上恩准司馬永漢到丞相府擔任議曹正吏，協助籌劃新政。」

皇帝轉向司馬永漢道：

「丞相之言甚佳，司馬永漢汝即到丞相府議曹任事，全權歸丞相節制，汝當竭盡所能助丞相早日完成新政規劃，不得有誤！」

司馬永漢不懂朝儀，呆立原地不知該有何動作，丞相對他比了一個手勢，他雖不瞭解其意，但心想禮多人不怪，便跪下行禮，呼道：「吾皇萬歲、萬歲、萬萬歲。」

這時候忽然三呼萬歲，顯得有些突兀，皇帝莞爾一笑。

丞相府在皇城東大街上，一片翠林深處一個多角多稜的巨大方形建築物，佔地五十畝，全結構由一種黑色奇石所砌成，陽光照射時，黑石表面會發射出暗紅色的光芒，閃爍有如火焰，是以塞美奇晶人民給這所丞相府取了一個別名：赤焰府。

金博丞相坐在議事廳中的太師椅上，此廳位於丞相府數百間豪華房間的正中央，從正門入府，要經過九彎十八迴廊，才能到達中央議事廳，其中有三道走廊暗藏自動發射武器的裝置，這三套裝置每日移至不同之迴廊，操作全由機器人衛士為之，外人如要侵入，絕猜不到那一條迴廊是死亡之廊。

司馬永漢聽說過這座赤焰府原是先帝的皇宮，侍女嬪妃們分住宮中各廳房，中央的大廳原是後宮。札赫帝自幼在宮中長大，一度離宮去了民間，就對此宮甚為不喜，就位後便另建新皇宮，此宮改作丞相府，原來的丞相府邸賜給了智人府，改作「生醫智人」的研究所，更名為「生命祕院」。

他搬進的這間房廳十分寬敞，家俱用品皆屬皇室級別，多為積桂山巔所產的珍貴黑木所製，木色黝黑如墨，質地細緻如嬰兒之膚，撫之溫潤如握美玉，奇的是其堅更勝石材。塞美奇晶全國就只積桂山巔生有此木，全屬皇家私產，平民如敢盜伐一木就有滅族之禍。

司馬永漢一生歷經各種辛苦，母親被列入奴籍，自幼經常三餐不濟，入了衛戍師也是下級軍人，哪曾住過這等豪華之房室，躺在一張碳精纖維織成的躺椅上，只覺四肢鬆弛，輾轉反側，各種姿勢無一不舒適之極，大白天竟然有些昏昏欲睡。

他從回到塞美奇晶的一刻起，就沒有好好休息過，回想起一連串緊湊的「節目」，這時徹底靜了下來，全身放鬆了，心中卻無由地起了一番失落之感。

先是到生命祕院的生醫智人處報到，純金色鬍鬚的智人奇奇哥取出了植入在身的晶片，全波段掃描體檢後服了一顆特製的藥丸，說是可以將他漸已習慣地球的生理機制調回到適於塞美奇晶星球。

奇奇哥笑咪咪看著他服下藥丸，將另一顆藥丸包好交在他手中，微笑說道：

「司馬永漢，你在地球上過了二百五十多個地球日，按我這藥丸之劑量服一顆足矣，我特別給你兩顆，明日再服一粒當可助你快速適應回來；依你年齡及身體狀況，不致產生不適之感，可以將兩地時空差對壽命影響減至微不足道。」

司馬永漢忙道：「多謝智人。」

奇奇哥道：「我對你好是要和你交換東西，這張問卷你拿去照著問題填寫，我要知道你服藥後每天身體的變化，每個細節都要回答。」

他說著一面從桌上拿了一疊印滿了問題的紙張，鄭重其事地遞給司馬永漢。

純金色鬍鬚人種在塞美奇晶並不多見，民間傳說他們具有遠古時代烏米族的基因，純種的烏米族人已經在多年前被塞美奇晶人滅族了。一般相信十個金鬍子有八個是智人，奇奇哥是生命祕院中最負盛名的智人。

奇奇哥十分好心，臨走時指點他：「從側邊小門出去，能抄近路回到大路上。」

謝辭奇奇哥後，司馬永漢就提著長形的行囊去科學智人處報到，一進門就看到一張熟悉友善的臉，正是駕駛太空船從中繼站將自己接回家的智人宇航員阿里十三。

「哈，司馬，生命祕院裡的智人有沒有在你身上搞花樣？」

回到家卸了任務，這人的言行變得輕鬆風趣，一改在太空船上執行任務時的嚴肅，他親熱地和司馬打招呼，司馬永漢開心地道：

「檢查我的生醫智人奇奇哥是個金鬍子，他人可好啊。怎樣？我就在這邊向你老兄報到？」

阿里十三點頭道：

「碰上奇奇哥算你走運。先把隱形裝備繳了，頭盔也要繳。」

司馬永漢把長形行囊繳上，笑道：

「靠著這身裝備，我在台灣總統府和美國白宮進出像自己家似的。」

阿里十三攤手道：

「你的『量子通訊器』呢？」

司馬永漢道：

「在美國時被狙擊手一槍擊中打壞了呀，你是知道的，它擋住子彈救了我一命。」

「打壞了還是要繳回，這是規定。」

司馬永漢原想把它留下作個紀念，有點不情願地掏出一個薄薄的黑盒子，烏森森的非金非石，外殼正中央被子彈打凹，凹下部分的中心點露出一點猩紅色的暗光，正是子彈尖在發射器超硬的表層上留下的痕跡。

離開科學智人院時，司馬永漢暗中偷笑，因為阿里十三沒有要他繳回那三枚能發出訊號干擾腦波的「魔戒」。

現在他躺在舒服的躺椅上暗問自己：

「這三枚戒子，阿里十三是故意留給我，還是真忘記了？」

忽然一個溫柔清脆的女聲在他右耳邊響起：

「議曹正吏，請醒醒，丞相請您到議事廳。」

那聲音從耳邊灌入，嬌柔甜美卻嚇了司馬永漢一跳，這美女怎麼神不知鬼不覺就潛近到耳邊？連忙睜目右看，一個體態苗條的美女，打扮得像是府裡年輕貌美的女侍。

司馬永漢趕快站起身來，朗聲道：

「請問貴姓？有勞小姐帶路！」

「奴婢阿巧，是個機器人，司馬先生請隨我來！」

司馬永漢不禁搖頭輕嘆：

「咱們衛戍部隊裡所用之機器人個個身壯力大，粗聲粗氣，幹活得力，哪曾聽過這般輕言細語之機器小姐？」

他說得極輕，不料那機器人立刻回道：

「奴婢對司馬議曹正吏說話自然輕柔，若面對的是衛戍師的司馬軍士，那便是……」她的嗓子忽然變成一個雄壯威武之聲，音量也加了三倍：

「……司馬永漢聽令，丞相命你即刻到議事廳待命。」

司馬永漢對這機器人的人工智慧服了，趕快行個軍禮：「遵命，請！」

丞相府議事廳乃是先帝皇后的正殿，殿內的陳設自是極盡奢華。司馬永漢隨著機器人走到廳門口，那機器人阿巧輕聲道：

「我輩不經特許不得入廳，司馬議曹正吏請。」

說罷便背對倒退數步然後轉身離去。這機器人不但言語應對得體，進退禮儀也中規中矩，司馬永漢看呆了。

一個青衣執事前來接引司馬入廳，抬眼一看，廳中除了金博丞相居中而坐，兩邊還端坐了三位大臣，其中兩位先前在帝君殿前曾經見過，乃是長史風晗及太史令黃石九。另一位面呈粉紅色的老者卻未見過。

金博丞相見到司馬永漢，哈哈笑道：

「司馬議曹正吏，此處留有一座虛席以待，快請快請，待老夫介紹幾位長官……」

「這兩位風長史及黃太史令汝已見過，另一位長官乃是丞相府副長史呼合壽先生。」

司馬永漢對著三人一一行禮下拜，金博丞相也不阻止，實因司馬永漢年紀輕，官階比之眾吏之長的「長史」低了太多級，首次正式面謁，拜見也是應該的。

金博待司馬永漢拜見完畢就座，雙手一拍，議事廳空中就出現了3D全像投影，這一回映出的不是地球之旅的精華版，而是十萬筆原始資料，金博丞相對司馬永漢道：

「永漢，此番須將汝帶回之資料深度消化，你要一路講解，所有細節不得略過，我等討論之過程亦將全程錄像，你就開始吧！」

司馬永漢抬眼看到的是夜晚的台北市，凱達格蘭大道西端的紅磚建築物，中央有一高聳尖頂，永漢在地球上初見此建築物時並沒有特別的感覺，那時心中想的是如何潛入其內打探總統密會情形而不被衛兵發現；這時重見此建築物，感覺它雖非十分雄偉，卻有一種予人壓迫感的威勢。

待總統府小會議室中寅夜密商告一段落時，錄像暫止，司馬永漢解說道：

「此為台灣之總統府，相當於我國之皇宮，總統為全國最高元首，唯其人選是由人民選舉決定。」

空中全錄投射暫停格在總統府內的小會議室，會議剛結束，與會人都坐在原位上，總統居中，右手邊坐了三人，左手邊坐了兩人。

司馬介紹道：「總統右手首席之女士為行政院長羅正虹，相當於我國之丞相……」

金博丞相有些吃驚，喃喃自語：「嗯，女人當丞相？奇聞奇聞。」

司馬永漢指著行政院對面坐的禿頭歐吉桑：

「此人乃是立法院長廖淳仁。立法院由人民選出之委員組成，代表民意監督行政院施政，並負責制訂法律，其監督部分工作略似我國之御史大夫，唯立法之權在吾國則屬帝權……」

丞相府副長史呼合毐插口問道：

「聽說司馬議曹正吏歸國時帶回一地球人，此人是否即為廖淳仁？」

司馬永漢答道：

「回呼合長史，正是此人。此人裸身通過蟲洞而安然無恙，聞說生醫智人們為之大譁，各種理論紛紛出籠，乃將廖淳仁帶回生命祕院，仔細研究其中奧祕。」

風晗長史問道：「坐在女丞相身邊之人是何身分？」

司馬永漢道：

「此人乃是國防部長，大致相當吾國之太尉……」

太史令黃石九忽然噗嗤笑出聲來：

「彼太尉相貌可喜復可笑，與吾國尤古太尉之堂堂相貌相較，差之大矣，差之遠矣。」

司馬永漢指著另兩人介紹道：

「國防部長身旁者為外交部長，掌管國界外之大事，吾國無此官職，國家對外大事由皇帝管，禮賓小事由鴻臚管。廖淳仁身邊的乃是國家安全會議祕書長，吾國無此官，國家安全大事亦屬帝君之權也。」

丞相聽到這裡點頭道：

「地球上國家大事之分工執掌似較細緻，也似乎更周延，新政規劃中可資參考。」

他一揮手，錄像繼續前轉，出現了立法院的議事大廳，畫面立刻活潑生動起來，男男女女走來走去，一會兒罵幾句，一會兒舉牌吼幾聲，一會兒聯手推擠，一會兒鬧累了坐回座位低頭滑手機。金博丞相、兩位長史、太史令……大家全看傻了眼，但都認出主席台上坐著的正是廖淳仁。

司馬永漢看那一幕幕往事歷歷都在記憶之中，忍不住笑了起來，他有點放肆地叫道：

「就是在那裡，我測到了異常強大的負能場及負能量……」

丞相本人對科學很感興趣，立刻打斷問道：

「負能場？負能量？你用什麼儀器測到的？」

司馬永漢發現自己興奮得有點太超過，便規矩地回答：

「科學智人給我一支手錶，可測各種能場之強度，不過負能場則為第一次測到，乃是全新之現象，前所未聞。」

丞相的科學直覺敏銳，立刻問道：

「這些負能量、負能場與廖淳仁能夠不穿戴裝備安然通過蟲洞有關聯嗎？」

司馬永漢道：

「不知。但曾私下問過科學智人阿里十三，彼亦懷疑有此可能，是以生命祕院中之生醫智人正在對廖淳仁的特異功能做深入研究。」

長史風晗沉吟良久，這時提出一個嚴肅的問題：

「彼地球實行民主，人民選出之立法院委員監督行政，又為國家及人民立法修法，其職責無比重要，然而其會議議場卻又亂象如此，我看皇上對變法新政心意已決，難道我國之新政要學習這一套？」

金博丞相點頭道：

「風晗問得好，吾等須將十萬資訊消化完畢後再來思考此問；讓我們再看下去！」

皇城西大街距離「近畿大營」不遠處有一處佔地數十畝的大院，其中一座中央主建築連接五排檐牙高啄的宮式廂房，呈一個星形布列，正是塞國的太尉府。

塞國沿用漢制，太尉兼有大將軍銜，是全國最高之武職，戰時指揮全國軍隊，平時掌理全國軍事，負責皇帝及朝廷之安全。屬下的光祿勳、羽林、衛尉皆為皇宮禁軍，侍中、黃門皆為皇帝近臣，這些人官位不高，但因親近帝君，看不見的權力十分龐大。

另外還有兩個內朝官，位卑而權大，其一日尚書令，職等雖不高，卻可以先閱呈上之奏本，皇帝詔令之副本亦存於尚書之處，故極易弄權。有時皇帝特令太尉兼領尚書事，則太尉除有軍權之外，又能先閱丞相府的上奏文書，那太尉的權力就更大了。

此時太尉尤古在府邸密室中接見了北、南二軍的校尉阿速勒及羅哈，這兩人對先前在大殿上太尉態度的急轉彎極為不滿，下朝便到太尉府求見。

太尉另外召集了負責皇宮警衛的「衛尉」木達，以及帝君的私人衛隊長虎賁郎藍迪一同議事。

太尉府中的衛士中有三個身高體壯的機器人，每個機器人都有兩公尺半以上的身高，面目十分英武。這三個機器人是太尉府請科學智人院特別設計訂製，應用了超級快速、超高記憶的碳基晶片，全身上下布滿轉化率百分之九十的光伏膜衣，體內備有極強的蓄電機組，使它們力大無窮，幾乎有用不完的能量和效力，加上最先進的人工智慧、遙感及武器系統，其威力實可以一敵百，只可惜研製費用過於昂貴，以太尉府的經費只製作了三個，分別繫著紅、黃、青三種顏色的腰帶，各以「帶」為名。

這時名為「黃帶」的機器人，陪同木達衛尉及藍迪虎賁郎走來，陪送到大議事廳門口便行禮轉身離去。木達及藍迪快步趨前向太尉行禮。

見人到齊了，南軍校尉羅哈第一個大聲發言：

「稟太尉，今日大殿之上，皇上完全不顧我等之意見，執意封賞那個地球小雜種，太尉何以先表反對爾後又轉為贊成，弄得我等不知所措，太尉之意難以理解。」

北軍校尉阿速勒緊接著抱怨道：

「說來氣人，那個司馬小子到地球跑一趟單幫，弄些聽不懂的地球制度要來作為我國新政之設計基礎，地球人非我族類，憑什麼要我們學他的？太尉一言九鼎，定要阻止這荒謬之事。再說，皇上竟然賞賜那司馬小子章台街宅子一幢、美姬三名；那年我阿速勒抵抗北方蠻人獲得大勝，皇上不過賞了我兩名美女而已，這……這是一個什麼章法？賞罰不公，兵家大忌，太尉你焉能坐視？」

新進來的衛尉及虎賁郎職位較低，聽了長官阿速勒一番話，皆知重點是在他少獲賜美女一名，雖覺可笑，但在太尉面前不敢多言，只深深對望一眼，忍笑閉口不語，面上盡量保持無表情。

太尉微笑道：「木達、藍迪，你二人對新政有何看法？」

兩人再次對望一眼並不發言，都在等對方先開口，一時之間兩個全副武裝的警衛軍頭倒像是一對悶葫蘆，一聲不響，場面有點滑稽。

太尉十分瞭解這些軍人的心思，戰場中殺敵可以爭先，廟堂上的事太過複雜，凡事絕不出頭，嚴守做老二的安全防線不能逾越。於是便指名道：

「木達衛尉，你比較資深，你先說說對變法新政的看法。」

木達是個黝黑高大的漢子，平時拙於言語，但行動細膩而狠辣，執行任務使命必達。他進太尉府之前便打定主意，無論任何事絕不發言，最大限度是點頭表示勉予贊成，或搖頭表示不甚贊同，但無論點頭搖頭，皆要帶有勉強之意，是以切記腦袋擺動不可超過半寸。

聽太尉問到新政，他對新政的事不完全瞭解，當下便決心抵死也要撐到愛說話的虎賁郎藍迪先開口，不料太尉竟然先指名點到自己，一時沒了主意，便呆在椅上有如木雞。

太尉又追道：「木達衛尉，今日在府內諮議，言者無過，你說說變法新政的看法。」

木達衛尉板著黝黑的一張長臉，太尉耐性地等他回話，經過一番努力掙扎，他總算拚出一句話：「沒有看法！」

阿速勒不禁莞然，羅哈忍不住笑出聲來。太尉受挫，只好轉向藍迪：

「虎賁郎汝執兵衛送從皇上御輦，必也聽到過新政之事，且說說你的看法。」

虎賁郎藍迪是個能言善道的武將，雖然知道這議題十分敏感，既被問到便忍不住要發表高見：

「我國之典章制度乃是從中國漢朝學來，二十一年前，地球上最大之漢帝國正處於空前強盛之際，借用其政治及社會制度使我塞美奇晶走上富強之途，此其間地球上過了二千一百年之久，演進出來的『民主』制度，以末將在殿上看到之亂象，實不可取，試想所謂民主，在地球本身已經亂七八糟，我塞國行漢朝制才二十一年，實無必要跟著善變之地球人而變。皇上思變也許是感受到民間近來興起不滿之聲，其實不論何時、何地、何種制度，總有一部分刁民不會滿足，想要朝廷聽從他們的意見行事，這種事我等在底層見得多了，平時不要理會它，鬧得凶了便狠狠鎮壓一下，也就可以安靜個一段時間，前些時候，不是也發生過幾次刁民作亂的事？最近那次農民『舉義』，京畿附近的農民聯合南畿九個鄉村的首領，準備夜襲皇宮挾持帝君，結果還不是讓太尉看破了手腳，將計就計先發制人滅了那個狗屁起義，十一個為首的被南軍校尉剁成肉醬，和泥土做成了路基，羅哈校尉得了重賞，一輩子享福；末將重提這事乃是以為現下四方並無動亂，民心偶有異議，不必立刻要搞什麼大改革，傷筋動骨大損國力，何況太尉在北校尉設了北廠，南校尉設了南廠，主要的異議份子身邊怎會不埋伏細作？刁民如實在鬧得凶了，再抓幾個帶頭的做成鮮肉路基，起碼又可壓上幾年，真不知皇上在急些什麼？」

虎賁郎藍迪口才便給，天生利齒難自棄，張牙露舌說了一大篇，口水噴到木訥成性的衛尉木達，他雖不悅，但心中忖道：「好極，藍迪兄要吃排頭了。」

果然太尉聽得眉頭愈皺愈緊，心想塞國目前所受到來自民間之壓力空前強大，豈能這般輕率以對，好不容易等藍迪說完，正要開口訓斥幾句，自詡有謀略的羅哈已緊接上來大聲道：

「虎賁郎一番話確有道理，懇請太尉儘速入宮奏請皇帝打消變法行新政之議，即日下令北廠南廠對朝中鼓勵新政的諸臣暗中施以監視，設法取得彼等與民間異議首領之間的聯繫互動，證據到手咱們先下手為強，該抓的抓該殺的殺，也就沒有什麼怨言了！」

尤古太尉嘆了一口氣道：

「我何嘗不知如此做乾淨俐落，但是瞭解皇上之心意莫如我尤古，我是看清楚，皇上對變法革新一事心意已決，不可撼動了，與其此時硬扯反旗，不如緩圖之，這就是老夫在大殿上對皇上賞賜司馬永漢並未反對到底之原因。」

北校尉阿速勒臉漲通紅，從旁叫道：

「太尉說得……說得有一點……不錯，從皇上今日賞賜司馬小子三個美人就知他心意已決！可是我們還是可以扳回大勢，末將此處便有一條妙計！」

太尉雙眼一睜精光四射，低聲道：「威武侯計將安出？」

阿速勒靠近一步，在太尉耳邊以極低的聲音奏道：

「簡單，末將立即要北廠去查，定要查出一個民間造反頭頭，私下結交朝中變法重臣的陰謀，證據弄到手，大將軍你下令先斬後奏，把他們一起幹掉，然後報告皇上心腹大患已除，什麼變法革新的也就該丟回到地球去了！」

太尉聽他這一說不由嚇了一跳，倒不是因為這計策有什麼驚人之處，而是他咬耳細語密陳的心腹話原來和藍迪方才說的十之八九雷同，這兩人的謀略水平令人吃驚；但太尉知道絕不能在藍迪面前露出對阿速勒有嘲笑之意，還得假裝敷衍一下，便勉力露出一臉正經之色，道：

「這計策嘛，嗯，我還要想想，你們北、南校尉就拿我的命令分別發動北、南二廠去查，先查他個清楚吧。」

偏那愛說話的虎賁郎藍迪一向多嘴，在此關頭貿然問道：

「南北兩廠齊動手非同小可，請問二位校尉，查誰啊？」

阿速勒和羅哈胸中其實無譜，這才尷尬地對望一眼，不知如何回答，太尉卻反問道：

「虎賁郎，依你看該查何人？」

藍迪不料自己多一句嘴，竟把問題打回給自己，呆了一下，猛然咬牙道：

「末將以為丞相府中變法新政的策劃工作當以那個司馬永漢為要角，咱們索性找個理由將司馬小子殺掉就一了百了。」

此言一出，大家都嚇了一跳，一時之間議事廳便靜了下來。南校尉羅哈持疑問道：

「殺掉司馬永漢？這將引起和丞相府的嚴重衝突……」

藍迪見大家並沒有響應他的大膽計策，便有點心虛，被南軍校尉一說，只好強辯道：

「除……除掉這個禍首，什麼鬼新政就沒有了。」

阿速勒回過神來，想到若真能殺掉這司馬小子，大可出一口鳥氣，便大聲呼應道：

「對，虎賁郎之計大妙，咱們殺了司馬小子，也省下了皇上的賞賜，管教他三個美女一個也享受不到。」

相對於阿速勒念念不忘司馬永漢多得一名美姬之恨，羅哈則顯得比較冷靜，他發言：

「據我觀察，司馬永漢當下是皇上的新寵，丞相府裡的當紅炸子雞，藍迪你想殺掉他，要怎麼動手？」

藍迪不答，大家都看著他等答案，過了好一會，才勉強答道：

「先要在他身邊安放一個細作……怎麼安排我要再想一想……」

眾人見他信口開河難倒了自己，想笑又覺不好意思，相互對望了一下，便不再追問，也不把他的話當一回事。

章台街南北總長有七里半，南街穿過京師最熱鬧之地，大街兩旁全是高檔的商店、餐廳、茶館、歌台舞榭……北街則經過京城最高級的住宅區，雖然沒有特別豪華的大宅子，中小宅子卻是全京城房價最高的地段。

距北闕區不遠處，街西側有一戶新建成的三進宅子，這時院門大開，兩個黑衣童僕正忙著在修剪靠外牆的矮樹，那樹葉全呈橘紅色；一整排亮麗的橘色中無雜色，看上去既氣派也精神。

載著司馬永漢的飛行器靜悄悄地降落在宅前。

兩個童僕見到司馬永漢，一個上前行禮，另一個奔進院子去報信。

司馬永漢隨童僕走到第一進堂前階上，從堂裡走出三個纖纖淑女，裊裊地走到司馬永漢面前一同行禮，齊聲道：

「歡迎公子，賀喜公子喬遷新居，我等秦好、齊妍、韓婷拜見公子。」

最左邊的韓婷是個鵝蛋臉，年約雙十，梳一個婕好髻，一身鵝黃長裙，配著粉紫色的衣帶，說不盡的高雅風流。

齊妍一身紅衣裙，襯著她白玉般的臉龐格外亮麗動人，她手持一把玉骨團扇，動作透著嫵媚，看上去多了三分成熟之美。

秦妤年紀最小，一張俏臉上卻有超乎她年齡的莊重，五官之間流露出一股聰慧的靈氣，似笑非笑的大眼睛若有所思，司馬永漢只一眼便覺她和他心裡的那個她有一種韻味十分相似，一時間分辨不出那是什麼，只忍不住多看了一眼。惹得秦妤微頷低首偷窺公子，嘴角含笑，司馬永漢不禁看得呆了，腦海中飄過了林紫芸的臉孔，他心跳如鼓，暗忖：

「這女子究竟是什麼地方和紫芸相似？她們容貌並沒有十分相像啊。」

年輕的秦妤抬頭正容，代表三人道：

「公子請進屋稍憩，我等備了上好的御賜『女兒香』茶請公子品嚐。」

司馬永漢在奉派出差地球之前是一名下級軍士，平時青菜粗飯充飢，井水冷泉解渴，便是在地球上那一陣子也沒有機會享受上等飲食，這時聽到「御賜女兒香」，一時不知如何回答，只雙手拱了一下，嚅囁道：「便請……便請姑娘帶路。」

進入客廳，一應傢具皆是新置，司馬永漢居中坐了，秦妤在左側相陪，齊妍及韓婷一人捧茶上几，一人在桌上布了瓜果退倒一邊站著。秦妤道：

「公子請用茶，妾等乃合歡殿御樂苑的宮女，蒙皇上恩賜予公子，到府侍候。昨日辛酉之間，公子這座宅第打掃就緒，內宮大長秋命我等三人先來此處，敬候公子今日入厝，此後我等自當竭力侍候，如有不當，還望公子多加指責教訓。」

這秦妤談吐溫文有禮，顯示讀了不少書，司馬永漢聽了心中甚喜，緊張之情便放鬆了一些，拱了拱手道：

「三位姑娘休要拘禮，我司馬永漢本是奴籍之子，軍中下卒，咱們不談什麼侍候的事，只是有緣相處一宅之內，互相照應便是。齊姑娘、韓姑娘請坐下說話。」

齊妍和韓婷聽了這話喜上眉梢，兩人目光一齊投向秦妤，似在徵求同意，秦妤點首示可，兩人不約而同地就司馬右手邊坐了，卻沒有坐到秦妤身邊，秦妤臉上似乎閃過一絲不悅之色，但隨即恢復嘴角含笑，對司馬永漢道：

「公子忒客氣了，我等乃是皇上賜給公子的侍女，來此宮官大長秋命妾負起侍候之責，是以公子有任何吩咐唯妾是命，如有不滿之處，亦唯妾是責。」

話中意思司馬一聽就懂了，秦妤是表示三人雖然皆為皇上所賜，其實以她為首；齊妍和韓婷雖然同為侍女，言語行事恐怕都唯秦妤馬首是瞻。

司馬永漢暗忖道：

「好傢伙，皇上賜我美女，美女才進屋就擺明了主從之分，我對她們可要小心一點。」

他這一趟地球之行，目睹了諸多權力和金錢的鬥爭，其間的陰暗面給了他極大的震撼，另一方面也使他的思想大為成熟，這時面對三個美女雖然是從未經歷過的陣仗，但他自覺信心滿滿，肯定可以應付裕如。

這份信心只維持到晚上就寢之前。

用了一頓清淡可口的晚餐後，三女又換了一種好茶上來，司馬喝了一口，竟是從未嚐過的的濃郁異香，口舌之間久久不散，忍不住問道：

「此茶好香，我從未嚐過，似乎比那女兒香茶更為濃郁受用，不知是什麼茶？」

秦妤面上帶些得意之色，淺笑道：

「這茶是妾身從內宮帶過來的，喚著『魔女香』，皇上就寢前侍寢嬪妃定要親手奉上一杯此茶，皇上用了更增御女之樂。」

司馬永漢嚇了一跳，暗道：

「糟了，這茶中恐怕有催情之物，我不可再喝，莫要著了她們的道兒。」

當下正色道：

「原來如此，這茶我便不喝了。」

秦妤笑道：

「今夜便由妾身侍候公子安寢，公子毋須害臊，此後吾等三人皆是公子之人了。」

齊妍和韓婷兩人掩口而笑，司馬更覺尷尬暗道：

「這三個姑娘很不好應付，待我想個法子今夜全身而退。」

一時想不出什麼妙策，便胡亂道：

「今日忙了一整天，忽然覺得有些乏了，想要早些就寢……」

他話尚未說完，三個姑娘一齊站起身來，齊、韓二人一邊一個挾持他左右手膀，秦妤在前帶路，一面嬌聲道：「公子既思早寢，待我等服侍公子浴身。」

說著便推開廳門走向側室後的沐浴房。司馬永漢急於掙脫二女的扶持，但是左右被兩個香軟的嬌軀扶持著，不知怎地竟使不出力來，硬是被半扶半拉送到了沐浴房。

兩個童僕在一個白磁石盆中放滿了熱水，齊妍在水中灑了一捧乾花，片刻之後，熱水中的乾花就一朵朵盛開起來，彷彿片刻前才摘下的鮮花，不但美豔奪目，而且熱水蒸出氤氳的香氣，充滿全室，聞著但覺花氣薰人，也不知是不是那一口魔女香茶作怪，竟然感到全然不能自主。

齊妍和韓婷伸手在司馬永漢身上略一摸索，一把扯去司馬的腰束，再一抽帶，外衫已被解落。

司馬永漢一驚之下清醒了一些，齊、韓二女嬌笑咯咯鬆手而退，司馬回頭看時，二女與二童退出浴房且將房門關上，他再回首，只見秦妤已經寬衣解帶立在石盆之邊，伸開雙手悄聲道：「公子莫動，容妾來為公子寬去內衣。」

迷霧中，司馬永漢眼前所見愈來愈模糊不清，隨著上升的蒸氣左右扭擺；秦妤對著他甜笑招手，忽然之間，在司馬永漢的眼中，秦妤的臉變成了時時刻刻縈繞在心、億萬里外無緣再見的另一張臉，他喉中發出連他自己都聽不見的嘶聲：「紫芸，啊，紫芸……」

他一步步走前，將她緊緊抱入懷中。

丞相府裡經過五次長時間的商議後，司馬永漢奉命將丞相及大家的意見整合成一份塞美奇晶國變法革新的草案。由於司馬永漢從地球帶回的十萬筆資料他個人都有第一手的親身經驗，因此在冗長的討論過程，他不但是大家諮詢、釋疑訴求的對象，也常是可行方案的提案人。

變法首要是一部適合塞美奇晶國未來長期發展所需的憲法。因此草案首先建議札赫帝君成立制憲會，提出憲法草案供大家討論，然後立法通過、帝君核定。

在制憲籌備期間，應先成立「臨時立法院」，憲法草案才有適法之場所及人選來討論、通過。

這個臨時國會由四十一名國之菁英組成，包括曾任御史者十名，曾任中央首長者十名，孝廉二十一人。其中曾任御史及首長者由同儕推舉產生，孝廉則由全國二十郡及京師特別區選舉產生，各郡一名，京師特區一名。

四十一名立法委員自行推舉正、副院長，經院會通過後呈請帝君任命之。

憲法草案呈請皇上核定後，這個「臨時立法院」便進階為正式的首屆立法院。它的職責包括國家、社會、民生相關法案之立法修法及廢法，國家預算之審查，丞相府執行政務成效之監督及檢討，以及代表民意向帝君陳情。

丞相每半月參加一次國會，帝君每半年參加一次。

司法方面設大法官五人，由全國曾任御史及首長者推選三人，帝君任命二人。

丞相府與立法院有衝突不得解決時，由帝君召集丞相及立法院長諮議，然後撥回重議，如仍不得解決，則由帝君裁決之。

軍隊奉帝君為最高領袖，太尉承帝君之命指揮軍隊，其預算納入丞相府統籌規劃送立法院審查。

丞相府設內政、教育、法政、財政、經濟、交通六部，以及兩個部級「特別長」：軍政長，專責丞相府與宮廷之間有關國防政務之傳達、協調、執行。外務長，專責丞相府與宮廷之間有關外交政務之傳達、協調、執行。

丞相由帝君任命，其必須資歷為曾任主六部及二特別長中至少兩個職位，且有功績卓著者。

法】

太尉專司軍務及禁衛，由帝君任命，其必備資歷應為曾任大將軍。

司馬永漢把新擬的中央體制重新思考一遍，不禁露出一絲笑容。

「與地球的情形比較，差異主要在於立法委員的組成，我們這裡兼顧了素質保證，委員們有一定的品質，才能代表真正大多數利益的民意，而不至淪為民粹。」

想到這裡，心裡著實安了不少，便繼續著手整理有關郡縣部分的革新草案。根據他在地球上考察，他得到一個重要的心得，那就是郡縣以下的架構，應採取庶民直接參與，越是與庶民貼身相關的事和人，庶民直接參與決定的程度就更高。

尤古官拜太尉兼尚書令，丞相府上呈之奏章、文書須先送給他過目，是以他具有比皇上更早閱讀到奏章內容的特權；根據變法革新草案，他今後不再具有這項特權了。

但是現行法廢止之前，丞相府這份變法草案還是得先送到他的手中。這份密件昨晚送到太尉府時，他應酬方還，喝得七分醉，早早上床歇了，今晨起來第一件事就是把全文匆匆看了一遍，竟然汗流浹背。

「太過分了！這份草案簡直是要造反！以後國家的大權分由皇上、丞相還有立法院主宰，軍隊的預算倒要看丞相府和立法院的臉色，而且太尉被削去預閱奏本的權力，沒想到這個金博是如此可怕的野心家，我非將它破壞掉不可！」

他從上衣內袋中拿出一支雷射筆，輕觸開關鈕，筆上輸入一串密碼，牆上立刻出現一排人像，全是身著全副武裝的將軍，北、南軍校尉阿速勒和羅哈都在其中，另外還有兩個沒有臉孔的空白人頭。

他手中的綠色雷射光點向左邊一個沒有臉孔的人頭，只見那人像立即出現紅色，然後從紅色快速轉成橙色，然後轉向黃、綠……而他手中的雷射光則相對應由綠色同步轉變為青、藍、靛、紫……

牆上的人像色彩和手上雷射的輔色光轉變得快如閃電，三秒內色譜已不知轉了多少圈，突然同時停在波長五六五奈米的綠黃交界處，牆上那空白的人頭像漸漸出現了一張男人臉孔，一秒即消失，牆上又恢復了一個空白的人頭。

尤古耳中的接收器傳來一個低沉的聲音：「太尉，有何指示？」

尤古對著手中的雷射筆低聲道：

「四〇三六，速來府一談。」

「遵命，我會儘快。」

尤古將手中的雷射筆小心地收在上衣內袋中，坐在躺椅上閉目養神，暗忖這密碼四〇三六乃是在五六五奈米的長度內，緊密排列碳原子的數目，任誰也猜不出。

CHAPTER 04

琮璧雙寶

耳機中傳來嬌媚的女聲：

「太尉，緊急報告。」

是太尉府總管穆姬的聲音。

尤古在躺椅的扶手上輕觸一鍵，門開處，穆姬快步走入。她走得急，長裙下一雙纖足如凌波飄曳，鞋尖上白絹起伏宛如波浪。

她一口氣走到尤古的躺椅前報告：

「太尉，內宮出事了……」

太尉聞言吃了一驚，內宮之事雖有宮官詹事掌理，然制度上太尉乃是內朝官之首，整個皇宮之安全乃是他的職責，他瞪大了雙眼望著這個甚得自己寵愛的總管，等待她說下去。

「內宮詹事著親信火速來報，琮璧公主寢宮遭竊，皇上御賜公主十五歲生日的禮物不翼而飛。」

太尉不問損失先問安危：「公主、皇后安否？內宮諸人安否？」

「內宮無人受到傷害，但那御賜寶物失竊恐將引起滔天大亂。」

太尉皺眉，搖了搖頭道：

「事多，一時記不起琮璧公主十五歲生日御賜何物？」

「稟太尉，皇上賜了公主一顆血色的方鑽及一顆海藍色的圓鑽。」

太尉猛然記起，點頭道：

「不錯，這一方一圓兩件寶物，正合方琮圓璧之意，啊，這兩件寶物失竊了？」

「據內宮詹事報，宮內全無任何異樣，公主也未受到驚嚇，只是早起梳妝發現寶盒空空如也，兩顆價值連城的寶物不翼而飛，仔細查過內宮沒有任何遭到破壞之處，公主寢宮四周亦無外人侵入的蛛絲馬跡，宮官詹事下令向太尉緊急報告，求太尉作主。」

尤古心思縝密，他一面聽一面盤思，心中著實驚駭。穆姬稟完，他已有腹案，當即下令：

「火速召光祿勳、衛尉、廷尉及執金吾到我府中議事，同時將此事最新狀況通知金博丞相。我議完事即進宮面聖。」

光祿勳、衛尉負責皇宮警衛，兩人職責一內一外，一靜一動。廷尉掌刑事，執金吾則掌內屯兵，負責京師巡察作帝巡前導。先和這四人商議定了，面聖時才能提出具體意見。

他知道內宮詹事通知太尉府之同時一定通知丞相府，是以他要以最快速度掌握本案案情，在帝宮議事時，不致被金博丞相比下去。

果然不出所料，太尉前腳才踏入皇宮大殿，丞相專用飛碟已落在皇宮外庭院。
札赫皇帝對公主寢宮失竊之事顯得又急又怒，這案子太尉的相關責任比較大，札赫帝就命太尉先表示意見，金博丞相樂得站在一旁相候。
太尉有備而來，躬身先自責道：
「大膽宵小潛入內宮盜竊公主之寶物，此乃前所未有之奇案，臣下忝為內朝官之首，罪不可赦，請皇上治罪……」
札赫帝有點不耐，揮手打斷他的客套言辭道：
「先不談這些，公主寢宮失竊，須得立即處理，太尉計將安出？」
太尉這才再謝陳辭：
「經瞭解，公主寢宮未遭破壞，甚至寶物箱亦安然無損，是夜整個皇宮各門戶防衛紀錄完整，城防巡邏紀錄並無可疑之人出沒，臣與相關諸臣商議，初步判斷京城來了竊盜高手，不僅手段高明，且有頂級科技裝備，才能在戒備森嚴之皇宮內從容作案不留痕跡……」
札赫帝打斷，問道：「頂級科技裝備？太尉是指個人隱形裝備？」
「極有可能，不然竊賊無法進入內宮而不被偵測設備發現……」
金博丞相忍不住插口道：
「啟稟皇上，臣亦有此懷疑，但個人隱形裝備乃重要之高科技武器，由科學智人院負責掌管，是以臣進宮之前特別查清，隱形裝備全數在嚴格列管之中，並未有失竊之事。臣以為此事至為離奇，因涉及公主寢宮，偵查之事不可公開，只宜暗中進行……」
太尉尤古立刻接口：

「丞相所言甚是，是以臣此事僅通知丞相一人，此外，衛尉、廷尉等負責查案之主管自然需要參與，除此之外一律不可與聞……」

札赫帝頻頻點頭，太尉得了鼓勵，乃朗聲續道：

「如此，一則皇室尊嚴可不受損，二則或可使竊賊誤以為東窗之事尚未發作，此刻猶在京師附近並未遠遁，有利我方偵捕。」

札赫帝點頭道：

「太尉所陳甚合朕意，就按此原則速速暗中查捕竊賊，務必儘快捕賊到案，追回失竊寶物，不得有誤。」

太尉躬身應道：

「臣領旨，這就立刻展開行動。」

金博丞相也躬身道：

「太尉偵捕盜賊，如有任何需要相助之處，敬請不吝提出，相府聽候差遣。」他見皇帝點頭，便行禮道：「臣亦告退。皇上稍歇，早朝就要開始了。」

尤古快步走入府中央的密室，今日負責密室安全的黃帶機器人亦步亦趨尾隨在後，太尉問道：

「木達衛尉和執金吾他們尚在府中？」

黃帶恭聲答道：「他們都在東廂待命。」

太尉揮手道：「有請。」

法】

黃帶才退出，立即傳來總管穆姬的聲音：「主人，穆姬緊急求見！」

「木達等人立刻就要來議事，一切等議完了再說。」

他背對穆姬，語氣略顯不耐。原以為穆姬當退，不料背後傳來穆姬更急促的聲音：

「啟稟主人，公子……公子恐要出大事……」

尤古不悅地道：「烏沃又怎麼了？他又闖了禍？等我議完大事再說！」

穆姬壓低了聲音，帶著十分的憂慮：

「啟稟主人，公子昨日午後便出外，直到子夜方歸，一整夜燈光不熄，早晨屬下敲門入探，看見桌上一大堆錢幣，還有兩顆大彩鑽，屬下見公子正在將錢幣及鑽石打包似乎又要出門，便問了一句：『公子深夜不歸，又要出門何往？』不料公子勃然大怒，對屬下斥罵一番，然後便奪門而出……」

尤古原本極是不耐，聽到這裡心中不禁一震，便打斷道：「妳說兩顆彩鑽？」

「穆姬瞧見那兩顆彩鑽，一紅一藍，晶瑩豔光四射……」

太尉雙目圓睜，打斷她說下去，大聲道：

「彩鑽是何形狀？大小如何？妳沒說多大的鑽石！」

穆姬嚇了一跳，連忙以拇指及食指尖連圈，道：「起碼有這麼大，紅方藍圓！」

太尉大喝一聲：「咄！烏沃他……他去了何處？」

「不知……公子怒氣沖沖，屬下不敢問。」

尤古還待再問細節，這時密室之門大開，黃帶機器人在門口稟告：

「報告！衛尉、執金吾、光祿勳到！」

章台街原是仿漢長安街道命名的一條大街，北段熱鬧繁華，往來紅男綠女打扮入時，衣飾華麗，幾乎每個人衣帽上都配戴有大小形狀不等的鑽石，在柔和的ＯＬＥＤ光下閃爍奪目。

沒有人會盯著別人的寶飾多看一眼，這是因為塞美奇晶星球上鑽石的儲量十分豐富，因此在這個星球上晶瑩透亮的小白鑽，是家家都能擁有的裝飾品。

同樣是鑽石，星球上出產的極品大白鑽和藍鑽、紅鑽、紫鑽、綠鑽等就相對稀少，其價格不是常人所能負荷。通常只有皇室或大官家族纔具能力擁有。

這時，章台北街上一家京城最大的鑽石珠寶店裡，熙攘的人群中走來一個白衣白帽的少年人。此人一入珠寶店立刻吸引了所有的眼光，大家都盯著他白帽上一顆比姆指還大的血紅方鑽，衣襟上一顆相若大小的天藍圓鑽墜子。

這人在熱鬧人群中如此大刺刺地炫耀這兩顆價值連城的寶石，不但逛街的眾人為之側目，店主也略帶緊張地趕忙迎了出來，他心中暗暗嘀咕：

「這少年人當眾露財現寶近乎招搖，面目卻陌生得緊，不知是什麼來路，我要小心應付。」

那人筆直走向店主，眾人為其氣勢所攝，竟然自動分開讓出一條通道來。

店主是個矮子，從頭髮到全身都格外白皙，但卻和地球上那種「白子」不同。他的白泛出淡淡綠色螢光，是塞美奇晶星球上一種比較罕見的人種，被稱為「螢光人」。

星球形成之初，大氣成分從缺氧漸漸變為氧氣充沛，原始生物為了應變，利用吸收陽光引起光化學反應來消耗過多的氧氣，伴同放出綠色的螢光。星球上其他生物在演化過程中，這種去氧機制早已退化不見，何以這一支矮白的人種仍保留了些微的上古時的生理遺跡？生醫智人也沒有確定的答案。

這位店主對來客行禮，文謅謅地道：

「尊客請了，未知何事，敝人可以效勞？」

白衣客點了點頭，他的回答卻令店主吃了一驚：

「店老闆，本公子在『必勝閣』贏得了兩顆寶石，我操，贏得還真爽，你來幫我鑑定一下，看是真是假，要值多少錢？」說得一口市井塞美奇晶語，還帶粗口。

「必勝閣」是章台街上一家地下賭場。公然聚賭在朝廷禁止之列，賭客想要去必勝閣試手氣，也得在入夜後低調為之，這少年公開揚言他從必勝閣贏得兩顆寶石，顯然有恃無恐，滿不在乎。

店主是個老練商人，他暗忖道：

「這小子來頭不小，言行卻魯莽得厲害，我可要小心應付不要惹禍上身。」

當下便迎上前去，那少年一把將帽子抓下遞過來，大聲道：

「老闆你給本公子相仔細了，這顆紅石頭是真是假？」

店主接過帽子仔細看了那血紅方鑽，嚇了一大跳。

那鑽石赤如鮮血，色正而透澈，中無絲毫雜質，但見一條金線從中穿過，在濃郁的血色中閃爍金光。店主心中暗驚，叫道：

「奇珍啊，小人開這店多年來只是第二回見著這種奇鑽，公子，這當真是必勝閣之戰利品？」

那少年聞言甚喜，就把掛在衣襟上的藍鑽一把扯下，半遮半丟地交到店主手上。

「既如此好眼力，老闆你就再替我相相這顆藍色的，我雖然不懂彩鑽，但我贏下這兩顆彩鑽時，原物主竟然大哭起來，想來一定甚為珍貴。」

店主小心翼翼將手中藍鑽舉起對著天光，從右到左轉了半圈，又從左到右轉了半圈，愈看愈覺心跳如鼓，久久說不出話來。

那少年瞅著店主，大夥閒客也都盯著店主。那店主仔細又看了一會，終於將藍鑽退還給少年，低聲道：「貴客請借一步說話！」

說著便拉著少年的衣袖往店裡的內間走去，少年咦了一聲也就跟著店主走入內室。

這間珠寶店面有別家三倍寬，內室也有三倍大，店主在一個矮几旁的坐墊上坐下，比手勢請少年坐在對面，正色道：

「這顆藍鑽十分奇特，轉動時色彩如波濤洶湧，從左至右轉時由藍入紫，反向轉動則由藍入綠，堪稱有魔幻之色澤，小人只在書上讀到過，今日是第一次親眼見著，貴客你在賭場得此奇珍，只怕……只怕……」

少年雙目圓睜，興奮地問道：「只怕怎麼？」

店老闆壓低了聲音道：「恕小人直言，只怕是禍非福！此兩鑽來自皇宮！」

「皇宮？怎可能？」

「容小人多問一句，那輸給貴客之賭客是何等人士？」

「人士？她乃是一個姑娘！算她打扮成個公子，還帶著一個隨從，還是被我識破，便那個隨從也是一個雌兒。」

店主聞言面色一變，他低首沉吟了好一會才抬眼開口道：

「禍事了，賭輸這兩顆彩鑽的乃是當今皇上的掌上明珠，琮璧公主！」

那少年聞言嚇了一跳，一震之下，手中藍鑽竟然跌落在几上，他連忙拾起，不敢再掛上大襟，同時伸手將帽上的血紅方鑽也摘下，雙雙兜入懷中。

「你……你怎知是琮璧公主？」

店主正色道：

「小人久聞琮璧公主有兩顆稀世彩鑽，一紅一藍，乃是她十五歲生日皇上所賜之禮物，方才聽貴客說到賭輸之人是個姑娘，小人立即想到琮與璧乃是象徵天圓地方的美玉，方者為琮、圓者為璧，因而想到這一方一圓兩顆奇珍彩鑽莫非是皇上賜給琮璧公主之本物？」

少年聽到這裡心中也有些慌起來，但嘴上依然不服地道：

「就算是公主之物，小爺我在賭場上一不欺二不詐，憑本事、靠運氣贏得的，難道犯了死罪？必勝閣裡起碼也有十幾個人證。」

店主搖頭暗嘆這少年不知天高地厚，真不知是何來歷。便道：「貴客，你是來自……」

少年考慮了一下，昂然道：

「本公子也不是什麼阿狗阿貓，便……便告訴你也不妨，我家住皇城西大街，最大的一幢宅子，五角星列……」

「啊！五角星廈，太尉府？」

白衣少年微微點頭，店主趕忙行禮道：「不識公子尊顏，小人這廂有禮了。」

少年伸手扶起，很冷靜地問道：

「我乃太尉義子烏沃，店老闆你這人看來很懂事，且說說琮璧公主怎麼可能微服到必勝閣賭博？我贏得公主的彩物，又犯了哪條？」

店老闆倒是聽說過膝下無子的太尉收有一個義子，心想怎會是這副德性？沉吟片刻後正色道：

「烏沃公子，小人姓巴羊，名一個酒字，螢光族人氏。小人的想法，第一，朝廷法令不准聚賭，此事若是爆開了，貴公子你固然有麻煩，公主的麻煩更大。是以小人判斷，此事官府不會以賭博之名鬧開……」

「那官府會怎麼做？」

店主巴羊酒壓低了聲音：

「他們得知公主失了雙鑽，多半以失竊案來偵辦，這一來，公主賭博的事就遮掩住了，不過再下來若是查到貴公子您這兒，兩顆彩鑽就成了贓物，再也不是你憑本事靠運氣贏來的彩頭了。公子，您麻煩就大了。」

他見烏沃沉吟不答，便接著說：

「盜竊宮廷之物是死罪，恐怕……恐怕連太尉也保不了公子您……」

烏沃伸手止住他說下去：

「店老闆見事明白，依你看我當如何脫罪？」

店主巴羊酒搖首道：

「貴公子方才走進敝店時，見到公子帽上的紅鑽及襟上藍鑽的人，沒有一百也有五十，您要如何脫罪？小人沒有了主意，小人靠著這爿店面賺幾個錢營生，可不敢惹上官府，何況……皇家……這天大的案子……公子爺您請便吧。」

說著便拉開內室的門，要請烏沃出去，豈料一拉開門，門外站著一個長得帥氣的青年，一身的黑衫，頭上紮了一個龍盤髻，髻上插一支綠色玉簪，兩段白帶垂在腦後，有一種說不出的颯爽英氣。

那青年一言不發立在門前，似乎立了已有一會兒，也不知有沒有聽到室內的談話。店主巴羊酒心中有些嘀咕，瞪了青年一眼問道：

「此乃小店之內室，非請莫入。客官有何貴幹？」

那青年露出一個友善的微笑道：

「就是不敢打擾內室，敝人這才立在門前恭候主人開門相請啊。」

店主為之語塞，烏沃可沒有那麼好涵養，怒目道：

「本公子問你鬼鬼祟祟站在門外可有偷聽到我們的談話？」

那青年並不直接回答，只躬身道：「烏沃公子請了。」

烏沃大怒道：「你知我姓名證明你全偷聽到了！今日不能放你離開，你，跟我走！」

說著就伸手來抓那青年的手膀，黑衫青年一閃身避過，輕斥道：

「你身懸重罪還要耍橫麼？」

店主巴羊酒前店還有不少客人在和伙計論品談價，生怕驚動了眾人，便閃身讓客，輕聲道：「兩位好說，都請進來，莫要在此動手動腳。」

巴羊酒緊閉室門對黑衫青年道：

「尊客貴姓大名？來此有何貴幹？」

黑衫青年從懷中掏出一個小皮囊交到巴羊酒手中道：

「敝人偶得十顆鑽石，想請京師第一行家鑑個價。」

巴羊酒眼光銳利，只一瞥就看出那皮囊乃是大紅色的狍子皮所製，這種「火狍」只有皇帝的御園裡養得有，單看這皮囊就知道是來自皇宮，他暗忖道：

「又是一個來鑑價的，看來又是皇宮裡的貨色，今天真是見鬼了。」

他把皮囊打開，將囊中之物倒在矮几上，霎時矮几布上精光四射，原來是十顆拇指大小的白鑽，顆顆晶瑩透亮、光耀奪目。

巴羊酒一輩子和鑽石珠寶打交道，卻從未見過這麼整齊可愛的十顆極品大白鑽，不禁倒抽一口涼氣，好一會才回過神來，伸手拈起一顆對光仔細鑑賞，一面嘖嘖稱奇，嘆道：

「尊客你這十顆鑽石皆屬上上之品，實在難得，小人一輩子玩這個東西，從沒一次同時見到十顆這等上上貨色，您……這是宮裡的寶貝吧。」

黑衫青年點頭微笑道：

「敝人原是請店主替我鑑定這十顆鑽石品質之高下，順便估個價碼，貴號若有收購之意，我也可以讓售一二……」

巴羊酒將十顆鑽石一一仔細看完，然後很激動地道：

「此十顆鑽石其品質不分高下，全屬極品，若要估價，一顆之價可以在章台南街買一幢宅子！」

黑衫客認真聆聽，點頭道：

「寶號有意進貨一兩顆麼？」

法】

巴羊酒是個極精明的商人，聞言笑道：

「不瞞客官說，這等極品貨色通常是要先找好有意願之買家，小號才敢進貨，客官若是有意出售，可寬個三日，待我去訪一訪買家之行情再回客官的話，可好？」

黑衫青年欣然應諾。烏沃站在一旁聽兩人討論那十顆極品白鑽，談得興高采烈，自己手上的兩顆稀世彩鑽看來卻是禍不是福，心中十分焦急，便不耐煩地催促道：

「我這兩顆彩鑽要如何處理，老闆你若沒有法子，我要回府裡去了。」

他反身開門，正要跨出，黑衫青年搶先出屋，反身抱拳道：

「方才敝人立在門外對貴公子兩顆稀世彩鑽的事約略聽到一些，公子若不嫌棄，在下倒是有個脫身之計。」

烏沃正在煩惱這兩顆原屬公主的寶貝不知如何處理，聞言心中一喜，姿態就低了些，連忙還禮道：「正要請教兄台。」

黑衫客正色，慢條斯理地彎了彎兩隻指頭，示意烏沃和巴羊酒走近，然後用耳語的音量說出一番話。

烏沃聽了為之一怔，閃過一絲笑意，隨即皺眉，似乎還想詢問，黑衫客已轉身離去，店主巴羊酒卻是又驚又佩，連忙衝前問道：「尊客一語驚醒夢中人，敢問貴姓大名？」

黑衫客並不回頭，只朗聲答道：「敝人司馬永漢，幸會了。」

一面快步走出珠寶店，店外路邊有一個小飛行器，一個青衣侍者坐在駕駛座上，待司馬永漢跨上，那飛行器無聲無息地騰空而起，朝著北章台街飛去，留下街邊一群滿臉欽羨的民眾。

「司馬永漢！那個剛從地球回來的司馬永漢？」

巴羊酒點頭道：「是他！他剛才教公子的兩件事，公子要記好了。」

尤古就公主寢宮失竊案的偵捕作了任務分派，一再強調此案必須在絕對機密中進行，公主寢宮遭竊，不僅皇家威嚴受損，京師守衛的各相關單位全都顏面盡失。京城各出入道路皆要派幹員暗中細查有無可疑之人，衛尉會合三司將全國有案可稽的竊盜大數據提供所有調查人員運用，並約定晚間會報進度。散會前太尉臨時加了一條任務：各司在京師內巡時務須同時暗中尋找烏沃，並立刻將之帶回太尉府。

諸將匆匆離去，尤古立即召來穆姬，他劈頭就怒問：

「我太尉府中素來厲行生活簡約，烏沃從來不准他接受任何貴重禮物，他何來如此珍貴之彩鑽？妳說，他還有大堆錢幣？」

穆姬答道：「公子向來沒有這些珍貴事物，穆姬見到那兩顆彩鑽大為震驚，心想莫非是宮中之物……」

太尉聽到這裡，打斷道：

「穆姬，妳負責照顧烏沃，妳倒說說，他深夜不歸究竟是去了何方？」

穆姬垂首答道：

「啟稟主人，穆姬失責，烏沃公子近來迷上賭博，經常微服前往必勝閣，一去總是午夜才回家……」

太尉打斷道：

「必勝閣？必勝閣不是城裡的『戰棋社』麼？」

穆姬聞言吃了一驚，心想：

「太尉難道真的不知必勝閣白天是戰棋社，晚上是賭場？這事已有半年了，他若真不知道，那京城衛戍可危險了……」

但她面上絲毫不露出驚訝之色，只正色回道：

「必勝閣向來是戰棋社，但最近聽說黃昏之後就成了京師賭注最大的賭場，賭客要拿出鉅款來換賭碼才能入場，平常人是進不去的，它背後是個有高官支持的財主，京城的警衛、巡防、皇宮禁軍都有人打了招呼，大家睜隻眼閉隻眼的……」

太尉聞言道：

「什麼人如此大膽，天子腳下幹這違法大事，我身為太尉居然不知！」

穆姬對太尉是否真不知情仍無把握，她鼓足勇氣對太尉細聲告白：

「聽說這事京城裡很多達官貴人皆有耳聞，如今看來國家主政大人裡面，就瞞著皇上和太尉兩人。」

她說得輕聲細語，太尉聽得卻如雷貫耳，仔細咀嚼這個美貌聰慧的女總管的弦外之音。

「妳是說，丞相知道此事而不加處理？」

穆姬跪著行禮卻不回答。

「穆姬妳若知道什麼但說無罪，若是隱而不報，反而有罪了。」

穆姬低聲回道：

「主人命穆姬平日多注意京師年輕官員們的……動靜，穆姬便利用參加詩會的機會與年輕官員們交往，日前打探得必勝閣賭場幕後的老闆和丞相府長史有親戚關係……」

「長史？風啥麼？」

「對，就是風長史，傳言必勝閣幕後老闆和風長史有很密切的關係。」

「如此重要訊息妳先前怎麼沒有報告？」

穆姬一臉的無辜，低聲道：

「太尉……恕罪，穆姬以為京師裡發生這種事，太尉的部下一定早有偵察資訊報知，是以……是以沒有及早稟報，是因公子的事才聯想起來，主人恕罪！」

太尉尤古聽了這話面無表情，默然不語。穆姬到此刻還是不敢相信太尉竟然不知必勝閣晚上是個賭場。但她不敢再多說，只是跪在地上垂首靜候。

過了好一會，尤古伸手將穆姬拉起，微微點頭道：

「起來吧，烏沃持有那兩顆彩鑽的事絕不能洩漏給任何人知道，妳且退下，一有烏沃的消息立刻來報。」

他揮揮手，穆姬識趣地碎步快退而出，關上門。

尤古輕嘆一口氣，躺坐下來。他想歇一會，但一合上眼，腦海中就出現一個老人的面孔：老人白鬚飄飄，一雙充滿憂愁的老眼閃著淚光，他已說不出話，用生命最後的力量支撐著，就那樣深深地凝視著尤古。

尤古耳中響起自己對他說的話：

「大隊長您放心去吧，您是我的救命恩人，今後您的孫兒就是我的義子，我會照顧他如同己出，您放心去吧！」

法】

眼前老人的幻象漸漸消退，尤古似猶看到老人安慰地閉上了雙眼。尤古再次嘆了一口氣，用只有自己能聽見的聲音輕聲道：

「烏沃啊烏沃，你若真犯了死罪，我如何對得起你死去的祖父？」

尤古真覺倦了，他在躺椅扶手底下一個小白鈕上按了一下，躺椅便設定在全自動調適的模式上，他換了幾個姿勢，大白天竟昏然睡著了。

黑暗中尤古感覺到一雙閃著暗紅光的眼睛在四處掃描，那雙眼睛比常人眼睛大了不只一倍，他連忙閉上雙目，身邊的死屍遍地，全是他部隊的好兄弟，沒有斷氣的恐怕只剩他一人，他除了裝死別無選擇。

屠殺他們的敵人是西北「皮幽國」的赤目軍。

皮幽國是星球上人口次多民族「皮幽人」所建，其領袖蘇巴巴雄才大略，馴服了原住民貜族人，利用貜族人天生的凶殘野性，建立了一支戰力超強的赤目軍，成為塞美奇晶北方最大的外患。

赤目軍由三千貜族戰士和五百機器人戰士組成。貜族人是一種半人半獸的生物，作戰時有我無敵，凶殘程度倍於肉食獸類。

尤古所屬的金犺部隊被擊潰，聽到赤目軍人的腳步漸近，尤古恐懼地自忖：「能靠裝死逃過這一劫嗎？」

他緊閉雙目，全身僵挺不敢有絲毫動作，赤目人的腳步聲停下，這時不知從何方傳來一串笛聲，調子是激揚的快板。他暗忖要糟，心知敵人隊中的機器人用超靈敏紅外線探測到有人沒有死，以笛聲驅使赤目人來補殺。

果然，赤目人轉了回來，這回他揮拳在身邊的死屍上一陣亂搥，所擊之處不是骨碎便是血噴，終於一個鐵拳朝自己搥下，他直覺赤目人是對準自己的喉頸下毒手，他再也顧不得裝死，奮力往左一滾，想要避開咽喉頸骨要害受擊；但接下來所發生的事他這一輩子忘不了……

他緊閉雙眼，預料中的重拳沒有落下，卻聽一聲慘烈的獸吼，接著他就被一波腥血噴了個滿頭滿臉，他連忙再滾一圈爬起身來，那高大魁梧的赤目人已倒在他腳下；黑暗中依稀看到一根尖銳的碳精長槍從赤目人的下身插入，胸腹之間穿出。

這一槍由下而上的偷襲，救了他的小命，他驚魂甫定，認出了救命恩人竟然是他的大隊長烏斯圖！

原來大隊長也沒有死，就趴在他旁邊不遠處，和自己一樣，裝死。

他全身顫抖，勉力低聲道：

「大隊長，謝……謝救命……」

「尤古，敵方機器人一直在全面掃描，很快就會派赤目人過來收拾我們，你……幫我把我的碳槍收回。」

尤古幫忙將大隊長的長槍拔出，他心中暗忖：

「這些獾族赤目半人半獸，因為食量驚人，隨時要大量排便，是以雖然身披防彈盔甲，下面卻常開襠，隊長這一槍從他屁眼刺入最是有效……」

這時尤古抬頭一看，驚呼道：

「不好，大批赤目軍過來了，我們快逃……」

他才跑出數步，發現烏斯圖隊長並未跟上，不禁有些狐疑，耳中卻是烏斯圖的聲音：

「莫慌，是援軍到了，我們轉身打回去與援軍會合吧。」

滿天出現雷射光束，構成尤古一生難忘的「美」景。

「我們得救了！」

雷射光漸漸消逝，太尉也從昏昏晝眠中醒來，他揉了揉眼，喃喃自語：

「大隊長救了我命，他的獨生子卻戰死在那一役中，他把唯一的孫兒烏沃托給我，我雖收了他為義子，可這些年來我真的好好照顧了他嗎？唉……」

「報告！」

黃帶機器人又出現在門口，尤古看到黃帶右邊站著略帶不安之色的義子烏沃。由於身材差別過於懸殊，烏沃的不安之態便顯得更為弱勢，甚至有點抬不起頭來的樣子。

「報告太尉，他們尋到了公子！」

黃帶報告完畢便退出，尤古這才看見，黃帶巨大的身後還有一人，正是穆姬。

太尉點了點頭，烏沃鼓起勇氣走入，穆姬有意要跟進，太尉揮手止住，她略一遲疑，倒退將門帶上。

尤古抬眼打量烏沃，只見他一身白衣白帽，上好的衣料和剪裁，搭配得倒也瀟灑，只是行容上有點畏首畏尾的帶衰，也就談不上什麼帥氣了。

「義父，您……您派人急著找我回府，有……有何訓示？」

尤古盯著這個義子並不回答，烏沃看上去更覺心慌，囁囁不敢開口。他卻不知義父此時心中怒氣已消，甚至還有了一絲自責之情。尤古心中思潮如湧：

「這孩子初來時沒有這樣猥瑣，現今愈來愈沒出息，唉，養不教，父之過啊。」

烏沃被盯得無地自容，忍不住就跪了下去，俯身道：

「是不是孩兒又做錯了什麼事，請……請義父明示責罰……」

尤古見義子這副模樣，輕嘆了一口氣，緩緩道：

「烏沃，我說過多次叫你戒賭，你每晚深夜不歸，又是去賭博了？」

烏沃聽義父是為了這事，心中反而放下一塊重石，回話立時大膽起來：

「稟義父，孩兒自入太尉府多時未賭，半個月前才隨朋友去必勝閣試試手氣，不料手氣旺到不行，每賭必贏，心想這等好運氣不可能永遠維持，便趁氣旺多賭幾把，果然大有斬獲……」

尤古有點聽不下去了，便打斷烏沃：

「必勝閣乃是戰棋社，豈能淪為賭場？這事我正要派人去嚴查掃蕩，若是在現場抓到你這個逆子，教我這個太尉的老臉放哪裡去？」

烏沃發現義父雖然責問，口氣似乎並不十分嚴厲，回答便有些撒賴起來：

「義父啊，戰棋社還是戰棋社，只是我們把『戰棋』的規則簡化了；一翻兩瞪眼，而且贏者有彩頭，如此而已，何必一定要說它是賭場哩？城裡的年輕公子無一不喜愛，也沒聽說出過什麼麻煩，何勞義父去『掃蕩』？」

烏沃鼓起勇氣一口氣說到這裡。

他輕嘆一聲：「再說必勝閣入夜後的場子是風姐當老闆，義父何必去追究？」
聽了這句話，尤古追問道：「風姐？」
「對，風長史之女，是他和離婚改嫁的元配所生之長女。」
尤古皺眉。然而切回重點：「你那兩顆貴重的彩鑽是怎麼回事？」
烏沃暗罵穆姬嚼舌，在義父如刀的目光之下，他乖乖地從懷中將那兩顆彩鑽掏出，一張手掌，豔光四射，尤古不禁眼睛一亮。
「看來這是皇宮之物錯不了，這下麻煩大了！」
他沉聲問道：「你從實告訴義父，可知道這兩顆寶鑽的來歷為何？」
烏沃從義父的口氣中感到一絲寒意，不敢怠慢，連忙據實答道：
「據孩兒所知，這兩顆彩鑽乃是琮璧公主之物，是皇帝在她十五歲生日時所賜之禮物。」
太尉尤古聽了大吃一驚，一時之間竟然有些口結：
「你……你怎麼……你原來就知道是公主之物？」
烏沃見義父聲色俱厲，心想還是趕快從頭據實招供：
「其實這兩顆彩鑽就是孩兒在必勝閣賭贏的彩物，原來也不知道是什麼來歷，後來拿到章台街去找店家鑑價，老闆告訴孩兒此乃琮璧公主之物，為無價之寶，無從鑑價……」
尤古愈聽愈奇，大聲打斷道：
「老闆告訴你？老闆是何人？」
「章台街最大的寶石店家，老闆是個螢光人，名叫巴羊酒，聽說在京城裡人脈極廣，去章台街那邊一問便知……」

「把這兩顆寶鑽輸給你的賭客究為何人？」

「就是公主本人……」

「胡說！琮璧公主金枝玉葉，豈能出入賭場，烏沃你愈說愈不成話！」

「不是孩兒說的，是螢光人老闆猜的！」

尤古聰明絕頂，雖然在發怒中，其實已經冷靜地分析了一下各種可能性，便忍住怒氣，口氣平靜地道：「烏沃，你就把賭場情形仔細說來。」

烏沃不敢怠慢，連忙答道：

「前晚風姐約我去賭場，來了一個秀氣漂亮的小賭客，帶著一個隨從，也滿清秀的，我瞧著有趣，便逗著他愈賭愈大，那小賭客愈輸愈多，卻是絲毫不在意，便連那個隨從都大剌剌的滿不在乎，我那時手氣又好極，一連幾把贏下去，小賭客身上帶的錢就輸光了，我以為就此結束，豈料小賭客掏出那兩顆彩鑽來，說跟我賭這個，那隨從待要勸阻，小賭客怒道：『小白不要你管』……嗯……」

尤古聽得很仔細，見烏沃停下沉思，便追問道：

「後來又如何？」

烏沃似在回想當時之細節，聞言答道：

「這回我們賭單雙，我又贏了，小賭客漲紅臉大叫不可能，隨從大喊主人回家，小賭客爭吵著不依，終於被我聽出兩個都是扮了男裝的雌兒……」

「什麼雌兒，你言行愈來愈放肆！」

「是，是。那小賭客好勝心重，眼睜睜看著我把兩顆彩鑽收入懷中，義父，您猜怎地……」

他抬頭看到義父臉色不佳，不敢教義父猜謎，連忙自問自答道：

「『他』竟掉眼淚哭了起來！哈，小女兒家再也瞞不過我……我看那隨從欺上來似有動手之意，孩兒就起身快步離開必勝閣。」

尤古反應極快，聽到這裡對事情來龍去脈已知大概，他雙眉緊皺，心中極是憂慮，烏沃卻仍繼續陳述：

「後來孩兒就去章台街找那個寶石店老闆為這兩顆彩鑽鑑價，螢光人巴羊酒才告訴孩兒彩鑽是公主之物，那小賭客多半就是化裝微行的琮璧公主本人……」

太尉終於打斷他，嚴厲地訓斥道：

「烏沃，你闖了大禍猶自像個沒事人一般喋喋不休，今晨皇宮裡已傳出公主寢宮失竊的事，全案由義父我負責祕密調查，並逮捕盜賊歸案，如今贓物在你手中，這場禍事要怎麼了結？我立刻下命將你綁了送宮？」

說到這裡，他怒目看了烏沃一眼，不料烏沃聞言仍是一副吊兒郎噹的模樣，不禁更是心頭火起，正要吼罵，烏沃神色自如地接著說道：

「孩兒從螢光人巴羊酒口中聽到這是公主之物時，也是驚恐無比，卻碰上一個黑衣青年人，他兩句話就把難題解決……」

「兩句話就把難題解決了？你是瘋了還是傻了？」

「那黑衣青年人只在耳邊說：『第一，公主必定會報失竊；第二，與你對賭的不是公主，而是那個竊賊。記住這兩件事保你脫禍，萬無一失。』」

太尉一聽便懂了，驚道：「厲害，這人厲害！」

烏沃道：「當時巴羊酒對我說：『琮璧公主失此二鑽，宮中內官必報盜竊案嚴查，到時公子你便要主動將兩顆鑽石繳回，說是在必勝閣與一個青年賭客賭贏的彩頭；試想公主怎會自己承認女扮男裝去賭博？而你和一個青年男子對賭，很多賭客都曾目睹，但那個年輕賭客永遠不可能被抓到，因為根本就沒有這個人，對吧？』」

說到這裡烏沃忍不住興奮地拍掌叫道：

「螢光人說得對，義父，您的廷尉就算把京城翻過來也找不到這個人，嘻嘻，那個竊賊根本不存在……對不對？」

尤古心中對這個不長心智的義子實有一些鄙夷之感，皺眉嘆了一口氣道：

「罷了！你就準備帶著兩顆彩鑽去投案吧。記住黑衣青年告訴你的那兩點。」

烏沃連忙答道：「是，是，孩兒遵命，孩兒記住了。」

烏沃行禮準備離去，陷入沉思的義父忽然抬頭將他叫住，問道：

「那個黑衣青年何許人也？」

「那人離開時說了句：『敝人司馬永漢，幸會了。』我知他就是剛從地球回來的司馬永漢。」

「是他？」太尉臉上閃過一絲驚訝之色，眼神隨即轉為深邃。

提到地球，他忽然聯想起那個關在生命祕院中的地球人廖淳仁。

烏沃離去，一面用衣袖揩拭額上的汗珠，他暗忖：

「我這義父太精明，我裝傻要裝得恰到好處可真累啊……」

老丞相府位於京城北郊的森林公園左側，經過整修改建後成為生醫智人的研究場所：生命祕院。

這生命祕院中最特別的一棟是東端的白色建築，整排房屋皆為新近增建，使用一種白色的碳矽結晶石塊為建材，堅硬度接近鑽石，韌度遠超過鑽石，可承受之爆破力更勝鋼材，是塞星球上的終極建材，只有皇室或國家重大建築才用得起這種材料。

這一長列建築，地上一層，地下卻有三層，是生命祕院中最機密的研究室及生命培育室之所在。

廖淳仁初入這裡時被帶到地下第三層，他感覺整層有些像是長列的監獄囚室，但它四壁晶瑩潔白，光線柔和，又像是醫院的病房。

他住進去以後，才發現他的直覺完全正確，這裡既是病房，也是囚室。

他被兩個醫護助理安置在第十六室中，石門一關上便聽不到任何音響，直如置身深山的祕洞中。

廖淳仁被關進來後便再沒有人來理他，他全身所有的東西，包括鑲鑽勞力士錶、寶石萬寶龍鋼筆、兩支蘋果手機……都被沒收，光裸的身體包在一件套頭白袍裡。現在他躺在床上，耳中唯一可聽到的似乎是自己的心跳聲，那種絕對的安靜使人產生莫名的恐懼。他愈想愈害怕，猛然爬起身來衝到門邊，用力推門卻如蜻蜓撼柱，石門紋風不動，他試了幾次感到絕望，終於大聲哭喊起來：

「我是廖淳仁，我是廖院長！你們不能這樣對我！來人呀……來人呀……」四面全是螢光漫射的乳白色石壁，連回音都沒有，廖淳仁嘶吼了一陣，便疲累地倒地不起了。

他從恐懼中漸漸平靜下來，想到自己在溫州外洞頭島礁的驚濤駭浪中，奇蹟般搭上了「塞美奇晶二號」太空船來到這個古怪的地方，其間九死一生的過程，有些地方懵懵懂懂，有些地方又歷歷在目，這時他心中只有一個想法：

「老天把我老廖從百死裡拉拔到這個鬼域，必然有他的道理在，我既沒有死在洞頭的巨浪中，也沒有死在太空的雷電轟擊中，便不會死在這個白森森的石室裡。」

於是他掙扎著爬回床上躺下。直到兩個身穿藍色的異星人進入室中檢查他的身體……

現在廖淳仁躺在床上，他剛從痛徹肺腑的脊髓抽取手術中醒過來，他的甦醒不是從麻醉中醒來，而是從劇痛昏厥中醒過來。

那痛楚是廖淳仁這一輩子沒有經歷過的苦刑，問題的關鍵在於生醫智人要求抽取手術不得用麻醉，而是將廖淳仁全身四肢鎖定，活生生地「行刑」。

廖淳仁也不知罵了多少句髒話，那兩個「野人」根本不理會，他們說的話廖淳仁一句也聽不懂，只能乾嚎、咒罵、痛哭，那兩個野人眉頭都不皺一下。

這是廖淳仁第二次遭此「酷刑」了，他雙目流下熱淚，暗思早知如此不如就死在溫州海外洞頭列島的巨浪裡，也落個痛快，哪裡會像現在這般受此酷刑……「我幹，痛死我了。」

更難熬的是關在這隔絕的石室裡，除了非人的疼痛折磨他的身體，絕對的寂靜對他精神上的折磨，實不亞於肉身疼痛，他覺得自己被老天爺丟入底層地獄，然後徹底遺忘了。

他祈求上帝沒有回應，祈求觀音、媽祖也不見效，最後他祈求三太子，那是幼年時伴同他成長的神明，總覺得這尊神明最是瞭解他的疾苦。他誠心誠意地祈求道：

「十歲那年得肺癆靠您保佑痊癒，十三歲進初中時考試作弊被抓，也是靠您護著沒有被學校開除，大一那年把班上女同學肚子搞大，是您施大法讓她自然流產解我之危，投入政治後每次選舉公報上的假學歷從來沒有被揭穿，只要拜求您保佑，沒有一次不當選的，您就是我阿仁的守護神……三太子啊，這回阿仁真的落難了，求您慈悲再拉我一把，將來家鄉的太子全身重敷真金，世世金光燦爛、代代奉獻不絕……廖淳仁絕不食言……」

三太子果真不凡，才祈求到這個份上，石門就大開，門口站著兩個人，這兩人都穿著無菌無塵外袍，只不過不是先前兩個「野蠻人」穿著的那種藍色衣袍，而是白中泛金屬光澤的防護衣，通體透明。

廖淳仁不敢相信自己的眼睛，他在心中狂呼：

「啊唷！三太子您真靈啊，您總聽得到阿仁的祈求……」

走在前面的一人遠看顯得金光閃閃，原來是他的金色鬍鬚亮得出奇，他正在為後面一人解說一些事情。

後面一人看上去是個英俊魁梧的將軍，透明的防護衣內可以看見他的軍服上掛戴了一排寶石製成的勳章，紅、藍、綠色的光彩都有，加上鑽石耀目的白光，襯得他英武的面容展顯出飛揚的神采。

金鬍鬚說了一長串聽不懂的話，英俊威武的軍人不停點頭，金鬍鬚說完便停下似乎在等那將軍發言，那將軍開口說的竟似是漢語，而且帶著文言的詞句：

「智人之言聞所未聞，得此稀世奇寶為『活檢體』，誠可遇不可求之機緣，如能善用其肢體器官，解開亙古生醫之祕，是我塞美奇晶國之福也。」

廖淳仁聽了又驚又喜，雖然不完全明白其意，但是他到達此地以來第一次聽到熟悉的語言，竟然激動得老淚縱橫，氣息急促有如哮喘病發作。

金鬍鬚智人道：

「太尉所言極是，此間成敗關鍵乃在於地球與塞美奇晶之相對時空差，今欲每七日抽其髓，凡十次所需時日約當彼地二十年，而此人七日一抽髓必活不及三十日，是以吾等抽其髓，亦要設法改造其生理機制使與我星球同步，庶幾此稀世奇寶得延其壽，而吾等適探其祕。」

廖淳仁聽得七八分懂，驚駭之餘，憂喜參半，如果沒有聽錯，這金鬍鬚老怪說的似乎是自己的老命可以延長，但是抽髓酷刑之次數亦將增加，想到這裡，忍不住用盡吃奶之力大聲吼叫道：

「幹，你要抽老子的脊髓，難道不能麻醉了再幹？我幹×××！」

廖淳仁一面吼一面罵，一面暗自悔恨：「當年如果多讀一點文言文也不致聽不全懂這些假古人的話。」

太尉尤古嚇了一跳，轉用塞國語問道：

「這人在叫罵些什麼？他要求麻醉後再抽髓為什麼不行？」

金鬍鬚智人奇奇哥答道：

「報告太尉，吾等在究研的是基因進化中的一些細微奧祕，瞭解這些奧祕後，吾人就能用基因上的改變來控制我們人造人的技術，這個地球人赤手空拳通過蟲洞，他的奇特功能我等完全不能理解，大家猜測可能是在遭遇極端暴烈壓力時，其基因中某些在演化過程中已經退化的功能又被逼得重新表現出來，是以抽取這人脊髓，須在他極度痛楚之時為之，並非故意要以酷刑相加……」

太尉點了點頭，他皺眉思考了一會，又點了點頭。

廖淳仁好不容易聽到幾句漢語，來人又開始用他聽不懂的語言交談，心中又急又怒，再度狂吼道：「講國語！講台語！」

太尉和奇奇哥面面相覷，太尉問道：「這個地球人在罵什麼？」

奇奇哥道：

「從他進入十六號病房，他發出的每一個聲音都被錄下，他常用的語言似乎不止一種地球語，但仔細分析起來，一種類似我們塞美奇晶讀書人之間用的古漢語，只是比較口語化，另一種發音頗不相同，但基本上應屬相關度甚高的一種方言，經過科學智人編碼解碼後，已能瞭解大部分的含義，但是有幾個辭語卻是不能解釋，例如『趕羚羊』三字便經常出現，其前後語意殊不可解。有時還常提到一匹『草泥馬』，也不知道是何種馬。」

太尉道：「也許該去問問司馬永漢，他才去過地球，對現代漢語應該懂得比較多。」

「您說得對，我儘快去找司馬永漢談談。」

太尉點頭道：

「奇奇哥，你們對這個地球人所作的研究十分有意思，我很有興趣深入瞭解一些。眼下你們急於爭取時間，趁那地球人狀況尚佳之時多抽他一些檢體樣品，待你們將他的基因改造成功，可以長期存活於塞美奇晶，就通知我一聲。」

奇奇哥道：

「遵命，太尉。咱們原定下午要對他再作一次抽取和基因改造，太尉要是有空，可以來看看，到時我現場給太尉解釋一些細節。」

太尉點頭道：「好極了，就請奇奇哥給我長些知識。」

地下第三層的十六室中傳出一聲驚心動魄的慘嚎，接著便是一連串的狂野咒罵。

智人奇奇哥對太尉道：

「太尉請看，敝手下助手及兩個生醫機器人正對地球人廖淳仁施以幹細胞基因密碼重編手術，須得以藥物將人體疼痛系統作極大化之催痛，人在洪荒之痛之下才可能將遠古演化過程中隱藏不用的基因強制活化，吾等生醫智人遂能據以重新編組並加補遺，然後重植入彼體，庶幾一舉將其體質改變適於塞美奇晶生態，而得長活於斯；吾聞地球人有洗髓伐毛、脫胎換骨之說法，此之謂歟！」

太尉尤古見室內一個智人助理指揮兩個靈巧的機器人立在廖淳仁床兩邊，智人助手手持個黑色平板，就在板面上十指滑動運作如飛，兩個機器人就熟練無比地按命令施動手術，被綁在床上的廖淳仁全身上下完全不能動彈，慘嚎聲震耳，良久漸漸減弱成哀啼，夾雜著一聲聲不由自主而發的詭異聲音，那聲音非人非獸，聞之令人想到亙古天地初開時的洪荒動物之嚎聲。

奇奇哥對太尉報告：

「此二機器人看似聽命令行事，實則有甚高之人工智慧，手術中十之八九皆可自行思考而得正確之處理，只有必要之時才與指揮者以腦波短傳協商之。」

尤古讚嘆道：「生命祕院之能深不可測啊。」

奇奇哥道：

「此二超級機器人乃是敝人與科學院智人阿里十三聯手合作之產物，奇奇哥不敢專美。」

尤古點首道：

「嗯，阿里十三我熟知，就是駕駛『塞美奇晶二號』往返地球及塞美奇晶之間的科學智人。」

「正是，阿里十三之智能名滿科學院，絕非浪得虛名，這回成功助司馬永漢完成任務，卻未得到賞賜，太尉是否能在帝宮為其美言幾句……」

「啊，這事倒不是朝廷疏忽了，從地球回來完成任務，阿里十三便一再表示他不願曝光，寧願待在暗處默默做事，他行事低調，我素來知道的……」

「司馬永漢固然功在社稷，阿里十三留守中繼站接應，並隻手將中繼站上設備全部更新，駕駛太空船安全往返宇宙之間，智勇雙全，其功實不可沒，他固行事低調，朝廷卻不應低調處理……」

太尉回應道：

「你說得有理，阿里十三不喜曝光，朝廷大可主動私下獎賞，待我明日密奏帝君為他請賞晉升……」

「啟稟太尉，敝人對阿里十三極為欽佩……科學院中雖都是智人，也不是每個智人都有阿里十三之能。」

太尉聽了不住點頭，心中忖道：

「阿里十三不但能耐超強，還願冒生命之危潛入敵國探取科學機密，豈是一般智人所能相比？」

這時十六號室內鬼哭人嚎之聲戛然而止，這突然而來的寧靜倒使尤古太尉為之一驚，他問道：「發生何事？」

奇奇哥解釋道：

「啟稟太尉，催痛藥物在病人身上作用達到頂峰，廖淳仁之疼痛指數數十倍於常人忍痛之極限，此時其體內亙古演化過程中各種潛隱之古老基因一一受逼而顯，機器人迅速取得樣品，手術就要結束了……」

太尉對生物醫學一向極有興趣，問道：

「厲害！但何以廖淳仁突然停止哀嚎，他死了麼？」

「不，他活著，只在此一程序中，一種早已退化之自我麻醉基因機制亦同時被重新驅動，此種自我麻醉效果遠勝當今施用之最強麻醉劑，廖淳仁此刻突然之間已不感到任何疼痛了。」

尤古聽得嘖嘖稱奇，有感道：「原來世上最強的麻醉是自我麻醉。」

接著追問道：「汝等以如此暴烈手段取得之採樣，將如何處置？」

奇奇哥道：

「如一切順利，三日之後吾等即可將此人之基因重整為塞美奇晶最適組成，此人將成為長久性之生醫樣品來源，取之不盡用之不竭……」

太尉這時才決定將自己的構想說出。他退後兩步，面色轉為嚴肅，然後低聲道：

「奇奇哥，我有新命令！」

奇奇哥吃了一驚，連忙答道：「請太尉指示！」

太尉道：

「傳我令，基因編輯及修補工作務必小心，只需修改病人生理基因使之適存於塞美奇晶生態即可，切莫改變病人原有之其他基因。其次，研究病人負能量等奇異功能的試驗暫時停止執行！」

奇奇哥大惑不解，對停止執行研究地球人負能量功能的研究尤其不以為然，他忍不住抗聲道：

「啟稟太尉，這個地球人能夠赤手空拳通過『蟲洞』之煉獄，破解其中奧祕乃是生醫學百年難得之機遇，停止執行，將使生命祕院之前的研究前功盡棄，萬請太尉三思。」

尤古聞言聲轉嚴厲：

「這個廖淳仁我另有重要用處。只待他身體復原，便須送太尉府報到，此事關係國家大政，不得有誤！」

奇奇哥還想爭辯，太尉的臉色嚴峻：

「此事就如此決定，你不要多言！」

十六號室內廖淳仁經過了非人的折磨之後，所有的疼痛戛然而止，那種感覺就像是溺水窒息，生命最後一瞬間突然得到新鮮空氣，全身每一個細胞同慶重生，對比之下，身體也經歷了畢生未有之生理上的舒暢，比他一生經歷過最爽的性高潮更勝十倍。他在全身汗出如漿中恬然入睡了。

他夢見自己西裝革履，頸戴蝴蝶結，在隨扈簇擁之下登上立法院院會主席台，媒體的閃光燈此起彼落，廖淳仁坐上那十多年來屬於他的院長寶座，摸了摸手感熟悉的議事槌，抓起來敲了三下，對著麥克風宣布院會開始……

但是他空喊「開會」，卻發不出一絲聲音，於是他對著麥克風鼓起肺活量大叫「開會」，不知為何仍然發不出聲音，連試了多次依然無聲，院會大廳中朝野委員開始發出嘲笑，依稀聽到有人哈哈笑道：「廖院長被消音了！」接著有人說：「廖院長整天對我們在野黨的麥克風消音，這回中了邪，自我消音了……」

院會大廳中爆出各種笑罵，嘈雜有如菜市場。

他心中又急又怒，右手抓起議事槌待要敲打要求肅靜，卻不料議事槌敲下也無半點聲響，他一氣之下連敲五槌亦復如此，耳中聽到的嘲笑之聲似乎更甚，他在極度急怒之下，開始感到一絲莫名的羞愧，忽然之間一個念頭冒上心頭：

「原來我的權力全來自我在這台上發出的聲音，沒了聲量我啥都不是。」

有幾個委員湧上主席台，有一個下巴削尖的女委員伸手要扯他的麥克風，另一個男委

法】

員長得豎眉鼓腮卻生了一個小嘴，他尖聲喝叫著上來搶廖淳仁手中的議事槌。

這時不知為何，會議廳忽然大門全開，一群十幾二十歲的年輕男女呼嘯著衝了進來，他們進得廳來便從兩側及中央通道分三路直奔主席台，廖淳仁看這群年輕人不知為何個個面露憤怒之表情，中央帶頭的一個較年長的胖女生尤其顯得憤怒之極，一面衝上來一面鼓破嗓尖叫，她從背囊中拿出一條細鐵鍊，就從身後將廖淳仁綁住，廖淳仁口中大喝：「保持理性！保持理性！」卻是空張口舌，一絲聲音也發不出。

他轉向兩側的立院警察求援，口中喊不出聲音，警察們全都站著不動，有的面目冷漠，還有幾個面露懼色。

廖院長終於被那個胖女用鐵鍊鎖住，那個豎眉小嘴的男委員也成功地搶到議事槌，尖下巴的女委員扯斷了麥克風的電線。幾個委員正要慶功，卻被後衝進來的年輕人搶了先，一男一女兩個年輕人跳上了桌台，只見女的腳蹬長筒皮靴，男的卻是一雙藍白拖鞋，兩人帶頭大叫：「佔領立法院！佔領立法院！」

廖淳仁從恐懼萬分之中驚醒，對空乾嚎，這回他突然能夠發出聲音了，於是一聲令人心驚膽跳的怒吼劃破寂靜。

「警察，把閒雜人等趕出去！」

「趕出去！快趕出去！」

睜開眼才發現自己躺在一間四壁和天花板都是黑色的大房間中，四周有微弱的白光從牆角滲出，更加強了一種陰森森、類似停屍間一般的氛圍。

廖淳仁忍不住叫道：「這啥米所在？」

他連叫了三聲，忽然聽到一個女子的聲音從右邊傳來：

「此乃太尉府之客房，貴客甫受手術，此處四牆角所放出之『活命光』及『養身氣』對貴客身體大有助益，尊客只須居此室一日必然身健更勝往昔，當可接受太尉召見。」

那聲音委婉溫柔，廖淳仁依稀聞到頰邊如蘭脂香，連忙轉首看時，卻見床邊空空，佳人不見。

正不解時，那溫柔的聲音又響起：

「奴家乃一機器人，現正設定在『隱形』模式中，尊客不必驚慌，如有任何需要，只須喚聲『阿橘』，阿橘立即便到侍候尊客。」

廖淳仁自從到了這個星球，所看到的和經歷的奇異事物層出不窮，照說已經有些見怪不怪了，但這個隱形的機器人卻實在太過神奇，心想若是被它殺了也不知如何死的，不由心生無比恐懼；阿橘說得愈溫柔，他反而愈是覺得恐怖，連答話的勇氣都沒有，只瞪著一雙老眼，仰面對著黑色的天花板，默然沉思。

「我在那地下室受酷刑失去了知覺，怎麼就會來到這個『太尉府』？這裡面究竟有什麼詭計？太尉是什麼官？府中能擁有這種神奇的隱形機器人，肯定是個大官。」

他對漢朝官制一無所知，不過仗著地球上官場的經驗，精準地猜到「太尉」的地位非同小可，想到此，心中立刻興起新的想法，暗道：

「這位大官他要把我從那個受苦的地獄裡移到太尉府，說不定有什麼事要我幫忙喬一喬……」

廖淳仁在地球上呼風喚雨時，仗的就是通四海的人脈，人欠我、我欠人、人欠人……

法】

的一本賬瞭然於胸，複雜的政治、金錢、男女……關係裡，其中奧妙幽微之處，只有他廖淳仁拿捏得恰到好處，是以無論是人事、財務、官司、媒體……只要他一出手，十之八九能夠得到「滿意」結果，當事人付了錢還要感激涕零，政商圈裡提出廖淳仁的大名，再大的來頭總要賣個面子。

想到此處，他就興起了一個異想天開的念頭：

「許是我廖某名滿宇宙，江湖朋友背後喚我『四面佛』也不是白叫的，名聲竟也傳到這個鬼星球上，這個太尉或有什麼難題不得解決，想要找廖某人幫他出個計策，我可要打起精神好好助他一臂之力，以後在這個塞美……什麼鬼星球上就站穩腳步，然後一步步建立關係重振聲威，成為宇宙中的台灣之光……」

想到這裡精神為之一振，忖道：

「我們那個島上人人比賽誰喊『愛台灣』喊得最響，幹伊娘，要是我老廖在這個星球上成了喬事的『宇宙四面佛』，那份光彩豈是島上之蛙能及項背的？呵呵，我廖淳仁的霉運快要走完了……」

那個女聲溫言又在耳邊響起：

「尊客一覺醒來恢復得好，就請隨阿橘去見太尉。」

廖淳仁掙扎著起身，臂膀及背部都感到有人溫柔地扶著，一股少女清香飄在周邊，完全就是一個女侍貼身扶持的感受，站起身來時甚至感觸到女侍柔軟的身軀，但是四顧空無一人，他不禁為之駭然，如遇鬼魅壓身。

接著他背上被輕輕推了一下，右臂被人輕挽，耳邊聽到輕聲細語：

「尊客勿驚，請移步隨奴去太尉書齋。」

廖淳仁不敢不從，便由那隱形的機器人「阿橘」引著走出黑色客房，轉了兩個彎；走過一道長廊，走入富麗堂皇的長形大廳，遠處置有一個馬蹄形的黑木長桌，圍著長桌有三十多張華麗的椅子。

由於房間極為寬敞，三十多人的馬蹄形長桌只佔大廳前方一小片空間，而整張馬蹄形長桌空空如也，只「蹄頂」處坐了一個人，正是尤古太尉。

廖淳仁被引導至長桌左端，耳邊聽到阿橘輕聲道：「行禮！」

正不知該如何行禮時，太尉擺手道：「免禮，請坐。」

廖淳仁心懷忐忑不安地坐在末端的椅子上，感覺上阿橘鬆手退離，他隔著長條桌打量太尉，只見太尉相貌堂堂，身著軍裝，胸前寶石勳章閃耀發光，襯著他英俊的臉顯得格外威武。廖淳仁暗道：

「果然是個大官，我沒猜錯。」

「閣下大名是廖淳仁？」說的是漢語。

「是。」

太尉早從司馬永漢從地球帶回的全錄影資料中認識廖淳仁的長相，但廖淳仁在手術極端疼痛中，哪有機會看到立於門口外的尤古，到這時他才瞭解：「原來太尉是個大將軍」。

這時一隻淺赭色的透明琉璃杯緩緩從空中降落在廖淳仁身前的桌上，杯中是熱氣騰騰八分滿的橘色飲料，耳邊聽到阿橘姑娘輕聲道：

「這是太尉老爺珍藏的石瓊漿，尊客請用。」

太尉尤古道：

「阿橘你且退……廖淳仁先生，我乃塞美奇晶國太尉兼大將軍，此為太尉府，歡迎蒞臨。先生前數日在生命祕院中雖然受到一些痛楚，但也值得賀喜，我已命生醫智人將先生洗髓伐毛，從此你將可長活於塞美奇晶而不致水土不服枉送性命……」

廖淳仁聽了這話，才開始瞭解某些發生在自己身上的事，但是回想所受到的非人折磨，他心中冷冷忖道：

「你他媽的要抽老子的骨髓，哪裡是什麼為我洗髓伐毛？就算你有好意，就不能給老子打點麻醉藥再動刀動針？拿這種笑話來騙老廖，我操，趕羚羊！」

他的臉上卻展現一種瞭解後勉強釋然的表情，對著尤古微微點頭，並不流露任何感謝之色，看在尤古眼中，乃是一種不卑不亢的老練氣勢，不由得心生一絲敬意，便點頭道：

「廖先生，你既已脫胎換骨，在生理上已成為我塞美奇晶人，也不必再受抽髓之痛，今後還留在生命祕院十六室，我可隨時就地球典章制度之事請教。」

廖淳仁一聽要被送回那個十六號病房，臉色立即大變，抗聲道：

「那個十六號房是地獄，我拒絕再回此房。」

尤古微笑道：

「你此次回去就知地獄已成天堂，廖院長，你來敝國時被『保管』的私人物品都將歸還於你，你在那裡將受到貴賓待遇，有太尉府專派廚師每日美食相待，各種虛擬實境之娛樂及刺激遊戲可供消遣，便是要女人亦有真實及虛擬兩種美女任君挑選享用……而且保證絕無抽取骨髓之事，你大可放心。」

廖淳仁心知反對也無用，抗議一下再接受乃是表示自己勉強讓步，希望累積對方的好感，有時甚至還可博取一絲歉意。這一招廖淳仁經常使用，看來似乎微不足道，但對手心中好感的累積到了一定程度時，在談判上常能發揮奇效，這是人人皆能想到的事，但絕大多數人總以為實際好處微弱不彰而不肯為之，廖淳仁卻認真實踐，用口惠、示弱及裝可憐表現小善意，積小善意為大好感，惠而不費；即使不惠也不費。

太尉見廖淳仁「勉強」同意，便點了點頭道：

「那裡將有全套保密設備，你我可以直接聯繫，一切通訊絕對機密，無人能從中截取……」說到這裡，太尉停頓一下插問道：

「量子通訊，聽過否？」

廖淳仁搖頭道：「不懂，我乃是學醫的。」

太尉喜道：「學醫？太尉我亦對生醫之學極感興趣，你曾做過醫生？」

「我醫專畢業後在前線一個小離島上服役，部隊中一個士兵腹痛如絞，初步診斷為盲腸炎，須立刻動手術，我頭一回真刀面對病人，開了下去便傻了眼，原來盲腸炎的診斷有錯誤，士兵因盲腸及上升結腸末與腹壁固定一起，與迴腸扭結而成腸打結……我慌了手腳不知如何處理……」

太尉聽得有興趣，追問道：「這種小病，地球上居然要破腹開刀？後來如何？」

「那時我們的外科就是開腹破肚……後來靠一個資深軍醫從本島以長途電話指示我，一步一步做完右半結腸切除，匆匆止血縫上後便空運送本島，我六神無主，動完手術差點大哭一場。」

「那士兵後來呢？」

「由於本人手術太過粗劣，該士兵送醫院後必須重新拆線開肚處理，受了許多罪算是保住一條小命，而從此本人自覺醫術非我所長，徒有救人之心難有回春之術，退伍後便決心不再行醫，又沒有別的專長，便決心去參加競選從政了。」

尤古聽完大有同感，對廖淳仁的好感又增一分，便挑明了道：

「和你一道從地球回來的司馬永漢……」

「啊，那個阿飄！」

「阿飄？就是我君主派往地球調研民主制度的年輕人，他帶回了十萬筆寶貴的一手資料，朝廷打算參考制訂新政，也就是塞美奇晶要變法了，這一變法勢必動搖國本，對我國之未來影響至為重大……」

講到這裡，他停了一下，正在考慮要對這個地球來的異類人種透露多少國安機密，廖院長竟然先提問了：

「貴國要變法行新政，可有一個新政綱領？」

太尉暗忖這個廖院長確是明白人，一言中的。便答道：

「當然有，有一個『變法革新草案』。」

簡答便止，顯然太尉在此階段仍不願對廖淳仁透露太多變法的內容。但是政治老手廖院長已開始追問了：

「好，這變法革新草案可是太尉府所擬？」

尤古不由卡住了，他忖道：

「好傢伙，這人太詭，一下子直搗核心……看來我找他是找對人了。」

太尉答道：「不，是丞相府擬定的。」

「丞相府？嗯，丞相府就像是咱們的行政院？」廖淳仁立刻有所領悟，暗忖這裡有矛盾了！但太尉自稱是大將軍，和丞相府的矛盾會是什麼？

他想到這裡也就懂了，這個玩弄政治的高手默默盤算：

「哈，這是行政部門文官系統和軍方的矛盾，軍方肯定屬於皇帝親自掌控，這下有意思了，定是丞相方面擬定的變法革新草案使軍方勢力受到威脅，矛盾就從此地滋生了。」

老謀深算的廖院長，從跌落洞頭列島深海巨浪那一剎那起，便在九死一生中掙扎跌撞，直到此一刻終於回到他熟悉的領域，可以用他的精算在政治矛盾中一顯身手了。他忍不住伸手理了理唇上短髭，觸手就覺得該修剪了。

太尉見他雖自沉吟，然而面帶得色，他不禁甚感驚訝，殊不知這個在地球上縱橫政壇大半生的高手已經在三言兩語之中看到問題的重點了。他試探地洩漏一點資訊：

「丞相府擬定的變法革新草案已到了太尉府，尚未送進帝宮。以你對地球民主制度的瞭解，變法草案首重何事？」

說罷便兩眼盯著廖淳仁，只見廖淳仁伸手輕拍了拍禿頂，以一種不經意的口氣道：

「啊，我猜所謂變法，第一步應該是制訂憲法吧。」

太尉暗中點頭，對廖淳仁的機靈頗為滿意，他伸手從桌下抽出厚厚一個金色的卷宗，無比嚴肅的對廖淳仁道：

「此為最高機密，連帝君都尚未過目，我讓你細讀一遍，須於午時之前交還給我，我收到了立即火速送宮。」

顯然此刻他對這個地球來的政客已無疑念而必將之納為己用。

「何必費事如此，太尉只管將草案直呈帝宮，拷貝一份交我細讀即可……」

太尉舉手打斷道：

「廖院長有所不知，塞美奇晶國資訊科技發達，但對人民管制嚴格，一般的大數據對朝廷高官基本上相當透明，唯有公文系統則採絕對管理，任何一件公文必須手抄手傳，主管親筆批示，原件存檔。任何公文外流或為外間收存，皆是死罪。」

「死罪？幹伊娘，這麼厲害呵。」

「所以你不可動腦筋弄什麼拷貝，全國每一台手上腦、桌上腦、智慧記錄包都在監控之中。」

廖淳仁第一次聽到「手上腦」、「桌上腦」、「智慧記錄包」這些名詞，略一思索，不禁會心微笑。他指著桌上厚厚的卷宗，對太尉搖頭道：

「這麼多的文件，正午之前我不可能讀完，能否讓我細讀半日，深思一夜，太尉明日一早親送進宮？」

太尉正色道：

「絕無可能。我乃太尉兼尚書令，才有特權先君王看到奏章，此乃沿自地球漢朝之規矩，但丞相奏章豈容在我手上過夜？你必須午前讀完，不可耽擱！」

講到最後已是聲色俱厲，廖淳仁想了一想，面帶無奈之色，很委曲地道：

「好吧，好吧，太尉既這般說，我廖淳仁拚老命試試吧。」說著就上前將卷宗拿起，就地打開，取出文件開始讀了起來。

尤古見這個地球來的政壇高手既機靈懂事，又通情達理，尤其是願意委曲求全的個性很合意，心想將此人收為己用實乃神來之筆，待大事成了，倒要好好酬賞此人，讓他永為自己所用。

他面露得色，只沒有注意到廖淳仁將這一切瞧在眼裡。暗笑在心裡。

午時一過，兩個攜槍侍衛護著一個文官，帶著一箱奏章離開太尉府，乘坐公務飛行器直奔皇宮。

正午前，廖淳仁勉力將變法改革草案翻了一遍，對丞相府提出的變法新政有一個概略的瞭解。

太尉尤古留他共進午餐，這是廖淳仁登上塞美奇晶星球以來第一次享用非「營養液」的真正「食物」。看到桌上一隻烤得金黃滴油的無頭小禽類，想到在生命祕院十六室每餐被灌食的營養液，此時只覺滿口生津，食慾大振，卻不見有筷子或任何餐具。

他見太尉已動用十指開始食用，便也不客氣抓起那隻無頭烤「鳥」，撕下一隻腿試咬了一口，只覺外皮酥脆，肉質鮮嫩，竟是超乎意料的可口。他忍不住問道：

「敢問這是什麼鳥？」

太尉道：「此乃毒舌雞，最是美味。」

廖淳仁啊了一聲沒有再問下去，他心裡在嘀咕：

「毒舌雞啊？怪不得把雞頭砍了，只不知舌頭有毒管何用？」
他卻不知這種毒舌雞一身本領全在口舌，行走草間喀喀不停從舌間噴出帶毒口水，草叢中百蟲沾上即昏倒，任牠食用。
太尉正色道：
「廖院長雖因時間所限未能細讀草案全文，相信對草案大旨應已有概念，以地球實行民主之經驗來看，尊意以為吾國丞相府所擬變法草案可行否？」
廖淳仁未答先問：
「請教此一草案是否由那個姓司馬的小子所撰？」
太尉皺眉道：
「司馬永漢從地球帶回十萬餘項資料，又親身有台灣及美國之旅，是以帝君派他到丞相府任職，相信這一部草案中少不了這人的想法。」
廖淳仁心想：
「自己本在台灣呼風喚雨、走路有風，都是這個死阿飄害得自己流落到這個鬼星球，吃隻雞連舌頭都有毒。除了受洪荒之痛苦，還要小心翼翼討好侍候這個太尉，幹伊娘，這傢伙不過是個化外之外的禽獸國的將軍，我他媽如今虎落平陽只好抱著他大腿屁都不敢放，好啊，害我的司馬小子，此仇不報非君子，你幫丞相我就幫太尉，咱們走著瞧。」
於是他抬眼堅定地看著太尉道：
「丞相的變法草案首在制憲，制訂憲法首在成立臨時立法院，臨時立法院則首在產生臨時立法委員，咱們就從這裡開始，一步也錯不得！」

廖淳仁覺得自從搭上那艘太空船離開了地球，自己像是在渺渺河漢之中亂遊無極，泛而無實，大而無當，惶惶而不可終日，然後身陷煉獄，熬過人類不曾有過的痛楚，直到此時，當「憲法」、「立法院」、「立法委員」……這些詞重新出現，他忽然之間就心神踏實了，那些詞、那些事、那些人，一一出現在他腦海，廖淳仁的自信一點一滴回到心田。

去】

CHAPTER 05

喬王出手

變法革新的第一步是成立臨時立法院。

照丞相府擬定的草案，四十一名臨時立委中二十名由曾任御史及首長者互推產生，另外全國二十個郡縣各由庶民選舉產生一名，京畿特別區一名。

廖淳仁心中已盤算了一會兒，卻不急著建議，先提問到：

「太尉，第一步便要能掌控立法院，依這套產生臨時委員的辦法，您估計能佔幾分上風？」

尤古太尉皺眉搖頭，喃喃道：

「曾任御史及首長之人士中，有軍方背景或與我有特別關係者不多，即便全部被選上，也不過八、九名吧。至於地方孝廉，軍方有關的人選更少，但本人平時特別注意拔擢地方有賢名之後進，加以我統率三軍在邊境數次打退敵人，一般百姓多認為我護國有功，因此歷年各地推舉的孝廉大多對我禮敬有加，這一塊我或可與丞相一較長短。」

廖淳仁在速讀草案時，就最重要的內容作了筆記，這時他對著三頁只有他自己識得的潦草字跡發呆，過了好一會才道：「太尉，這辦法不成……這辦法設計得太好。」

尤古咦了一聲道：「怎麼又不成又太好，廖院長你在搞什麼玄虛？」

廖淳仁道：

「一點也不玄虛。太尉要想掌控臨時立法院，第一要掌握委員多數，然後掌握正副院長的人選。剛才聽太尉之言，我看若是依照這個辦法是做『不成』的。做不成便要有旁門小路可走才行，但這辦法設計『太好』，無小路可鑽。」

太尉想想形勢也確是如此，不禁感到氣餒，默默盯著廖淳仁，希望他想個法子能翻轉形勢。

廖淳仁習慣性地理了理久未修整的短髭，嘴角露出一絲笑意，太尉問道：

「君何發笑，或有所得？」廖淳仁點頭道：

「形勢十分清楚了，太尉千萬不要再苦思如何從這個推選辦法中得勝，您要釜底抽薪，根本不同意這個辦法。」

尤古聞言為之一振，連忙道：

「不錯，我首先便反對這個推選辦法，但帝君必問既不同意此案，則他案計將安出？到時我要如何回答？」

廖淳仁不慌不忙地道：

「太尉雖不同意此案，但口頭上要先把這辦法設計周延大大讚它一讚，然後說唯有小小一點耽憂，便是塞國首次辦理選舉事務，一切從無到有，到時萬一出個什麼亂子，哪怕是程序上的瑕疵，也會被落選者擴大渲染，好好一個民主第一步就遭玷汙，嚴重影響變法大政的後續推動，因此為求未雨綢繆，應該先由帝君指定幾位謀國大臣組成『臨時立法院籌備小組』，太尉爭取擔任小組召集人……」

廖淳仁繼續道：

「咱們處理的原則是縮小『打擊』範圍，想那臨時會委員達四十一人之多，操作無處下手，如果換成十人籌備小組，操作就相對容易，至於小組成員如何決定，太尉提議由皇帝欽定，如此一來，您就只要操作皇帝一人便搞定，這道理多麼簡單。」

廖淳仁見太尉心領神會地點頭，便再補一句：

「何況變法是國之大事，皇帝不可能完全放手由大臣主導，太尉您提議將發動變法第一步的大權交給皇帝，皇帝必定心悅，萬一那個丞相是個白目，提出異議，甚至略顯不爽，便得罪皇帝了，搞不好他變法未成身先死，到那時咱們再出手。」

太尉聽得皺眉，顯然他對地球上某些現代的口語有些不解，忍不住問道：

「甚好之事為何說『搞不好』？」

廖淳仁呵了一聲道：「說『搞不好』，是丞相他搞不好，不是咱們搞不好。」

太尉呵了一聲又問：「丞相已經身先死了，我們還出手？」

廖淳仁甚感詫異，這麼簡單的事，這個鬼星球上的大將軍竟然不懂，他們如何保衛國家？一時竟忘了回答，太尉「嗯？」了一聲，廖淳仁才回道：

「第一，身先死是看衰他的意思，不一定真的死了，再說，我們出手一定是對手帶衰的時候，之前最好讓他們先衰掉，反而不需我們出手。」

太尉其實聰明絕頂，但塞國人科學智商遠高過人文智商，更兼對地球現代用語有些不解，聽廖淳仁這話立刻就懂了，他頷首道：

「廖院長你說的好策略，建議將『籌備小組』成員的決定權交給帝君，可是丞相對帝君的影響力並不比我小，就算勢均力敵吧，小組裡我方還是佔不到上風。」

廖淳仁微哂道：

「待我打個比方太尉大人您就懂了。譬如說，如果十人小組成員裡帝君接受了三個丞相推薦的，三個太尉推薦的，他依自己的想法決定剩下的四個……這個局面，太尉您覺得是否合理？」

太尉點頭道：

「很合理。我猜以目前朝廷裡的情形來看，多半就會是這樣。」他心中暗讚這個廖淳仁真有點本事。

廖淳仁道：

「好，三對三，剩下四個委員由帝君決定了，他們多半是既不屬於丞相、也不屬於太尉的人馬。既是中立的，那就要去喬了，誰的本事大，能多喬到一人便贏了……」

「喬？喬是什麼意思？」

「『喬』是台灣話的同音字，意思是協調……協商，就是喬人事、喬位置之類啦……」

說到這裡，廖淳仁連忙補充一句：

「『喬』的方式千變萬化，因人、事、關係、kimoji都有關，一旦抓住要點，運用之妙存乎一心。」

「kimoji是啥?」

「kimoji就是……就是心情、感覺吧。」

尤古太尉臉上露出心領神會的表情。

司馬永漢回到家中，他在丞相府中待了一整日，一半時間參與了丞相親自主持的會議，研議憲法草案中哪些是必須堅持的，哪些是可以視情況略加修正的條文。午餐後，他和風晗及呼合毒花了半天時間，研究憲章草案呈到帝君手中後可能發生的各種情況，每一種情況未來在大殿上發生時，丞相應該如何應對。從這半天時間裡，司馬發現風晗發言四平八穩，呼合毒副長史反而偶有佳言，司馬永漢都認真記下了。

一整日在會議中隨時備詢，由於與會的大官們隨時隨機提出問題，有時不按條文次序，有時問過又再問，司馬永漢必須隨時保持全神貫注，不論如何不合邏輯、顛三倒四的問題，他都必須立時給予正確答案。加以植入他身上的晶片已被移除，他身上不再具有和他大腦合而為一的超級電腦，「全音像」的收錄本事也隨之解除，以這種方式和大官們開會，事後整理記錄時確是一件麻煩事。

明明可以找專司文書和曹吏來做記錄，風長史偏偏堅持保密原則，在此階段一切討論皆屬內部機密，處理文件全由司馬永漢為之，絕不假手其他人。

司馬永漢雖然被操得厲害，他內心其實是興奮的，只因這一份憲章草案主要出之於他的手筆，他去億萬里之外的地球，辛辛苦苦帶回來的十萬份資料乃是為了能對祖國產生實質的功能，立憲就是跨出的第一步。

現在他摒拒了所有侍者的侍候，坐在躺椅上，想要清靜、安逸地想一會，然後再進晚餐。

「塞美奇晶國的大官們談民主化也談了許多，卻沒有人意識到民主化的必然結果是基層庶民的參與將會愈來愈深，庶民的要求也會愈來愈多，而以吾國的庶民而言，其認知及思維長期停留在地球千年前的程度，心態上對當家作主不可能很快適應，一旦實行起來恐怕會問題重重，而眼下最大的困難在於朝中重臣的眼光，全聚於中央變法後自身的地位、權力有何變動，沒有人會費心去關注郡縣以下的事……」

他口心相商：「如果變法在中央推動了，而在地方推不動，那將會怎樣？」

「如果中央操之過急，地方之民主極易淪為有心人掌握，假民意而行專制，到時中央反而不能控制，因為他們挾持『民意』而自重，如果中央強行介入，豈不又回到帝制專權的老局面？」

於是他想到在地球上他觀察了美利堅合眾國及中華民國，比較兩者發展民主的歷史進程，他喃喃自語：

「美國是從菁英民主開始，一群有理想有遠見的菁英份子無私的為國家制定了比較可長可久的制度，經摸索、茁壯、興盛，將近兩百年後才全面民主化，然而全民民主化五十年後民主就開始崩壞……」

他腦海中出現了曾去過的傑佛遜紀念堂和林肯紀念堂，那些政治哲人的名言高高刻在牆上，他曾為之感動不已。比照其民主政治的現況，那些名言還真是只能「鐫之高牆」了。

「中華民國呢？台灣的民主發展則始於地方自治，四十年後中央才開始變法，然而全民民主經二十年就開始民粹化，和美國的民主敗壞頗有異途而同歸的模樣……結果是，台灣似乎並未享受到制度帶來的真正民主，只抓到西方民主衰敗的尾巴……」

「塞美奇晶該走哪一條路？又如何避免重蹈地球的覆轍？」他想了許久，最後感到肚子餓了，便站起身來，喃喃道：

「這些問題該是札赫帝君、金博丞相、尤古太尉等人去傷腦筋的大事，我一個撰稿小吏算得什麼？想破了頭也是白搭。」

正要叫喚，門外已傳來嬌滴滴的聲音：「主人，可以開飯了嗎？很晚了欸。」是那個成熟懂事的齊妍的聲音。然後是韓婷的聲音：

「主人，今晚有好菜，咱們備了美酒。」

最後是秦妤的聲音：「主人，咱們還有一個客人。」

「客人？誰？」

他不禁暗中嘀咕，這時候怎會有客人？事先又未有邀約，怎會在吃飯時間來訪？

他整衣出房，只見三女迎立之外，一個身著黑色衣袍的客人背對著立於門檻之外，司馬永漢詫異地看了三女一眼，秦妤小聲道：

「是太尉府的烏沃公子，他說在螢光人的寶石舖碰見您，是您邀他來同進晚餐的。」

司馬永漢心中吃了一驚，正要說「我哪有邀他」，便忍住了，反而低聲問道：

「烏沃公子是一人來訪？他有無隨從？」

秦妤看了韓、齊二女一眼，三人均搖頭，齊妍耳語：

「未見他有從人，他是直接敲門，對開門的僕人表明了身分，便昂然而入。」

司馬永漢大步向前，烏沃轉身道：

「司馬永漢，請恕我這不速之客，我是專程來向你道謝的。」

司馬永漢不解問道：「公子何出此言？」

烏沃拱手道：

「那日在螢光人寶石舖聽了你一席話便破解了我的難題，我手上的兩顆『禍石』已經交回它原屬的地方，我也免了身上最大的麻煩，我不謝你要謝誰？」

司馬永漢見這個貴公子完全沒有了上回見面時的囂張與傲慢，整個人看上去像是一個涉世未深、不太通人情世故的少年，尤其是當他的目光和司馬永漢相遇時，司馬永漢感受到一種友善的親切，他不禁甚感驚訝，一時不知如何回應，便客套地道：

「公子不要客氣，在下湊巧得聞公子所遇之困擾，略作建言，連舉手投足之勞都說不上，何謝之有，倒是……倒是公子來的時間好，便請稍留舍下，咱們共進晚餐如何？」

他原以為烏沃前來道謝完了應該便會離去，沒想到烏沃公子竟然拱手道：

「多謝。我整個下午皆在皇宮中答詢作筆錄，宮裡派了三個傻人不停地問相同的問題，好不容易說清楚了，頭一個又回到最先的問題，就又重新來一次，烏沃快被煩死了，便不再回答，那三個傻子也就不再問話，四個人面面相覷，從申時起不言不語，大眼瞪小眼，酉時一到，三人一同起立，為首的老傻子道：『酉時已到，咱們收工，你可以走了。』另外兩個年輕的傻子要我在筆錄上畫押時，便悄悄對我說：『咱們必須問滿三個時辰，上面規定的。』害得我到現時尚未進餐，司馬先生邀宴，烏沃我因腹飢之故立刻欣然接受，並感謝司馬先生之慷慨。」

法】

司馬永漢聽得更摸不清這個公子的頭腦是否因三個時辰的詢問筆錄被整亂了，身後三女卻被他無厘頭的言語逗樂，忍不住掩口偷笑，司馬永漢側身瞪了三女一眼，齊妍連忙正色道：

「太好了，咱們司馬公子不喜一個人單獨用餐，今日有貴客光臨同進晚餐，最好不過……咱們立即開飯，兩位請移步餐廳。」

齊妍為今日準備的晚餐其實只是簡單的五個小菜，其中有三道菜是塞美奇晶的佳餚，兩道是塞國流行的地球菜，其實就是漢朝時流行的中原菜。

司馬永漢最喜愛的塞國菜是一道烤小岩羊腿，是塞國高山上的一種小羊，成年羊只有十五、六斤重，但卻頂著一對漂亮羊角，長著長鬍鬚，眼睛是淺紅色的，性情十分溫馴。

至於所謂地球菜中最可口的是一道紅燒鼓魚。鼓魚產於塞美奇晶的大江出海處，魚身團團，遇敵鼓脹一倍有餘，有點像地球上的河豚，卻不帶刺，肉質竟也相似，只是沒有毒，廚師不需要特種技術證照。

烏沃公子上了桌便不客氣，每盤菜都吃了幾筷，每吃一口都叫一聲好，對站在一旁侍候的三女讚道：

「烏沃平時日日客宴，卻不料司馬永漢府第中竟有如此廚藝，比我終日吃的名廚大菜好得許多，司馬永漢你真好福氣，皇上賜你三個美嬌娘，人才相貌手藝樣樣俱佳，我這太尉爺的公子是白當了，我當帶些功課，以讀書鑽研學問為名，搬到司馬永漢家來和你作伴如何？」

三個美女以為他在說笑，都被逗得笑了起來，司馬永漢卻從烏沃眼中看出他是認真的，心中一驚，忙答道：
「烏沃公子說笑了，公子乃是太尉府的少主，如何能留住寒舍？哈哈，咱們這薄酒才過一巡，公子倒說起醉話了。」
烏沃聽了沒有說話，放下碗筷望著三女發呆，不知在想什麼，司馬永漢也在嘀咕是否言語得罪了這個驕縱的公子，三個女侍更是被他瞪得十分不自在，還是韓婷大方，她含笑上前執壺為烏沃添了一盞酒，輕聲道：
「公子定是在宮中餓著了，才會覺得咱們這兒的小菜格外可口，哪能跟公子每日盛宴上的大菜相比得？」
烏沃雙目盯著韓婷，卻並不發言，韓婷被他看得尷尬，平時落落大方的她竟感到一陣發慌，齊妍正要說兩句客套話以解韓婷之窘，卻看到秦妤對他搖手，抬頭時，看見司馬永漢一臉正經地道：
「公子！您心中有何話要說，請不要客氣，三位女史都是敝人親信……」
烏沃似乎從另外一個世界回過神來，他一口將韓婷為他斟滿的酒乾了，轉對司馬永漢道：「司馬永漢，你這宅子裡可有一間寬敞的空房？」
三女聽了互望一眼，都開始耽憂太尉的公子頭腦嚴重受損，司馬永漢卻忽然覺得腦中一道電光閃過，他暗忖：
「如果是太尉的意思，那些事和憲章草案就可能大有關係了，如果不是，太尉會允許他的公子住到自己的家來？」
但是形勢上他不得不回答，同時他亦不願扯謊，便答道：

「有的，我這宅子雖然不大，但正好有這麼一間空屋，因敝人也是搬入不久，尚未決定如何使用，是以基本上是空著的，公子何以問這？」

烏沃聞言拍手道：「啊啊，太好了，我今夜就搬過來……」

司馬永漢嚇了一跳，見烏沃一本正經，似乎他想住到誰人家只要搬入就好，完全不必問主人是否同意。司馬永漢想到丞相和太尉宮殿上的互動，自己因為擬定憲章的緣故，已經身不由己地變成了丞相金博的人，現在這個太尉的義子竟然莫名其妙地要搬進家裡來同住，這事近乎荒謬，他不得不直接問：

「烏沃公子，您這想法有沒有經過太尉大人的同意？」

烏沃睜大了眼回道：

「我義父？當然不能給他知道。我吃飽了這就要回太尉府去，晚上請不要鎖門，午夜時分我自會帶著必要的東西來此。」

司馬永漢驚道：

「聽說公子是與太尉同住，您……您要不告而搬離？那……那舍下……」

侍候在一旁的三女到此時都開始感到不妙，她們心想難道這個太尉的公子想要逃家？逃匿到咱們家中，肯定是禍事一樁。

卻聽到烏沃哈哈笑了起來，他伸手打斷司馬永漢說下去，臉上露出一種似笑非笑的表情，帶著一絲神祕的味道，低聲道：

「司馬永漢，我知你是擔心我如何能躲過太尉府重重侍衛而偷離家，這一點你們完全不用擔心，我有十分的把握定能在午夜前神不知鬼不覺地住進你家，我義父他作夢也想不到我會跑到司馬家來住，哈哈哈……」

烏沃似乎真正開心地笑了起來，司馬和三位美女互望了一眼，他發現三女眼光中都是無可奈何的苦笑；他暗忖這人的頭腦怎麼會如此一塌糊塗，先不說他要搬來住的想法有多不合情理，自己問他：「太尉是否同意？」是何等嚴肅的問題，他竟會以為是問他如何逃離太尉府；此時他已確信今晚遇上這個怪異的公子是禍不是福了。

司馬永漢到地球這一趟，不知遇上了多少怪異的人和事，他雖覺目前這個公子想法中可能包藏了不可知的禍事，但他並不恐懼，反而存了想要釐清這怪事的想法，於是道：

「公子想到舍下來盤桓數日，敝人甚感榮幸，唯司馬永漢目前已蒙皇上封了官，現下乃是丞相府之議曹正吏，雖是個芝麻小官，卻也得守朝廷規矩，公子對住到舍下之事不願太尉大人知曉，敝人卻是一定要向丞相報告的……」

他這說法十分精明而老道，聽起來像是答允了烏沃要住進司馬宅子的要求，卻提出必須報告丞相，只這一樁事便能讓烏沃知難而退了。

三位美人在旁聽了，暗暗佩服主人的聰明機智。

豈料烏沃聽了全然不以為意，立即回答道：

「那是一定的，那是肯定的。司馬你儘管報告丞相，不礙事的。」

他說得輕鬆大方，司馬永漢注視他的眸子，見到的是平實無欺、並無戲謔的眼神，他不禁大感奇怪，不過更奇怪的事立刻來了，因為烏沃接著說了一句：

「丞相不會和我義父提這事的。」

烏沃說完便起身對司馬一揖到地，又對三個女侍拱手道：

「從明日起烏沃便要打擾諸位了，我暫時告辭。臨行前是否可以請哪一位姐姐帶我去看看那間空屋，午夜我搬來之時便不須驚動主人了。」說得像是十分體貼懂事。

韓婷看了司馬永漢一眼，只見主人略微點了點頭，便道：

「公子要看那間空屋，便請隨奴家來。」

說完領著烏沃走向左邊廂房，待兩人離開，秦妤低聲道：「主人，這便如何是好？」

齊姸也道：

「這位公子肯定犯了什麼大事不容於太尉，便思到咱們宅子來避禍，他想得倒是好，可災禍就帶進咱們宅子了，主人，您為何不加阻止？」

司馬永漢面露微笑，低聲道：

「看來這個烏沃公子就如一匹野馬，連太尉都拿他沒輒，他突然一廂情願來我們這裡，吃了晚飯還要搬來住，還說要瞞著太尉，我說定須稟告丞相，他竟然不以為意……這一切看似不合情理，甚至荒謬，但我卻覺得這其中必有一個內情，這內情可能關係到我手擬的變法憲草案，我怎能不關心？」

秦妤耽憂地道：「但是您不明內情的狀況下無條件留他住下來，是否太過冒險？」

齊姸也道：「主人應該堅持，烏沃公子須得太尉同意才讓他搬過來……」

司馬永漢微笑道：「這事不能讓太尉知道……」

「主人您也這樣想？」齊姸驚問。

「可是主人您不是說要報告丞相嗎？」秦妤也驚問。

「丞相不會對太尉提到這事的。」司馬永漢結論。

秦妤和齊妍住口，她們臉上全是不解的神情，因為主人說出的竟然跟不久前烏沃無厘頭的那句話一模一樣。

午夜時間已過，守在司馬寓宅門口的童僕及侍女沒有等到烏沃公子的駕臨，為首的一個侍者跑到玄關裡向三位女史報告。

「子時已過，沒有看到烏沃公子的蹤影。」

三女商量了一陣，猜想烏沃公子一定是意圖被太尉府發現而遭阻止了。時辰已晚，便囑守夜人繼續巡視，其他人鎖門就寢了。

她們走向內院，韓婷低聲道：「這樣也好，總覺得烏公子不來是件好事……」

秦妤嗯了一聲道：

「我也覺得奇怪，主人竟然會同意烏公子來住，這其中有什麼道理主人不說，我可想不透，現在烏公子不能來了，皆大歡喜。」

「咦！妳們看……」齊妍忽然停下腳步，指著左邊廂房輕聲驚呼。另外兩女順著她所指看去，那間廂房的窗簾散發出一片極淡的綠光。

「那是什麼？」

「怎麼會有綠光？是屋裡透出來的哩。」

「我進去布置過那間房，窗簾是白玉絲織毯所製，絕不透光的，怎麼會有綠光從屋裡透出來？」

三人面面相覷，秦妤道：

「奇怪之至，我要走近去察看一下。」

「我們一齊去！」

三人懷著忐忑不安的心情走到那間廂房的窗外，正要細看，窗內的綠光忽地熄滅，廂房一片漆黑。三女嚇了一跳，膽小的韓婷緊緊抓住齊妍的手膀，其實齊妍也很緊張，她輕聲對年紀最小的秦妤耳語道：

「秦妤妳最大膽，妳去敲門看看……」

秦妤貼近窗牖傾聽，似乎聽到窸窣之聲，卻不敢確定，她回首望了韓、齊二人一眼，黑暗中見到韓、齊兩人都伸出手掌向前作拍門狀，秦妤壯了膽當真伸手在窗框上拍了兩下，輕聲問道：「屋裡有人嗎？」

就在此時，她左手邊的木門悄悄開了，黑暗中，一個瘦削的人影突然出現，韓婷驚叫道：「烏沃公子，是你！」

那人低聲道：「不錯，是我，三位美女晚安。」

秦妤見是烏沃，雖然驚訝他如何躲過門禁出現於此，但心中的恐懼之情消失了，便襝衽為禮，落落大方地道：「公子晚安，未知公子如何進入？妾等有失迎迓，尚請恕罪。」

烏沃換了一身深紅色的貼身衣袍，從頸項到雙足都包在長袍內，全身上下只有一張瘦削的臉龐在外面，他手中握著一支短棒，棒頭上有一個蛋形的圓頭，泛射出綠色的螢光，綠光敷在血紅色的長袍上，呈現奇異的反射，看了令人有一種很不舒服的感覺，烏沃瘦削的臉上神色自若，顯然他本人對這一身裝束覺得挺美的。

「不敢有勞三個姐姐迎迓，我說過午夜時我自會前來的。」

秦妤見烏沃並不回答她的問題，便也不再追問，只道：「如此甚好，公子請回房安憩，我等告退。」便領著韓、齊二女自回後房去了。

韓婷輕聲道：「秦妹妹妳不追問他如何進得咱們宅子？」

秦妤道：

「這烏公子來得蹊蹺，進咱們宅子進得更蹊蹺，我是摸不出他葫蘆裡賣什麼藥了。」

廂房裡，烏沃了無睡意，他將身上紅袍脫下，小心翼翼地摺好，然後好整以暇地坐在房內唯一的一張木椅上，他戴上一副具有眼鏡、耳罩的頭盔，手上拿著一個黑色的小盒子，他按了兩處，不一會眼前出現了一個虛擬的實境，境中一個身著睡袍的蓄鬍漢子指著說道：「烏沃，你怎麼還不睡，半夜來吵我。」

烏沃道：「不好意思，今日有事搞晚了一些，吵著您了。」

那人嗯了一聲道：

「倒是沒有，我在床上躺了好久，一直在想你要搞的那事，技術上我已想到要怎麼做，也做了幾個關鍵的實驗，看起來確有可行性，但是這事影響太大，出了事，便有三個腦袋也不夠砍的。」

烏沃輕聲道：

「我這邊也想出了如何進入官家資料庫的法子，只要咱們聯手，便能將朝廷的資料公之於世，反過來也能讓塞國人民直接跟朝廷對話，讓帝君、丞相、太尉直接聽到塞國人民的聲音，不再是只聽那些自私自利的官員們的屁話……這是何等偉大之事……」

「你設計的方式很不錯，我仔細查驗過，應該能夠達到你的目的，但是這事的後果你可想清楚了？」

「想過了一百次，皇帝要變法，大人們談來談去，我聽了後認定除非能讓庶民直接參事，才能釋放出最大的能量，否則一切改革都只是朝廷上的大人物們利益的重新分配而已，變法的過程中可能造成的混亂，倒楣的是全民承擔。」

「烏沃，你這小子平時人前人後裝瘋賣傻，連你義父都以為你是個頭腦壞掉的廢物，只有我知道你的底細，不過自從你想幹這件事，我也開始覺得你的頭腦壞去，只不過不是廢物，而是個怪物。」

「我的底細即將就要讓另一個人知道了，這人聰明不下於你我，心地比我們都善良，我決定跟他開誠布公，讓他知道我們在幹啥……也許他能助我們……」

「烏沃你總是莽撞，咱們在幹的這事怎能輕易信任第三者？你不要胡謅瞎搞……總有一天我的老命要死在你手中……」

烏沃卻不理會，繼續說下去：

「這人除了我說的優點外，最重要他是變法的憲章起草團隊的主角，我們若能拉住他入夥，成功的機率便大多了，請相信我的直覺。」

「啊！你說的人是司馬……嗯，此事有他加入大大有助。」

「不錯，就是他，您認識他應比我多，可以放心了吧！」

秦妤在枕上告訴司馬永漢，烏沃未經任何人發覺，突然就出現在客房中。司馬永漢雖然吃了一驚，但他立刻就想到烏沃多半擁有一套隱形裝，就像他在地球上配備的那種隱形衣，曾為他在台灣贏得「阿飄」的美譽。

他匆匆洗漱了就坐在矮桌前，胡亂想了一會，終於定下心來。

「早餐後就要和那個怪胎烏沃談，我猜他一定是為了憲法草案而來。」

啜著熱茶，烏沃語出驚人：

「司馬，你們在丞相府草擬的什麼『憲法草案』，我已看過。」

司馬永漢大吃一驚，如此絕對機密的文件，出了丞相府就直接送到身兼尚書令的太尉手上，然後由太尉親呈帝君，這個太尉的義子怎可能看到？

「難道太尉違犯朝廷規定，在呈報皇上之前竟讓烏沃預覽機密公文？那可是死罪啊……烏沃這小子多半是在胡說八道。」

「烏沃公子，你知否你說這話足以令你義父擔上欺君罔上的大罪？」

烏沃笑道：

「怎麼不知？可我義父從來不和我談任何朝廷之公事，他絕沒有將憲法草案交給我看，我自有辦法看到，從第一個字到最後一個字都記在我腦子裡頭了。」

烏沃笑得很天真無邪，好像這樣他義父就沒有犯法違規了，司馬永漢想起在珠寶店初見面時那個頤指氣使的傲慢貴公子，和眼前這個聰明而略帶稚氣的烏沃，真難想像是同一個人。不禁嘆道：

「公子休得如此托大，不管你是如何看到的，就只你看到了，你和太尉都逃不了被問罪，你千萬不可對別人提起這事。」

烏沃微笑道：

「司馬你這人好心得令我感動，好，我便對你掏心掏肺和盤托出……嘿，從哪裡說起呢？對，有一個姓廖的地球人隨司馬兄來到咱們塞美奇晶，你是知道的……」

司馬永漢忍不住叫了起來：

「你是說廖淳仁？你怎麼知道……他，他現在還活著？」

烏沃好整以暇地道：

「照說他從地球來此難以適應咱們這裡的生態時維，活不了多久的，但是我義父命生醫智人讓他脫胎換骨成了道地的塞美奇晶人，我親眼看見他活得好著呢。」

司馬永漢不太相信烏沃所言，質疑道：

「廖淳仁一到此地就被關進生醫智人院，你不可能親眼見著他。」

烏沃不樂，板起臉來回道：

「怎麼不親見？姓廖的就坐在太尉府客房裡閱讀你們寫的那什麼草案，我就躲在他上方的樓閣處，他翻一頁我就看一頁，全錄在我腦子裡了！」

司馬永漢猛然想起，啊的叫了一聲道：

「是了，你身上植入了生物電腦晶片！誰為你植入的？奇奇哥嗎？」

烏沃對這個問題卻不答，只報以神祕的一笑。

司馬永漢暗自忖道：

「不得了，這個烏沃不但有植入的生物晶片，又好像擁有隱形衣裝，簡直擁有我到地球出任務一樣的裝備，不知是誰在背後支援他？他的目的又何在？」

司馬不得不對這個裝瘋賣傻的公子哥兒刮目相看了。他正色道：

「承蒙公子坦承相告，太尉大人在奏呈帝君之前就將機密公文交給一個地球人看閱，此罪非同小可，公子萬萬不可再對任何人說起，今日司馬永漢就算是沒有聽到你說的事，一個字也沒聽到……」

烏沃也難得一收嘻皮笑臉，正經地道：

「我就賭司馬兄是我國第一君子，這才對你毫不隱瞞，相信你定能守密，我之所以要這麼做，乃是因為有更重要的祕密話要和你商量，我必須先將我的祕密坦承相告，取得你的信任。」

司馬暗思這個古怪的公子爺為要取得自己的信任，竟不惜將義父會被殺頭的祕密輕易洩露，他說「賭」，還真敢賭。實在摸不清此人葫蘆裡究竟賣的是什麼藥，不得不打起精神來全力應付。

烏沃見他整容以待，便話入正題：

「丞相府擬的憲法草案確實設計縝密，國家治理和人民權利環環相扣，烏沃大開眼界，佩服。可是司馬兄有沒有考慮到吾國之人民素來沒有任何當家作主之經驗，對應該具備之民主素養欠缺，一旦實行起來，能想像的只是朝廷及各衙門中的權力重組，而民主最重要的庶民基礎完全沒有，那情況你能想像麼？」

司馬永漢聽了驚嘆不已，塞美奇晶人長於數理科技，短於人文社會，萬想不到這個烏沃竟然具有如此的政治敏感度及領悟力，只是閱讀了一部憲法草案，就能想到未來可能遭遇到的核心問題，其睿智在塞美奇晶人之中實屬萬中無一的奇葩。

法】

「但問題是，他來找我司馬永漢所為為何？」

烏沃雙目瞪著看司馬，司馬感到幾分不自在，便道：

「公子要說什麼就直說，司馬是絕不會洩漏一字的。」

烏沃點頭道：

「司馬兄，我國智人院中有一種技術，能夠建立一個系統將全國人聯在一起，任何人都能在系統上和任何其他人對話，通行無阻，司馬兄你知否？」

司馬立刻想到地球上的互聯網絡體系，他曾用智人阿里十三提供的技術輕鬆地侵入，並在網上控制訊息，作威作福，弄得當記者的丘守義拿他這個「阿飄」完全沒輒……想著想著他不禁莞然笑道：

「我知道，但這套技術及系統在我塞美奇晶國只有皇室及高官可以使用，平常庶民哪可能利用？」

烏沃道：

「司馬你說得不錯，但是這情形馬上要改變了。我和我的朋友要建立一個體系，偷偷地對全國庶民開放，不但庶民之間可以通訊無阻，也能直接和皇宮、丞相府、太尉府對話，一分錢也不必付……」

司馬永漢聽了嚇了一跳，忍不住打斷問道：

「皇宮、丞相府、太尉府？這些官府高高在上，怎會加入你的體系？你這想法也太不實際……」

烏沃笑著揮手止住司馬永漢講下去，用一種十分自信的口吻道：

「這事咱不用擔心，我的朋友都想好了，只要全國庶民都連上了線，皇宮、丞相府、太尉府都全會搶著上線，信不信由你，你且等著瞧。」

司馬永漢想了想道：

「好，就算你能讓皇宮、丞相府、太尉府都連上了，敝國的庶民有膽量和太尉、丞相、甚至帝君對話麼？」

烏沃拍手道：

「問得好，我就反問你一句，如果有這麼個體系讓你向最高當局表達意見，你卻縮頭烏龜般躲著不敢說話，那麼敝國有啥資格搞什麼民主——民主不就是人民作主麼？」

司馬為之語塞，想了一會道：

「烏沃，你們這麼做，是不是為了讓人民直接參與國政，把帝君要搞的變法改革變成全民參與，讓人民直接提出想法和需求，和執政者對話？」

烏沃拍手道：

「我和我的朋友商量過，幹這件大事，沒有司馬老兄的合作，啥也別談。司馬，你真是一點即透，還真是個明白人哩。」

司馬永漢想到自己冒生命危險從億萬里之外帶回了「民主」的概念，這時聽到這個公子哥兒稱許自己是個「明白人」，不禁感到一陣哭笑不得，這傢伙不過偷看到那一份憲法草案，竟然立刻能體會如此之深，設想如此之遠，實屬難以想像。

烏沃的確點出一個重要的問題，這個問題在丞相府研議的憲法草案中並沒有對策，烏沃卻是立時看到問題所在，而且已經想到一個解決方法，這樣的人在塞美奇晶人中恐怕再也找不到第二人，實在了不起。

但司馬永漢仍想挑戰他：

「以塞國的科學技術，我相信建立這個體系應該不是難事，但要得到高層的允許，可就不是那麼容易的事了，試想以你義父的思維，你覺得他會答應庶民之間能有這樣一個資訊系統嗎？」

烏沃道：

「這種系統的其實現在已經有了，只不過是限於一宮二府在使用，司馬你的耽憂確實存在的，過去最高領導們都不會贊成與庶民分享國家大事的資訊，話雖然不錯，但是現在要談變法，談新的思維，事情也許就有轉機，例如我義父這邊，他是個看得深遠的人，我覺得可能有一半的機會他會贊成有這麼一個系統，只要……只要……」

司馬永漢有些驚訝，問道：「只要什麼？」

烏沃低聲道：「只要這個系統歸他來掌管！」

司馬永漢笑了笑。他想了想道：

「丞相這邊，如果我將推動變法時庶民這邊可能遭遇的困難告訴他，再對他說明建立這樣一個庶民網絡的必要性，說不定就能說服他支持這個構思。不過……」

烏沃見他猶豫，瞪大一雙眼望著他。司馬永漢嘆一口氣：

「不過我和丞相沒有深知，這也許全是一廂情願的傻想法。」

烏沃不語，過了一會重續話題：

「剩下最重要的當然就是帝君的想法了。司馬你在朝廷上見過他，也和他對過話，你覺得他會怎麼想？」

司馬永漢搖頭，想了想道：

「從我和帝君短暫的接觸裡，實在無法猜測他是否能接受這樣一個系統，不過如果我能說服丞相支持這個構想，讓丞相去探口風、進嘉言，也許還是有機會的；畢竟『變法』這個想法是札赫帝君自己提出來的。」

烏沃聽了這話拍手道：

「司馬兄，你們丞相府搞出的這個草案，雖然設想得也很周延，但畢竟完全是從上層的考量而設計的，我們如果有辦法藉這個資訊體系鼓勵庶民們參與，從參與中得到教育，變法才能落實，才能行得通，所以除了高層的同意，我們還要在憲法中有一個庶民參與的依據，這個作法才能長久……」

司馬立即道：「有了，我們的草案中有明訂人民有表達意見的自由，只這一條便能根據它來發揮了……」

烏沃道：「不錯，我和我那朋友商談時，認為定要把這個主意說給司馬兄聽，沒有司馬參與，很難成功。」

司馬永漢忍不住問道：「說了半天，你的朋友究竟是誰？」

烏沃看了司馬一眼，帶著一絲神祕的神情道：「阿里十三，你認識的！」

「啊，果然是他！還有奇奇哥，對吧？」

烏沃有些驚訝：「原來你早就知道？」

司馬搖頭。「這才能解釋你的隱形衣和生物晶片。」

法】

「你的推測果然厲害，但這一點卻猜錯，我身上的生物晶片卻跟奇奇哥沒有關係。」

丞相「赤餤府」，夕陽消逝後，整座石建築失去了赤色光芒，在城東大街上成了一個多角多稜的黑色怪物。

金博丞相坐在書房中獨酌，他對著一個圓形的窗口，窗口外有兩個月亮，一個較大呈粉紅色的，正走到圓窗的正中央，另一個金光明亮而較小的月亮，正從右下方漸漸地靠近，終於兩個月亮重疊了，金光閃耀的在前，粉紅色較大的在後。

塞美奇晶行星有兩顆衛星，一顆每十天繞行星一周，另一顆的週期則為十二天，兩個月亮六十天有一次會重疊出現在同一方位，正好相交於丞相府這個圓窗的正中央。

金博啜了一口美酒，心中還在想著白天在皇宮中對帝君敘述憲法草案的情形。

札赫帝君先請金博說明草案的大旨，每一種政治設計背後的思考及想法，他自覺解釋得頭頭是道，札赫帝君雖有點頭，卻面無表情。

接著帝君請太尉發言，太尉因兼任尚書令，有先閱奏章的特權。

太尉尤古對丞相府在短時間內提出的憲法草案著實恭維了一番，然後補充說明了幾點，足證他對草案內容已有深入的理解。

最後他提出問題，其一：

「根據憲法草案之設計，變法之首要工作在於成立臨時立法機構，而立法委員之成員中並無各行各業之庶民代表，未來立法機構制定國家法律、決定國家預算之時，何以能得到全國人民贊同和滿意？國家大政若無庶民意見之參與，如此的憲法如何反應民主之政？新政的制度又如何稱得上民主二字？」

其二：

「如若在草案中加入庶民代表，其代表之產生應由各行各業之庶民自行推舉，然而庶民對新政完全不瞭解，朝廷如何放心由無知庶民參與國之大政？彼等之參與對國政又有何助益？」

金博聽得又驚又疑，當然他此時作夢也想不到這兩個問題全是由來自地球、老謀深算的廖淳仁捉刀設計的。

金博瞪著圓窗外兩個月亮走到一塊，又漸漸分開，他無心於欣賞月色，心中思維回到白天朝廷上的情景。

尤古提出問題後，帝君的目光轉向丞相，金博一時無從回答，只好承認太尉之問題極為重要，須要與丞相府幕僚研究之後才能回奏。

他在帝君面前被太尉突襲，落了下風。

他偷看帝君的臉色，札赫倒是沒有顯露慍色，只淡淡地道：

「太尉提出的問題，眾臣皆應深入思考，明日早朝，專議此題，眾位大臣皆應參加議論。」

從他的臉上完全看不出喜怒。金博和帝君相處多年，君臣始終相得，他一直認為帝君對事對人大而化之、不計小節；但有時又會有一種感覺，札赫其實是一個城府極深的人。事關緊要之際，他內心還是比較偏向太尉，畢竟太尉尤古是札赫登基的擁立功臣。

門外傳來悅耳的女聲：

「阿巧帶秦三姑娘來見主人。」

金博呵了一聲，揮手招入。機器人阿巧側身閃開，她身後走來一個婀娜多姿的青衣女子，正是秦好。

「秦好拜見老爺。」

金博臉上流露出親切的笑容。

「三姑娘氣色豐潤有神，想來在司馬永漢那裡日子過得好呵。」

秦好雙頰略赧，跪下行禮道：

「老爺取笑了。秦好今夜偷空前來是要報告一件奇事。」

金博又啊了一聲，一面伸手拉秦好起來，一面道：「妳且坐下慢慢講，什麼奇事？」

秦好道：「太尉的義子烏沃逃家了……」

金博丞相吃了一驚，一瞬間感到此事非同小可，連忙問道：

「呵，烏沃難道是因為琮璧公主的圓方二玉之事，受到太尉處罰因而離家出走？他去了哪裡？妳又如何得知的？」

秦好心目中這位丞相老爺一向老沉持重，大有泰山崩於前面不改色的修養，從來沒有見過他如此對一個問題連珠砲般追問，不禁顯得驚訝而一時答不上話；金博立即自覺，換了一種比較輕鬆、略帶笑謔的口氣道：

「哈，三姑娘初為細作，便有大收穫，妳且與我慢慢道來……」

秦好定下心神回道：

「先回答您後面一個問題，這烏沃公子逃家後竟然跑到司馬永漢的新宅子來，要求司馬分一間房讓他暫住，是以小女知道此事。再則據烏沃公子與司馬公子在吃飯時的談話態度推測，他一副的滿不在乎，談到琮璧公主寶物失竊的事已經結案，看來與離家出走也沒有什麼關係，而是……而是烏沃公子有什麼大事要與司馬公子密談……」

丞相打斷問道：「可知他要談何事？」

秦妤道：「憲法草案！」

金博聞言精神一震：「他們怎麼說？」

秦妤雙眉微蹙：

「是司馬公子猜測烏沃公子的目的是商談憲法草案，但後來他們閉門談的是什麼就沒有機會聽到，司馬公子事後也不談，便我昨晚……昨晚……侍寢，也……也沒有套出一句話，只在天亮時，公子一大早爬起身來，半醒之中喃喃說了四個字，我聽上去好像是『庶民網絡』，不知有沒有聽錯……」

金博喃喃重複自語：

「庶民網絡？庶民網絡！難道烏沃這小子說的事竟和尤古提的問題有關連？……秦好，妳說說看，烏沃怎可能私離太尉府入住司馬宅？而司馬竟敢擅自收留而不呈報於我？」

秦妤應聲道：

「對，老爺問得好，我也都覺得奇怪，當時司馬公子曾以須先請示丞相來阻擋烏沃，卻也不見效，烏沃說他不須要向他義父報備，而且就算司馬呈報了丞相，丞相也不會告訴太尉，我等就更不懂了……就是這些事透著神祕，用密訊不易講清楚，所以只好抓這個時間過來親自向丞相報告。」

法】

金博點頭沉吟，秦妤又道：

「還有，那個烏沃公子言語舉止好生古怪，有時候有點瘋瘋癲癲，但是忽然之間又變得十分機伶睿智，難道他是裝瘋賣傻？」

金博丞相聽了輕嘆一口氣道：

「三姑娘妳們不知，烏沃的祖父曾對太尉有救命之恩，烏沃在他祖父去世之後曾經失蹤了一段時間，後來太尉不知怎麼找到了他，那時他已經淪為流浪漢，太尉收他為義子，他平日就是個顛三倒四、不求上進的公子哥兒，這回牽扯在琮璧公主寶石案中，好不容易洗清了殺身之禍的嫌疑，竟要跑到司馬永漢家去暫住……談什麼庶民網路，確是超出我對他的認知……」

秦妤道：「老爺要不要召司馬永漢來問個清楚？」

金博搖頭道：

「不須，今日我這裡要會商憲章草案遭質疑的問題，司馬永漢必須列席，他……他自會主動向我報告。」

秦妤一怔，暗暗吃驚：「丞相這是在測試司馬了。」

秦妤侍候司馬永漢，雖是奉了丞相密命監視主人，但是不知不覺之間已對司馬產生了感情，她雖不敢隱瞞丞相，但心中忖道：

「永漢要小心了，我這回去就要暗示於他，他因參與撰寫草案，頭上已被貼了丞相人脈的標籤，如果烏沃是太尉派到咱們家的，司馬永漢前面和太尉義子廝混，後面又失了丞相老爺的庇護，他的處境就危險了。」

「老爺，如沒有其他指示，秦妤要回去了。」

金博揮了揮手沒答話，秦妤只覺得他面色凝重。她心中有些為司馬永漢耽心，便匆匆行禮告退，金博這時卻撂下一句道：

「司馬永漢這幾天的行動作為，三姑娘要特別加強監視。」

司馬永漢的宅子大門緊閉，秦妤回到家，用暗號叩門，親信僕人開門迎她入內，她低聲問道：「有客來訪嗎？」

僕人搖頭：「回秦姑娘，沒有人來。」

她走進了第二進宅子的客房，客房房門緊閉，秦妤掏出一個小瓶，在厚門上擠噴了一下，門板上漸漸出現一個透明的小圓點，她湊近看進去，就看到客廳中坐了三個人，除了主人司馬永漢、客人烏沃，還有一個中年人，秦妤從未見過。她噴的液體作用時間有限，過了一會，便再看不透室內情形。

她快步朝內室走去，心中暗自嘀咕：

「從何時開始，走訪司馬宅的客人個個都能躲過守門的和所有童僕，難道全是從地底下鑽出來的？」

書房中，司馬永漢興致很高，顯然對那個中年客來訪感到十分高興。

「阿里十三智人光臨，蓬蓽生輝。只是兩位穿了隱形衣，出入敝宅如入無人之境，咱家裡的童僕被搞得驚呼連連，我那位管家要求他手下全面出動，四周嚴查有沒有地道口，哈哈哈……」

法】

中年客阿里十三也顯得很高興，搖搖手道：

「司馬小子，你現在可抖起來了，住華宅，美女童僕侍候，更兼帝君、丞相視為肱股心腹，可還記得你在地球上逍遙之時，阿里十三孤身守在太空中接應你的辛苦？」

司馬永漢誠心誠意地鞠躬行禮：

「不敢忘，不敢忘。司馬永漢能有今天，全是阿里十三所賜，今後智人但有用得著小子之處，司馬永漢無不從命。」

阿里十三修剪了鬚髮，顯得年輕英俊，他顯然喝了不少酒，不但紅光滿面，而且話也多起來，只聽到他大笑道：

「司馬永漢，和你開玩笑的。咱們的交情不比尋常，兩次穿過蟲洞的生死之交，誰能有此經歷？再說，二十一年前，我還駕駛太空船接送你娘去地球往返哩。」

司馬永漢不料他說到這，烏沃不知有這一段，驚問道：

「司馬的娘？你開玩笑……」

「烏沃你有所不知，我那時才二十歲的小伙子，卻已經是科學智人院的高手了，駕駛我們團隊研製的飛船『塞美奇晶一號』，技術無人能比，我送隨清娛去地球，那時隨清娛還是一個小姑娘，她被選中派上任務，完全是因為她的聰敏和淵博，結果，隨清娛仙女般的小模樣迷倒了地球上的大才子司馬遷，她回來後才知已懷上了司馬永漢這小子，因此被朝廷裡幾個又嫉妒又惡毒的三司大員定了罪，司馬小子才被送去軍營勞改，哪曉得風水輪流轉，二十年後朝廷又要去地球，派任務還是派給司馬永漢和阿里，你說奇不奇……」

司馬永漢見他喝了不少，滔滔不絕，還要講下去，忍不住打岔道：

「阿里十三你什麼時候變得如此沒完沒了？記得我們去地球出任務時我還以為你天生嚴肅，沉默寡言，都不太敢跟你說話呢，哪曉得回到塞國，竟變得喋喋不休了。」

阿里有點不好意思，仗得酒意抗聲道：

「那時候任務在身，上級要求我們須全程嚴肅以赴，不容許出絲毫毛病，不然哪能順利把你帶回來？」

烏沃拍手道：

「阿里十三叔和司馬兄是地球之行的冒險伙伴，和我烏沃則是逃離皮幽國的患難之交，靠著您的本事和福氣，咱們三人結拜為兄弟，共同成為推動塞國民主的鐵三角，阿里大哥、司馬二哥，你們說是不是？」

司馬永漢道：

「你一會兒十三叔，一會兒阿里大哥，亂得很啊。」

阿里十三卻大聲叫好：

「好啊，我一人無親無屬，與你兩人結拜，一夕多了兩個老弟，倒是佔了便宜……」

司馬對結拜之議原覺無所謂，聽了阿里的說法，也有些開心起來，哈哈笑道：

「烏沃是當今太尉的義子，阿里和我兩人豈不藉此攀上了權貴？我不久前還是以役代刑的罪籍，這會兒可高攀了，哈哈。」

烏沃不以為然，駁道：

「司馬公子是皇上當廷親封的長安侯，阿里智人新升了智人院院長，應該是我高攀才對……哎呀……不妙！」

去】

說到這裡烏沃忽然掩口叫聲不妙，阿里十三忙問道：

「烏老弟，怎麼了？」

烏沃放開手低聲道：

「忘了告訴你們，我另外還有三個結拜兄弟……」

「三個？我們認識麼？」

「你們應該不認識，他們是黃帶、紅帶和青帶。」

阿里十三和司馬永漢面面相覷，不知所云。

烏沃解釋道：

「他們是三個機器巨人，挺好的機器人，長得一個半人高，像孿生兄弟般一個面目，只有腰上的腰帶顏色不同，黃、紅、青三色。」

司馬永漢笑彎了腰：

「哈哈哈，要是繫錯了腰帶，豈不就認錯人……你竟和三個機器人結拜……」

烏沃正色道：

「他們的腰帶是身軀的一部分，不是繫上去的，只有我和他們結拜時繫了一條橙色的腰帶。他們很懂事，紅帶說他願為我擋子彈。」

阿里伸出大拇指道：

「那好，我和司馬永漢又沾光了，必要時請這三個機器人替我們兩人也擋一擋子彈。」

司馬永漢心繫明日大殿上丞相要對太尉提出的疑問作答，便回歸正題：

「烏沃你說到庶民參政的問題，我們三人就先就這個大問題商議出一個好說法來，晚上丞相府裡會商時我去建言。」

丞相府裡燈火通明直過子夜，丞相金博終於作了結論，他心情激動以致面色酡紅，但神色卻顯得自得，微笑著送客，長史風晗、太史令黃石九、副長史呼合毒魚貫而出，拱手而別，只有司馬永漢留下整理文字，為明日上朝丞相的發言定稿。

他也不急，因他今晚就住在丞相府裡。

文稿整理完了，他用電子毛筆工整寫在石墨烯特製的紙上，仔細核對後收入一個特種碳精製成的長筒中，用他手掌上的生物特徵封印在筒蓋上。任何其他人想要打開此筒，筒內的石墨烯量子紙立即感應，上面的字跡自動消去。

他滿意地長噓一口氣。一個嬌柔的聲音來自身後：

「公子辛苦，該回房休息了，明日還要隨丞相上早朝呢！」

機器人阿巧無聲無息地走到他身後。

金鑾大殿上，丞相金博正口若懸河地向帝君及群臣陳報變法革新案中如何在地方推動庶民參政。

「……我國地方政府制度基本上還是仿地球漢朝的郡縣制，郡有郡守，縣有縣令，縣之下則有鄉、里，最基層的治安工作有亭長負責，十里一亭，可謂密如蛛網，鮮少闕漏。現今各級主管皆由派令，所謂朝廷命官直達縣令，鄉里主管則由縣令報請中央同意任命。如果變法中庶民參與，則地方各級主管之任命程序須得修改，臣等建議，鄉、里長由庶民直接選舉產生，陳報任命即可，縣令則由選舉團推舉產生。縣令選舉團由縣屬各鄉里長及庶民代表各半組成之……」

帝君札赫很認真地聆聽，聽到此處打斷丞相說下去：

「丞相，照你這設計，庶民參政看似不錯，但難道一縣父母官之產生，朝廷就完全不能置喙，完全置身事外？」

群臣聽札赫語氣不悅，立刻有人應聲發難：

「是啊，置朝廷於何地？」

「太荒謬……」

「要造反麼……」

金博不慌不忙，拱手拜道：

「陛下稍忍，容老臣細說分明……」

他特別說「老臣」，是表明自己「兩朝老臣」的身分，提醒在殿群臣不可造次；果然，札赫轉換語氣道：「丞相你慢慢說，朕聽著呢。」

金博繼續道：

「朝廷的影響力有二，其一，在於縣令候選人的產生時，如有必要可以直接提適當人參加競選；其二，經此程序產生的縣令，最後仍須呈報朝廷核定，頒發派令才能上任。換言之，朝廷可以在程序前期及程序最後控管該人事之品質，而庶民在整個程序都有充分的參與，朝野分理、共同參與，而國慶得才，可謂良制也。」

太尉尤古反應迅速，應聲發問：

「丞相你說：『有必要時朝廷可以直接提適當人參加競選』，然則何謂『必要時』？」

金博道：

「所謂必要時，當然是指由地方民意產生之人選皆非佳選之時，朝廷便可主動提名適當人士參選；但朝廷提名之候選人仍須經競選勝出方能成為縣令……」

太尉打斷，朗聲問道：

「照此說法，朝廷提名之候選人亦有可能競選失利，輸給地方庶民推舉之人選？」

丞相答道：「設計原則上確有此可能，但朝廷……」

話尚未說完，大殿中群情大譁，有人顧不得朝儀，聲音大到全殿皆聞：

「豈有此理，難道要朝廷提名的人選敗給庶民的人選，豈有此理！」

「整件事荒誕不經，庶民士農工賈活得好好的，為何要逼他們參政？」

「這個設計將成國之亂源……」

「包藏禍心……」

最後一聲震耳欲吼，使大殿的各種私語全都停止。

「丞相！你府裡有人要造反！」

金博轉身瞧去，發言者怒目戟指，鬚髮俱張，正是北軍校尉威武侯阿速勒。阿速勒接著大聲道：

「陛下，丞相忠君愛國，兩朝元老，不可能出此禍國之策，但丞相府中執筆起草此案之人，不知安著什麼壞心腸，請皇上下旨，末將這就去丞相府將他擒了，付於國法審判！」

南軍校尉羅哈立刻附議：

「正是，請皇上下旨……」

金博冷靜的目光從阿速勒掃到羅哈，有如兩把利劍，鋒芒畢露，金鑾殿全場突然陷入寂靜，金博的眼光最後落在尤古太尉的臉上。

這時札赫君開口說話了：

「丞相說得好，接著講，朕在聽著呢。」

帝君口氣不疾不徐，聽似平淡，又覺其中暗藏了什麼玄機，沒有人知道他在想什麼，許多臣下都感受到無形的威懾，大殿中竟然出現一種山雨欲來風滿樓的凝重氣氛。於是大家都閉口了。

金博丞相道：

「方才老臣所陳，實因陛下希望參考地球上之民主制度，讓我國未來新政之中有庶民之參與，試想為政之事雖然千頭萬緒，其要者不外乎富國利民之政策，以及善於治理之官員，如果此二者庶民皆不能參與，則我等實毋須『變法』，因為現況便是這般。可是庶民參政並非聽由民意無法無天，在關鍵之處須由官方掌控程序，施展權力為公眾利益保障，是以臣等才擬出前述辦法……」

金博還待不厭其煩地再解釋，不料札赫出言打斷：

「丞相不須多言，方才之問題可作如是觀：如庶民推出甚佳之人選，朝廷應竊喜在野之良才主動出仕為國效力、為民造福。如民間推不出佳選，朝廷此時當以最佳人選投入，其人品、學識，甚或既有之政績處處高明，何愁會輸於庶民所推出之人選？朝廷既有心引進庶民參政，豈能憂懼民間賢者更勝過朝廷派遣？果能如是，朕喜之不及也。」

札赫這一番話不但令滿朝文武大驚，也出乎金博丞相的意料，他暗忖：

「沒料到皇上求變法之心殷切如是，有他這般支持，這番革新工作大有可為啊！」他正要開口，卻聽到殿後一人大聲喝道：

「啟稟皇上，末將有言不吐不快。」

聽聲音便知是阿速勒。太尉待要使眼色制止已然不及。只好斥道：

「皇上正要說話，威武侯你有話先候著！」

不料札赫帝面無慍色，舉手指向阿速勒道：

「威武侯你既不吐不快，朕就許你快吐一吐吧。」

太尉回首再次以目光阻止阿速勒發飆，阿速勒卻不領情，直言道：

「丞相說的有些似是而非，不乾不脆，我看既然聖意已決，定要引庶民參政來變法，那就做乾脆一點，索性丞相也由庶民來選，太尉也由庶民來選，除了帝君之外，大小官員皆由庶民來決定，何必弄得扭扭捏捏，搞個半吊子？」

太尉為之搖頭，要他出來放砲，一再叮囑他點到丞相就好，可沒教他扯那麼多，現只好等他發作完了再補個表態。

金博聽得有些尷尬，一時也不辯駁。札赫帝君臉上不見怒色，等阿速勒說完了，目光從左到右掃了一遍，見無人繼續發言，便語氣輕鬆地道：

「阿速勒說的雖然有點偏激，倒也不是全無道理。不過庶民參政也不能一步到位，否則就真要如大殿上許多人心中耽憂的：天下大亂。所以朕看起來，丞相先弄一個『半吊子』倒是好的，試行一段時間，看結果再來調整，這件大事影響太大，是該一步一步慢慢走，慢才走得遠。地球上有個老子說得好：『治大國如烹小鮮』，還有個孔子說得更直接：『欲速則不達』。推動變法革新，尤其要步步為營。」

丞相金博拱手拜道：

「聖上英明，臣等設計庶民參政主張由縣做起，其另一個重要原因是我國各縣之人數，最多十萬，少則數萬，縣民對本縣的人及事大多瞭解，故縣民參與做選擇之時，不至於盲目投選或受人操縱，換言之，不管人或事的選擇，他們知道自己在選什麼。到選郡守時，我們的選舉辦法中就不規劃庶民直接參與了，因為郡大人多，無論人或事，庶民較難直接瞭解孰優孰劣，於是我等建議由庶民就曾任縣令者之中選出代表，加上朝廷指定之公正人士共同組成郡守選舉團，也是讓具有較充分之知識及資訊者來做選擇的意思。」

太尉點頭連連，他等丞相說完，讚道：

「丞相之意是愈高層之選舉，無論是人或事之選擇，庶民的參與就愈間接。反過來說，如果真有一天要選丞相了，選舉團中庶民意見的參與就須比選郡守更間接；最重要的一句話，便是選擇者必須知道自己在選什麼。對這個構想，尤古十分欽佩。」

說到這裡他停了一下，丞相對他讚賞自己的構想感到欣慰，正要說兩句表示感謝，太尉話鋒一轉道：

「不過回到這次變法革新的核心，最重要的還是如何組成臨時立法院，沒有它，憲法通不過，一切變法都無依據⋯⋯如何選舉的事其實可以稍後再談⋯⋯」

札赫雙目圓睜注視太尉，丞相心想：

「我是在回答你上次提出的問題，怎麼又要稍後再談？」

他沒有說話，札赫帝卻發話了：

「太尉前次質疑民主程序庶民如何參與的問題，丞相適才做了說明，太尉以為可行否？」

帝君的語氣不慍不火，太尉微笑道：

「丞相提出的辦法是好的，但是憲草中組成立法院的方式大有問題，此為憲政之根本，應優先討論。」

金博猛然想到：

「尤古在放煙幕，前次提出庶民參與的問題是聲東擊西，現在才是他真正所謀，我可要小心了。」

帝君回首看看丞相，丞相道：「請太尉指教。」

尤古道：

「丞相提出之辦法，提交臨時立法委員會直接投票，委員剛透過選舉產生，就要匆忙上陣，容易出差錯，皇上說的好，變法要一步一步走才走得遠，臣建議我們先成立一個『臨時立法院籌備小組』，由皇上任命十人組成，他們肯定都是一時之俊彥，可秉承皇上旨意，將憲法草案之大旨先作預審，審查意見送臨時立法院參考，如此可兼顧民主及立法品質，則吾國之民主變法可邁出穩健之第一步！」

金博直覺尤古是在節外生枝，心中雖然懷疑，卻見札赫不住點頭，便不說什麼。札赫聽完後仔細思考了一會，便下旨道：

「今日所議之兩點皆甚好，可請丞相將你對地方選舉之建議納入憲法草案並著手規劃細

法】

節，太尉之建議如何進行，朕要再想一下。」

皮幽國的京城名為鼎北。

皇宮建在鼎北城的西北面，距離皮幽智人院約百里之遙，在帝宮與智人院之間設有專用的飛行器，供雙方交通使用。

這一日宮裡早朝，蘇巴巴坐在皇位上聽取左將軍對赤目新兵培訓成軍計畫的報告，眾臣知道皇上對此計畫極為重視，是以大家鴉雀無聲地聆聽。

蘇巴巴身材不高，但肩寬臂壯，整個人長得極為大氣，尤其襯著一部金鬍鬚及一頭濃密的黑髮，更增他威勢。

蘇巴巴和塞美奇晶國的帝君札赫是同父異母的兄弟，他比札赫年幼兩歲，在皮幽國成立之前，蘇巴巴曾是塞國老皇帝亞奇一路扶持的太子儲君，但是到了亞奇王朝的晚年，帝君和蘇巴巴之間產生了矛盾，亞奇開始對儲君不信任，緊急將原已下放到民間的長子札赫召回京城，逐步將國家重要的權柄轉移給札赫，蘇巴巴則被派到到塞國智人院擔任院長。

蘇巴巴的母親是第一貴妃，是一位皮幽族的美女，她的皮幽血統中帶有烏米族的基因，這可由她的兒子蘇巴巴有一部漂亮的金鬍鬚作為佐證。

塞國人普遍相信一種傳說，已經絕滅的烏米人有極高的科學天分，凡帶有該族基因的「金鬍鬚人」，十之七八都能當上智人。蘇巴巴以太子之尊派來掌智人院可不是玩假的，他本人在生物醫學方面的造詣足令智人們尊敬，是以他在政治上雖被「降」為智人院長，在全國最聰明的智人群體中卻得到了高度的認同和聲望。

受亞奇帝君寵愛的貴妃病死後，後宮在皇后及其擁護者的策動下，掀起一番「去皮幽人」的動作，貴妃帶入宮中的皮幽族嬪妃一一遭到迫害，有的被迫離宮，有的在宮中被整肅，甚至丟了性命。亞奇王垂垂老矣，已經無力掌控全局。

皇后身邊的近臣聯絡朝中外戚權貴依樣畫葫蘆，在朝中掀起去皮幽人的風潮，許多皮幽人的官員遭到罷黜，還有遭到誣陷而受牢獄之災者，一時之間，上行下效，甚至民間也受到影響，佔多數的塞美奇晶人舉國上下排斥、迫害、打壓少數的皮幽人，朝廷不但不加阻止，很多地方甚至推波助瀾，國家社會一時之間陷入分裂狀況。

蘇巴巴原為太子儲君，雖然有一半血統是皮幽人，其實他心中徹底認同塞美奇晶，那時國內也有對皮幽族人歧視的現象，但情形尚不嚴重，蘇巴巴曾私下誓言繼承帝位後，畢生將以消弭塞國種族歧視為己任。可惜事與願違，自己和父皇之間產生了愈來愈深的歧見，終至被貶到智人院帶領科學研究。

另一方面，天下所有的皮幽人皆認同蘇巴巴這半個皮幽人為全族的精神領袖，雄才大略的蘇巴巴終於透過智人院裡的皮幽族智人，聯絡民間各界皮幽人領袖，經過縝密的規劃，一舉出走，成功完成建國的大業，將北方未開發的廣大山林地佔領下來，馴服了半人半獸的玀族原住民，成立了一支以機器人指揮的玀族赤目軍，成為北方一霸。

因此蘇巴巴對培養赤目新軍的工作十分重視。但是玀族人口有限，且其生殖率較之皮幽人及塞美奇晶人更低，蘇巴巴密命皮幽智人院深入研究人工複製玀族人的辦法，希望能突破這一難題，短時間之內擴大其赤目軍力，一戰征服塞美奇晶國，重新一統天下，以武力實現族群融合的初衷。

簡報的左將軍是皮幽國第一帶兵官，蘇巴巴對他甚為倚仗。簡報完畢，雖然覺得有些地方可以做得更好，但在新軍組訓方面也算盡了力，便點頭稱許道：

「左將軍及訓練部的弟兄們辛苦了，限於兵源，咱們這支新軍能在短時間內組訓到這樣，已經十分不容易，左將軍可以試著將新軍加入到第一線邊防部隊中，一方面減輕老兵們的負擔，一方面讓老兵帶新兵，用他們獾族人自己的方式溝通，成效一定更佳，三個月後可以找一個缺口搞個小邊境衝突，讓新兵獲得一些實戰的經驗，我看也就差不多了。」

左將軍尼安亞，是一個年僅三十出頭的英武男子。較之塞美奇晶人，皮幽人的俊男美女似乎比例特別高，這位左將軍不僅作戰有勇有謀，個性風流，無論過去在塞國還是此時在皮國，尼安亞都是上層社交圈中仕女們喜歡結交的對象。

蘇巴巴抬頭環視群臣，問道：

「眾卿，對左將軍的報告有無建議，可儘量提出來供參酌改進。」

皮幽國的宮廷也不類塞美奇晶的朝廷，眾大臣武將皆設有座位，大家坐著說話，比較不注重尊卑的禮儀。

廷上群臣除了左、右將軍統率三軍之外，其餘便是全國十六部落的首長，皮幽語稱之為「阿頓」，阿頓們管理自己的部落，基本上奉蘇巴巴為共主，掌控全國軍事及對外事務，部落內則享有相當的自治權，各有特色。

提到軍事，眾阿頓並無什麼高見，大夥兒都把眼光瞄向右將軍皮幽貓。

皮幽貓是真名，不是綽號，聽起來有點怪異，也不知當時他父母是怎麼想的。可這人打仗十分厲害，善於在戰場上運用資訊科技，素有「猛如虎、狡如狐」的評語。

他對左將軍尼安亞的報告其實沒有意見，但見大家都看著他等他發言，便站起來道：

「左將軍的報告令人欽佩，但末將總覺得咱們皮幽國的國防軍事不能一昧倚仗赤目軍，我認為訓練皮幽人的新兵同等重要，左將軍既忙於訓練赤目軍，組訓皮幽國人新軍的事，末將不才，請帝君准許，就由末將負責……」

右將軍皮幽貓此言一出，立刻引起眾臣低聲議論紛紛，大家都意識到，這個建議是在直接挑戰帝君的國防軍事政策的大方向了。

皮幽國的領土相當廣大，原來只有少數原住玀族人的山林地，經過皮幽人開墾，才知廣大的國土竟是土壤肥沃、礦產豐富之處女地，但是限於人口稀少，大幅度開發實在力有未逮，帝君蘇巴巴的戰略是軍隊盡量用玀族人組成赤目軍，寶貴的皮幽人口應該用在農、工、商的開發事業上。

右將軍皮幽貓的建議並非沒有道理，因為國防軍力全以半人半獸的赤目軍為主，其實也是有風險的作法，適度增加一些皮幽人部隊確有必要，不過蘇巴巴心中明白，皮幽貓此時提出這個建議，實與左、右將軍之間的相互較量有關（皮幽人沒有「瑜亮情結」的成語）。左右將軍看似平等，實際上左將軍仍是國家第一將領，偏偏尼安亞也是一個塞、皮混血兒，看到他處處廣受歡迎，純種的皮幽貓難免心生挑戰之意。

蘇巴巴對這些矛盾瞭然於胸，聞言微笑道：

「右將軍之提議甚為重要，咱們擇日再議。今日只就左將軍組訓赤目新軍之報告討論，眾臣如無其他說法，便議到此吧……」

他正要比手勢退朝，忽聞廷外有人大聲叫道：「……柳黃緊急求見。」

蘇巴巴命黃門令傳旨：「宣柳黃。」

柳黃一向冷靜，這時卻幾乎用跑步進入宮殿，三步併作兩步跪下行禮，蘇巴巴道：

「柳黃起來說話……你有何緊急事要奏？」

柳黃起立，一臉的喜色，一反平日的沉著，急著奏道：

「啟稟……啟稟皇上，那……那精靈翠兒開花了！」

「精靈翠兒開花了！」

「精靈翠兒開花啦！」

大殿上立刻引起一片騷動，各部落阿頓交頭接耳，口中都嚷著：「翠兒開花」。

蘇巴巴也喜道：「退朝！備飛行器，朕要立刻去智人院！」

皮幽國的智人院。

生醫智人朱橙的實驗室中溫度、濕度、日照皆根據科學考量之最佳量予以控制，如遇連日陰雨則有人造陽光補足季節日照平均值的不足。

實驗室中有一個巨大的透明籠子，籠中有三個較小的籠子，每個籠中有一隻漂亮可愛的綠色精靈翠兒。

這三隻精靈翠兒是用重金從塞美奇晶走私而得，在朱橙的研究室中受到最專業的養育照護，這種兼具動物和植物特性的生物，除了能行光合作用自製碳水化合物，體內的腸道中有與母體共生的特種微生物群，能將空氣中的氮氣轉化為含氮化合物，幫助母體吸取而合成蛋白質。這些稀世的性質使得精靈翠兒成為生醫研究的國寶級寵兒。

帝君蘇巴巴親自蒞臨朱橙的實驗室，柳黃在一旁接待，還有一位專業技術人員安貝在旁候命。

蘇巴巴指著大籠中的三個小籠問道：

「柳黃說有一隻精靈翠兒開花了，牠在哪一個籠子裡？」

朱橙道：「最左邊那一個，牠名叫翠翠，待我將籠門打開……」

她在牆上一個鍵盤上按了幾鍵，最左邊那隻碳精小籠子自動開門，一隻精靈翠兒一躍而出，牠看到大籠子外來了訪客，跑得遠遠地溜著一雙淺紅眼珠朝人打量。

蘇巴巴輕聲問：「我們會不會驚嚇到牠？」

朱橙輕聲道：

「精靈們最怕受驚嚇，平時這個實驗室嚴禁陌生人靠近，只有我和專業技師安貝可以進入籠內觀察、測量和取樣。不過今天情形有點不同，翠翠眼光中興奮的成分多過驚怕，許是牠自覺開花難得的漂亮，也想讓人看到。」

蘇巴巴笑道：「哪有這種事，朱橙的想像力太超過了……」

一旁的技術師安貝忍不住插口道：「稟皇上，確實如朱智人所言。」

朱橙道：「臣想請皇上和總管稍退後兩步，待臣和安貝把翠翠喚過來，讓皇上就近看個清楚便知。」

蘇巴巴點頭稱善，便立在朱橙身後。

朱橙從懷中掏出一支短笛，吹了一段曲子，調甚悅耳。

翠翠聞聲，果然撒開四條小腿飛快地跑了過來，到了透明大籠的牆邊上，和朱橙面對面地大眼瞪小眼。

這一下近距離，蘇巴巴瞧得親切，只見翠翠一身碧綠的長毛異常光鮮，淺紅色的眼珠似乎散發出興奮的光彩，左耳後開了一朵淺紫色的小花，花瓣薄如蟬翼，坐落在翠翠長耳朵的後方，就像是一片翠綠草原上的一朵孤單的紫色罌粟花，美麗之極，也可愛之極。

帝君不禁讚嘆：「啊，好神奇！好漂亮！」

翠翠似乎聽見了，牠用後腿立起，一雙前腿合著抖了抖，蘇巴巴看去倒像是在對他作揖道謝，再也忍不住滿心的歡喜，哈哈大笑起來。

翠翠嚇了一跳，扭頭將小紫花對著蘇巴巴，然後轉身跳開了。牠這一扭動，立刻散放出一股淡淡的香味，像是初熟的蘋果香。

蘇巴巴問道：「另外還有兩隻精靈翠兒，有沒有開花的跡象？」

「安貝檢查過，另兩隻完全沒有開花的跡象。」

安貝補充道：

「今日好不容易見到翠翠開花，可惜另外兩隻毫無開花跡象，否則開花放出的氣息就會吸引另一隻開花的同伴耳鬢廝磨，藉此互相交換花粉，同享受精……可惜啊……」

朱橙補充道：

「牠們靠花粉受精，卻既不靠風媒，亦不靠蟲媒，靠自身身體行動來行性行為，實屬稀奇，也因此其生殖力極低，如今野生的精靈翠兒基本上已經絕滅。」

蘇巴巴點頭道：

「所以你們把另兩隻關在籠中，就是怕牠們放出來和翠翠互動時弄壞了花兒。」

朱橙答：

「皇上說得對，這次雖然不能授粉生殖，但翠翠身上的花兒對咱們的研究仍是無上的寶貝，我們這幾日要在花粉的採集及研究上加勁下功夫……」

安貝加一句：

「不只花粉，花朵的每一個細部組織，智人都有指令要詳加觀察、採集，不放過任何訊息。」

蘇巴巴欣然道：

「過去在塞美奇晶國那邊，智人院裡養了近二十隻精靈翠兒，我也沒見過開花的奇景，這回咱們院裡翠翠開了花，這可是好兆頭，你們定要把握這千載難逢的機會，把這種半植物、半動物的生殖機制弄清楚，我看其意義和重要性恐怕不是此刻我們所能想像，柳黃，你要動員全院資源支援這個工作。」

柳黃恭聲答道：「謹遵旨，臣立刻就組成專案小組，全力配合朱橙實驗室的工作。」

兩天後，蘇巴巴在皇宮又接到柳黃報來的又一個好消息：朱橙在翠翠的花粉及花蕊中找到了兩種新物質，這兩種新物質的分子結構和之前綠色獾族人身上找到的藍色結晶分子比較，找到若干與演化相關的線索。

蘇巴巴本人曾經是生醫智人，他聽了柳黃的報告感到極大的興趣，便約朱橙單獨到宮裡晚餐，柳黃想一道參加，蘇巴巴卻未表同意。

柳黃悻悻然回到智人院，朱橙正在專心研究兩個新物質的３Ｄ分子模型，柳黃走進屋一言不發，在朱橙對面的椅子上一屁股坐下。

朱橙對他的進來似乎完全沒有感覺，柳黃知她正在潛心思考，便也不打擾，自個兒坐在椅上愈想愈不爽。

朱橙終於發現了不速之客：

「咦，總管什麼時候進來的？你……你的臉怎麼這麼臭？」

柳黃一副懶洋洋地道：

「皇上請妳晚上去宮裡進餐，他要垂詢妳找到新分子的事。」

朱橙吃了一驚，叫道：

「嘿，新分子的研究還沒有完全搞清楚，你幹麼要去呈報皇帝？」

柳黃雙手一攤道：

「想帝君本人也是生醫智人，這種偉大的發現應該立即呈報，妳瞧，他果然十分興奮立時要請妳共進晚餐問妳研究的細節，對不對？」

朱橙道：

「去宮裡吃一頓晚餐，一晚上就報銷了，我實不想這時候去宮裡……你陪我一道去？」

柳黃的不滿發作了：

「我沒福氣，皇上只請妳一個人進宮。」

朱橙是個直腸子人，呵了一聲道：

「啊，難怪我們柳總管的臉色那麼臭……不過不要緊，您就陪我一道去，我對皇上說院裡有些事您比較清楚，您當面報告比較好……」

「妳這樣做太僭越，不好……」

「沒事的，皇上曾經做過咱們的院長，還記得嗎，那時他對我們智人們就像同事朋友，意見不同時爭論什麼的，他不會在意的。」

柳黃正色道：

「朱橙妳太天真了，他曾是我們的院長，可現在他是我們的皇帝，那時我們可以爭辯對錯，如今妳能違旨麼？」

朱橙想了想，也不爭辯：「好吧，我一個人去。」

柳黃補一句：「行，可是妳別忘了報告皇上，我們在行政、技術支援上做了許多事。」

朱橙也不忌諱，想到就直說：「是啊，我定會代柳總管表功。」

「今日魚鮮已全部供應完畢，明日請早。」

城東一家以魚鮮出名的小飯店裡，老闆娘嬌聲嬌氣地宣布，想來吃魚鮮卻沒有座位的食客紛紛散去。

烏沃在店門外等向隅食客走光了，這才快步走進小店。老闆娘瞅著烏沃，一眼便認出來了，哈了一聲道：「小哥兒是你呀！你不聽見我方才宣布『明日請早』了麼？」

烏沃沒答腔，他身後閃出一個長髮長鬚的漢子，衝著老闆娘道：

「老闆娘，我和妳當家的有約。」

老闆娘展顏笑開，徐娘嫵媚猶存，嗲聲道：

「哎呦，原來是智人院的院長老爺，快請進來，後頭雅座我來侍候……」

法】

阿里十三升了院長，絲毫沒有當官的架子，搖手制止老闆娘過來獻殷勤。

烏沃低聲道：「阿里叔，這老闆娘對你可有情義呢。」

阿里十三低聲回道：

「笑話。自從上回咱們和奇奇哥三人在這吃了寶刀魚，我幾乎每天都來此店光顧，早就是老闆的衣食父母啦，老闆娘對我的銀子豈能不有情有義？」

兩人隨著老闆娘帶到後室，所謂「後頭雅座」，不過是用一道布門簾與「前頭雅座」隔開而已。不過與廚房有些隔離，油煙氣味少了許多，感覺就「雅」了些。

老闆娘敬了茶，對著阿里十三賣弄一個風騷的手勢，低聲道：

「外頭客人點的菜都出完了，我出去招呼茶酒，當家的洗手換衣便來相見。」

阿里十三揮手道：「老闆娘妳儘管去忙妳的，我們喝茶等妳當家的，挺好。」

小店老闆是個高大的漢子，身材魁梧形貌舉止卻帶著斯文氣，他換了一身乾淨的衣衫，匆匆掀簾進來，一面拱手道：

「智人老爺，讓您久等了，不好意思。」

他一面招呼一面將手中的酒罈及酒碗放在桌上，轉對烏沃道：

「小哥兒好，好一會沒看到您來小店了，今日是什麼好日子，兩位同時光臨小店？」

阿里十三站起來打了招呼，待大家坐定，喝了一碗酒，便開門見山直說了：

「曲老闆，上回你說有人仗著官家撐腰，要強行買下你這店面的事，我請朋友查清楚了，那個買主是想要用你這爿店面開賭場……咦，曲老闆你的左手怎麼了？」他發現曲老闆左手上包紮了白布，布上還看見血跡。

曲老闆面露怒色，顫聲道：

「賭博違法，他們還敢那麼囂張！上次他們來過又來，我便索性表明我絕不變賣這店面，對方竟派惡人來打折了我的手指，還揚言下次再來時，如果我仍不答應，就要砍斷我的手。」

阿里十三道：「曲老闆，那你打算怎麼辦？」

曲老闆道：「我怎麼辦？聽說那人背後有丞相府的人撐腰，我到縣裡告他開賭場，肯定沒有用……」

烏沃插嘴道：「丞相又怎麼了？他們有丞相撐腰，我們就去太尉那裡告死他。」

「太尉？小哥兒開什麼玩笑？我一個小飯店老闆怎能去太尉那裡告狀？」

阿里十三微笑指著烏沃道：「老闆你知不知道這小哥兒是誰？」

曲老闆看了烏沃一眼，搖頭不語，阿里十三壓低了聲音在他耳邊道：

「小哥兒就是當今太尉的義子烏沃。」

「當真？您不騙人？」

阿里十三用手比了一個小指頭道：「騙你是這個！」

老闆睜大了眼盯著阿里十三，又轉目看了烏沃一眼。

「烏……烏公子在上，恕小人有眼不識……」

烏沃伸手止住，正色道：

「老闆，丞相府有人涉及強買民宅開賭場，又威脅傷人，太尉肯定會管，我問你敢不敢去太尉府申告？」

曲老闆是個規矩的小老百姓，但也有些見識，他想了想回答道：

「小人不敢。小人聽說太尉府森嚴更勝帝君，小人不願沾惹權貴，只求好好做生意。」

烏沃從懷中掏出一張灰黑色的卡片，看上去比常用紙張略厚，表面上泛出微弱的螢光，卡片的四邊似乎鑲了一條薄薄的金線，四角則各有一片菱形的包角金屬。

烏沃壓低了聲音對曲老闆道：

「這是阿里智人發明的神奇東西，用了碳基晶片及石墨烯製成的個人通訊器，你只要在這上面寫下，或是對著它訴說你的冤屈，然後在角上的金屬接點上按一下，太尉立時就能看到你寫的全文，或聽到你中冤的訴狀……」

曲老闆不敢相信地看向阿里十三，阿里解釋道：

「烏沃公子說的沒有錯，你有了這張卡，便能直接和太尉府連接，這是我們發明的新玩意兒，你要不要試試？」

曲老闆十分猶豫地道：

「就算是真的，我貿然找上太尉，官官向來相護，恐怕投訴不成反而丞相府立刻就知曉了，他們找上門來，我……我可不敢試。」

阿里十三道：

「你大可放心，我這個通訊器用的是量子糾纏效應，沒有人能從中截取你傳的訊息，太尉也絕不會洩漏你的投訴。」

這時門簾掀起處，老闆娘跨了進來，她大聲道：

「你不敢我敢！怕什麼？讓我來試試！」

烏沃大喜，一面在通訊器上按下了啟動，一面遞給老闆娘道：

「老闆娘好樣的，妳就對著它講話……」

老闆娘果真對著那張薄卡訴說起來：

「太尉大人，我是城東白水河邊小飯店的老闆娘，咱們飯店不掛招牌，可城裡人都知道我當家烹調的魚鮮全城第一……」

烏沃湊近她耳旁低聲道：「快說重點。」

老闆娘呵了一聲，加速陳述：「對，有丞相撐腰的人想取得我家小店改作賭場……」

老闆娘陳訴完畢，一臉的激動，像是喝了一整壺老酒，曲老闆先前緊張到臉色發青，到此時反而平靜泰然，安慰老妻不要緊張。

烏沃對阿里十三低聲道：

「阿里叔，你看，我們這系統民間還是有人敢用的。」

阿里點頭，實事求是的科學家嚴肅地道：

「不錯，但這只是一個試點，咱們要多試幾個點才能知道真實情況。還有，老闆娘的投訴，太尉府的反應對咱們的後續發展至關要緊。」

太尉尤古坐在書房中沉思，他一臉嚴肅，瞪著眼前的一幅3D景象：白水河邊柳樹蔭中一個小飯店，一群食客簇擁在店前等候開門營業。看來小店的生意還真不錯。

這時店門大開，一個穿著翠綠衣裙的女人走出來對食客們嬌滴滴地打招呼：

「各位客官久等了，不好意思，快請進店，先喝一杯本店特製的梅子茶，免費的！」

尤古見那娘子長得頗有幾分姿色，正要將畫面放大取她特寫鏡頭瞧個仔細，耳邊傳來穆姬的聲音：「太尉，就是她，投訴的就是這個女人。」

尤古沒注意穆姬何時進入書房，聞言問道：「妳讓他們做的檢測做得怎樣了？」

穆姬恭聲道：

「回主人，已得到投訴人的語音全部特徵，剛才此女一開口，我的晶片上立即收到自動辨識的結果，投訴人就是此女無誤……」

尤古太尉道：

「我要查那一段語音中夾有一句雜音，有沒有結果？」穆姬臉色變嚴肅，低聲道：

「那句『雜音』已被還原，乃是『快說重點』四個字，語音特徵經比對，百分之八十的機率指向……指向……」

太尉不耐，催促道：「指向什麼人？」

「……百分之八十指向烏沃公子！」

太尉怒道：

「烏沃？又是他？他自從不告而別之後，四處尋他不著，現在又在搞這花樣，這逆子不知在打什麼主意？」

穆姬道：

「主人，公子既然現了身，咱們的侍衛們就能循線索找著他；剛才接獲報告，侍衛隊長已帶人趕往城東小店的現場……」

太尉打斷穆姬的報告，加重語氣道：

「傳話侍衛隊長，先不要追究老闆娘如何能以量子通訊連結上太尉府，反而要細問有人強買小店改為賭場的事，告訴老闆娘要她放心，太尉府已經展開調查，一定會保護她小店應有之權益！」

穆姬睜大了一雙美目看相太尉尤古，然後道：「遵命！立刻轉達！」

司馬永漢的府第就在人來人往的章台街上，但是沒有人察覺到失聯的太尉義子烏沃正住在他宅中一間廂房裡；只除了丞相金博。

但是金博不會告訴太尉，因為司馬永漢可以就近從烏沃處探到太尉那邊的消息，尤其是太尉對變法憲草的想法和動作。

這時緊閉的廂房中又多了客人。這回除了主人司馬、住客烏沃之外，還有科學智人阿里十三及生醫智人奇奇哥。

烏沃起頭，用他有點結巴的語氣敘述他們在城東飯店所做測試的成果。

「我們建立了庶民網絡的系統，並偷偷跟太尉府的系統連上了，阿里叔聽說城東小店有冤情無處可訴，我正好拿他們作個試驗，結果，曲老闆看似一條好漢，卻是個仔細的人，他顧慮官官相護，不敢用我們提供的系統直聯太尉，他那風騷的老婆卻毫不含糊，抓起阿里叔的通訊器便把怒氣一口氣發作完畢，這證明我們的系統在民眾中還是有人敢用的。我們可以多試一些點，累積更多的資料，後續的發展要看官方對他們的投訴如何反應了。」

阿里十三接著道：

「我先報告各位，我的助理已經將我們現在這一間房屋納入了保密軟體系統中，除了我

法】

的實驗室，全國沒有人能偵測到任何進出這房間的訊號，我們在這房間裡的任何談話絕無洩漏之可能……」

他見大家都露出欣慰表情，便繼續道：

「我的助理同時報來即時消息，太尉府的侍衛隊長已經去過了城東小店，他們沒有追查老闆娘何以能直連太尉府，反而向曲老闆夫妻重申政府絕不寬容賭博行為，有人要強取小店開賭場，一定查辦到底。一番表白倒是顯得大義凜然，據說深得小店食客們的民心。」

說到這裡，他轉向烏沃：

「小子你以後不要再賭了，小心太尉大義滅親。」

烏沃：「是呵。」

司馬永漢對這一切有所憂慮，微皺雙眉道：

「你們劍及履及，系統才建好立時去測試民情，但變法改革的大事欲速則不達，我們是否操之太急了？」

烏沃道：

「雖說不能操之過急，但這系統既建好了，如不去民間試試又怎知庶民的感受？我有了城東小店這經驗，明日起便去九疇郡……」

司馬永漢不解，問道：「去九疇郡做什麼？」

烏沃笑了一笑，故作神祕地道：「去找那邊的賭場老大。」

阿里十三皺眉道：

「太尉不查咱們這個系統，卻要全力查辦強取民宅作賭場的人，這事不單純。其實那要強取小店的人馬到目前為止只是恫嚇，尚未有暴力行動，太尉卻要優先嚴辦，我瞧明明是針對丞相……」

烏沃道：「一點不錯，阿里叔的眼光精準，我看丞相那邊的長史風晗要倒楣了。京師的戰棋社『必勝閣』便是風長史和前妻所生的女兒將之改成了最大的賭場，這回想是因為必勝閣曝了光，晚上的賭場恐怕搞不下去了，因而積極尋找新地點，那小店的地點絕佳、風水好、離皇宮官府遠，尤其是四周的密林子深達數十里……」

阿里十三笑道：

「你是說，出事時賭客容易躲藏脫身，果然不愧是賭場老客，眼光精準。」

一直沒出聲的生醫智人奇奇哥聞言哈哈大笑道：

「小子故作神祕要去九疇找賭場老闆，我卻知道你是去找庶民測試我們的系統，順便賭一兩把解解饞。」

司馬永漢聞言搖頭，對身旁的烏沃道：

「你年紀小小賭性卻大，今後我們要做的事一步也錯不得，你可不能再靠膽子大和運氣好行事，有事大家商量好了再行動……」

烏沃表現出一副虛心受教的模樣，對司馬道：

「司馬兄的意思小弟明白了，此後咱們是一個團隊，要謀定而動，互相配合。」

奇奇哥道：

「好啊，烏小子唱作俱佳啊。我現在要報告另一樁事，根據我的情報，皮幽智人院那邊有了重要突破，朱橙研究室養的精靈翠兒開花了……」

烏沃大叫一聲：「開花？那綠色的小兔兒會開花？」

奇奇哥道：

「精靈翠兒具有極為罕見的動植物同體的特徵，破解牠的生殖之祕，我們生醫智人認為是生命之祕的終極突破，我院中十幾隻翠兒卻從來沒有開過花……消息傳來，朱橙從一朵小紫花中找到了兩種世上不曾發現過的生物分子，其結構顯示了極不尋常的生命意義，我不知道是什麼，只知道皮幽國自帝君蘇巴巴以下都為之震動，就在剛才，我收到訊息，皮幽國君蘇巴巴下令傾全國之力支援朱橙要在最短時間將後續的研究工作完成。看來這回咱們可能要落後了。」

這是奇奇哥最新的訊息，連阿里十三都不知曉。他心想怪不得奇奇哥先前一直一聲不響，原來他在收取最新消息。

阿里十三心中起了疑，忖道：

「這消息肯定是從皮幽國傳來，這種訊息乃是皮幽國最高機密，奇奇哥怎能即時獲得？難道他在皮幽國高層埋有眼線？這怎麼可能？」

他向奇奇哥瞟了一眼，只見奇奇哥氣定神閒，對皮幽國的重大突破，看不出他有任何急躁不安的跡象。

司馬永漢覺得不可思議，忍不住問道：

「請教奇奇哥，您這時提皮幽國這個突破，可是對我們要做的大事有影響？」

奇奇哥道：

「本國目前的大事當然是變法革新，皮幽國如果真在尖端研究上領先了我們，朝廷的反應肯定大為震動，會大幅增加我們智人院的資源，嚴命我們迎頭趕上，國家大事優先順序變了，恐怕會影響到朝廷變法革新大政的推動進程……」

阿里十三立表同意，申引其意道：

「皮幽國致力於研究這些半動物半植物、半人半獸的物種，加上他們對微生物病毒研究的底蘊，再加上運氣好碰上翠兒開花，能有突破倒也算合理，他們最終目的是人工無性生殖，這種技術可以大幅改善皮幽人口不足的問題，進一步可以製造更多的獾族人，建立更大的赤目軍部隊，其野心無疑是要征服塞美奇晶國，讓皮幽人統治天下。試想朝廷如得知他們在這方面已然領先，哪裡還會把什麼變法工作列為優先？」

司馬永漢在聽完兩人的議論後，一直沉思，這時發言道：

「兩位智人，我的看法正好相反呢……」

此言一出，三人都睜大了眼睛，司馬見大家的目光集中在自己身上，便正色作解釋道：

「以我追隨丞相上殿報告變法草案時的觀察看來，札赫帝君對變法的認知並不只為因應國內愈來愈多人對朝廷及地方衙門的不滿，而是他真心認為，變法改制乃是我塞美奇晶國奮發圖強的不二法門，他甚至認為變法不成則國將不保。如今北方強敵在科技上有所突破，小弟愚鈍，不知彼等距離成功的目標還有多遠，但我知道帝君變法之意已決，皮幽的進展只會迫使帝君更加速變法，我們的壓力只會更增……」

烏沃聽了拍手叫道：

「司馬兄說的一針見血，我不懂朝政，但知變法改革之事一旦啟動，不宜停滯，我們

法】

既已有了庶民參與的方式和工具，如果帝君要加速推動，我們正好替他解決這一部分的問題，事不宜遲，明天我就去九疇郡再試試我們的系統……」

相較於烏沃的興奮，司馬比較凝重，他打斷烏沃的話，直言道：

「烏公子想到就做固然有效率，我倒有兩點提醒，其一，烏沃你目前躲在我這裡，阿里智人又將你的房間納入保密系統，看似萬無一失，但太尉正派人各處尋找你，你要去九疇郡一切行動必須低調隱蔽，最好蒙面隱身。其二，變法的準備工作劍及履及固然好，但變法的施行步驟必須謹慎穩妥，因為……因為……」

說到這裡，他眼前忽然飄過一個皓齒明眸的少女影像，他曾對她說要以地球為師，亦以地球為鑑，設計出更理想的社政制度，領先「星球」現況「兩千年」，也許能保星球進步繁榮「兩千年」，那時他感嘆地說，晚了就來不及了，改革，此其時也。

烏沃等三人見司馬永漢說了一半，忽然變得茫然不知所措，不禁好生奇怪，忍不住問道：

「司馬兄，你怎麼了？你好像整個人都不在這裡了……」

司馬永漢眼前正飄過那聰敏漂亮的少女，睜著感動的大眼睛望著他，告訴他宋朝還有一個姓司馬的大學問家，司馬光，他曾說由儉入奢易……

他忽然想到那個青春可愛的少女，此刻已不在世上，不知她是否成家，兒孫成群？

「司馬兄你魂不守舍，去了哪裡？」

司馬永漢應聲而答：

「我去了地球，地球上有一個人告訴我，由儉入奢易，由奢入儉難。」

「什麼儉什麼奢？司馬兄你說的什麼意思？」

「烏沃公子，塞美奇晶現在的社會政情是簡而緊，如今我朝廷要改革開放，是要走向奢而鬆，放得太快就回不來了。」

司馬永漢見三個客人都在思量他說的話，就再補道：

「這就是我要提醒烏公子的第二件事。」

烏沃雙目瞪著司馬永漢，心中正咀嚼著他的話，司馬忽然問道：

「三隻精靈翠兒被那奸商走私出城的那一天，你是不是出現在橫門？」

烏沃道：「是啊，你怎知道？」

司馬永漢道：「我們那天就見過面了。」

烏沃恍然大悟：「啊，你是那個守城門的年輕軍士！當時沒注意你長啥樣，你不提我記不起了。」

他心中暗忖：「司馬永漢好沉得住氣，到今天才說出來，比起來我是太粗心魯莽了。」

司馬永漢有感而發：

「是什麼樣的奇緣把我們四人拉到了一起！我們有的上過浩瀚的太空，有的入過最深的海洋，這緣分告訴我們，咱四人上天下海也要把變法的大事辦了。」

烏沃聽了興奮起來，叫道：「對！我們四人結盟，何愁大事不成！」

早朝畢，札赫請太尉尤古留下，移到御書房中單獨談話。

方才在大殿上丞相和司馬永漢再次將變法憲章草案做了修正報告，札赫命眾臣公開議論，直接發言。

經此一番說明，文臣中能接受憲章大旨的人似乎增加不少，武官們則比較有限。

其中有個御史大夫直白地表示他的懷疑：

「庶民選出來官員是聽庶民的還是聽朝廷的？若是這個官准許庶民不納糧不服役，咱們管得了麼？」

丞相目光看向司馬永漢，司馬永漢答道：

「丞相府中設有稽察司，對無正當理由、未經朝廷特准而違抗朝廷的郡縣首長，自有一套依情節輕重的處理辦法……」

那位御史大夫打斷：

「處理辦法？情節最重的你能怎麼處理？」

「最嚴重的可以呈請帝君撤除其職位，郡縣依法重新選舉。」

「重新選舉？你沒有搞錯？既已證明選民無能，為何不能由朝廷直接改派，幹麼還要讓無知刁民再選一個不稱職的地方土豪來玷汙官箴？」

丞相金博見官員們言辭上顯然對司馬永漢全無敬意，這時介入朗聲道：

「變法的要意便是朝廷要多聽民意，施政要多瞭解民情，是以縱然庶民選出不佳之人選，朝廷有責有權將之撤換，但不因此剝奪庶民參政之大旨……」

這時有一個武將貿然打斷丞相的話：

「丞相，你這不是尊重變法的旨意，而是……而是那個什麼……不知悔改，對，明知故犯！」

發言者正是北軍大將、校尉阿速勒。丞相並不發怒，他心中忖道：

「有人挑戰提出問題是好事，正好給我機會反覆說明，變法之要旨，如果滿朝官員都不能接受，何以讓庶民接受？」

他正待耐著性子進一步說明，南軍校尉羅哈已搶進來發言：

「再說，對郡縣有考察權的稽察司又是直屬丞相府，變法後丞相的權力也太大了吧？」

司馬永漢見他直接針對丞相，便想要代為解釋，卻被丞相揮手止住。

金博正要親自解釋，不料尚未開口，又聽到阿速勒的大嗓門：

「我看來看去，這份變法憲草如果真實行起來，唯一的結果便是丞相擴權，不但太尉的權大幅縮減，帝君的皇權也被相權侵奪，什麼庶民參政全是幌子，皇上，您被丞相欺了，丞相，您被司馬永漢這小子欺了，現在懸崖勒馬，將司馬小子捉拿治罪還來得及，定要他吐出皇上賞賜的寶石、華宅、還有……」

他仍想說下去，身側的羅哈替他說了：

「還有美女！」

群臣中有人忍不住笑出聲來，阿速勒並不覺得有何不妥，反而大聲道：

「不錯！還有三個美女……」

太尉尤古揮手止住不識大體的阿速勒繼續發難，他跨前一步，對著札赫朗聲道：

「丞相府今日提出的修正草案確實有很大的進步，變法後朝廷及郡縣的組成及功能都有合理的設計，實施的步驟也很清楚，當然，有些執行上的細節尚付之闕如，譬如說庶民表達民意的管道及方式就有待用心設計……但總而言之，臣以為已經十分接近皇上心目中的變法大要，既如是，臣請皇上下旨開始推動……」

札赫原以為羅哈及阿速勒的發言恐是太尉授意，這時聽到太尉這番話，心中不禁感到安慰，他忖道：

「尤古畢竟是識大體的忠臣，且不論兩個武將的發言背後是不是他教唆，未來總還需要他去搞定手下飛揚跋扈的悍將。」

他目光掃過那兩個悍將，他們臉上表情說明了對太尉的發言的不滿。太尉續奏道：

「臣聞地球智者老子有云：『治大國若烹小鮮』，吾皇變法乃是一步跨越兩千『地球年』之壯舉，吾人期許不但追上地球，還要超越地球，這是何等大事，『謀』固不宜遲，『動』則務須緩，是以臣建議在組成四十一人之臨時委員會之前，先由陛下指定十位謀國俊彥組成臨時立法院籌備小組，未雨綢繆，將吾國有史以來首次辦理選舉之事務，好好議定每一環節，務使之一舉成功，建立範例。則丞相不辭辛勞出此先進而周延之設計，庶幾可望大功告成；近以彰陛下之聖明，遠以立我塞美奇晶國百年興隆之基石。以上臣之微見，懇請聖上裁決。」

尤古這番話一出，滿朝群臣為之一震，有的敬佩、有的錯愕，也有少數嗅到權力爭鬥將起的氣息。

札赫欣然道：

「太尉建言甚好，待朕選定臨時小組之名單便交由丞相處理後續事務。」

「退朝」聲起，群臣一面走出大殿一面交頭接耳，幾個武將走到一起，面色不豫。文臣中響起憂喜參半的聲音：

「真要變法了！」

武將群則傳出一致憤怒的聲音：

「媽的，皇帝真要變法了，方才太尉奏的什麼鬼，聽不懂。」

御書房裡札赫賜座，尤古恭謹地坐在帝君對面，札赫辭退所有侍衛及宮女，偌大的御書房裡就兩人對坐，札赫啜了一口茶道：

「太尉，現在你可以暢所欲言告訴朕，你對丞相的變法草案真實的看法。」

尤古正色答道：

「丞相殫精竭智完成變法草案，臣欽佩之餘，願以全力配合完成大業，皇上須相信臣在殿上所言，字字皆出肺腑。」

札赫點了點頭道：

「朕固信任太尉，唯朝中武將仍有異議，當此變法之際，尤須四方太平，北敵皮幽人聞我推動變法，必將蠢動，此時我朝武將們尤須團結一致對外，彼等對丞相似有不信任之意，如何撫平內部疑慮，太尉計將安出？」

尤古考慮了片刻，終於慨然道：

「陛下放心。臣對武將的想法較為熟稔，臣當儘快找他們懇談，以解彼等心結。」

札赫鬆了一口氣，望著尤古溫言道：

「尤古，想當年先帝將朕緊急從民間調回宮裡，彼時宮裡人事皆在蘇巴巴之手中。朕心知回宮無異赴死，然父皇之命難違，只好硬著頭皮帶著十個壯士匆匆回京。京師未至，途中便遇刺客，乃是前太尉莫大提谷派出的高手，朕的十個壯士戰死七個，危急中有一百黑衫人殺到救駕，朕總算得以安全抵京，否則朕連父王面都沒見著就到地下見閻羅王了，那一百黑衫武士個個武藝高強，但是一到京畿，執金吾率軍來迎，他們卻一聲不響便各自散去，朕連道謝的機會都沒有……也不知究竟是些什麼人？」

尤古見札赫談起陳年往事，心中也有感，他接口道：

「皇上洪福齊天自能化險為夷，那一百黑衫武士援救皇上時黑衫蒙面，想必有不能暴露身分之顧忌吧，皇上對他們心存感激就好，實不必追究他們的來歷……」

札赫微微點了點頭道：

「話是不錯，可等我到了宮中，父皇自知不久於世，便每日單獨召見，國政大事一件件交代於我，有一次他忽然提到宮中的尤古衛尉，便特別說此人年紀雖輕卻極為深思遠慮，他除了帶領一萬禁軍負責宮城門禁之外，並在民間召募勇士，組訓了一百金甲武士，個個以一當十，成為最受寵信的衛戍部隊，我才恍然大悟，嘿嘿，一百金甲，一百黑衫，那麼巧麼？」

尤古淡淡地道：

「當時儲君勢力大，眼線遍布宮城內外，一百人出城救駕能大剌剌披金甲辦事麼？」

札赫哈哈笑道：

「尤古，今日你承認了吧？這麼多年朕問你，你都不肯鬆口，真義士也。當然朕也知道，那時蘇巴巴當權，你是不會承認的，不過後來你終於在關鍵時刻站出來，讓蘇巴巴逼宮之謀功敗垂成，你昔日擁立有功，今日忠誠不二，朕是深知的……唉，歲月不饒人，而今我君臣都生白髮了……」

尤古見札赫不停地跟他翻陳年舊事，心知這是帝君真正要講的事之前布置的氛圍。便耐心地應付著道：

「陛下過獎，臣昔日之作為只是為我塞國保住明君，就算有些微功，也蒙聖上不次拔擢，將臣從衛尉直接命接太尉高位，臣得此史無前例之殊遇，唯有生死報之；陛下春秋鼎盛，推行此變法大政，臣敢不殫竭駑鈍，必使大業早成，以報聖恩也。」

札赫見尤古說得誠懇，便進入主題道：

「難得太尉對變法的草案以大局為重全力支持，朕想命太尉來召集臨時立法院籌備小組，朕同意該小組以十人為度，你回去好好想想這十人的名單，明日密呈到朕御書房來……」

札赫此言一出，尤古雖沉著卻也禁不住心跳如鼓，他在急著措辭的當下，仍然忍不住暗忖道：「那個廖淳仁實在了不起，竟然完全如他所料……」

於是他恭聲回道：

「皇上聖明，這臨時立法院籌備小組責任重大，臣必悉心規劃人選及運作方式，明日密呈皇上聖裁。」

札赫深深點了點頭，低聲道：

「太尉啊，朕讓你來辦此事，主要是因草案是丞相府那邊擬的，這攸關國家興亡之大事能否順利推動，臨時籌備小組至關重要，所以就得要比較客觀的太尉來召集，朕與你雖有過去深厚的淵源，卻與此事由你來召集無關，你務須秉持『客觀公正』四字行事，在此緊

法】

要關頭，朕要靠你了！」

帝君講到「朕要靠你了」這五個字時，尤古感覺到他的聲調既親切又嚴肅，身經各種大場面的太尉尤古竟然出了一身冷汗，自己也搞不清楚是喜是憂，甚或還有幾分畏意？

尤古起身行禮，正待告退，札赫似不經心地道：

「朕瞧太史公黃石九、光祿勳白羽這兩人一文一武向來立場中立公允，似可列入考慮，另外我國多位菁英在智人院中，朕瞧科學智人及生醫智人可各選一人參加，借重他們理性的智慧。對了，太尉考慮人選時，也要考慮到對民間真實情況的瞭解，不能儘找些只知朝廷大事不知民間疾苦的人來籌備變法大事。」

尤古吃了一驚，心念一轉，躬身問道：「是！敢問智人院中皇上可有中意之人選？」

札赫淡淡地笑道：

「太尉對智人院情形比朕更為瞭解，太尉看哪兩人適合就推薦上來吧。」

札赫的口氣態度都恢復成了金鑾大殿上的帝君。

尤古辭出，坐上飛行器，劇烈的心跳還不能平息，感覺到全身燥熱。

「札赫口口聲聲要我公正客觀地擬定這名單，最後卻又預定了其中四名，剩下六個名額則在測試我是否有私心；我必列上三名我的人，三名丞相的人，這一切全在廖淳仁的預測之中，這廖某不愧是地球上的『喬王』，厲害！幸好他是在我這一邊……」

飛行器升空，冷風吹來，身上一陣清涼，尤古的頭腦也為之一爽，他忖道：

「至於那兩位智人，我猜札赫中意阿里十三，我中意的奇奇哥大概他也不會反對……就他們兩人吧。」

這一晚，丞相府來了一位不速之客。

來人隱形衣帽，到了府內才收了隱形，只見他身態魁梧，著了一身黑袍。丞相盡撤童僕侍衛，由機器人阿巧引導來人進入丞相的機密會客室。

阿巧隱形迎客，見客現了原形，她也收了隱形裝備。今晚她梳了一個端莊的宮女髮型，配上淡綠的上衫，及墨綠色的長裙，一路淺笑迎著來客，斂衽為禮後輕聲細語道：

「大人請隨阿巧來，丞相已在會客室恭候。」

來人只覺阿巧舉止優雅，儼然是個訓練有素的宮廷淑女，不禁多看了她一眼，阿巧美目流轉低頭宛若有羞赧之態。

熟讀《詩經》的來客忍不住低吟道：

「螓首蛾眉，巧笑倩兮，美目盼兮，碩人之美不過如此。」出他意料的，阿巧竟然對他再次行禮，輕聲在他耳邊吟道：

「朱幩鑣鑣，翟茀以朝。大夫夙退，無使君勞。」

來人驚得停下身，一時之間不知所措。他見機器人阿巧的優雅美麗，忍不住用了《詩經．碩人》中的詩句讚賞其美，萬料不到阿巧竟立刻同樣用了《詩經．碩人》中的詩句回答，巧妙地截其意為：紅絲帶飄飄的翟車駛去上朝，大人們今日早退吧，莫讓君主太操勞了。

半晌後，來人才問出一句：「阿巧，妳真是機器人嗎？不要騙我！」

阿巧低頭道：

「阿巧是個熟讀《詩經》的機器人，對不起，驚到大人了。咱們快進去吧，莫讓丞相久等。」說完便妖嬈多姿地引導客人向前走去。

來客進入密室，阿巧恭敬行禮而退，來客除去帽遮，拱手道：

「丞相調教得好阿巧啊，機器人居然熟讀詩書且有機智，我平生未見也。」

丞相端坐案前，連忙起立還禮道：

「阿巧出自昔年科學智院一位人工智能天才之手，其人年僅二十出頭，是阿里十三手下得力助手，可惜因升任智人未能通過，一怒之下去了皮幽國作智人了。怎麼？阿巧適才又在太尉面前賣弄才學了？」

太尉尤古讚嘆道：

「阿巧才貌雙全，有此明姝相隨左右，丞相何需真人紅袖添香？哈哈，素知丞相獨身自得其樂，卻不知府中原來有此佳人作陪，夫復何求？」

丞相金博微笑搖頭道：

「侍者也，非太尉所想。太尉臨時緊急通知立刻來訪，必有要事，此室極度機密，太尉有要事相商儘管詳說，話入你我之耳卻不出此室。」

太尉坐下，阿巧奉茶畢退出，關上厚門。太尉啜了一口清香的春茶，低聲道：

「今日早朝後皇上命我到御書房說話，談的便是『臨時立法院籌備小組』的事，想丞相必已猜到。」

丞相點了點頭不置可否，太尉續道：

「皇上命小弟召集該小組，並指示小組成員以十人為宜……」

丞相睜眼望了太尉一眼，仍然沒有說話。太尉只好再透露多一些：

「十人名單，令我草擬妥當明日密呈。事急，乃臨時造訪尊府，望丞相勿怪，並助我一臂之力……」

金博到此時才回應道：

「皇上對太尉之忠心為國有充分信任，命太尉召集小組最是適當不過。至於名單一事，我未得皇上交代，實不便參與意見……」

太尉似乎早已料到丞相會如此回答，便開誠布公地補充道：

「十人之中皇上自薦了四人，小弟甚盼丞相也能推薦三人，助我完成名單明日交差。小弟到貴府來事前親自透過兩府量子通訊系統聯絡，無人知曉，丞相大可放心。」

太尉說到這個份上，丞相也不便再報之以矜持，便也以開放的態度道：

「蒙太尉不棄將此事原委坦承相告，老夫豈能不報之以德，關於十人名單，我謹遵太尉之命提三個人名，其餘七人是何方俊彥，老夫一概不問，全由太尉斟酌決定，如此可好？」

太尉一面聽一面暗讚丞相的老到，他忖道：

「我既已告知十人中四人乃欽定，剩下六名雖說由我決定，其實我除了和丞相這邊平分這六席之外，別無他法。既然如此，我還不如做得漂亮，索性請他提名三人，讓他承情。這番心思丞相顯已透悉其中奧妙。」便讚道：

「好一個睿智的丞相，當所為則為，不當所為則不為。事不宜遲，就請丞相提名。」

金博略微思考片刻，以手勢請太尉靠近，在太尉耳邊輕聲說出三個人名，太尉尤古面上露出一絲驚訝之色，但是沉得住氣的他沒有多問一句話，只輕輕點了一下頭。金博說完三個人名，便拱手朗聲道：

「多承太尉指定三席由老夫推薦，在此謝過。時辰不早，太尉請便吧。」

太尉躬身回禮道：

「謝丞相之推薦，小弟必遵命呈報聖裁。」

太尉離去，丞相在桌上按下一鈕，阿巧翩然而至，丞相對她道：

「太尉來此之事，務須保密。」

翌日早朝之中發生了一個插曲。

負責皇宮以及京城安全的執金吾牛索臨時提出了一道奏章。牛索作例行城安簡報完畢後忽然話鋒一轉，奏道：

「日前城東發生有人強購民宅作為開發賭場之地，原宅是一民間頗有口碑之魚鮮飯店，不願讓售，收購者亮出官家關係，打算強壓，在城東一帶引起百姓極大之不滿，打算集結聚眾為店主聲援，已為城防暫時壓下。此事本來不須驚動陛下聖聽，唯經臣調查內情，發現事關官箴及朝廷威望，故特呈報。」

札赫帝咦了一聲，指著牛索道：

「執金吾你負京城安全之責，京城百姓如有聚眾行動自然該呈報，但你說事關官箴之言，語焉不詳，朕問你究竟如何事關官箴？」

執金吾牛索恭聲回道：

「據臣初步調查，這案所謂官家後台乃是與京城戰棋社的後台同為一人，進一步瞭解方知主事人物與長史風晗有關係……」

此言一出，全朝大譁，帝君札赫語氣轉嚴厲：

「你說清楚，與風長史有何關係？」

牛索猶豫了一下，措辭道：

「據調查，此兩案背後之人是風長史下堂妻所生之女，坊間皆呼『大娘』，她在京城地下活動中有甚多的追隨者，在全城的好賭之徒中更是大名鼎鼎。」

札赫嚴厲的目光射向風晗。

「風長史，此事你知情麼？」

風晗出列，誠惶誠恐地奏道：

「啟稟皇上，臣前妻下堂已在二十多年前，此婦離去時已有孕身，但隱瞞不為臣知，其後她在民間生女等情事臣亦不知曉，直至近年戰棋社入夜後有賭博情事，臣從某些官員口中聽到所謂『大娘』之傳聞，仍是將信將疑，今聞執金吾之奏情，臣實不勝惶恐，還盼執金吾徹查明白，以解臣多年之疑。以上臣在大殿當皇上之面所陳，句句皆屬事實，唯聖上垂察。」

群臣都對風晗的回應稱讚，就連太尉都暗自點頭。丞相金博聽了暗忖：

「這事早不發生，晚不發生，卻在今日朝廷之上發生，難道其中沒有花樣？我可不信。」

札赫的目光掃向金博一眼，但看不出任何情緒。於是裁決道：

「此事看來不大，其實背後之隱情極是可憂，試想京城天子腳下，竟然有人敢將棋社變為賭場，前經太尉下令掃蕩後，今又死灰復燃，想要移往城東，又扯什麼『大娘』和風長史的牽連，牛執金吾，你職責所在，限你三天之內將本案幕後之隱情查清楚，將那『大娘』逮捕歸案，不得有誤！」

札赫作此裁示，並未對風長史有任何一句責怪之辭，風晗心存感激，皇帝對他的信任令他興起肝腦塗地的報答之情。

廷上眾臣子，聽不懂的人暗中對皇帝輕輕放過風晗不以為然，聽得懂的大臣私下又是一番想法：

「風晗和下堂婦是二十多年前的關係，他如要切割，可以很容易地說不知『大娘』是下堂婦與何人所生的，與他無有任何關係，但他捨此不為，反而自承下堂妻離開風家時已有身孕。就因這番話使皇上相信風晗是個不欺君的忠心臣子，因而只交代嚴查本案，卻無怪罪長史之辭，此『君賢臣不欺』之謂歟！」

太尉和丞相心中則各有所思，別是一番滋味在心頭。

早朝後，御書房內。帝君札赫和太尉尤古對飲香茗。

尤古將懷中的一紙名單恭恭敬敬展放在帝君面前，札赫看了，並未立時表示意見，反而陷入沉思。

太尉注意到札赫看名單第一時間的反應，他似微微皺了一下眉頭，但立時恢復嚴肅，顯出莫測高深的神情。他想開口作些補充，但還是決定讓札赫先表示他的疑慮或不滿之處，自己再作解釋；多年來他和札赫相處，已養成了這習慣，凡遇需要長考的事，耐性地等待札赫先表態，自己絕不自作聰明。

過了一會，札赫問道：「太尉對所擬名單有何說明麼？」

太尉這才道：

「昨日陛下提及須納入兩位智人，一科學、一生醫，臣思之再三，覺得阿里十三院長智勇雙全，曾為國家屢次赴險，是科學智人中不二人選。至於生醫智人方面，奇奇哥之研究工作為生命科學中最尖端之學問，臣見其本人卻無一般智人高高在上自我封閉的毛病，他喜與一般人交談，對國政大事也有見地，是以臣選了他……」

他明知札赫對名單中這兩人可能最無意見，卻刻意鉅細靡遺地談這兩人。這是先撿好的講，穩住陣腳再說，札赫一目瞭然，卻很有耐性地等尤古滔滔不絕地把兩個大家熟知的智人介紹完畢，只是微笑不答。

「不錯，太尉所慮甚是，這兩位智人選得甚好。其他幾位呢？」

尤古抬眼看到帝君問這話時，臉色已見嚴肅，心一橫，索性直陳道：

「昨日陛下欽示四席都納入了，其餘六席臣思之再三，總覺丞相應有所推薦，遂晚間單訪丞相請教，丞相客氣，只推薦了三名，剩下三名除臣本人外，另外推薦了兩名，這九人皆不知此事，陛下過目如有不當之人，臣立時刪除換以他人……」

札赫帝打斷他道：「你請教丞相無妨，他推薦了哪三位？」

尤古道：「丞相推薦了風晗、司馬永漢及烏沃。」

札赫哦了一聲道：「烏沃是你義子吧？原來是丞相推薦的。」

尤古道：「臣怎敢妄自推薦自己的義子？丞相說出烏沃之名時，臣亦嚇了一跳……」

「丞相有無解釋推薦之原因？」

法】

「丞相說出三個名字後並無一言解釋，立刻催臣回府了。」

「那麼尤古你既將烏沃之名呈上來，必有你的解釋吧？畢竟此一名單由你負全責。」

太尉被逼只好說道：

「一則是丞相所推薦，臣不好不將之納入，二則犬子烏沃為當年金狁部大隊長烏斯圖之獨孫，幼時曾為敵國所擄，皮幽人欲將之訓練為生醫智人，足見其資質不凡。再者，他小小年紀竟能將阿里十三救出皮幽國之監禁，足見其有智有勇；最後讓臣決定內舉不避親而將之納入名單，乃是陛下昨日最後一句提醒，須考慮人選中要有對民間疾苦有真實瞭解之人；烏沃在臣收為義子之前曾有一段時間浪跡各地，對各郡縣庶民生活情況有實際深入之瞭解，此一方面烏沃或許比名單上其他人更能符合皇上之要求。」

太尉對烏沃納入名單原本有些心理障礙，這時一豁出去，立刻侃侃而談忘了心中的尷尬，札赫聽了連連點頭道：

「說得好，推薦得更好。丞相能誠心推薦太尉的義子，我朝廷君臣一體，何愁變法不成？」

太尉聽了帝君的話，感到欣慰而感動，正要說兩句感恩的話，札赫的下一個問題已到。

「風長史的問題，太尉你怎麼看？」

尤古道：「丞相昨晚推薦風長史時，沒有料到今日大殿裡執金吾呈報的事……」

「執金吾是皇宮內官，太尉是內官之首，他在查城東強購民宅的事太尉難道全不知曉？」

「啟稟皇上，之前公主寢宮失竊時，臣已聞知戰棋社背後有人稱大娘撐腰，臣下命掃蕩，而大娘其人不知何去，四處追捕徒勞無功，有司漸漸也就……也就鬆懈下來，卻不料這回城東事件又捲土重來，臣回去後立刻嚴辦，這次務必逮捕大娘或任何在背後撐腰的官家人士到案。眼下須決定的是，風長史是否仍適合納入名單？……」

札赫一面聽一面注視太尉的神色，聽到此處，揮手打斷他說下去，正色道：

「風長史對此事表現得坦蕩，真君子也，這案你要速辦，風長史納入名單無礙！」

太尉先談智人人選，次談丞相金博的人選，再下面就要談他本人親自推薦的兩位人選了。果然札赫問：「太尉你推薦了虎賁郎藍迪和光祿勳白羽，說說你的想法。」

札赫對名單中誰推薦了誰心中有譜，唯一出乎意料的只有丞相推薦了烏沃。既問到自己，太尉也不客氣，應聲而言：

「期門虎賁郎聰明而識大體，雖然長年在禁城之內，其人對朝廷大政素來用心，可堪納入小組，至於光祿勳白羽，忠勇多智，深得皇上信任，臣以為這兩人代表武將入小組應屬妥當。」

帝君札赫聽了甚覺滿意，點了點頭：

「太尉這名單可以了，朕要此小組在最短時間內商定臨時立法院會須完成之議案及程序，此外，你們預擬一份四十一位立法委員最理想的名單，朕要看看未來選舉出來的結果和你們擬就的差異有多大，這乃是我國初試庶民參政最重要的測試……太尉你召集這個小組，我塞美奇晶未來之國運實繫於此，你任重道遠啊！」

尤古聽得汗濕內衫，原本一心一意要在這個重要的小組中壓倒丞相的人馬，卻不料丞相毫不在乎地推薦了義子烏沃，這一來己方人馬大佔上風，此刻風晗雖然保住了一席，但追查風大娘的結果出來後，札赫是否仍然支持風晗是個未知數，看來自己這邊無疑將能主導小組議程，更何況自己是召集人，而金博不在小組之中。

這時聽到帝君這樣說，頓時感覺到己方既然全面主導，顯然會被要求全面負責，那個對手丞相忽然不見了，竟讓他感到一種莫名的心慌。

「皇上說的是，只是臣始終認為小組中沒有兩朝元老的丞相，似乎……」

他尚未說完，札赫已經打斷了他，面色嚴肅地道：

「小組既由太尉集召，丞相自然不能參與其間了，這道理你也懂得的。」

尤古道：

「草案是丞相擬定，所以皇上要我來召集小組較為客觀，雖說如此，但丞相對草案瞭解最為深入，皇上是否……是否讓丞相做小組的總顧問？」

話講得直白了，札赫也直白地回應：

「丞相自然也不會閒著，但是與其作個顧問，他更能扮演把關的角色，你們小組搞出的施行細則還是要他把關，如果和他的草案初衷相違太遠了，他自會提出意見。」

太尉聽了心涼了一截，暗忖：

「這個皇帝的心思太深了，自從助他登基以來，侍候他這麼多年，今日才領教到他真正的厲害。」

法】

CHAPTER 06

含苞送子

塞美奇晶的變法運動正式起跑了，全國最具影響力的臨時立法院籌備小組，名單經帝君札赫核准公布了，朝廷文臣武將們下了朝，三五好友聚在一起，借踏青之名義議論朝政。最重要的議題當然是這張名單，大家你一言我一語，分析猜測誰是太尉的人馬，誰是丞相的人馬，名單中最具爭議性的名字就是烏沃。

「烏沃是什麼人？」

「我知烏沃是太尉的螟蛉子，他當然是太尉的人了。」

「烏沃沒有一官半職，他是什麼東西，居然位居小組之中，也不知御批是怎麼准的？」

「這麼說，太尉既敢內舉不避親，在皇上面前，他已明顯佔上風了？」

「那還用說，你不看整個變法草案是丞相府擬的，小組召集人怎麼說都該是丞相，現在可好，由太尉來召集，自然第一個就先把丞相排除在外……」

「唉，宮廷鬥爭真可怕，金博兩朝首輔，權傾天下，還是會敗在年輕的太尉之手。」

「別忘了太尉擁有全國軍隊調動之權，雷射槍桿出政權，自來便是這般。」

大夥沉默了一陣，各自盤算如何為自己政治前途打算盤，有的想法保守，有的想法進取，無論如何，準備切割丞相擁抱太尉成了無言的共識。

太尉府的會客室，貴賓廖淳仁端坐在太尉的對面。

太尉命侍者拿出府中珍藏的陳年老酵茶，用宮中祕方製成的岩羊乳酪搭配饗客，廖淳仁吃了一小塊，不禁比大拇指讚道：

「太尉這茶和乳酪大大的好，我從未吃過這種口味。」

太尉笑道：

「這是府內珍藏的極品好東西，廖院長喜歡，我著人送一些過去，命智人院那邊的機器人侍候你食用。」

他一面拿出一張帝君御准的名單，放在桌上。廖淳仁看了一眼便心喜，因為全是漢字。

召集人：太尉尤古。

小組成員：太史令黃石九、執金吾牛索、科學智人阿里十三、生醫智人奇奇哥、長史風晗、議曹正吏司馬永漢、光祿勳白羽、虎賁郎藍迪、庶民烏沃。

太尉將九人的背景說明了一遍，然後結論道：

「這張名單全按照廖院長之預料而定，廖院長之睿智令我欽服。唯一的意外則是丞相推薦了我的義子烏沃，如此一來，十人之中，四人屬皇上，四人屬我太尉，丞相人馬只有兩

法】

席，更加我任召集人而丞相本人不在其中，我方勝券在握，此成功之第一步皆廖院長所貢獻，我今日特別設宴感謝，以後運作中如有疑慮，還望廖院長不吝賜教。」

口氣中，廖淳仁已經從階下囚翻身一變，成了太尉的軍師。

廖淳仁天生是那種給一個梯子就想上天的個性，但是在實際運作面，多年的權謀操作養成了他沉著、忍耐、謀定而後動的作風，聽太尉如此說，雖覺欣慰得意，卻絲毫不露。只淡淡地道：

「恭喜太尉贏了第一步，下一步務須趁勝出擊，立即在實質議題上取得上風，否則形勢一膠著，成員們的心思馬上就有變化，政治人物聞風就變，您和丞相的人現在是四比二，等到變成三比三時，九個人都是皇帝的了，那時連你也是皇帝的，小組就是皇權十比零完勝。你們白忙一場，還是皇帝說了算。」

太尉仔細咀嚼這一番話，體會得深了，忍不住嘆道：「勝讀十年書啊！」

但是他們兩人都看不出，這十人小組中真正的多數是一個隱形的四人幫：烏沃、司馬永漢、阿里十三和奇奇哥。這個集團既非丞相的人，亦非太尉的人，甚至帝君也不能操縱他們。

太尉有一個隱憂，召開第一次小組會議在即，手下仍沒有找到烏沃。

但開會不能等，直到開會那日太尉進入會場，一眼看見烏沃，坐在阿里十三旁邊，尤古心中一塊大石頭才放了下來。他無暇問烏沃去了哪裡，瞪了他一眼，直接宣布開會。

太尉召開的第一次會議，主題是未來政府的架構。

討論的第一個焦點是太尉親點的：未來的丞相府權力過大，是否有侵犯帝權之虞？

大家輪流發言，大多數的發言都帶著顧忌，雖然丞相金博並不在場，每個人心裡有數：會議結束，討論的情形當晚就會有人密報丞相。是以幾個人的發言都是先表示變法草案中丞相府權力確有過大之虞，但是，話鋒一轉，就開始陳述丞相統領各部，為皇上分勞也是應該，何況丞相府這邊有了任何定案，仍須上呈帝君批准才算數云云。

最經典的一席話出自太史令黃石九：

「丞相之權力較之現況確有擴大，譬如說，現況朝議，雖然丞相位高權重，但在天子之前議事，各大臣、將軍皆能發言，即使與丞相意見不一，仍可在皇上面前據理力陳，皇上捨丞相而取其他大臣意見之情形，在有所見，而今後丞相府統領各部，重大議案，由丞相統合呈報於殿前，其他大臣便不方便再陳異議了。」

「不過，」他話鋒一轉：「話雖如此，無論丞相如何統領各部，綜合各部意見，整理呈報，終須天子御准才能拍板定案，如不考慮此程序就斷言相權侵犯帝權，則言之差矣，差之大矣！」

爾後又討論了丞相府下屬各單位之妥適性，以及首長是否應訂任期等等。經過冗長的討論，太尉作了三個綜合建議案，由小組通過送臨時大會討論。

建議將文武百官任期訂為三年，最多兩任。

建議將兩智人院隸屬丞相府之條文刪除，恢復兩院合一，直屬帝君。

建議立法委員中，參選資格不限於曾舉孝廉者，凡士農工商各界俊彥皆可成為候選人。

前二建議皆順利通過。

第三案是烏沃所提，他的理由是變法需要多元參與，四十一名立法委員中二十一名地方代表全由孝廉組成，不能彰顯全面民意，容易流為全是讀書人的意見，應改為士農工商皆有可能入選才符變法旨意。

此案引起激烈爭辯，贊成烏沃的意見的包括三個武將出身者，他們投贊成票也沒想太多，反正不希望全部委員都是讀書人。比較特別的是奇奇哥也贊成加入農工商代表，這樣就已五票了，召集人太尉選擇不投票，結果五比四通過了烏沃的提案，將之納入草案。

烏沃顯得很高興，司馬永漢開始有些耽憂，暗忖道：

「原來設計是變法初期，最好從地方選出有孝廉資格的人，才具、品德上比較保險……唉，這個烏沃想法和做事都太衝，就像一匹野馬……」

太尉結束了第一次小組會議，在回府的路上思考，如何在第二次會意中設法將太尉的地位拿出來討論。

找誰提案呢？

「牛索最適合，但他是札赫欽點的，恐有不便，藍迪口齒便給，但這事敏感，說多了過猶不及，就怕他一開口就收不住。嗯，或許由白羽提比較適合。」

他回到太尉府，才入內廳，穆姬迎出，輕聲道：

「公子回來了！」

太尉點了點頭道：

「要他立刻到書房來見我。」

穆姬察言觀色，覺得太尉心情不錯，二話不說快步去傳話了。

太尉坐定喝了半碗茶，穆姬已帶著烏沃到了書房，太尉以目光示意兩人坐下。

「烏沃，你好大膽子，這些日子去了哪裡？」烏沃起身對尤古行了一禮，坐下答道：

「回義父，烏沃去了朋友處，直到朋友告知烏沃被義父選入小組開會，這才直接到會場與義父見面……義父今日主持會議，對變法如此複雜之問題，舉重若輕，引導小組成員作正面思考，一步一步逐漸取得共識，實在了不起。之前總聽說義父是治國大才，烏沃今日總算親眼見著了……」

觀察入微的穆姬發現數日不見，烏沃說話流利起來，結巴大減，巴結大增，這一番話太尉聽得心花怒放，雖然面上仍然維持平淡，眼睛中射出的光芒卻遮掩不住欣喜。

於是穆姬插口道：

「烏公子你這幾天不見，說話流暢無礙，好似變了一個人欸，你躲得也真隱密，我們都找不到你。」

「我這一陣子和阿里十三在一起，阿里十三是我國祕密通訊科技頂尖高手，我跟他在一起，府裡的侍衛如何找得到我？倒是沒想到他把我結巴口吃的毛病也給治好了……」

尤古在會場上就發現一向畏縮結巴的義子變得侃侃而談，與過去判若兩人，當時便暗中懷疑這小子以前是不是在裝瘋賣傻，忽悠義父。這時聽他說起阿里十三治好他的口吃，不禁大為驚訝，忍不住打斷問道：

「阿里十三並非生醫智人，如何醫治你的口吃？」

烏沃回道：

「義父問得好，阿里十三對我說，我的口吃原非生理毛病，而是心理問題，他年輕時口吃得比我的情形更加嚴重，後來他努力建立自信，每天告訴自己，用事實證明給自己看：『我阿里十三其實不輸給任何人。』等到他被選為智人，一夜之間，口吃竟然完全好了。他要我學他的樣，恢復自己的信心，口吃問題便可迎刃而解。」

「你離家出去混了幾天，信心就恢復了？」

太尉的話中透出不相信，烏沃道：

「那天下午，阿里十三跑來對我說他被推薦選入了臨時立法院籌備小組，我知變法大事在朝野傳得沸沸揚揚，便連忙恭喜他，他卻對我說：『你也被選入了小組。』當時我震驚不敢相信，向阿里十三再三確認後，我終於瞭解義父提攜我的苦心，我滿心只有一個念頭：『原來義父還是看重我的……』從那時起，我烏沃胸中充滿了自信，說也奇怪，結巴的情況就大大改善了。」

太尉又驚又喜，又覺不太可置信，但此時還有更重要之事待談，便先壓下自己的懷疑，問烏沃道：

「烏沃，你提那『士農工商』皆可被選成立法委員之議，是什麼人教你提的？」

「義父，那全是我自己的意思，表決時票數是五比四，感謝義父放棄投票，就讓五比四沒有生變，烏沃的想法才得有機會送去臨時大會討論議決，謝謝義父了。」

尤古一面聽一面捉摸，等他講完，便用一種半開玩笑的口吻道：

「我若要投，豈不錦上添花，作召集人的，何必呢？」

烏沃喜道：「原來義父也是贊成我這提案的……」

尤古打斷他道：

「我注意到今天第一案討論時你也發言表贊成，那案是義父提的，原意是檢討憲法草案的設計中，丞相府的權力過大。可惜幾位發言者都鄉愿得緊，最後整理出的案子大大走樣並縮水，成了規範丞相及官員的任期制，雖然通過，原提議走了樣，還是覺得可惜。」

烏沃道：

「要減少丞相的大權，參與討論的多有顧忌，他們大多不能不考慮到會議中的發言傳到丞相耳中，相對而言，更重要是草案中壓抑太尉權力的部分，尚沒有人提出來討論。」

尤古暗忖這傻小子失蹤了幾天，像是一竅通各竅全通，難得他主動提及這一點，太尉打蛇隨棍上，點頭道：

「烏沃你說的不錯，但小組會議由義父親自主持，或許大家覺得提出來討論有些尷尬。我在想明日終於還是要提出的，問題是由誰提出來比較好？烏沃，你說，由光祿勳白羽來提好否？」

烏沃道：「光祿勳？那個話不多的白面書生？」

「他可不是一般書生，不但皇室內務歸他管，地方諸郡的孝廉都要先補上光祿轄下的五署，經培養考核後方得任官，他是皇帝的近臣，與太尉隸屬關係比較間接，由他提案比由武官們來提好得多。只是，誰去提醒他一下？」

烏沃面帶微笑道：

「這提醒之話義父自然不能親自為之，我瞧不如由我去好意提醒白羽一下，想來他須看太尉面子，明日會議中肯定會提出太尉職權的議題。」

尤古見烏沃通情達理，每句話都說到他心坎裡，禁不住笑道：

「烏沃所言正合吾意，只是這提醒白羽之辭要先想好，晚餐後說與義父聽，看是不是合適……」

「義父不必等到晚餐後，此刻我心中便有辭兒了，可以立即向義父報告，莫要等到晚飯後又記不清楚了。」

尤古聽了覺得才稱讚了幾句，這小子就驕傲起來，看樣子這個義子的老毛病仍存在，駑馬想變龍駒，非一夕之功也。

但他口頭仍極表興趣地道：「好、好，你就說說。」

烏沃正色道：

「我瞧白羽這人話雖不多，卻是個有城府的人，我過去雖不識他，但和這一類的人打過交道，知道一開口便要從他的立場出發，第一句話便須讓他覺得你說中他心中所思……所以我要從大家都是『內朝官』這一點切入，痛陳變法草案中將內朝官的權力大大削減，按照現制，太尉府為大將軍府，乃是我內官之首，結合宮廷皇帝近臣的影響力，足可與丞相府分庭抗禮，今後太尉權力大減，『內朝官』的影響力便出不了皇宮了，這情形等同讓相權侵犯了帝權，實非國家之福……」

太尉聽了頗覺不可思議，睜大眼瞅著這個一夕脫胎換骨的義子，輕嘆一口氣道：

「然後呢？你接著說！」

「白羽要是聽進去了，孩兒估計他的態度會有所轉變，等他願意透露一些心裡話時，我便提出請他明日提一個案，討論太尉的職權在變法草案中應有適當處置，大家就可以充分發言了。」

太尉點頭稱善，補充道：

「明日此案一出，我便不能多言，只能就議事程序盡召集人主持會議之責。討論中要靠你帶風向，記住，破題之主旨在於帝權為相權所侵，申論時要適時點出軍方武將之地位也都下降，這樣小組中皇上欽點的人和武將們便會群起護主……結論就簡單了，便由義父來作。」

烏沃微笑道：

「義父將作何等之結論，想來已盡在胸腹之中，明日會場上再聽您的讜言嘉論。義父累了一日，也該歇會兒，孩兒告退。」

烏沃起立離席，尤古忽然將他叫住。

「烏沃，如果白羽不願提案，你作何打算？」

「報告義父，白羽會願意的。萬一他不幹，烏沃自己幹。」

尤古和穆姬目送烏沃走出去的背影，一時都說不出話來，過了好一會，穆姬才幽幽地道：「主人，我們全看走了眼，原來他是個如此厲害的角色。」

「穆姬妳說，他之前結結巴巴的模樣和紈綺子弟的行為難道都是裝出來的？」穆姬不敢回答，只睜著一雙美目望向主人。

尤古點了點頭嘆一口氣：「很難令人置信啊。」

翌晨，小組會議再次啟動。光祿勳白羽第一次發言：

「昨日之首議是丞相之權是否太過而有侵及帝權之虞，結果討論半日，如此重大議題，

法】

竟然並未有具體之結論，白羽昨晚仔細檢討，吾等發言時，心裡似乎覺得丞相就在座旁聆聽，人人心存顧忌，發言之前一半多表示草案中丞相確有擴權之虞，後一半就另有一番說法，一句一句將前一半所言否定，最終完全歸零。試問如此發言結論安出？」

白羽語出驚人，全場為之一震，這個很少發言的光祿勳，竟然如此不遮掩地一語直搗核心，大家都不禁語塞，目光集中在白羽身上，看他下面要怎麼說。

白羽不慌不忙地續道：

「此案既已議過，召集人亦作了結論，敝人不再就此案多言，然今日敝人要提出另一個同樣重要之議題，便是變法草案中太尉之權力是否太過遭到貶抑，以致相對比較之下，更顯丞相府之權力過大？敬請諸先進討論。」

眾人一聽此議題，臉色無不變得嚴肅，只因太尉就是召集人，他可不是「似乎」在座，而是直挺挺坐在上位。有人暗中喃喃自語：

「這白羽要捅蜂窩，太尉和丞相未來權力之爭奪戰要白熱化了。」

召集人太尉問：

「光祿勳所提議案有無人附議？」

虎賁郎藍迪及執金吾牛索立刻附議，太尉道：

「議案成立。」

然後臉色轉為嚴肅，朗聲道：

「由於光祿勳所提之議案，牽涉到太尉之職權，本召集人自此時起至全案討論完畢止，對議案之內容不表任何意見，一任諸君放言無忌，召集人只負責維持議事程序順暢而已。」

藍迪原就多話，對這個議案有一肚子話要說，太尉才表態完畢他就接上：

「我等試將草案中太尉之職權與現況作一比較：照現況太尉是大將軍，不僅統率全國軍隊，更是朝廷中最高武職、帝君之軍事肱股，而且身兼尚書令，丞相上奏之摺子太尉有權先閱。太尉同時亦是『內朝官』之首，負責皇城皇宮之安全，換言之，從國境邊防到帝宮維安，皆由太尉負責，其職權何等崇高，足可與丞相平起平坐，同為國之干城。再看看諸位手上的草案……」

藍迪停了一停，讓眾人檢視手中文件，同時他手一揮，螢幕上草案切換到太尉職權的一頁。眾人都能清楚看到，在變法草案中，太尉只是一個最高帶官兵，與朝廷大政都不復相干，因為新政中出現了一個新「尚書」，叫做「軍政特別長」，所有國防之政務皆由軍政長辦理，而軍政長隸屬於丞相。

甚至組訓、養兵的經費均需由丞相府就全國預算整體考量後擬定。此外，太尉以尚書令名義預覽丞相奏章的特權也沒有了。藍迪將這些一條條朗聲唸出時，眾人目光瞥向太尉尤古，但見他閉著雙目聆聽，面上了無表情。

藍迪為他的發言作總結：

「這個變法草案將我國行之有年，天子之下文武共治的現狀完全打破，而權力明顯傾向丞相府，未來國家政事由丞相一手包攬，軍事則被丞相挾經費預算大權控制，不但太尉職權萎縮為一名帶兵官，皇帝好像也虛位了一大半……這如何可以？再搞下去乾脆教丞相實質治理，皇帝虛位垂拱……」

他愈說愈興起，發揮得淋漓盡致，太史公黃石九聽不下去了，大喝一聲：

法】

「呔！好個口無遮攔的虎賁郎，你仔細看看變法草案，凡國之大事丞相必呈皇上，聖上裁決後方下旨實行，你言之差矣，差之大矣！」

藍迪冷笑一聲道：

「國之大事，政軍須勢均，文武須匹敵，然後帝君方可以定於一尊，原以為太史令飽讀史書，是個明理之人，不料竟是個食古不化的書蠹之士……」

司馬永漢在丞相府開會時數度與黃石九同席，對他的博學甚是欽佩，這時插口道：

「大家就事論事，望藍虎賁郎勿作人身攻擊。」

藍迪還待強詞奪理，卻見太尉忽地睜開雙目，喝道：

「諸位！請就事論事，回到主題。」藍迪閉上嘴，執金吾牛索接著道：

「敝人從帝君之立場思考此一問題，愚以為帝君變法改革之心意雖然堅定，但肯定不希望天子之下各方權力失衡，引起政務混亂，這其中一個重要關鍵在於草案中丞相所領各部中設有一個『軍政特別長』，這個軍政首長和太尉之間的職權如何劃分？上下隸屬關係為何？凡軍事政務，是聽太尉的還是聽軍政長的？這個基本問題不釐清，勢必引起混亂，司馬正吏可以說明一下麼？」

遭到點名，司馬永漢責無旁貸，起立答道：

「此一問題在起草時頗經討論過，蓋國家軍武大事，千頭萬緒，細析之不外『軍政』與『軍令』兩大類，草案設計是將『軍政』納為軍政長之職權，至於調動指揮軍隊之權則歸於太尉，軍政長為丞相府六部二特別長之一，太尉則仍直屬帝君，二者並無隸屬關係。」

這番說明立時引起武將出身的藍迪和牛索的不滿，紛紛發言駁斥：

「將『軍政』、『軍令』分開分屬，分明就是將太尉目前的權力減半……」

「司馬正吏這番話證實了昨日議而未決的大事：丞相擴權……」

「昨日談丞相權責，大家多有不便直言的顧慮，今日咱們談太尉的權責，正好清楚地凸顯了昨日之議的鄉愿……」

提案人白羽見情勢有點失控了，急把目光投向召集人，卻見太尉雙目緊閉，一副不聞不問、不打算干預的樣子。

正心急間，卻聽烏沃說話了：

「諸位大人都是朝廷命官，只烏沃一人是個庶民，這朝廷官府中權力重新分配的問題，且聽聽一個庶民的建言……」

眾人從一片紛擾中安靜下來，太尉也微微睜開眼看這個屢次出人意表的義子要說什麼。烏沃見自己一句話便贏得全體的注意，不由精神大振，侃侃而談道：

「烏沃建議丞相府下屬六部就好，不要設什麼『軍政特別長』，還有那個什麼『外務特別長』也別設了，這些大事統統回歸帝君；烏沃這樣建議乃是有鑑於當前我塞國，內有變法待舉，外有強敵虎視眈眈，這軍事和外務的大事還是由帝君親自處理，是否需要設立『特別長』也由帝君去決定吧。」

太尉聽到這番話，雙目圓睜了，他看向長史風晗和司馬永漢。司馬永漢沒有發言，風晗卻說話了。

「烏沃一席話雖與吾等在丞相府討論時之結論相左，但此刻聽來覺得不無道理，畢竟當此內部變法、外有強敵之際，軍事和外務歸帝君一條鞭，亦有其必要，至於將來是否要設

法】

立特別長來掌管，待將來需要時再議不遲。」

太尉再看向大夥，並無其他意見，便欣然結論，照烏沃意見處理了。

司馬永漢暗忖道：

「昨日、今日兩議題其實就是一個議題：丞相府擴權和太尉府削權，原是同一事之兩面，太尉第一天談丞相權責時，不強作結論，看似忍讓，卻在今日討論太尉府權責之時一言不發就扳回全局，此人運作議事之手段實在高明，我不經一事不長一智，受教了。」

當然他沒有想到，太尉身後有一個縱橫議事場數十年、老謀深算無人可及的廖淳仁。

司馬永漢以為草案中「軍政長」及「外務長」之刪除，肯定會令丞相恚怒，尤其擔心最後發言「倒戈」的風晗，更不知他要如何向丞相解釋。

出乎意料的是當他趕到丞相府向丞相報告會議情況之時，赫然發現長史風晗正和丞相兩人坐在書房中說話，丞相神色如常，風晗言談自若。

司馬永漢驚嘆一聲，隨即靜下心來思考：

「這風晗翻雲覆雨，不知他如何哄了丞相，丞相竟然不怪罪於他……唉呀不好，莫非他把贓栽在我頭上？」

他連忙上前，正欲擇機據實說明，丞相已先發言：

「司馬永漢辛苦了，小組會議結束，所有結論都很好，只要帝君認可，便可提到未來成立之臨時大會中討論，一旦通過，咱們的變法立憲就跨出第一步了。」

司馬永漢滿心的狐疑，忍不住道：「有關太尉……」

丞相打斷他說下去，哈哈一笑道：「你且聽風長史說。」

風晗看了司馬一眼，微笑道：

「我們提『軍政』、『外務』兩特別長，原是刺激太尉，讓他的注意力集中在此一問題上，草案中其他攸關變法大計的議題便能順利過關；試想軍政和外務的大權若真落到丞相府，皇帝肯定要對丞相處處提防了。太尉雖聰明，卻看不出這兩個『特別長』是我們刻意放進草案讓他去費心修理的……」

司馬永漢忍不住再次忖道：

「又長知識了。原來我國人文社會雖然落後，政治人物搞真真假假這一套的本事倒也和地球人有得拚。看來權力鬥爭是動物天性，跟科學、人文社會什麼的沒有太多關係。」

御書房裡，太尉向札赫報告小組會議的結論。札赫仔細聽完，面帶微笑地道：

「太尉辛苦了，你們的結論既經小組討論而有共識，那自然應該送到未來四十人的臨時立法院會中去議決，朕瞧挺好的。」

太尉暗忖：「整件事是你執意推動，怎麼這時候竟有一些置身事外的味道，這皇帝愈來愈莫測高深了。」

他口頭略作提醒：

「皇上，臨時大會是四十一人，不是四十人。」

「對，四十一人，朕忘了還有一位臨時主席。對了，你們模擬推測的四十一人名單給朕瞧瞧。」

太尉將名單展放在書桌上，一面解釋道：

「二十位曾任官員及御史的委員不難猜測，至於二十一名郡縣孝廉委員就難預測，加以咱們建議修改草案中這一條，被選人資格將不限於孝廉，民間各行各業之俊彥人士均可納入，這就更難預測了……」

札赫點頭，沉吟道：

「嗯，你們預測的仍以各郡那些著有名聲的孝廉為主吧，好多名字朕都有印象呢……咦，這兩人？巴羊酒，石頭，這兩人是誰？」

「啊，這兩人是……烏沃推測的……」

「烏沃推測這兩人會當選？他們是何方高人？」

太尉道：

「當時臣也問了同樣的問題，烏沃說他們不是高人，是低人。既然庶民都可以投票，地方有名的『低人』才會當選，因為世上低人多。巴羊酒是京師最大的珠寶商，石頭是九疇郡一個地方土豪，兩人在地方上都負盛名，聲望佳、人脈廣，是以烏沃說，如果開放公平競爭，他就下注壓這兩人會勝出。」

「下注？」

「烏沃的意思是『看好』他們。」

「你識得他們麼？」

「臣不識，咱們小組中在朝做官的無一識得這兩人，倒是兩位智人先後發言支持烏沃的說法；臣想到陛下希望庶民能有適當方式參政，便姑且信了烏沃，將兩人納入名單了。好在這名單只是臆測之為，不是真正當選的名單。」

札赫的神色卻顯得淡然，他點頭道：

「不論烏沃『壓』得對不對，這事提醒我們一件事，這二十一位郡縣選出的立法委員，有可能大大的顛覆原先的想像……好啊……」

接著他又低聲說了一句：

「既云變法，總要顛覆一些事才能改革，對吧？」

札赫轉對太尉道：「太尉，你召集的小組大功告成，朕要設宴為大家慶功。」太尉連忙謝恩。

太尉退出後，札赫召見了丞相金博。

他對丞相說的第一句話便是：

「小組任務已完成，所有的建議全納入未來大會議程中吧，從此刻起，變法大業要交回到丞相府來推動。」

丞相起立行禮道：

「臣蒙皇上信任，領旨後，定將夙夜不懈，戮力按步推動，決以有生之年完成皇上百年大業。」

他這番話用字精準，重點乃是「領旨」兩字。提醒札赫如此大事，不能一味在御書房私下召見之中口頭交代；我金博願意接下這推動大業的艱鉅工作，但是你皇上總得正式在大殿中下個聖旨吧。

札赫瞅著眼前這位兩朝元老，鬚髮花白，雙目射出堅定的光芒。他聲音帶些感動地道：

「明日早朝朕將下旨召告天下，丞相啟動變法，朝野皆須依命行事。」

金博心頭猛跳，他再次行禮：「老臣領旨。」

卻不料札赫起身，先對金博一揖，這纔正色道：

「丞相春秋猶盛，老當益壯，何出有生餘年之言？明日起，籌組臨時立法院之工作，以及地方鄉、鎮、縣民選首長之工作要同時展開，金博丞相，變法大業拜託你了。」金博連忙跪下，他心中感動，剎那之間興起了願為知己者死的衝動，他老目略泛淚光，徐徐而退。

皮幽國京城之郊有一條大河潺潺環城而過，沿河五色繽紛的樹林，倒映在河水中煞是好看。由於水流平緩，鼎北城裡城外的皮幽人都愛在這一段河上河邊活動。

日已暮，遊人三三兩兩歸去，河濱漸漸恢復寂靜，等到天黑時，除了京城上空透出一抹昏黃的燈光，河岸上是一片漆黑。

這時一隊城外巡防的士兵走過，在前領隊及在後壓陣的是機器人，中間有十二個身高兩公尺以上的獾族士兵，奇的是這一隊人走在河濱岸上，竟然不發出一絲聲音，如此龐大身體的軍人，走路竟然「靜若處子」，遠看上去便覺他們像是一隊巨大的鬼魂，十分詭異。

隊伍頭尾的機器人腳步已設定在「靜音」模式，高大的獾族人則經嚴格訓練，此時全部進入「狩獵步」，是以不能發出腳步聲音。

機器人的「頭」不停地三百六十度旋轉，看似滑稽古怪，其實它們不停地以遠、近紅光線交替掃射四周，頭盔上的接收器和電腦，除了能利用偵測到生物的體溫成像，尚能偵測到因不同頻率之生物電磁波，引起生物體溫的些微上升，因此即使熱天氣溫接近生物體溫，或是隨環境溫度而變的所謂「冷血動物」，皆能被偵測到。

這一小隊巡防軍無聲無息地「飄」過河濱。

無人能看見河邊的蘆竹中閃出了一個人，只因那人一身黑色的隱形衣，隱形衣之外罩了一層透明的軟玻璃，其材料設計對可見光透明，卻能阻斷紅光線及遠紅外線，所以這人無論白天或黑夜，都是個真正的隱形人。

他輕手輕腳地爬上岸，迅速地跑到城牆腳。

以塞美奇晶星球的科技水準而言，城牆沒有任何防禦作用，但是無論塞國或皮幽國，官家仍然樂於修建城牆，原因非常簡單，城牆可以防控一般庶民進出。

那隱形人到了城牆下，從身上摸出一個短棒，輕輕插入軟土中，然後飛快地沿城牆北奔十里，躲在一棵大葉樹下，掏出一個發射器，輕輕一按，十里外城牆邊升起赤焰煙火，同時傳出爆裂巨響，城樓上驚叫聲起：

「飛霞樓！」

「是飛霞樓那邊出事了！」

大葉樹下的黑衣人喃喃自語：「嘿，還有第二輪呢。」

這時郡支巡邏隊正好進城，領隊的機器人收到指揮中心的命令，要巡邏隊立刻去飛霞樓察看，領隊發出命令，全隊轉向朝飛霞樓而去。

不料排在尾端的獾族軍士忽然報告：「報告，要便便。」

機器人領隊下指令：「快去那邊便，便完就跟上隊伍。」

法】

原來獾族人食量特大，而且雜食不挑，所以經常需要排便，平時嚴格訓練他們不得隨地大便，巡邏任務時更須強忍，這個軍士吃壞了肚子，忍無可忍，領隊的機器人就網開一面。那獾人如獲大赦，匆匆朝牆邊不當眼處奔去解放。

飛霞樓那邊又升起第二道更高的赤焰，爆出更響的爆炸巨聲。

入侵者輕哼一聲：「是時候了。」

只見他忽然冉冉升起，堪堪升到城垣高度便一翻身貼垣而爬入，城樓中的守軍注意力全在飛霞樓那邊，一片驚呼之中，這人已如一隻靈活的狸貓，沿著城垣邊的石階，快閃進入城內了。

他知道皮幽京城的上方天空滿布最高科技的電磁防護網，這個防護網，要防的就是他這種帶著高科技裝備的闖關者，但是沒能擋住用聲東擊西老招、又有連翻帶爬的好身手、加上最先進隱形配備的入侵者。

這人翻牆時只要升得略高，便會觸動空中的電磁網，然後就變成雷射槍的蜂窩。顯然這人不但深諳鼎北城的防衛系統、城牆建築，而且恐怕不是第一次如此潛入皮幽國的京城。

他沿著城樓階梯奔下，忽然一個巨大拳頭飛來，直擊向侵入者的頭頂，侵入者憑著日夜鍛鍊的靈活身手，以全速撲倒在石階上，然後順著石階一路滾了下去。

才一落地便改變方向鑽入左邊的巷道，但感覺中那人已緊追了上來。

入侵者暗忖道：「我全身雙重隱身，這人……他只能靠著聽覺及嗅覺，竟能緊追我不放……哎呀！這人肯定是赤目軍！」

果然，一個身軀巨大的赤目軍士大步追了下來，他一面追一面張大鼻孔左右狂嗅，竟然準確不差地追入巷道。

入侵者唯一能做的事是仗著身手靈活，不停地在小巷中變換道路，但他知道時不我與，只要那追逐他的赤目軍士想到聯絡控管他的機器人，他便是一個死人了。

赤目軍士剛剛才痛快大便過，一身輕鬆，速度似乎比平時更快。

入侵者一面狂奔一面用腦想。

想！快想！頭腦是你唯一能勝過追逐者的武器。

入侵者忽然轉進一條窄巷，這條窄巷一直向上，最後會達到一處較為荒涼的地段，如能奔到那裡，拚命躍過一個深溝就能躍上城垣，也許那時可以啟動飛行器向城外降落，然後設法脫離。

然而事與願違，他尚未跑到城牆，背後已有一道紅色雷射光掃過，雖未射中，但他知道那個巨物已經擠進窄巷，估計約在五十公尺外。

面前橫著一道八公尺多寬的深溝，他默唸：

「打開飛行器的滑翔模式，希望能助我一臂之力，低掠過深溝……」

他冒險犯難到皮幽國京城，是要見一個人，而這個人就約在這條深溝中見面。但此時無法下溝相見，只能一躍而過，希望……萬一……

這時，在深溝裡有一個神祕客已經趕到定點。

這人穿著皮幽國製造的防紅外線偵測的夜行衣，他約好在這溝中與遠來的尊客見面，才到定點就掏出機密通訊器聯絡來客，卻得不到回音，試了三次均告失敗，他感到不妙。

「恐怕出事了，我該如何處理？」

他想了一想，決定暫留原地繼續聯絡。

因為他要見這人的事太過重要，不容輕言放棄……這是一失不復的稀有機緣。

突然他接收到訊息了。

「我已到達，赤目人追我……」

語焉不詳，他正要回問，忽然頭頂上有人飛翔而過，他嚇了一跳，但立刻看到一張沒有身軀的臉俯身平飛過深溝，那是一張戴了赤色鬼臉面具的臉，正是他與來客之間約定好的面具，他立刻明白，他的客人被緊追之下沒有時間細說，只能將隱形裝備的帽子解除，刻意俯身滑翔過溝，希望溝裡有人能看見他戴的鬼臉面具……

他腦筋急轉，估計數秒鐘之後赤目追兵將至，此時他可能有一個機會……於是他掏出了一支可伸縮的雷射槍，悄悄將槍伸長到二．五公尺的全長度。

果然等了數秒鐘，一個龐然巨物大步跨過深溝。那巨物飛奔跨躍，竟然輕鬆越過七、八公尺寬，溝中人知道機會只有一次，絕不再來，他開啟高功率雷射，同時用盡全身之力將雷射槍如標槍一般擲出……

雷射先射中那龐然巨人的胯襠，「標槍」緊接著從巨人的肛門插入，正是玀族人的罩門。一聲悶嚎，剛飛越過深溝的玀族軍士昏死在溝旁，發出轟然一聲。

溝中人看不到巨人倒地的一幕，只知道他僥倖地暫時解除了來客的危機。

於是他掏出通訊器，正要呼叫，他的客人已經機警地轉回，輕身跳落在溝中。他連忙對來客顯示了一面黑色的方牌，牌上顯亮了一排密碼數字，證明了身分。

來客仔細看了一眼那數字，點了點頭，也不打招呼，只飛快地解開雙重隱形裝備，從懷中取出一個方盒，一面交給守在溝中的人，一面壓低聲音道：

「盒裡有原子陀螺儀，無論怎麼擺動，盒內層的寶物不會受絲毫影響……」

守在溝裡的那人也掏出一個灰色的盒子，交給了來客，低聲道：「一換一，盒裡的設備大致一樣，你放心帶著跑吧。」

來客只回了三個字：「我走了。」

交代簡潔如此，他轉身爬出深溝，消失在黑暗中。

片刻之後，城牆外半空中一架隱形飛行器騰空啟動，以不可思議的速度朝東南方低空飛去。

皮幽國的生醫智人院內有一間實驗室燈火通明，但外面看不見。

智人朱橙和她的技術助理安貝兩人一臉焦慮地在等一個人，朱橙已經是第三次問同樣的問題。

「安貝，預定時間過多久了？」

「十五分鐘，智人。」

「急死人了，也不知道是不是出了事？」

朱橙雖然學識超人，科學判斷上極為果斷，但生活上個性卻是溫柔隨和，遇到緊張的事就沉不住氣，要是其中夾有一些冒險的行動，心中更覺害怕，變得一點把握也沒有。

這時便開始有些手腳無措，安貝熟知朱橙的性子，這種時候反而要他來安定朱橙的情緒。

又過了一會兒，朱橙忍不住要問第四次，實驗門從外被打開了。
只見一個穿著一身夜行衣的大漢快步走進來，朱橙迫不及待地問道：
「來了，是他。」
「拿到了？」
來人點了點頭，然後解開夜行衣，從懷中拿出那個灰色的盒子，交到朱橙手上。
朱橙和安貝齊聲道：「謝謝，辛苦了！」
來人卻不答話，只對兩人比了一個大拇指，轉身離去。
他一走出門就登上隱形飛行器，沒有人能看見，他竟穿越了京城上空嚴密的電磁防護網，悄悄降落在皮幽國的皇宮裡。

朱橙小心翼翼地打開灰色盒子。
只見盒中另有一個懸在陀螺儀上的小盒，朱橙停下手來，對安貝道：
「安貝，你的手比我穩定，你來開盒子。」
安貝接手，內層小盒終於打開了，只見盒中藏著一隻畏縮在一角的精靈翠兒。
精靈翠兒一雙淡紅色的眼睛左右不停地掃描，似乎對兩個陌生人感到很大的戒心，安貝眼尖，輕聲叫道：「牠……牠要開花了！」
朱橙也看到這隻小翠兒的右耳後有一個花苞，這含苞待放的小花卻是菊黃色的，襯著翠綠的毛兒真有說不出的好看。
朱橙驚豔叫出聲來，她立刻掩嘴，然後溫柔地對含苞待放的小翠兒道：

「小翠兒妳好乖，我叫妳『含苞』好不好？因為這是我們第一次見面時妳的漂亮模樣兒！」

那隻小精靈翠兒似乎對朱橙溫柔的笑容感到好感，緊繃的心逐漸融解，朱橙忙道：

「含苞，含苞，妳快過來讓我們看一看妳神奇漂亮的花苞，明、後日妳黃花盛開，我們便看不到妳含苞待放的模樣了……」

安貝拿出精靈翠兒最喜歡吃的蘋果和百香竹放在盒邊，含苞果然卸下心防，加以對朱橙特有好感，忍不住要把小黃苞展現給朱橙看，便從角落緩緩走近，並刻意把右邊臉對著朱橙。

朱橙一面看著安貝利用鮮美的食物將含苞引入空籠，一面開心地道：

「咱們的翠翠花期尚未滿，今日察看她左耳後的紫花仍然開得挺好，想不到又從塞國那邊得到這隻含苞待放的稀客，我們可以在餵食中加一味催花劑，讓含苞早日盛開，兩隻精靈翠兒便能合住一籠互相交配授粉了，這是可遇不可求的機會……」

安貝插口道：

「如能產下新生的小翠兒，那真是我皮幽國國運昌隆之徵……這事除了報告皇上，任何人不得知曉……」

朱橙道：

「有人要送『含苞』來的消息是皇上親自告知的，我們誰敢洩漏？安貝，不要想太多，我們的責任是要嚴格掌控兩隻翠兒的花期，儘可能讓牠們倆有較多的共同花期，增加授粉成功的機率。必要可以試一些咱們新發展出的植物賀爾蒙。」

法】

「遵智人指示，賀爾蒙的用量還要請智人指教。」

「你將這些時日的所有生理測試的詳細紀錄拿到我辦公室，我要根據數據來處方。」

塞美奇晶國的太尉尤古脫下軍裝，換上一身舒適的軟服，他在鏡前顧盼自己的身影，身後侍候他換衣的穆姬輕聲道：

「主人穿便衣顯得英武之中帶著瀟灑，這一身長袍襯得您的身材更加高大出眾，今日皇上夜宴成員，太尉更顯領袖群倫之氣質。」

或許出自衷心的愛慕，穆姬的馬屁總是拍得恰到好處，太尉對鏡也自覺滿意，反身對穆姬笑道：

「穆姬，雖說自家人不作興吹捧，我倒是覺得妳今日這身打扮確實優雅而入時，可惜皇上邀宴限於小組成員，不然妳隨我去宮裡赴宴，一定美壓眾芳。走咧。」

太尉大步走出，穆姬連忙跟上，對太尉的一番話，心中砰然，想到今晚太尉赴宴歸來，自己要悉心侍寢，一時之間生了好些遐思。

札赫後宮夜宴「臨時立法院籌備小組」成員，是對小組工作順利結束的慶功及酬謝之意。十位成員到了後宮宴會廳，方知稍後帝君札赫將親率家人一同出席；皇親包括了太后、皇后及琮璧公主。

得知此消息，眾人覺得既興奮又驚訝。札赫請皇家女眷出席，十位客人卻不帶眷，朝廷老臣風晗暗中嘀咕，這是從未見過的陣仗。

大家按序入座，司馬永漢和烏沃最年輕資淺，並坐在後排末席。

司馬永漢離家前三個美女對他的穿著品頭論足，意見甚多，最後還是由最會穿著的齊妍拍板定樣。只見他穿了一件湖綠底色的緞子長袍，加上一件天青色的披帶，簡單雅致，卻散發出秋水長天的韻味。配著他小捲長髮，每走一步，髮捲跳動如波，真是一表文雅的俊秀郎。

烏沃捨棄公子的打扮，只穿了一件收腰的白色布衫，配了一條黑色的絲帶鬆鬆繫在腰間，髮上紮了一個黑色的束髮髻，看上去乾淨俐落，倒有些出自民間耕讀之家的味道。

眾人坐定，鄰座低聲交談，直到黃門令伍勃進來宣道：

「皇上駕到！」眾人才肅靜起立。

札赫著一件輕便的黃袍大步走入後，伍勃又宣道：

「皇后、太后、公主駕到！」

只聽到一陣絲竹之聲輕輕響起，皇后、太后在宮女們扶持之下走入大廳。宮女們個個佩掛金玉鑽石、隨著嬝嬝細步，發出清脆的叮咚細響。

最後走入的琮璧公主，她的容貌及打扮更是豔驚全場；只見她一張俏臉，端莊之中淺淺含羞，一身淺紅的長裙，絳色的披肩和腰帶，披肩當胸的扣子上掛了一顆方形的紅鑽，高髻上插一把碧綠翡翠髮簪，鳳首簪尖上用銀鍊掛了一顆圓形的藍鑽。兩顆稀世名鑽隨著公主的腳步動作散發出既豔麗又高雅的光芒。

客中雖然全是男仕，也知道這一方一圓彩鑽的來頭，每個人心中都在暗呼：

「啊！琮璧雙寶，終於見到了！」

只有烏沃長吸一口氣，暗中叫道：

法】

「啊，琮璧公主，終於又見到妳了。」

宴會進行得特別愉快，帝君和皇后對眾臣十分親切，太后從頭到尾笑容滿面，十位賓客輪流向她敬酒，她老人家來者不拒，都是一飲而盡，酒量遠勝過淺啜而止的皇后。眾臣也是頭一次親眼見識到太后的海量。

札赫顯得十分高興，他和大夥一個個大杯對乾，喝了十大杯美酒後顯出一些醉意，環目四顧，只見那宮殿宴會廳的裝設、四壁的壁畫、東西兩側的絲竹樂班、所奏的皇家雅樂，在在顯示出十足的大漢遺風。他忽然興起，引吭高歌：

「大風起兮雲飛揚，變法改革兮國圖強，安得猛士兮守四方，破舊制新兮仗兒郎！」歌畢仰天大笑。

身旁的黃門令伍勃跪進：

「皇上飲多了，歇會兒吧。」

札赫揮手道：

「我雖欲醉，眾位賢卿意猶未盡，豈能歇會兒？拿酒來！」

伍勃眼光瞟向皇后，皇后原不善飲，見札赫酒意已濃，在他耳邊細語：

「皇上您以一對十，不能再飲了。」

札赫仗著醉意，哈哈笑道：

「皇后不准朕再飲，行！拿酒來，朕要我善飲的公主代杯，再敬諸賢每人一杯！」

琮璧公主聽了俏臉一紅，雖覺被父王這般說法弄得有些尷尬，心中又有些高興，因為她先前在母后千叮萬囑下，每一敬酒只是嘴唇碰碰酒略微致意便止，但幾經微啜，已經發覺今晚宴席用的竟是皇家窖藏的頂級美酒，便一直想放懷痛飲，但礙於母后在場，只能苦苦忍住。

這時聽父王要她代酒不禁暗喜，努力抑住喜色，故作矜持地接過酒杯，對身旁侍女低聲道：「小白，妳捧一罈酒跟我去敬酒。」

她起身行經皇后時，皇后深深看了她一眼，她低頭似在躲避母后的眼光。公主走到每一位來賓前，賓客立刻起立，對飲之下，無不讚嘆：

「公主好酒量，更勝鬚眉。」

她敬到末座的司馬永漢和烏沃時，臉頰已泛玫瑰色的薄暈，然而她進退雍容，談吐得宜，十足的皇家閨秀的風範，全無醉態。

公主微笑看了司馬永漢一眼，舉杯道：

「司馬公子去國億萬里，取回寶貴之治國資料，為父皇變法革新奠立基礎，功在社稷，令人欽佩，請飲此一杯。」

司馬永漢鞠身一禮，答道：

「永漢承蒙皇上看重，賜以不世出之任務，在阿里智人鼎力相助之下，僥倖完成任務，不負聖上所託，復受厚賜，何敢言功？」

二人對飲，司馬永漢分兩口喝乾了，公主卻是一飲而盡，身旁侍女立刻斟上滿滿一杯，公主走到烏沃身前。

烏沃深深看了公主和她身旁侍女小白一眼，那小白對他微笑眨眼，烏沃不待公主開口，先讚道：

「琮璧雙寶，這兩顆稀世之珍原來只配戴在琮璧公主的身上！」

他說完嘴角閃過一絲不易察覺的詭笑。

公主臉色微赧，隨即恢復莊重，嫣然道：

「烏公子好手段……」

她一語雙關，接著舉杯道：

「這兩顆彩鑽乃父皇所賜，幸賴公子才得完璧歸趙，尚未得機致謝，今日請盡飲此杯聊表……謝意！」

兩人對飲了，不知為何烏沃總覺得公主說到「聊表……謝意」時，從公主目光中他感受到的竟是些許的喜意。

公主敬完酒，落落大方地回座，兩側絲竹樂聲揚起，烏沃還在遐想之中，他總覺得琮璧公主對他有些特殊的好感，想著想著不禁有些發痴了。

札赫大笑而起，黃門令喊道：

「皇上起駕！」

宴會散後，皇后宮裡燈光未熄，皇后正在「審問」公主的貼身女侍小白。

「小白，公主和司馬公子飲酒時，他們說了什麼？」

「回皇后，公主讚揚司馬公子隻身赴地球往返，為我國取回變法革新之資料。司馬公子謙辭不敢居功。」

「後來呢？」

「回皇后，後來他們就飲酒了。」

皇后瞪了小白一眼：「我好像看見他們還說了些什麼？」

「回皇后，真的沒有說什麼了。」

皇后哼了一聲，沉吟了片刻，接著問：「公子和那烏沃公子又說了些什麼？」

「啊，是那烏公子先讚美琮璧兩寶石只有公主才配戴掛。公主說感謝烏公子使寶石完璧歸……歸什麼……」

「沒再說什麼？」

「沒有，接著他們就飲酒了。」

皇后瞪了她一眼。

皇后回到寢宮，一進門就看到札赫的披肩掛在門口，她推開宮女扶持的手臂，快步入內。

札赫背著雙手在想事情，皇后輕輕走近，依在札赫身旁。札赫忽然開口：

「皇后啊，咱們的小公主快十八了吧？」

「誰說不是啊，女大當歸，臣妾是瞧中了那司馬永漢，人長得好看，勇敢智慧雙全，這回又為皇上立了大功，若能招他為駙馬，將來變法成功，司馬永漢必為國之重臣，我們的小公主若是嫁給他豈不終身幸福富貴？」

札赫笑道：「妳費偌大心力布了今夜這局，讓他們見面……這事雖好，還得要咱們小公主看得上眼才好。」

皇后道：「方才就召了身邊的小白來問，他們互相敬酒彬彬有禮，倒問不出什麼苗頭來。」

札赫微笑道：「女兒自幼被妳慣得上天入地，這個郎君不好找，得有點耐性……今日確是喝多了些，有些乏了。」

小白才走出皇后的寢宮，便看到太后宮的史管事迎面而來。史管事伸手攔住小白。

「小白，隨我到太后宮走一趟，太后有事要問妳。」

「夜已深了，太后該歇下了吧，明日我再去答話。」

「妳這小妮子愈來愈刁了，太后要妳去妳就去，說那麼多討罵嗎？」

「唉呦，史管事，怎麼火氣那麼大？今晚皇上賜宴的御酒美到不行，散席後小白偷藏了半罈，是咱們公主敬酒剩下的，明兒我給您老人家送過去，讓您解解饞，興許您的火氣退了，還能健脾保胃呢。」

「妳這小妮子胡說八道有完沒有？少廢話，快跟我去見太后。」

太后年近七十身子仍十分健朗，這時辰還未上床安憩，精神顯得旺盛。小白小心翼翼給太后行了大禮，只聽得太后問道：

「小白啊，今夜宴席最後公主代皇上去敬酒，我瞧她在司馬永漢公子及烏沃公子前停留了好一會兒，他們三個年輕人都說了些什麼呀？」

小白吃了一驚，心中充滿疑問：

「怎麼太后竟問同一件事？這件事那麼重要啊？不就是敬酒喝酒麼？」
小白照樣說了一遍，太后點了點頭，追問了一句：
「公主和烏沃公子還有沒說些別的？」
小白規規矩矩地答道：「回太后，沒有了，他們沒有說別的。」
小白匆匆回到公主的寢宮，她在皇后及太后那裡耽擱了不少時間，要趕快回去侍候公主就寢。一到寢宮，發現公主正坐在梳妝台前發呆，她叫了兩聲公主才回過頭來。她正要請公主換衣就寢，公主卻先開口，臉色有些異常。
「小白，妳去了後宮之後又去了太后那裡，對不對？」
小白小心地回答：
「公主料事如神，奴婢方才離開皇后那裡，就被太后那邊的史管事攔下，去了太后處。」
「妳都說了些什麼？」
「皇后和太后問的問題一個模樣，都是問我公主和司馬公子及烏沃公子敬酒時雙方說了些什麼，小白就實情稟報，回的話也一模一樣，不過……」
她停了一下，公主問道：「不過什麼？」
「不過，小白回答完畢後，皇后問奴婢公主有沒有和司馬公子說別的，太后卻問奴婢公主沒有和烏沃公子說別的，奴婢都回答沒有，但是覺得怪可笑的。」
公主嘴角也閃過一抹微笑，她想了一會，似乎在考慮要說什麼，小白便一言不發在旁耐心地等著。

琮璧公主雖在宮中長大，甚少接觸外界，但天生性子活潑外向，不為宮廷規矩所拘束，仗著父皇、皇后的寵愛，在後宮中戲耍時甚至有些膽大妄為。小白跟著她設定有侍候和照應之責，有時見她逾矩太甚，就免不了要勸阻，但總是被公主一篇篇的歪理駁倒。兩人雖然主僕有別，其實也有些姊妹之情。小白從累積經驗中學習，雖然愈來愈懂得如何侍候這個主人，但仍須隨時隨地提防出事，因為公主常常前一刻還循規蹈矩，下一刻便生出古怪主意，防不勝防。

過了好一會，公主才一把抓住小白，低聲道：

「小白，我要妳幫我做一件事，但妳要答應我，不可告訴任何人……便是皇后問妳，妳也不可告訴她。」

小白聽了，知道公主又有新花樣了。公主見她不答，立刻改用央求的口吻道：

「小白妳一定要答應我，我才能告訴妳是什麼事。好小白，拜託妳。」

每一次說到這份上小白便投降。她機智地反應：

「好，好，我答應，絕不告訴任何人，尤其不告訴皇后！」

聽到她最後一句話，公主笑逐顏開，誇道：「小白從小聰明。」

「可妳小時候天天罵我笨。」

「我那時不懂妳大智若愚。」

「好啦，公主究竟要我做什麼事？」

小白見公主不斷對自己好言鬼扯，對她到底想要做什麼動了警惕之心。

「小白，我要妳去打聽烏沃公子每日的行蹤，設法尋一個他必經之處等著他，我有一句話要轉告於他。」

小白看公主一臉的正經，便爽快地回道：

「好的，您要小白傳什麼話？」

公主卻不肯明說，只說：

「妳先去布置，找到了適當的地點和時間便說與我聽，我覺得妥適了，再告訴妳要傳什麼話。」

說的時候一臉嚴肅，似乎要轉告烏沃的是一件軍國大事。小白拿這個主人沒輒，只好道：「好，一切依您的，現在可以換衣就寢了吧？」

這一晚，公主夜未眠。

烏沃離開司馬永漢家時天色已暗。

在司馬宅中他們「四人幫」開了一個小會，阿里十三提出，他製作一枚能與官家網絡連結的設備，成本為三兩銀，如果每一鄉鎮提供十枚，全國三千多個鄉鎮便需三萬多枚通訊器，全部經費在十萬兩之譜。

司馬永漢將皇上賞賜他的十顆頂級鑽石變賣，已託了珠寶大亨螢光人巴羊酒去聯繫富豪買家。

烏沃暗忖：「這十顆鑽石固然珍貴，但是要一口氣找到買家脫手卻不容易，肯定會被重重殺價，如果數目不足，缺的錢我也該想想法子……」

法】

他的腦子轉得飛快。

「太尉府裡裡外外我摸了個透，看來義父他老人家就算有錢也沒藏在府裡……對了，我還是去賭他媽幾場大的，贏他萬兩銀子來補充經費，哈哈，此計大妙，待我去找石頭老大，這回請他安排些各地富佬來賭，每場起碼五千兩銀子的輸贏才值得……」

他低著頭走，想到這裡不禁高興起來一抬頭，只見一個瘦小個兒的小廝正攔在他的前面。他瞅著那小個兒，那小個兒衝著他笑，他向左移那人也往左，他向右移那人也往右。

「咦，奇怪了，你這廝一味攔著我幹麼？」

那人不答，只衝著他笑，他不禁有些發毛。

「怪了，我又不認識你，你幹麼對著我嘻皮笑臉？……唉呀，你是小白？」

那小個兒得意地笑道：「烏公子，你認出小白了。」

烏沃從上到下打量小白，發現她穿的男裝便是那日在戰棋社侍候公主賭博時穿著一模一樣，一種又見故人的親切感油然而生，說話也柔和了。

「小白，又見故人真好，妳還是老樣子……」

小白沒好氣地嗔道：

「前日宮裡宴會廳不才見過？」

烏沃呵了一聲道：

「那……那時妳著女裝……不算是『故人』。」

「好，算你有理……我這裡有一封信給你，你到無人處才准打開來看，看完便要燒燬，灰燼要拿到郊外去散在四處，絕不能留下……聽說那些智人連燒成灰的字條都能還原，你這小子可不能冒這種險……」

「妳有完沒完……」

「你不答腔，這封信便不能交給你。」

「罷，罷，全依妳的，妳信給我。」

小白上前，從懷中掏出一封信，湊近耳邊細語：

「是公主要我帶給你的。」

「小白，回覆妳主子，這封信我看完了就灰飛煙滅了，倒是我要是有回信，如何交給公主？」

「明日此時，就這裡你交給小白。」

回到家，關上房門拆了信，烏沃讀了一行就呆了。

烏沃小子，上回本公主不慎賭輸，輸得甚是難看，心思雪恨。命你安排賭局再戰，只要安全無虞，時間地點悉隨尊便。　復仇公主

「原來是下戰書來著！」

烏沃讀了兩遍，仍然讀不出一絲柔情，終於嘆一口氣：

「唉，看來這公主瞎搞亂搞的本事更勝烏沃，咱倆是真的棋逢對手了。」

他一面將書信燒燬，一面暗思：

「前次在戰棋社贏她琮璧二寶，險些被義父大義滅親，那時是不知她的身分，如今知她身分了，豈能再……再如此亂來？我要想個法子脫身……」

他將一堆灰燼密密包好，以便外出時隨便找個林子灑了它。次日傍晚，小白神祕兮兮地帶了烏沃的回信回到公主寢宮。

「主人，烏公子回信了……」

公主接著信封道：「小白，妳在外邊候著。」

小白撇了撇嘴，極低的聲音抱怨：

「兔死狗烹，莫忘了還用得著小白呢。」

公主不知是否聽到，她只瞪了一眼便不理小白，小白出去後，她抽出信來，烏沃的信上寫著：

公主在上，前回戰棋社承讓多多，烏沃有眼不識泰山，尚可推說不知者不罪，如今既知公主身分，絕不敢在京師再戰。明日一早烏沃將赴外郡征戰各大賭場，公主如果復仇心切，可於明日寅時兩刻，在司馬宅外相見，逾時不候。

公主看了兩遍，覺得此信有些語意不是十分明白。

「看來烏沃這小子要去外郡大賭特賭，問我敢不敢隨他出京，是這意思嗎？」

她想了一會，愈想芳心跳得愈厲害，她對著房門叫道：

「小白妳進來。」

「公主？」

「京城裡有個司馬宅在哪裡？」

「呵，大概是司馬永漢的御賜宅子，好像在章台街，詳細地點問得到。」

天邊魚肚白色微現，寅時兩刻，章台街司馬永漢的宅子側門打開，烏沃一身黑衣，壓著一頂黑帽，背上揹著一個大布袋，手推一個折疊式的碟狀飛行器走了出來。

他嘴角叼著一絲微笑，心中忖道：

「這下可把那個天不怕地不怕的公主給甩掉了吧？我的『復仇公主』，妳再狠，就不信妳敢離京城到外郡去鬼混，哈。」

背袋中塞的是隱形裝備和換洗衣褲，他攜帶輕便，將折疊飛行平台展開，正要踏上啟動，黑暗的街邊傳來一聲嬌叱：

「烏沃，你去哪我也要去。」

烏沃頭皮發麻，只見街邊早已站著兩個瘦小的黑衣人，琮璧公主和侍女小白。

烏沃心中大大驚駭，但也夾有一絲高興。這個「復仇公主」如此陰魂不散，竟膽敢離宮到外郡去賭博，但這一回出了事，她頂多被關回宮中管教，自己犯的罪可能要掉腦袋。

但轉念想想，又有些感動。

「她居然敢跟我去浪跡天涯，這女孩子實在很特別……特別可愛，膽大包天也就不說了，難得和我意氣相投。」

他忍不住仔細看了公主一眼，只見公主黑衣衫黑蓬帽，臉上蒙了一層黑紗，但是一雙眼睛顯得特別明亮，雖只一瞥也看得見那興奮的光芒。

「我……我是甩不掉妳了，公主小姐！」

「你想一個人去外郡賭博不帶上我，我絕不依！」

烏沃看向小白，小白也是一身黑，她的頭側了一側，十足無可奈何。烏沃道：

法】

「兩位上來吧，我這借來的飛行器，照設計只載兩人，看妳們兩人個兒都不大，便讓妳們一起上，大家擠一擠吧。」

公主喜孜孜地踏上飛行平台，小白似乎憂心忡忡，默默跟上。

飛行器靜靜地發動，防彈防雷射的罩鐘定位，阿里十三特製的隱形網同時啟動，籠罩了整個飛行器，它冉冉升起向著曙光漸明的東方飛去。

九疇郡郊外有一個不起眼的茶館舖，老闆姓郝好，名賀，是個嗜賭如命的茶園主人。他茶園產的好茶在皇宮的採購單中經常是名列前茅，是以郝好賀家的茶葉名滿全國，郝好老闆家幾代下來，累積的財富相當可觀。

茶館的最深處是一間獨立不受打擾的雅室，通常是郝好家自用的品茗室。這時郝好老闆正在親自招待幾位貴賓。他對面坐著身材魁梧的石頭，石頭右手邊坐著三個黑衣人，其中二人身材瘦小，似是少年人。

郝好老闆道：

「石頭兄，承你帶貴賓來我茶館，請快為我介紹……」說著轉向三個黑衣人拱手道：「小人姓郝好，單名一個賀字，用漢語唸得快了，便似是『好好喝』，正應了我這茶園產的上好的茶……」

石頭打斷道：

「郝好兄，今日我為你介紹的客人乃是真正的頂級貴客……這一位是我石某的好朋友烏沃公子……」

郝好老闆聞言肅然起敬，立即起身拱手道：

「原來是各地賭場的大名人烏沃公子到了，您在賭國裡的名字如雷貫耳，今日得見，真乃平生一大樂事也。」

烏沃連忙還禮道：

「郝好老闆忒謙了，小弟在各地賭場中多有聽到郝好老闆的好名聲，許多資深賭客一提起來，都說郝好老闆從來不求必勝，勝敗皆欣喜，是賭博圈中真正的君子，小弟極是欽佩的。」

石頭指著兩人中坐在前面的瘦子道：

「這一位更是真正的金貴客人了，我不便透露他的大名，但我可以告訴老兄，他在京城的身分更在烏沃公子之上……另一位是這位公子的隨從……」

郝好老闆衝著石頭笑道：

「嘿嘿，比太尉義子還要尊貴？難道……難道是金枝玉葉？」

黑衫少年端起桌前熱茶啜了一口，喃喃道：

「今年三月採的金絲尖茶，味道純正啊。」

郝好老闆吃了一驚，暗忖：

「這少年淺啜一口就嚐出我這三月春茶金絲尖，難道是皇宮裡來的？」

只因今年春季歉收，第一批金絲尖全讓皇宮買去了，郝好老闆才有此想法。他正想開口問，卻不料那黑衫少年搶先抱拳道：

「郝老闆既是好朋友，我就不瞞你，我從皇宮裡來，此來就是想認識些民間好朋友，雖不識你，卻久識你的好茶，今日見了金絲尖的主人，何幸如之。」
她壓著嗓子裝男聲，奇的是語中竟還透著些江湖氣。
郝好賀著實被嚇到了，他這一輩子也沒想到過開這茶館，竟然來了貨真價實的金枝玉葉作客，他不敢細問，張大了口說不出話來。
烏沃岔開道：
「石老大，我比較關心今晚的場子，你們安排的客人有多少實力呀？」
話題轉到賭場，郝好老闆立時逸興遄飛，他搶著道：
「我們約了烏雞鄉的首富沙克老爺，二泉鄉的綢緞大王川仆兄弟，金蘭鎮的賭場老大管長，加我自己，這幾人聚一場，沒有六、七千兩銀子的輸贏結不了局，加上石莊家和烏公子，還有這位貴客……今晚這一場年度大戰真讓我熱血沸騰……」
黑衫少年問道：
「敢問郝好老闆和石老大，今晚的場子在哪裡？」
郝好老闆指了指壁櫃，微笑道：
「這壁櫃後面有個門，門後面還有一間房，到時候我們兩間打通，一張賭桌，一張酒菜果子桌，寬敞得很……」
烏沃道：「好極！」他轉向石頭：
「晚上就請石老大給賭客們介紹，這兩人是京城來的，都是土財主的第二代，拿父母的錢財豪賭毫不手軟的，此次遠離京城，一則京城最近抓得緊，二來兩人打算遠征外郡，要在各郡縣裡來個通殺！」

郝好老闆拍手道：

「好，這番介紹措辭有力！一則可以隱瞞身分，二來對了咱們在地幾位豪客的胃口，我就知道二泉鄉的川仆兄弟早就想上京城賭幾把，殺殺京城賭客的威風。兩位京城來的二代土財主，帶了賭本跑到九疇郡來豈不正好遂了他們的心願？」

烏沃續道：

「兩位京城來的，貴客叫歐巴，隨從就叫高兒，妳們記住自己的名字，到時不要搞錯了。」

該談的都交代了，好茶也喝了，烏沃道：

「打擾郝好老闆了，今晚幾時開場？」

「酉時三刻，就在此屋開戰。」

「我等先回旅舍了，酉時三刻準時到場！」

回到客棧，烏沃回到自己客房中閉目養神，默默盤算晚上賭局的推演，想了很久，終於嘆了一口氣，喃喃自語：

「臨出京城前殺出這一位天不怕地不怕的金枝玉葉，我原來的計畫全被顛覆……今夜，我不能再憑運氣隨興賭，因為我必須贏，阿里十三那裡需要經費。」

公主和小白佔了客棧最寬敞、設備最好的一間客房。想到晚上之戰公主興奮不已，小白在仔細分析公主失蹤的可能後果。

「公主失蹤，宮裡要鬧翻天了……」

法】

公主卻是笑吟吟地全不以為意。小白正感無奈，公主忽然道：

「小白，我在耽憂……」

「公主，您也耽憂宮裡的反應……」

公主打斷道：

「不……我在耽憂我們帶來的賭本夠不夠？」

小白聽了腦子星光四冒，她停了一下回答主人：

「您決定得匆忙，小白一天之內盡力搜刮拼湊只得了兩千兩銀子，還有些珠寶首飾……公主，您答應，萬一這些銀子輸光了，您便收手觀戰，不要像前回……」

公主打斷她說下去……

「小白，不會的，我那兩件寶貝又沒帶在身上，妳擔心些什麼？」

小白從懷裡掏出一張紙，平放在桌上，悄聲道：

「我們還是利用這段時間，把烏公子畫的這些『符』好好記一記吧。」那紙上寫了十一個數字，每個數字旁畫了一個鬼臉，表情不一。

酉時三刻，賭客們全到齊了。

烏雞鄉的首富沙克是塞國最大的養雞戶，年紀大約四旬，長得白淨斯文，一點市儈氣都看不出來。

二泉鄉的大小川仆是一對孿生兄弟，兩人長得一個模樣，都高頭大馬，都是一張燒餅臉；做兄長的就叫大川仆，額頭有一顆紅痣，有別於小川仆。

金蘭鎮來的賭場老大長得有點獐頭鼠目，他和石頭熟識，兩人見過了面還伸手掌互擊了一下，同時小聲祝福：「好手氣。」

大家介紹完畢，便開始推選莊家，幾人互推了一陣，最後還是石頭老大眾望所歸。石頭拱手道：

「今日在場的全是大老闆，我石頭便佔個先，權坐第一輪的莊家，待會要是有人想作莊，石某隨時讓賢。」

眾人胡亂用了些酒菜，賭戰便開始。

七位賭客除了公主和小白，其他五人都是高手，幾乎每一手不只壓一個數字，莊家想在這些高手複雜精算的壓注後，再算出對自己有利的點數，殊為不易，就算擲對了，收益有限，擲錯了卻賠得不輕。

只有公主全憑感覺下注，每次五十兩，想到那個數字就壓上去，絲毫不看大局，小白更是緊跟公主壓注，要贏便加倍，要死死一塊兒。

幾位高手們開始懷疑這兩位京城來的賭客不簡單，看上去土裡土氣地亂壓一通，神情是一副毫不在乎的模樣，愈看愈像「扮豬吃老虎」，不約而同地暗加提防，每一注都暗中絞盡腦汁計較這兩人的下注的路數。

這其中手氣最壞的要算烏沃了。

他今夜槓龜連連，一輪賭下來，已經輸掉五張一百兩的銀票。戰果較佳的是養雞大亨沙克，其餘幾人平平。

莊家石頭大喝一聲：

法】

「第二輪了，有沒有哪位老爺要接手？」

贏錢的沙克很斯文地答道：

「石頭兄是一流的莊家，您續莊吧。」

輸了三百兩銀子的小川仆財大氣粗，板著一張大白臉道：

「要不我來作一回莊……」

但他立刻被額上一顆紅痣的大川仆阻止：

「喂，人家烏公子都沒說話，輪得到你嗎？」

他這話表面上是尊重烏公子，其實是在說「輸得最多的人沒講話，你急什麼」。

桌上注壓得逐漸大了，各家輸贏變化如流水，養雞大亨好景不常，開始轉贏為輸，新贏家換成了郝好賀，公主和小白依然有進有出，輸贏不大，眾高手認真分析這兩人的下注策略都不得要領，賭桌上氣氛漸熾，便沒人再理這兩人。

只有烏沃運氣依然不佳，半個時辰下來，他已輸掉一千兩。公主在來程路上已知他賭本的底細，全是朋友湊出來的，不禁為他擔心。

果然烏沃似乎沉不住氣了，他站起身來，莊家石頭抬眼笑道：

「怎麼？烏公子想要作莊？」

烏沃笑道：

「石老大，今天你這雙手跟我過不去，我且歇一歇，重新調調我的氣運。」

石頭道：

「公子儘管歇你的，桌上有酒菜，多喝兩杯興許賭運就回來了……哈，莊家通吃！」

烏沃這一站起身，公主和小白立即警惕了，她兩人座位面對面，公主在莊家的左邊，小白在右邊。

只見烏沃吃了一塊燒肉，飲了一杯白酒，然後手持酒壺緩步回到座位。他的座位與公主相鄰，正對著小白。

烏沃對石頭道：

「你們繼續，我一面觀戰，一面吸取桌上的好運氣。天靈靈地靈靈，浩然之氣入我門，通殺！」

眾客見他說得有趣，無不哈哈大笑，莊家骰子盒一開，桌上風雲又變，公主和小白輸了一注大的。

從此時起，小白便依對面烏沃的表情下注，公主便依小白壓的數壓更大的注，說也奇怪，從此兩人一帆風順，總是大贏小賠，半個時辰下來，公主成了第一大贏家，就小白也贏了千兩銀子。

石頭莊家也開始步入霉莊，之前靠著精算桌面上每一把大小壓注，以及他數十年練就的搖骰子技術，辛苦贏來的銀子，至此再也無從更上層樓；於是他發現問題出在桌面上，不知從什麼時候開始，大小注的分布變得詭異，無論他搖出什麼數字，莊家都賺不了。這是怎麼回事？

賭局結束時，公主大獲全勝，贏了七千多兩，烏沃到快結束才再下場，他輸了一千多，小白也輸了幾百兩。其他幾人各輸一、兩千不等，莊家石老大小贏一點，他瞅著烏沃道：

法】

「今日烏公子反常了，你竟然完全放棄了反敗為勝的機會！」

烏沃道：

「我的浩然之氣被你那雙霉手破掉，回不來了，再說，贏家歐巴也是京城來的好朋友，我們就不自相殘殺了。」

那金蘭鎮來的賭場老大管長輸了一千多，沒好氣的罵道：

「賭桌上那有什麼浩然之氣，我瞧是浩然之屁還差不多，烏公子你輸千把兩銀子就輸去了膽子？」

烏沃斜眼看了管長一眼，冷笑道：

「小弟一定親到金蘭鎮找管長，咱們對賭一場看誰膽怯？」

管長應聲道：「恭候大駕，不可食言啊！」

郝好賀也輸了不少，卻依然笑容可掬，他請眾客稍坐，命伙計沖了上好茗茶待客，一倒入碗，濃郁茶香滿室。

回到客棧，烏沃低聲叮囑小白：

「小白，趕快收拾行李，尤其大把銀票要收妥了。咱們立刻回京城。」

公主贏錢贏得頭昏腦脹，一顆心還留在賭場裡。聽到烏沃的話，不滿地道：

「幹麼要那麼急？我們明天走不成麼？」

「我的公主，妳離宮已經一整日，皇宮裡這時大概已經鬧翻了天，別的不說，我那義父肯定成了眾矢之的，您出來豪賭，還要在外郡客棧裡過夜？您就饒了大家吧……」

公主道：

「我走出皇宮就是『復仇公主』，我怎麼覺得雖然贏了錢，卻沒有復了仇的感覺呢？」

「怎麼沒復仇？剛才我不輸給妳一千多？」

公主冷笑道：

「第一，贏的錢都是為你贏的；第二，贏的錢都是靠你贏的，我有什麼復仇感？」

烏沃抓抓頭，分辯道：

「就算如您所言，您這番胡搞亂搞也差不多了，讓您徹夜不歸、外宿客棧……我可擔當不起。」

公主嗔道：

「要回京你自回去，小白把銀票給了烏公子，咱們熄燈要睡覺了。烏沃你請便。」

烏沃急道：

「我的隱形飛行器已在門外候著，此時動身，子時之前當可回到皇宮，再不動身便要拖到明日了……」

公主道：

「烏沃，本公主趁興而來，興盡自然賦歸，只此時我尚未盡興，你明日帶我們去金蘭鎮，我要和管長一決勝負。」

「欸，和管長有約的是我，不是公主！妳胡攪些什麼？」

公主怒道：

「小白，把我贏的銀票全給了他，我們只留一千兩賭本。」

烏沃不接銀票，氣鼓鼓地就往房間外面走，公主呆了一下，忙問道：

「你去哪裡？你……」

烏沃不理她，大步往外衝，走到房間門口才丟下一句：

「我去找金蘭鎮管長，再見。」

公主這下急了，她快步上前：

「喂，你等我……」

才追到門口，烏沃忽地停身迴轉，一把將公主抱起，低聲對小白道：

「快去付房錢，我在飛行器上等妳！」

公主萬沒想到烏沃竟敢動手抱她，正要大叫，小嘴已被烏沃伸掌捂住，只叫出一個「你」字，便悄然無聲了。

烏沃抱著她上了飛行器，只待小白一到，他啟動了隱形裝置，阿里十三精心製作的飛行器再再起飛，飛向繁星點點的夜空。

飛行器進入了雲層，滿天的繁星忽然不見，烏沃早已將飛行器設定在飛往京城的自動模式上，此刻他才將捂在公主嘴上的手掌鬆開，開口道：

「對不住公主，適才實在不得已……」

立刻便慘叫一聲，原來他的手掌已被狠狠咬了一口，他痛徹心扉，叫道：

「妳是玃族人啊，怎麼動口就咬人？」

公主怒道：

「我乃堂堂琮璧公主，你竟敢說我是玃族人？那豈不是說皇上或皇后也是半人半獸？

我回宮第一件事便要父皇追究這事，不信你義父保得了你。」

烏沃一面強忍手掌上被咬的傷痛，一面罵道：

「回到皇宮妳就會被關起來，除非皇上哪天把妳嫁掉，再也不准妳離開皇宮半步，小白也會被吊起來毒打，到那時妳們就會感激我；但我可不在乎。」

小白聽了一付滿不在乎的模樣，公主聽了卻氣得發抖，怒道：

「感激你什麼？你胡說八道……」

烏沃道：

「妳們要感激我強將妳們兩個搗蛋鬼押回京城，沒讓妳們和我一同在客棧過夜，要不然妳除非跟了我，就連嫁人都沒有人要了。」

公主臉上通紅，不知是氣的還是羞的，奇的是她聽了烏沃這無禮之極的話居然沒有爆炸，倒是小白大叫道：

「烏沃你胡說什麼？你能脫得了關係麼？是你約公主到九疇郡賭錢……一切都是你出的主意，我有你的信為證，小白如被毒打，你就會被砍頭！」

烏沃聞言，有如猛然被打了一棒，他忖道：

「糟糕，糟糕之極！那封信原是為了嚇退公主，擺脫她的糾纏，現在卻成了我主動邀約的鐵證……連約會見面的時間、地點都有，他媽的，這個小白看起來老實，卻不料和她主人一樣難纏……」

小白原是急了才豁出去放狠話，卻見烏沃臉上的神色陰晴不定，心知自己這一擊打中了要害，看公主時，卻見公主低著頭在想心事，嘴角還帶著似有似無的笑意。

「公主，您在想啥……」
琮璧公主猛然一驚：「小白妳說……」
「我說回到皇宮，您就把烏沃寫給您的那封信交出來，這一趟九疇郡之行全是烏沃公子安排的。」
「對，不錯，全是他邀約的……」
烏沃有口難言，飛快的轉心思，思考自己要如何脫禍，斜目偷看公主，卻發現公主面上並無慍色。
飛行器在雲層中無聲隱形地飛翔，飛行器上三個人也陷入了沉思，似乎各自想著自己的心事。也不知過了多久，飛行器自動下降，穿出低雲，就看見了京城的萬家燈火，左面一片特別燦爛的燈海，就是皇宮了。
阿里十三特製的隱形裝備確實了得，京城上空密布的偵測網原出自他的設計，這架飛行器的設計正好以子之矛對子之盾，竟然被它穿越，神不知鬼不覺地降落在宮外的廣場上。時近子夜，廣場上空無一人一物，只是一片寂靜。
烏沃打破了沉默：「到了。」
小白輕嘆一聲：「到了。」
過了一會，烏沃忽然無厘頭地冒出一句：
「九疇之遊樂乎？」
公主和小白都沒有回答，烏沃也不知再說什麼，過了一會，小白扶著公主下了飛行器，公主道：

「九疇之遊樂甚，公子與我各盡其興。小白，你將銀票給公子，我們回宮裡去吧。」

烏沃見公主臉上神情淡定，嘴角甚至還帶著一絲微笑，與半個時辰前的率性刁蠻判若兩人，他一時摸不準，一旦回到皇宮她又要唱哪一齣戲，不禁有些茫然不知所措。耳邊聽到公主的輕聲細語：

「烏公子和尊友們從事之事利國利民，我們贏來這些銀子多少能幫上一些忙，余願足矣。」

烏沃見她一副倦鳥知返的模樣，看上去已經完全恢復了金枝玉葉的談吐，想到這一日之遊的瘋狂，真不知哪一個公主才是真實的琮璧公主。他一手接過銀票，卻不知說什麼，看著公主和小白轉身走向皇宮，一句話衝口而出：「公主，通殺！」

公主聞言停了一下，卻沒有回頭，片刻後快步向前行。烏沃悄悄啟動飛行器，在電腦中輸入新的目的地。

此刻他心中充滿異樣的遐想，帶著些淡淡的惆悵；但這一切隨著飛行器的升起而消去，他雙目凝視前方，喃喃道：

「管長，金蘭鎮的賭場老大，烏沃來了。」

公主和小白走向皇宮，遠處夜巡的兩個禁衛軍士立刻發現她們。

「喂，你看！好像是公主和她的侍女！」

「唉呀，真的是公主！都什麼時候……就要交子時了！」

「快，快通報！」

琮璧公主失蹤了一日，皇宮高層鬧得雞飛狗跳，但除了通知太尉及丞相，一切對外都瞞著。

札赫帝君表面仍能維持鎮靜，內心實則極為憂心。

皇后急急忙忙來到御書房。

「皇上，她們兩人是不是被人擄走了？」皇后一見到札赫，說完第一句話就崩潰了。

札赫拍拍皇后的手安慰道：

「不至於，京城和皇宮的防護體系用的是我們智人院最先進的科技，歹徒不可能混進皇宮來作案……」

皇后哭啼稍歇，問道：

「皇上，我們的公主從小聰明乖巧，讀書明理，對國政大事每有獨到見解，這樣優秀的皇室血脈，朝廷有識之士都為皇上大業後繼有人而慶幸，她……她這一失蹤，我直覺馬上想到他……是他來報復你了……」

札赫臉上肌肉抽搐了一下，然後搖頭道：

「皇后不要胡思亂想，朕的判斷不會是他，妳稍安勿躁，也不要胡亂猜測，待晚間各方搜查的消息回來，朕自有主意。妳從一早耽憂到現在，去後宮休息一下吧。」

皇后不願告退，她望著札赫，掙扎著說出那個名字：

「蘇巴巴，是他來報復你了。」

札赫聽了這個名字，廢然跌坐在椅上，一幕幕的往事縈繞他的腦海，他喟然長嘆：

「皇后，還是不要先下結論吧……」

皇后悽然道：

「是他，我知道的，他認為你奪取了他的王位，你現在享有的一切都應該屬於他……這我可以理解，但是他為何不能理解你當年完全沒有要取代他的野心？要不是老皇帝發金牌令硬把你從鄉下調回京城，我們夫妻優遊於山林田野之間，快活地過一輩子有多好？事情演變到今日，確實不能把怨懟全算在你的頭上……」

「皇后，妳想太多了，快去歇息吧。」

「不……蘇巴巴不會放過我們，他要奪走我們所擁有的一切東西，包括我們的女兒……因為他自己無後！」

札赫又嘆了一口氣。

「皇后，記得我們的女兒出生時，蘇巴巴是多麼地疼愛她，琮璧牙牙學語第一次叫『爸爸』時，搖搖擺擺走過去向人討抱的不是我，而是『巴巴』，我不相信蘇巴巴會把對我的憤恨發作到琮璧身上……」

皇后輕搖頭：

「不，他這樣做才能對我們造成最大的傷害，皇上，你恐怕要想想萬一他把琮璧掌握手中，對你提出……提出……我不知道什麼樣可怕的要求，你該如何應付？」

札赫不答，心中雖不相信，但也開始覺得煩惱，忍不住叫道：

「來人，侍候皇后回後宮休息……把門掩上，未經許可不讓任何人來打擾朕的清靜。」

望著皇后離去，札赫喃喃自語：

「再過一個月琮璧就滿十八歲，行過成年禮之後，我打算一步步將她培養成為塞美奇晶國的王儲，這事連皇后我都沒跟她說……如果確如她所說的，難道蘇巴巴是先發制人？」

亥時到，太尉和丞相悄悄進入後宮，雙雙向皇帝和皇后報告。經一整日地毯式的密查，京城各方能想到的地方都清查了，可能有關係的人則旁敲側擊間接打探，兩方人馬回報，沒有任何公主和小白的消息。

札赫沉得住氣，冷靜地詢問太尉和丞相查詢的細節，皇后則已失魂落魄，坐在一旁愁眉苦臉，心中胡亂想著各種可能發生的可怕景況。

丞相和太尉將搜尋細節重複報告了一遍，確實做到鉅細靡遺，但仍然沒有任何頭緒。然後兩人就分別提出明日擴大搜尋的計畫：其一，明日的搜索行動擴及京師北面的鄰郡；其二，發動埋伏在皮幽國內，尤其在皮幽首都鼎北的情報小組，要發揮最大的活動力，蒐集、打探所有官方的和民間的訊息。

宮女第二次送上香茗及精緻點心，大家都有些食不甘味，丞相和太尉也不知說什麼安慰帝后，於是御書房裡就靜了下來。

不知過了多久，札赫揮手對丞相和太尉道：

「時近子夜，兩位愛卿辛苦了，今日到此為止吧……」

丞相和太尉正要告退，門外忽然傳來騷動聲。

「衛尉稍待，容我通報……」

是黃門令伍勃的聲音，但來人顯然沒有稍待，直接便衝了近來，進門便半跪報告：

「報告皇上，公主回來了！」

來人正是負責宮門司禁的衛尉木達。木達平日沉默寡言，遇事沉著不慌，這時半跪在地上急促地呼吸，掩不住激動。

「木達快起來說話，公主在哪裡被發現？」

「公主侍女小白一道回來了麼？公主現在在哪裡？」

木達站起身來，恭聲答道：

「回皇上皇后，公主和侍女小白兩人主動從皇宮廣場走到宮前，巡邏軍士發現後立時通報，臣已命親兵保護公主回到寢宮。」

丞相和太尉面面相覷，啞口無言，只見札赫面色嚴厲地道：

「今日之事到此為止，丞相和太尉回府，傳我令宮裡不准任何人談論此事，木達將那兩位軍士的姓名記下呈報，並嚴囑兩人守口如瓶，諸位退下吧。」

札赫和皇后駕臨公主寢宮，宮外層層戒備，不准任何人靠近。

公主坐在床邊，小白在一旁侍候，帝君和皇后一進入，公主連忙起立行禮：

「子夜驚動父皇母后，女兒罪不可贖。」

皇后關心女兒，迫不及待地搶先問：

「琮璧妳一整日去了哪裡？妳不知道為娘有多焦急……」

「女兒不孝，讓父皇母后耽憂了，女兒是微服去了民間，想要親身瞭解一下民情……」

札赫皺眉打斷，嚴厲的口吻滴水成冰：

「妳去民間瞭解民情？誰叫妳去的？妳出去為何不向任何人報備，竟敢自行偷偷離

法】

宮，妳，好大的膽子！」

他斥責時，皇后狠狠地瞪了小白一眼，小白嚇得立刻跪下，臉上出現一副極為無奈的可憐相。

公主不慌不忙地答道：

「女兒聞父皇終日為變法大業憂心，竊思變法之途如走向庶民參政，則不可不瞭解民間真實之情況，女兒願親自參佐，唯恐明言而遭禁止，是故與小白化裝潛行出宮，庶幾可隱藏皇家身分而得親自感受民情民意，一番苦心，乞求父皇母后鑒諒。」

「朕要探訪民情民意難道不能派他人為之？定要靠妳一個皇家閨女拋頭露面？妳胡鬧還要強辯。」

公主道：

「父皇手下之官員探訪民情，往往儘揀父皇愛聽的呈報，他們的報告未必能真實反應民情，反而會誤導父皇之決策，終須有人不畏父皇責怪，只忠心實意為父皇掌握民意，這個人……唉，父皇無大兒，琮璧無長兒，女兒責無旁貸……」

這番話觸動了札赫內心的一根弦，他暗忖道：

「原打算琮璧滿十八歲後便要她多關心國之大政，難得她竟自覺自發地先行動起來……」

待聽到「父皇無大兒，琮璧無長兒」時，札赫和皇后都感動了，皇后溫柔地伸出手來，輕輕地握住女兒的手。

「可憐的琮兒，父皇和娘都錯怪了妳……」

小白跪在地上，見到這一幕，連忙低下頭，以免被帝君和皇后瞧見她的臉色。

皮幽國的帝君蘇巴巴正坐在案前沉思中；貌似沉思，其實他腦海中一片空白，什麼也沒在想，只是緊張。他不願有人看見，因為連他自己都覺這緊張有些幼稚可笑。

他在等待一個極為重要的消息，這消息關係了一件大事，他大可以啟動直播裝置直擊現場，但這件事莫名其妙地牽動著他心深處的一根弦，一個遺憾。他不想看現場直播，寧願靜坐以待。在這一刻，他不由自主地想到姪女琮璧。怎麼會想到她？

十八年前，他陪著大哥札赫在產房外等待一件大事的來臨：他大嫂順利生下皇孫女；琮璧是亞奇皇室第三代頭一個嬰兒。十八年後證明她是唯一的一個。

那時他看到老哥札赫坐立不安的模樣，便連他也被感染到，居然陪坐在那裡滿心緊張難熬，腦中一片空白。直到哇哇兒啼，札赫雀躍向帝君亞奇老爸報喜，自己也在那一瞬間升格為人叔父。

自那一次後，蘇巴巴渴望有朝一日也有機會「享受」札赫相同的經歷：在待產室外緊張地等候變成人父的那一剎那。但是事與願違，他的生育能力被一場流行病毒剝奪了。

有趣的是他此刻的心情竟然就是他多年來一直所期待的，等待一個新生命順利的誕生……他幾次想要打開直播裝置，但他還是忍住了。

「皇上！皇上大喜！」

主管今夜京師戒嚴的右將軍皮幽貓一面大叫一面快步進來。

侍衛們沒有人膽敢阻攔，皮幽貓將軍直入御書房。房門大敞著，蘇巴巴老遠就看見皮

法】

幽貓一臉的激動，雙頰漲紅，雙目睜得又大又圓，襯著腮邊的鬍鬚，像極了一隻極端興奮的貓臉。

蘇巴巴忽然有所悟，暗忖：「難怪他會取這個名字。」

還沒開口相問，皮幽貓已經衝進，反手將大門關緊，然後連珠砲一般報告道：

「翠翠生了，翠翠生了一隻小精靈！」

蘇巴巴興奮地跳了起來，連聲問：

「母子平安？」

「是的，翠翠完全如朱橙智人所計算，耳後紫色的小蛋準時脫落，不久之後，紫蛋裂開，小翠兒破殼而出，體雖小卻活潑得很。」

蘇巴巴笑逐顏開，問道：

「二號翠兒的情形如何？也生了嗎？」

皮幽貓將軍面上透露遺憾之色。

「二號的黃色小蛋也成熟落地，可惜破裂後蛋中的小精靈已死去，技師安貝急救無效。」

蘇巴巴呆了一下，輕嘆了一口氣。

「如此稀世珍物，能得一隻新生命也屬國之喜事，終不可貪得一舉成雙……」

皮幽貓稱是，然後恭聲道：

「皇上請到智人院一觀，朱橙智人囑咐末將駕隱形飛行器來接皇上前往，她和柳黃總管在院裡恭候。」

蘇巴巴欣然點頭道：

「朕去智人院瞧瞧，皮幽將軍你在前帶路。」

智人院，柳黃在院外迎駕，一路引導走到朱橙的研究室，朱橙已在室外相迎。

「恭喜皇上，小翠翠平安誕生，國之大慶。」

蘇巴巴看出朱橙臉色憔悴，雙眼下顯出黑暈，也不知有多少時辰沒有睡眠，便謝道：

「感謝朱智人不辭辛勞，日夜守護，終於讓翠翠順利分娩，為我皮幽國立此大功……」

他轉向技術師安貝道：

「還有你，安貝，你的技術支援功不可沒……」

柳黃正在等待帝君轉向他感謝他的功勞，不料蘇巴巴已大步走入研究室。朱橙指著透明檻籠的遠角，一面遞給蘇巴巴一個小巧的望遠鏡，輕聲道：

「報告皇上，翠翠生產後變得十分敏感且具防衛心，牠現在正在悉心哺育幼兒……幼兒此刻只有大拇指大小，不足一錢重，綠毛尚未長出來，整個身體是粉紅色的，不用望遠鏡不容易看見。」

蘇巴巴已接過望遠鏡，仔細瞧了半天，終於輕聲叫道：

「看清楚了，怎麼會如此之小？哈，好可愛，牠正在練習吃東西……」

安貝微笑道：

「啟稟皇上，吃東西牠生下來便會的，現在牠在學習如何對付牠媽媽為牠嚼碎的堅果。」

「對，牠兩隻前腿捧著一小片食物，一直舔著……哈，那模樣十分有趣。」

朱橙和皮幽貓將軍對望了一眼，雄才大略的帝君忽然顯現出赤子之心，兩人都感到意外。

蘇巴巴本人曾為生醫智人，對翠翠在實驗室中成功產下新生精靈翠兒的意義有他自己的一套看法，他仔細觀察了一會，便將望遠鏡還給朱橙道：

「朱橙智人，朕到妳的辦公室坐坐，有幾個科學問題請教。」

朱橙連忙道：「皇上客氣，盼您對我們研究團隊的工作加以指示。」

蘇巴巴知她不是講客套話，聞言點了點頭對柳黃道：

「柳黃總管，就朱橙智人和朕兩個人討論，其餘的人在外面稍候。」

柳黃臉色不好看，口頭只得答道：「遵命，我等在室外恭候。」

朱橙心中也忐忑不安，有什麼事皇帝要避開柳黃等人與自己關門密談？在朱橙辦公室中坐定後，蘇巴巴先問道：

「翠翠產子，朱橙智人妳預期將從中獲得什麼樣的成果？」

朱橙知道面對的是一國之君，也是一位出色的生醫智人，因此回答他的問題必須十分謹慎小心，任何錯誤都會立刻被抓到。

「皇上是知道的，最近一段時間朱橙的研究室一直在核醣核酸的變異、特異基因表徵實現或隱藏的機制……等方面，累積了大量的數據，這些數據引導我建立了一些統計方程式，這些方程式各有假設，根據其假設模擬了生命體演化的途徑，譬如說，為什麼有的原始生命體演化成為植物，有的演化成為動物，還有特異的演化路徑走向半植物半動物……

如精靈翠兒，所以翠翠這回在我們全程監控之下順利開花、授粉……『卵生』，我們手上有了世紀難得的一手數據……」

蘇巴巴聽得認真，這時插口道：

「除了精靈翠兒，妳還有上次那個變種的綠色獯族人，從牠身上得到的藍色結晶。」

朱橙道：

「皇上好記性，不錯，我們的藍色結晶雖然當年被水天那少年吞下肚了，幸好他第一時間就將結晶作了3D分子全像的測定，我期盼那個分子與這次翠翠生殖過程中得到的數百種樣品之間有若干關聯性，就能用來測試我的演化模式……」

蘇巴巴聽到這裡已知大要，他伸手打斷朱橙說下去，但他並沒有接著發言。朱橙卻發現他臉上顯現出的神情既深沉又有些痛苦，令她不解。於是她耐心地等著。

蘇巴巴輕嘆了一口氣：

「唉，朱橙，妳還記不記得二十多年前，塞美奇晶發生了一場奇怪的瘟疫，全球遭殃，尤以塞國情況最嚴重。」

朱橙啊了一聲道：

「記得的，那時大家都被關在家中與外界完全隔絕，每天只聽到又有多少人被傳染，多少死亡的可怕消息，家中幾乎要斷糧，也不能出外買東西……外面也買不到東西，靠政府派機器人配給……」

蘇巴巴點頭道：

「你們在民間但知造成多少生活不便，朝廷卻知道塞美奇晶人類面臨了滅絕的危機，智

法】

人院無法找到瘟疫的源頭，對病毒的傳播方式也難以掌握，死亡人數逐日暴增，金博丞相的夫人及獨子皆不幸罹難，當時的智人院在太尉莫大提谷的領軍下完成了一份報告，向亞奇帝君陳述必須立即派宇宙探測隊，在宇宙中尋找適合星際移民的地方……首選對象就是地球。」

「星際移民？」

「對，鷹派的莫大提谷根據智人院對病毒的作戰計畫，認為戰勝病毒已經時不我與，遂強烈主張派人去地球，作為征服地球為塞美奇晶殖民地之先遣部隊，這支祕密部隊包括四人，二男二女，他們本人並不知道任務真正的目的，只知上級要求他們分別調查地球氣候、自然維生條件、武力、資源，以及人文社會等狀況……」

蘇巴巴停了一下，朱橙道：

「朱橙當時年輕，只知疫情嚴重，好多認識的人都死了，我不能出外玩耍，便找了些有關病毒的資料關在家中努力研讀，當時我便立下志願定要成為病毒專家，想到智人院去當學徒……終有一天成為智人。」

「妳的確完成了妳的夙願，朕可沒有那麼幸運……」

「皇上您……」

「那時我是先帝培養的儲君，為了替先帝分憂，便常出宮瞭解防疫情形，不幸病毒找上了我，病毒來勢洶洶，差一點要了我的命，還好就在祕密任務『塞美奇晶一號』去了地球後第三天，智人們根據一個年輕助理從深海得到的一個標本，及時從中萃取出那病毒的解劑，救活了整個星球的人類，那個助理成了智人院有史以來最年輕的生醫智人……」

「我知道，他是奇奇哥。」

蘇巴巴摸著頷下金色的鬍鬚，想到同有純金色鬍鬚的奇奇哥，不自覺露出一絲微笑：

「奇奇哥救了朕的命，也救了咱們的星球，說來也巧，我和奇奇哥都具有烏米人的基因，我們成了好朋友。當大家都產生了抗體，那個凶惡的病毒的殺傷力就愈來愈弱化，如今已經不足為患了。可是我本人，卻失去了生育的能力。」

蘇巴巴帝君無後的傳聞早有耳聞，只是這時聽皇帝親口說出來，朱橙仍然感到震撼，尤其令她不安的是，為什麼他要關起門來說這些？她不禁在心中沉吟。

蘇巴巴語氣一轉，誠懇地望著朱橙，溫言問道：

「朱橙，妳在想什麼？」

朱橙不善說謊，聞言支吾了一下，然後道：

「我聽說，後來亞奇先帝改變了立您為儲君的想法，反而將札赫從鄉下召回京城，爾後先帝病死，你們經這一番宮鬥後，札赫得到衛尉尤古一派人的支持，殺死莫大提谷太尉，打敗了……打敗了您，我在想，除了您是皮幽混血兒之外，您……您不能有後……是否也是亞奇帝捨您而就札赫的原因？」

蘇巴巴嘆了一口氣，微微點頭：

「那時札赫剛得了女兒，而……我，朕相信妳說的可能是促使父皇下決心傳位札赫的最後因素……」

「朱橙，妳是我皮幽國的奇奇哥，妳在妳的研究領域中的成就，不但我國無人可匹敵，便是放眼塞美奇晶國的智人院，也沒有人能比得上，朕今日跟妳說了這許多陳年舊事，只是要告訴妳一句話，便是無論妳研究的在科學上有多偉大的突破，希望妳牢牢記在心，妳具體的目標只有一個，便是研究出『無性生殖』之道……妳要在實驗室中做出高級的生命體……」

朱橙睜大了眼，卻聽蘇巴巴繼續道：

「這不是要妳停止或改變眼下的研究項目，相信朕的判斷，妳的學術研究成果，加上這次翠翠產子所得的科學資訊，都與『無性生殖』的目標有各種不同程度的相關性，只要妳時時以此為目標，把這些新發現好好整合，朕相信妳定能辦到……」

然後加了一句：

「要是妳朱橙辦不到，那麼沒有人能辦得到了。」

朱橙不語，面上略現惶恐之色，蘇巴巴又補道：

「這絕不只是為了解決我個人無後的小問題，而是為了解決我皮幽國綜合國力，甚至國家興亡的大問題！朱橙，試想當年我們為什麼毅然決然脫離塞美奇晶國來到這塊荒原上建國，還不是為了塞美奇晶人對我皮幽人的歧視和打壓？我們要想振興國力與塞國爭一日之長，關鍵的問題就是人口，也就是生育力，如果我們能突破這一瓶頸，十年之內皮幽人加上玀族人的人口數及生產力將可與塞國匹敵，如我們以無性生殖生產的玀族投入赤目軍，塞國終將不是我國對手……」

朱橙忍不住打斷蘇巴巴的話：

「皇上，您一心一意要打敗塞美奇晶國，只是為了報私仇？可是一般的皮幽國人，他們只是不想被歧視打壓而跟著您，卻也不願為了征服塞國而打仗……」

「朱橙，妳是個了不起的智人，但卻不瞭解種族和政治鬥爭的可怕，以朕親身經驗及體會，皮幽人如不能自強戰勝塞國，遲早會成為他們的奴隸，甚或亡族滅種……」

「就不能各過各的活互不侵犯，和平共存？」

「皮幽人只有塞美奇晶人的四分之一，但我們比他們聰明，我們保留傳統部落式的社會，他們要學什麼大漢帝國，我們敬天，他們拜神；試想，塞美奇晶星球上至少有二十種少數民族，憑什麼就他們的族名、國名才與星球同名？其他民族不存在麼？朱橙，這代表什麼意思？這個星球上就他們一個族才是主人，他們待其他各族都如奴僕……而皮幽人恰是第二大的民族，更是他們首要征服的對象。」

朱橙是個直腸子的科學人，她毫無心機地表示她的疑問：

「皇上您說這，可您自己也有一半的塞美奇晶血統啊！」

「正因為如此，朕尊重兩種不同的文化，也徹底瞭解，如要期待妳剛才說的『各過各的活互不侵犯，和平共存』，只有朕領導的皮幽國統一塞美奇晶，然後建立互相尊重、互不打壓欺凌的制度，讓皮幽人和塞美奇晶人世代和平相處，才能解決這個星球上最大的問題，這一切關係到星球上的人類是自我毀滅還是能永續發展，而其根本的關鍵，在於皮幽國能不能掌握無性生殖的技術……」

朱橙終於懂得皇上蘇巴巴為何要摒退他人與自己關室密談，他是向我交心了，要我助他完成他雄才大略的心願，為塞美奇晶人類的永續發展而努力。

朱橙被蘇巴巴的宏大願景感動了，但她卻不真正瞭解，為了要達到這個宏大的願景，其過程中有多少鮮血要流，多少生命要失去；而就算達成了統一，真有人能一手弭平族群間的舊仇？加上新仇？

當然她更不知道，一旦一統天下後，真有人能不忘初衷，以打天下時同樣的付出，為實現初衷而奮鬥？

但此刻，聰明但單純的朱橙確實被蘇巴巴的話感動了，她站起身來對蘇巴巴行禮道：

「皇上雄才大略，願景宏偉，為了我塞美奇晶星球上人類的和平繁榮，朱橙敢不竭我所能為大業盡一份薄力？」

蘇巴巴走出朱橙的辦公室時，柳黃仍守在門外，安貝去照顧他的寶貝了，皮幽貓守在智人院外，他一面透過城防網，遠距巡察各城門的警戒狀況。

柳黃陪蘇巴巴走到智人院門口，蘇巴巴跨上飛行器之前，對著行禮恭送的柳黃道：

「柳總管，朱智人的研究是國家當前最重要的工作，朕要感謝你在行政上的支援，朕有重賞。」

看著飛行器和上面載著的蘇巴巴和皮幽貓瞬間隱形消失，柳黃轉身回院，心感安慰地喃喃自道：

「帝君畢竟領導過智人院，懂得朱橙的研究有成果，我柳黃的行政支援有多重要。」

法】

CHAPTER 07

爾虞我詐

丞相金博在他的書房中瀏覽從宮中及太尉府中傳來的各種訊息。

這個全國最高保密層級的互聯網，在皇宮、丞相府及太尉府之間有無限制頻寬的通訊服務。由於這三方每天進出的訊息量大，其中最緊要的訊息帶藍色的標籤，隨時直送到帝君、丞相和太尉的腦波接收器上，次要的訊息繫有黃色的標籤，送到三位長官的親信隨扈的手持通信器中。

較不緊急的訊息繫帶紅色的標籤，留在一宮二府的主電腦上，通常由幕僚處理完了再報告長官。

金博日理萬機，通常習慣在睡前瀏覽紅色標籤的訊息。

這時他正在看太尉府轉來密情局「南廠」對南部三郡的民情通報，除了前一陣的風災造成農田損失，賑災工作的實地報導外，沒有其他引起丞相關注的訊息。

忽然之間，一個新訊息如插播一般進入丞相的接收器。一個身材魁梧氣勢非凡的漢子出現在丞相眼前，對著丞相行了一個大禮，就開始侃侃而談。

「丞相萬安。小人名叫石頭，九疇郡人氏，平日以經營『博弈』為生，所得利潤多用於周濟鄉里窮困無助之人，有別於官府，官府專門救濟與官員有勾結之地方惡霸，他們聯手將濟助貧苦之經費瓜分納私，真正需要救助之苦人便由小人照顧，但小人一人之力有限，聞說丞相將舉辦地方選賢，庶民可藉選舉進入朝政，小人願毛遂自薦，作為九疇郡之立法委員，監觀四方，求民之瘼，讓真正的民意可直達朝廷，望丞相成全，石頭再拜。

金博為之一怔，三件事情令他感到吃驚：

第一，這個庶民如何能進入丞相府極機密的網絡？

第二，這個庶民顯然讀了些書，他一連用了兩個成語，「毛遂自薦」出自《史記》，「求民之瘼」出自《詩經》，這些都出自先帝時從大漢帝國帶回的經典書籍。

第三，這個庶民自稱名叫石頭，好像是太尉召集的小組所預擬的名單中，庶民代表的立法委員！

他在桌邊按了一下，一個青衣麗人快步走入，恭立在桌邊行禮。

「阿巧聽候差遣。」

「阿巧，去請司馬永漢來我書房說話。」

「司馬正吏今夜不宿在丞相府。主人是否要傳訊去找人？」

塞國的帝君、丞相、太尉身邊親信都有最先進的智慧機器人，它們具有驚人的學習能力，長時間追隨主人身邊，主人的語言、應對……甚至思維習慣，都累積在它們的晶片中，成為他們深度學習的大數據。久而久之，它們和主人之間的互動已與真人沒有太大差別了。

金博點頭道：「我要找他當面談話。傳訊要他來我書房。」

阿巧道聲「遵命」，行禮後快步退了。金博暗忖道：

「上次永漢向我報告預擬立法委員名單時，記得他好像說過，兩個庶民代表都是烏沃推薦的……這個石頭怎會有如此高科技的設備，直接進入我的網路？這事恐怕也與太尉那邊有關……司馬永漢和烏沃搞在一起，應該會知道一些底細吧。」

丞相府裡，司馬永漢被阿巧帶進了書房，阿巧奉茶後關上門退去。

丞相一揮手，石頭的３Ｄ影像出現，司馬永漢耐性聽完這江湖豪客的侃侃而談。

「司馬永漢，你知道這是這麼一回事？」

「啟稟丞相，這……有庶民能直接向丞相反應民意，甚至有人毛遂自薦出來參加競選，這有什麼不好？」

丞相皺眉：「我是問，你知不知道何以民間有此高科技可以進入我的加密網？你有聽到些什麼嗎？」

司馬永漢在看石頭的３Ｄ直播時，心中已轉了一圈，最後他決定，是該據實以告的時候了。

「稟丞相，這個自稱石頭的庶民，他手上有一套最先進的網上通信設備，能夠隨時進入其他網絡，而別人無法侵入他的網絡……」

「豈有此理，丞相府的網路是一級加密的，你的意思是這個石頭擁有的裝置比丞相府的更先進……」

「應該是差不多層級，問題出在官家網絡的保密設計和石頭的裝置是出於同一人之手，所以……石頭能進入您的網絡……」

「你……你是說阿里十三？你又怎麼知道的？」

司馬永漢吸了一口氣，緩緩呼了出來。

「之前去地球時阿里十三給了我類似的裝備，我在地球上隨意進出地球的網絡，用『司馬隨意』的名字鬧得地球人沒輒，只這回阿里叔給石頭的設備性能更改進了……丞相，您問我為何知道？這……這一切都是我們四人設計好的，只是瞞著丞相。」

原以為丞相聽了會勃然大怒，卻不料他只睜大了雙眼瞪著司馬永漢，然後搖了搖頭。

司馬永漢正要再解釋，金博伸手止住。

「你告訴我，第四個人是誰？」

司馬知道聰明的丞相已猜到其他三人，便回道：

「生醫智人奇奇哥。」

「好啊，哈哈，好堅強的陣容……」

丞相笑聲有些莫測高深，司馬永漢連忙謝罪：

「丞相恕罪，我等瞞著丞相乃是因為我們需要先作測試，要民間有願意而且敢於使用它與官府對話，這套設備才有意義，否則徒有……」

金博再次揮手打斷司馬永漢說下去。

「司馬永漢，你們『四人幫』的目的是解決庶民參政的技術問題；就看這個叫石頭的吧，他不但敢用、會用，而且對著丞相侃侃而談，這正顯示庶民中亦有芳草，正是我們推動變法之民間力量，你們何罪之有？啊，石頭說他經營博弈營生，這『博弈』是何種生意？」

司馬永漢支吾了一下，他不確定丞相不懂博弈是真是假，靈機一動，答道：

「永漢猜想，應該是郡縣地方上……類似京師『戰棋社』一類的營生吧……」

金博沒有再問下去。他暗中忖道：

「既是烏沃推薦的，那就沒錯了，一個天生賭性大，一個以賭營生，《易經．繫辭》：『人以類聚，物以群生』，誠不欺也。」

司馬本來以為要大費唇舌才能說服丞相接受以這種方式與庶民直接溝通，卻不料如此輕易便過了這一關。其中的原因是，帝君已經正式將推動變法之大任交給了丞相，他遲早總要面對「庶民如何參與」這個問題，現在石頭這個活生生的實例，讓他覺得「四人幫」的確幹了件好事，他不但接受，而且要思考如何善加利用了。

於是他對司馬永漢道：

「永漢，你們幹得好啊，有了這個直接溝通的利器，你們打算如何推廣運用？」

司馬永漢得到鼓勵，也感到欣慰，便不保留地稟告丞相：

「我們籌了資金作為阿里十三製造一批設備的經費，我們打算給二十個郡裡每鄉鎮配給十套，讓民間有話敢說的庶民有充分的機會直接表達……」

金博打斷道：

「每個鄉十套，這要多少經費啊？怕不要幾萬兩銀子，你們哪來這麼多錢？」

司馬永漢道：
「我出售皇上賜的鑽石，已有三枚成交，另外，烏沃他也貢獻了一些……」
「烏沃他有什麼錢可貢獻？聽說太尉管他甚嚴……啊，是了，他又重操舊業，賭場贏來的？這個烏沃，遲早非出事不可……我問你，你們每鄉十套設備交給誰管理？」
「自然是交給地方主管，再由他們分發給公信之士，粗計千戶之鄉能有十套裝備供庶民用，暫時勉強夠矣。」
丞相聽得仔細，這時壓低了嗓子，正色對司馬永漢道：
「此事辦得是否順利，將直接影響皇上變法大業之成敗，吾有兩點意見你們立刻去處理，其一，除了讓庶民可以直接和官府對話之外，要請阿里十三在設計上容許郡內的各通信設備之間互相連接，換言之，每一郡自成一個小網絡；其二，三千多支通信器，你們規劃落在哪些人的手中？我要先看過全部名單。」
司馬永漢見丞相在如此短時間內，不但徹底弄懂了他們的設計對反應民意的重要性，而且立刻想到要利用這一套設計作為掌握選舉的利器。暗忖丞相肩負了變法大業之成敗，塞國第一次辦選舉，選情當然必須有所掌握，想到這裡，他不禁暗嘆：
「人言金博丞相聰明過人，受到兩朝帝君的信任，他的智慧及手腕實為朝廷中第一人。」
金博見司馬永漢在沉吟中，便提高了聲音：
「司馬永漢，我說的兩點極為關鍵，你聽清楚了麼？」
司馬覺出丞相話中透出嚴肅的味道，連忙答道：

「是，永漢這就立刻通知阿里智人，並著手規劃名單，一切悉按丞相之吩咐處理。」

太尉府。

不久前太尉也收到了石頭插入的現場直播，因此烏沃也被詢問了幾乎相同的問題。烏沃也一如司馬永漢，從實招了。

太尉道：

「上次城東鄉那個魚鮮店的老闆娘直接連上太尉府的網絡，當時我派人去查過，那店家招供說是一個智人老爺拿一個新產品要試功能，哼，我那時便知是你們在搞的花樣，但我決定先冷眼看看你們能搞出什麼氣候，如今知道你們為變法大業的庶民參與解決了執行面的技術問題，果然幹得好。你剛才說你們四人，還有一人是誰？」

「是奇奇哥。」

「喔？他，他不是生醫智人麼？他在這裡面攪和些什麼？」

烏沃不答，只因阿里十三介紹奇奇哥為他調理生理變化的異狀，他們自然形成了「四人幫」，如今被太尉問到「他在這裡面攪和些什麼」，才發現自己其實也不知道答案，便採取不回答。

太尉倒沒有追問，反而沉思起來。烏沃知道每當義父在談話之中突然陷入沉思，必有新的想法出現。

果然只片刻之後，太尉面露微笑道：

「烏沃，你知不知道你們搞出的這一套玩意，可以在即將舉辦的二十郡及京城立法委員選舉中發揮大作用，搞不好可助義父一臂之力徹底打敗丞相……」

「搞不好？」

「啊，這是地球人的用語，是『搞得好』的意思。義父要你做兩件事，其一是地方上得到這裝備的，互相之間要成了一個互聯的網絡；其二，我要擬一個名單，明天加密交給你，你們分配裝備時，我名單上的人必須人人都能得到一套！這事攸關義父在這場變法中的成敗，你務須照義父的話做到。」

烏沃將離時，義父補了一句：

「這段時間你還住司馬永漢處吧，有什麼有關丞相那邊的消息，要立時通報。」

烏沃懷著複雜的心情回到司馬宅第。一路上他默思：

「義父要求我們這套設備要在每個郡裡面互聯成網，又要他的人馬各有一套設備。我們原是為方便庶民參政而設計的設備……唉……立時成了他掌控選舉的利器。」

不過他立刻意識到，太尉雖然有他掌控選舉的盤算，倒也並不影響到這套設備作為民意上傳的原始功能，也就釋然了。

烏沃在意的是庶民的參與，並不特別在乎變法後權力重新分配，太尉或丞相誰佔上風。他躺在床上輾轉翻側，半夜不能成眠，他想到之前三人聚談時，阿里十三說他一直找不到奇奇哥，聯絡他的密訊已送到，但沒有他的回音。

他心中有一件事困擾著他：「奇奇哥最近究竟在幹什麼？」

奇奇哥看了一眼阿里十三送來的簡訊，他沒回，直接關了機，然後匆匆去了生命祕院。

離他與人約定通訊的時間還早，但他不願待在家裡，情願坐在他的辦公室裡發呆。

他桌放了一幀3D照片。只要日光射入，即使十分微弱也能啟動超級靈敏的高功率光電轉換器，3D照片便能顯現。此刻他書桌前有一盞日光燈開著，那照片中碧海藍天，奇奇哥剛從深海潛水艇中跨出，一手握著一個瓷瓶，一手摸著他一頭黃金髮，雖然戴著防疫防毒的透明面罩，掩不住他年輕的笑容在陽光下分外燦爛。

那是二十年前拍的照片。那時他還是智人院中最年輕的助理，瓷瓶裝的海水中含有他從深海裡找到的一種新的原始生物，智人們就是從這個生物體中萃取出解藥，成功抵抗二十年前的那次傳染性病毒。那一次的功勞使得他成為塞國有史以來最年輕的生醫智人。

此刻他心目中想的是這些年來他對生命起源及原始生命體演化途徑所建立的模型，這裡面含有太多的不確定性，多到幾乎不可能處理，但是奇奇哥憑著他過人的智慧，加上他對生命科學的淵博知識及直覺認定，竟然在茫茫未知中篩檢出二十個指標性的參數；如果他能夠得到足夠的實驗數據，充分表達了那二十個參數的物理、化學及生物意義，他堅信這個模型能夠解釋，甚至進一步預測生命的發生及演化。

這模型結構和二十個參數的數據蒐集情況全部牢記在他的腦中，不入任何電腦。

在他努力之下，那些參數相關的數據漸漸填入，每增加一個數據就使他的模型更多一分說服力，尤其是烏沃身上晶片中藏的那個藍色結晶分子結構，給了他極大的想像空間。

他現在正在等候，期待中極重要的新數據能夠儘快傳來到位。

預定聯絡時間已過，但是對方沒有訊號進來，奇奇哥知道今夜不會有新訊息了，他輕嘆了一聲，起身離開準備回家。

烏沃閉目養了一會兒神，但心中思潮洶湧，一時靜不下來。於是他開始練氣，不到一刻的時間他的心靈靜了下來，進入了一個空明、清靜、纖細、敏銳的世界。

「練氣」之道是智人奇奇哥教授給他用來紓解身體異化的功夫，他練習以來，身體異化漸止，相對的，一身體力在不知不覺之間突飛猛進，偶一奔跑跳躍，便把自己嚇了一跳；他一躍能上高樹，快跑追過奔馬。

他開始從正面思考：既然自己在無意中具有了半人半獸的基因，我該如何好好發展、利用這種奇能異稟？

他想起之前在太尉府的書房中曾經翻閱過一本書名奇怪的漢字書：《老子．道經》，他好奇地取來讀完後，從其中悟出許多道理可以運用在他所練的「氣」上，使之更流暢、更浩蕩，但是他卻更能隨心順意地掌握，烏沃尚未意識到，奇奇哥教給他「氣」，已不只是強身抗變之術，而是在他身上引發洪荒的生物本能，走向「超人」之道。

他和衣躺在床上，「氣」和「道」在他身體內美妙地結合，只半個時辰他已補足了徹夜未眠的疲倦。

門外有人輕敲，一個女僕的聲音：「烏公子請用早膳！」

早餐時，他向司馬永漢道了早安，司馬看他一眼道：

「烏兄一夜好睡吧，氣色和精神都好極了。」

奇奇哥回到「四人幫」來開會。

司馬永漢提出構想，將分配到各郡縣的通訊設備連成一個小網絡，在一郡之內可以互通，這樣對集結民意有很大的幫助。他沒說這是丞相要的。

烏沃立表贊成。也沒說這是太尉要的。

阿里十三想都沒有想就回答：「簡單之至。」

奇奇哥看了他一眼，用調侃的語氣道：

「阿里高升院長後說話好囂張，如今大家都在談民主，我就質詢院長，你負責製造三千多份個人通訊設備，進度如何？」

阿里十三道：

「不勞老弟掛心，承蒙司馬和烏沃為我們籌足了銀子，負責製造的團隊答應我明日下午前可以交貨，送到我研究室加密之後就可以開始分發出去，問題是我們分發的名單還沒有擬出來……」

司馬永漢不慌不忙地拿出一幅塞美奇晶國的行政區域圖，他把地圖攤在桌上道：

「我這裡提出一個初步的構想，我國一共二十郡，三百四十一個縣，如果我們每縣分配十套設備，都讓各縣令再去分到各鄉的公正人士手上，這自然是最省事的辦法，但是不是最好的辦法？各位的高見如何？」

他說著拿眼光看著阿里十三，阿里點點頭道：

「聽起來很合理啊，畢竟縣令比較瞭解地方的情形，我沒有特別的想法。」

司馬永漢看向奇奇哥：「奇奇哥您常跑地方，對沿海各郡縣尤其瞭解，您的意見呢？」

「我是想，如果所有的設備都分配到地方官員手上，可能會對收集到的民意產生偏差；我就曾碰到過極為自私自利的縣令，若給了他們，阿里十三辛辛苦苦搞這設備為庶民喉舌，就讓一些狗官給卡脖子了。」

烏沃連忙接道：

「奇奇哥智人說得有理，當年我流浪江湖時，至少跑過十二、三個郡縣，這種可能性確是存在，我建議分配的方式略作調整，我們各自提供一份推薦名單，名單上的人都是有公信力的地方人士，讓他們每人配有一套裝備，其他的交由地方官員分配處理，這樣可以兩全其美……」

烏沃說到這裡，停下觀察了各人的反應；奇奇哥點頭連連，阿里沒有表示，司馬面上的微笑有點莫測高深。烏沃看這情形，便從懷中掏出一張名單，笑著道：

「不瞞各位，我這裡已有一份五十人的名單，大致平均分布在二十個郡中，都是地方知名而且公正之士，各位試想，如果咱們每人提出一份五十人的名單，加起來也不過二百，不到三千多人名單的十分之一，而且，如果他們都是公正的地方俊彥，誰曰不妥？」

三人沒有立刻回答，低頭看那張名單，立刻認出其中包含了好些個地方的軍事首長，三個聰明人對望一眼，阿里十三先發難了：

「烏沃，這是你的名單還是太尉的名單？」

他問得直接，其他兩人都笑了起來，卻不料烏沃答得更直接：

「當然是太尉的名單！我雖曾浪跡江湖，認識大多是地方角頭和賭場常客，其中固然不乏有義氣、有人脈之輩，但我哪有本事認識那麼多所謂的地方俊彥？」

兩位智人相視搖頭，司馬永漢卻表示很瞭解地道：

「你義父交代的你不能不辦是不是？我倒覺得你先前說的好，我們四人各推幾十人也不超過總數的十分之一，其他九成交由地方首長提，來源多元一點總是好的……」

阿里十三聽司馬永漢這般說法，瞪著大眼問：

「難道司馬小子手上也有一張丞相交代的名單？」

司馬永漢笑道：

「那倒沒有。丞相希望咱們的名單擬好讓他先過目，然後才分配出去。」

阿里十三點頭道：

「嗯，還算合理，畢竟丞相要負責變法大業成敗之總責，他關心每個細節也是應該的。」

司馬永漢見四人討論一輪後漸無歧見，便提議開始著手研擬三千多套個人通訊裝備的分配辦法及名單。

司馬永漢把分配辦法及名單遞給丞相過目時，預期他看了就要發作，不料大出他意外，丞相看完後面帶微笑地對司馬道：

「永漢啊，難為你了，我知太尉一定會透過他義子在這名單中硬塞他的人馬，你想擋也擋不住。我看尤古推薦的人馬倒也不是不堪信任之輩，我數了數，他大概推薦了五十個人吧。」

司馬對這個丞相的智慧口服心服，恭敬地回道：

「不多不少，正好五十人。丞相好厲害。」

丞相微笑道：

「這五十人中一半是要參選郡立委的人選，另一半可以在地方上為這些候選人拉幫結派的，尤古啊尤古，老夫真佩服你，我塞國第一次舉辦民主選舉，你就設想得如此周延老到，這分明是高明的政爭高手，哪像是一個帶兵打仗的統帥？」

司馬忍不住插了一句：「變法以後，選舉就也是一種『帶兵打仗』了。」

丞相點頭稱許：「永漢，你大有長進啊。」

司馬永漢心中其實覺得甚是狐疑，丞相既然一眼看破太尉的「陰謀」，為什麼只微笑以對，沒有祭出任何反制的手段？

他不知道，除了這五十人，其他各縣的縣令多半是親近丞相的人馬，粗略估計，可靠的也有二百多人，比起來，太尉安插了五十個暗樁又算得了什麼？

丞相心中其實也有一事感覺十分狐疑，他雖早知尤古聰明絕頂，但還是很難相信他有如此精明的政治算計，難道他身邊另有高人？

烏沃拿著擬好的名單回到太尉府。

所謂「名單」，其實是一張附有部分名單的分配辦法。太尉見自己定下的五十人名字都在名單上，便很滿意地點了點頭。烏沃還是習慣性地不多說話，靜待太尉先開口。

太尉見烏沃像隻呆鳥般立在桌前，心中暗忖：

「這小子掩飾他的聰明可掩飾得真好呵，我對他完全沒有防範之心，竟讓他唬了這麼長時間，不過他對我還是有敬畏之心的，交代他的事也不打折扣，好啊，我要好好重用他。」

他微笑誇道：

「烏沃啊，你這差事辦得好啊，義父給你的名單如數列入，其他三個人沒有意見？」

烏沃恭敬地回話：

「兩位智人沒有意見，司馬永漢表示贊成，還說我們『四人幫』也可以每人建議一些名單加進去，可惜我們四人認識的人還真不多，加在一起還不到五十人……」

太尉心情大好，笑道：

「你當年在各地浪蕩，應該識得不少地方人士啊？」

「義父說得一點不錯，我們四人勉力湊出的四十人中倒有十七個是我推薦的，那個司馬永漢最可憐，他認識的地方人士一隻手的指頭都扳不滿，居然把曾經和他一同守城門的伙伴，大鬍子軍士紅鬚兒都放進去了，義父您說可笑不可笑？」

太尉被逗得哈哈大笑。烏沃試探地問道：

「義父，這事告一段落了，孩兒留在司馬永漢家好像已無必要，是不是明日就讓我搬回府裡來……」

太尉打斷他的話：「不必，你還是留在那兒。」

這已是烏沃第二次試探要搬回來，兩次都被義父阻止，但他還是堅持：

「我們四人的任務已結束，實無必要再……」

「不，你還留在司馬家，最好想個說法讓『四人幫』也不要散，你替義父注意兩個人的動靜。」

尤古一面說一面暗忖：「你三番兩次要我准許你回府來，當時你偷跑出太尉府去住司馬家可沒得到我的允許啊，嘿。」

烏沃問道：「兩個人？」

「不錯，除了注意司馬永漢，還有奇奇哥。」

「為什麼注意奇奇哥？他怎麼了？」

太尉沉吟了一下道：

「奇奇哥違反我的命令，日前對生命祕院裡一個特別的活人作了抽取檢體的手術。我曾當面命令奇奇哥不許對那人再作檢體抽取，他竟然敢違背，我要你從旁推敲，伺機打探他違背命令的事，背後有什麼不得已的原因……」

「活人檢體？獾族人？」

太尉想了想回答道：

「不是獾族人，但也是一個極為特別的『活檢體』。我的重點是他為何甘冒違犯命令，一定要抽取那人的檢體，這其中有什麼蹊蹺……」

烏沃暗暗留上了心。

「原來義父也對奇奇哥起了疑心，要我設法打探，其實我猜他搞完了事，自會對我們說出來他在搞什麼鬼。」

他對奇奇哥有十足的信任。但是最近奇奇哥的舉動確似有一個祕密，他也很好奇。

「烏公子回來了，咱們公子在書房候著呢。」齊妍笑著說，襝衽為禮。

「謝謝姑娘。」

書房內只司馬永漢一人在閱讀資料，烏沃進門問道：

「司馬兄你在忙什麼……」

「我在重新細讀我自己寫的變法草案書，想下一步我們該做什麼，烏沃兄你來得正好，太尉那邊反應如何？」

「我們擬的分配名單中已將他要的五十名全納入了，他有什麼不滿意的？倒是丞相那邊呢？」

「丞相對太尉的意圖一目瞭然，但他絲毫不以為意，看來丞相只求變法大業順利推動，並無意利用主持其事之便建立自己的勢力，值得我們敬佩……」

夜已深，智人朱橙仍在研究室中分析上千筆關於翠翠開花生子的資料，這些資料是安貝提供的，顯示精靈翠兒的花粉、精細胞的結構，胚珠、卵細胞的結構，以及受精過程及從受精卵到成為「卵胎」的細微步驟……關鍵分子的３Ｄ結構等，一一經過非侵入、非破壞的偵測方法得到數據。

關鍵步驟中的核心部分是「卵胎」的形成。

為什麼受精卵沒有發展成為「種子」，反而成為了「卵胎」這種前所未見的奇異體？朱橙抽絲剝繭，從上千份資料中終於確認了一個新分子，她判斷，這個新分子可能就是造成精靈翠兒演化成「會動的植物」或「開花的動物」的主因。

那個分子的３Ｄ結構已經解出，她將這分子資料註為「甲」，存入自己身上的晶片中，然後把它從智人院的電腦系統中徹底移除。

「妳在幹什麼？朱橙！」

柳黃總管忽然出現在門口，他一向不敲門就進入，他有一個能開啟全院每一扇門電子鎖的密碼，只有他行政總管一人知道。因此朱橙的資料檔永遠加碼上鎖，任何人想要進入，她身上的晶片立時感知並自動更換資料檔密碼。

朱橙鎮定地站起來轉過身，面對著柳黃。柳黃指著桌上的電腦道：

「朱橙，妳剛才在電腦上做了什麼手腳？」

「我在刪除沒有價值的資料，清理我的資料匣。這麼晚了您還在巡邏院室啊，柳大總管您好認真！」

柳黃上前，一屁股坐在朱橙的電腦前，立刻清查檔案，發現在「翠翠」的檔案中一共輸入了七千三百七十四筆資料，其中在「工作台」上的有一百四十筆，「資料室」中存放有六千零九十四筆，被朱橙丟到「儲藏室」中的有一千零一筆，還有被刪除列為「廢棄物」的一百三十八筆。

柳黃臉色嚴肅地道：「少了一筆！怎麼回事，朱橙？」

朱橙不慌不忙地回答，聲調是一貫地溫言細語。

「報告總管，我移走了一筆資料。」

「妳怎麼可能移走資料而不留下紀錄？在我們的系統中這是不可能的，妳移走了什麼資料？」

朱橙很冷靜地看了柳黃一眼，回答道：

「我有特殊的程式可以移走任何屬於我個人的資料，沒有人能追蹤或復原……」

「不可能，朱橙，妳這是竊取帝國的珍貴財產，妳違反了皮幽國刑法第三條，我若舉告妳，妳將受到放逐的處罰！」

「柳黃，請不要恐嚇我，我這樣做是為了保護我們皮幽國最珍貴的智慧財產，只不過這個財產恰巧是我朱橙所發明的，柳大總管，根據帝君新的法令，智人院的新發明皆屬於帝君和發明者所共有，我為保護這份帝國最珍貴、最機密的資料，只好將它移到別處，以免……」

「妳胡說！什麼最新的法令？我身為行政總管，怎會不知道？妳將資料移走，難道是要防我？」

「那日帝君來看翠翠時，皇上他親口對我下的口諭……」

「嘿嘿，就算帝君私下有口諭給妳，這口諭尚未正式公布，我就要按照原來的刑法第三條執行，朱橙，我現在宣布逮捕妳！妳跟我走！」

柳黃變臉如翻書，原本英俊的一張臉上有如罩了一層冰霜，伸手便從懷中掏出一支雷射槍，對準朱橙的頭，朱橙沒有想到柳黃會對多年同事武器相向，但她的聲調依舊溫和，言詞依然彬彬有禮：

「柳總管，朱橙受命獨自負責『翠翠案』，皇上並下令這是國家本年度第一等重要研究案，您不能對我動私刑，要分辯就到帝君面前去分辯。」

柳黃放下持雷射槍的手，聲調稍微緩和了些：

「只要妳告訴我檔案移到哪裡去了，其他的好商量。」

朱橙搖頭：

「除了皇上，任誰我都不能洩漏，這一件資料是我國最高機密，對不起，連您也不能看。」

柳黃手中的雷射槍再次揚起。

「朱橙妳不要逼我，現在便跟我走！」

這時一個低沉的聲音從門口傳來：

「朱智人哪裡也不去！」

柳黃看到朱橙一臉驚色瞪向門口，他轉過身來，只見一個全付武裝的將軍站在辦公室門前，那人身材挺拔，即使穿了軍裝，仍能看出他運動員的好身材。

柳黃十分震驚，有些結舌地道：

「右將軍，你怎麼……怎麼來此？」

皮幽貓冷冷地道：

「朱智人手上的工作，事關國家安全，皇上特別交代末將全力維護安全，一切安全狀況概由末將直接呈報聖上，旁人不得插手。」

柳黃本可傳令警衛室派人來逮捕朱橙，但他心懷惡毒主意，打算親自押解朱橙到行刑室，以用刑威嚇逼朱橙交出她移走的機密資料，卻料不到這時殺出一個右將軍皮幽貓，他既能直入朱橙辦公室，想來警衛室一定已被軍方接管。

他腦中飛快地轉動，便故意冷笑一聲，很無奈地道：

「朱橙智人的研究紀錄中少了一筆機密資料，柳黃職責所在，正要好好追查，卻不知右將軍另有皇上密命，如此甚好，我就把朱橙交給你了，至於那被朱橙偷走的一筆極機密文件，右將軍你要負責追查出來並呈報皇上。」

法】

朱橙聽柳黃寥寥數語，推卸責任兼下台階，還挖了坑給皮幽貓跳，一氣呵成絲毫不見漏洞，不禁暗忖：

「一向都知道柳黃辦事能幹俐落，今日才見到他陰狠無情的一面，他臨急應變的機智，少有人能及。」

皮幽貓哼了一聲，對朱橙恭聲道：

「朱智人如無其他事，便由末將護送您回府。」

朱橙投以感激的一眼，將資料檔用密碼鎖了，桌上東西一一收妥，看都不看柳黃一眼，直接對皮幽貓道：「多謝將軍。您請！」

皮幽貓在智人院門外備有飛行器，他恭謹地扶朱橙登上飛行平台，親自駕駛騰空而起。隱形設備啟動，朱橙和皮幽貓之間拘謹禮貌的互動完全改變了，朱橙輕拍了皮幽貓的臂膀一下，柔聲道：

「謝謝你給我的程式，實在厲害，不但不留任何紀錄就移走了我的機密文件，而且程式本身具多重偽裝的誘餌，就算有人想要破解，恐怕也不是短時間能辦到。你非科學智人，怎麼會有這麼高超的程式設計本事？還有，你怎麼叫『皮幽貓』這樣古怪的名字？」

皮幽貓道：

「我從小孤單沒有朋友，陪伴我長大的只有一堆父親遺留下的程式設計書籍和難題，我一個人沒有地方去，便整天窩在家裡搞程式設計，把父親留下所有的難題都解決了，就成了高手。他老人家生前在塞國的科學智人院中擔任程式設計師，由於受到塞美奇晶同儕的歧視和羞辱，有一次憤而與他們起了衝突，竟然被打成重傷，此後經常咳血抽搐，不久就過世了。我母在生我時便死了，於是我被送入孤兒院，我一個皮幽孩子，飽受其他的孤兒欺凌，我便悄悄躲著他們，他們見我整日不聲不響，行動隱祕，便喚叫我『皮幽貓』，久而久之，所有的人都叫我皮幽貓，我想了想，我無父無母，作一隻自由自在的皮幽貓倒也不錯，便把它當作我正式的名字了。」

朱橙想笑，卻笑不出來，心中對這個比自己小兩三歲的將軍充滿了同情之心。過了一會兒才道：「今夜要特別謝謝將軍來解我之危……」

皮幽貓打斷道：「妳不要將軍、將軍叫得生分……」

「那我叫你什麼？」

「妳就叫我皮幽貓，我就叫妳朱橙，免了客氣。說到這，我索性再告訴妳，皇上的命令其實是這段時間要我加強全城的安全，智人院的安全固然是重點，但是並沒有特別要我保護朱智人的研究室，我剛才是嚇唬那個柳黃的……」

朱橙瞪大了眼，想不到這個看上去十分老實的皮幽貓竟能唬倒精明的柳黃，不禁大為讚嘆。

「啊，你真不簡單，連柳黃都被你騙，但……你怎會突然出現在我辦公室門口？」

「我叫我的親兵留在警衛室，只要妳深夜加班，就立即通知我，我就趕來進入智人院裡巡邏，今晚湊巧碰上……」

朱橙啊了一聲，心中暗暗感激，忖道：

「他每夜在我辦公室外巡邏保護我，我竟不知，奇的是柳黃也不知……這人還真像一隻隱匿的貓，他待我那麼好，莫非是……」

想到這裡，忍不住再看了皮幽貓一眼，正好碰上皮幽貓也正深深地看著自己，三十六歲的朱橙，感情上一片空白，這時對這個全國第二高軍職的年輕將軍，心中忽然起了一陣漣漪，一種前所未有過的溫馨感覺湧上心頭。

他們之間陷入沉默，一直到飛行器下降在朱橙家前，他們都沒有再交談，飛行器停妥時，兩人交換了深深的互望，朱橙只輕聲道：

「晚安，皮幽貓。」

皮幽貓簡單地回：

「好睡，朱橙。」

兩人之間，忽然生出了奇妙的共同感覺，似乎其他的話都多餘了。

烏沃離開太尉府，並未直接回司馬宅院，反而沿著章台街安步當車地走向京城中最大的珠寶鑽石店。他走到店門口只見店裡店外人頭鑽動，伙計忙碌，意外地看見司馬永漢正在店裡和巴羊酒說話。

巴羊酒是個極機靈的人，一面說話一面眼觀四方，立即發現烏沃，他停下來招呼：

「今天是什麼好日子，兩位公子竟然一個前腳一個後腳，再次光臨小店，巴羊酒可要走運了。」

他的臉龐和手背白得發亮，烏沃踏入店門，拱手道：

「巴羊酒，貴店的生意愈來愈好了……」

巴羊酒拉著烏沃和司馬永漢往店裡走，連聲道：

「兩位是稀客，也是貴客，快隨小人到雅室侍候。」

仍是上次那間「雅室」，三人坐定，烏沃笑著道：

「巴羊酒，司馬公子來此和我可能是為同一樁事呢。」

巴羊酒望向司馬，司馬笑而不答，反而靜待烏沃先表態。烏沃道：

「巴羊酒，塞美奇晶國要有大改變了，你有沒有聽說『變法』的事？」

巴羊酒聽得一頭霧水，疑問的眼光轉向司馬，司馬永漢一派輕鬆地道：

「烏沃，你來這裡談政治，我來這裡卻是來談生意的。」

烏沃呵了一聲，有些不信。「是呵？司馬永漢。」

巴羊酒趕緊道：

「不錯不錯，司馬公子來問他剩下幾顆超級鑽石的行情，我們方才正在談市場對這種頂級貨的反應……烏沃公子您就來了。您方才說什麼『變法』，小人的顧客裡有一些高層人士，倒是聽他們談到過，帝君決心要變法實行『民主』，這事聽是聽說了，就不知是怎麼個變法？」

烏沃道：

「變法中最重要的一環就是要建立一個議會，由各種身分的人代表組成，共議國家大政，這裡面有一半是由庶民推選出來的代表，最能代表一般平民表達意見……」

巴羊酒仔細地聽，他腦筋轉得快，立刻抓住重點。

「那可好啊，烏公子，您是說商人也有代表參加國家大政？」

烏沃伸手指向司馬永漢。

法】

「給你透露一個祕密，呈給皇上的『變法草案』主要就出自司馬兄之手，你的問題應該由他來回答。」

司馬永漢道：

「巴羊兄猜得對，不但商人有代表，農人、工人……都有，但庶民的意見五花八門，輕重緩急樣樣不同，在推選之前總要有管道可以先直接對話，大家才知道那些人有哪些主張，朝廷也要知道每個郡縣最重要的民意是什麼，巴羊先生你說是不是？」

巴羊酒聽得連連點頭，大聲道：

「有道理欸，有道理，好比說我作生意的，便有好些意見想要讓當官的瞭解，也想和同行交流，但我該怎麼做？」

司馬永漢不慌不忙從手提袋中拿出阿里十三設計的個人通訊裝備，笑著對巴羊酒道：

「就用這個設備，你就可以直接和朝廷大員對話……」

「能和丞相講上話？」

司馬答道：「沒錯。」

「能和太尉說上話？」

烏沃幫忙答：「沒錯。」

「能和皇上……」

「不行，目前還不行，將來你若當上變法後的立法委員，你就能了。」

「立法委員是什麼？從來沒聽過……」

司馬立刻遊說：

「立法委員就是代表庶民參與國家大事，譬如說你代表商人，你就能把商人希望朝廷做哪些事或不要做哪些事，都反應出來，如果得到大家的支持，朝廷便會讓丞相府照辦，你說好不好？」

「太好了，我要想……我是說……假如我想做立法委員，我要怎麼做才行？」

「就靠這個，這個通訊設備在你手上，你就是一個民意的通報站，它能讓你和郡裡其他九個通訊站相連，你可以讓更多庶民瞭解你的想法，你也可以瞭解更多庶民他們的需求，到時候他們願意支持你，你就當選為立法委員，代表大家的意見參政。」

巴羊酒為人精明，聞言仔細想了想然後笑道：

「司馬公子，您雖然沒有在唬我，卻說得太輕鬆簡易了吧！」顯然還有些將信將疑。

烏沃插進來道：「巴羊酒，你想不想選立法委員？」

巴羊酒毫不猶豫地回答：

「想！小人想代表京師的商人選立法委員……」

司馬永漢揚了揚手上的個人通訊裝備，道：

「好樣的，你肯跳出來選，這個裝置就是你的。」

「真的？」

「跟你家店裡賣的鑽石一樣真。」

「我可不可以先試試……試跟丞相說一句話？」

司馬永漢很快地將巴羊酒的個人資料及丞相府的密碼，輸入了通訊器，然後遞給巴羊酒，道：「你按一下白鍵就開始講你要講的！」

法】

巴羊酒半信半疑、興致勃勃地按下白鍵，通訊器上出現了他自己的影像，他試著說了：「啟稟丞相，小人是章台街巴羊珠寶鑽石店的店主，巴羊酒。小人想向丞相陳情，朝廷對京師商人收的稅太重了，請丞相幫忙降低一些，小人給您叩首。」

他說完通訊器上出現了丞相府，3D影像從外景轉為內景，一個執事小吏正襟危坐，回覆道：「巴羊酒，你的陳情已收到，丞相會用文字簡訊回覆你……」

站在一旁的烏沃，伸手過來在一個紅色的鍵上按了一下，那官員和他所在辦公室的3D虛擬實景逐漸淡出。巴羊酒看得目瞪口呆，烏沃得意洋洋地道：

「如何？司馬公子沒有騙你吧？你就等著丞相對你的陳情答覆吧……」

他轉頭對司馬永漢道：

「看來阿里智人不斷在完善他的產品，這款比上次我們試的又進步多了。」

司馬永漢較為瞭解丞相府裡的權責結構，他皺眉道：

「巴羊先生，你提減稅的事，這是牽涉朝廷財政的大事，丞相也不可能馬上同意，我瞧多半會先派別人回覆你……」

巴羊酒點頭表示瞭解，他讚嘆道：「這玩意真好，我能一直持有麼？」

司馬永漢笑道：

「給了你就是讓你用了，可別當作是你個人的工具，京城裡還有其他九人分配到這種通訊裝備，你有責任要和其他九人共同收集庶民的意見，然後分別報到丞相府，而你們之間要相互協調，因為你們之中說不定也有別人想要出來競選，總之如果你們能善用個人通訊器，讓丞相多方面瞭解民意，人民多瞭解你們的想法，而你們之間協調產生候選人……」

「如果協調不下呢？我何時能知道其他九人是誰？」

「那便一起出來競選啊。京師只能有一名由庶民選出的立法委員。至於其他九人的名單我會儘快給你。」

烏沃插口道：

「我看得出來，巴羊酒你出來選立法委員的興趣大過和民意互動，我可要警告你，你不掌握民意，庶民也不瞭解你的意見，他們憑什麼要推選你？是為了你珠寶店面最大？還是你生得比別人白？」

巴羊酒略一思考，便道：「懂了，謝謝烏公子點撥……」

就在此時，司馬永漢忽然叫道：

「巴羊先生，你的……丞相的回覆進來了！」

「這麼快？」

果然通訊器上出現了一位著高官衣帽的中年人，他先瀟灑地笑了一下，然後有些冷冷地說道：

「巴羊先生，你關心減稅，哪個商人不想減稅？最好不要繳稅是不？這種陳情丞相不回覆，讓我轉告你，想減稅得等一等，等立法院成立了，你到立法院去提案，如果通過了才有辦法。現下陳這種情，門兒都沒有。」然後便淡出了。

「他是誰？憑什麼代丞相答覆我？」

烏沃道：「這人面生，但他說的在理啊。」

司馬永漢早料到丞相不會立時對這種問題給肯定的回覆，他微笑道：

法】

「他是丞相府副長史，大名是呼合毒。」

巴羊酒白晰的臉上罕見地閃過一絲血色，那是因為他心中充滿了決心，他握緊右手拳頭道：「我要選立法委員！」

司馬和烏沃對望，兩人眼中都含著笑意。

「巴羊酒，你要努力，我們會助你！」

司馬永漢和烏沃離開巴羊珠寶店時，烏沃說他還不回家，想要去市井中混混，便和司馬作別了。

烏沃沿著章台街向南行，在轉向皇宮的路口上有一個人對他揮手打招呼，那人站在一棵大樹下，一臉焦急的表情。烏沃仔細一看，原來是著了男子服裝的小白。

「小白，妳找我？」

「我才不找你，是公主要我告訴你，皇后已經在安排公主相親的事了……」

「公主相親？妳說琮璧公主要相親？那……那又和我有什麼相干？」

小白瞪了他一眼道：

「如果我告訴你，皇后安排的駙馬爺候選人裡，第一人選便是司馬永漢公子，哪和你有沒有相干？」

「司馬永漢？笑話，我剛才還和他一起在巴羊酒的珠寶店裡辦事，妳說皇后看上了司馬永漢做駙馬爺？這消息雖有些意外，但跟我還是沒有相干。」

小白杏目圓睜，對著烏沃作出一個咧嘴齜齒的凶狠鬼臉，接著道：

「好，姓烏的算你狠。但是如果我告訴你，太后已私下諭知太尉，要太尉向帝君表態，希望將他義子放入相親的人選中，這消息和你有沒有相干？」

「真的？妳騙人……」

「騙你就輸光！」

烏沃見到她臉上一副揶揄的表情，一時竟然啞口無言。

小白問道：「嚇到了還樂呆了？」

烏沃回過神來，衝著小白嘻嘻笑道：「都有。」

小白見他又恢復了痞子模樣，便道：

「索性再送給你一個消息，皇后身邊的宮女在私傳小道消息，說皇后盤算得精，要是司馬公子不爭氣相親失敗了，她就要召她娘家人為駙馬爺，親上加親了。」

烏沃有些懷疑，問到：

「妳哪來這許多消息？」

「烏沃你不信是吧？我的消息是太后那邊打探來的，還有得錯嗎？」

烏沃和琮璧公主兩次相處都在賭場裡，第一次殺得她輸掉琮璧雙寶當場崩淚，第二次卻助她大展威風橫掃賭桌；他十分喜歡公主的豪氣，甚至對她的任性大膽也都欣賞，但從來沒有作她駙馬的念頭。這時想到她叫小白傳話，那麼她對自己的心意不言而喻了。

忽然之間她的一顰一笑、亦喜亦嗔，歷歷地回到眼前，一時之間站在大樹下的他竟有些痴了。

小白的話驚醒了他：

「烏沃，你要努力，我們會助你。」

他忽然想起十分鐘之前他才和司馬永漢對巴羊酒說過一模一樣的這句話，只不過現在這件事，自己要和司馬對著幹了。

「還在想什麼，快回太尉府展開行動呀！」

烏沃猶豫了一下，沉吟著道：

「今晚在城東魚鮮小店約了朋友，不會回太尉府……」

「這事豈能等，你不會把朋友之約改到明晚？」

烏沃低頭未答話。

「差這一天你就遺恨一輩子……」

小白再次催促，烏沃抬眼望著女扮男裝的小白，臉上的神情活像是她在賭桌旁看公主下注的那種模樣，烏沃忍不住大笑起來，揮拳叫聲：

「通殺！」

稍前，御書房。

札赫正在讀前方屯田部隊報告的密件，看得有些累了，合上密報卷宗。

這時皇后不經通報，親自端了一碗雪蘭湯進來。

「皇上歇一會，喝碗雪蘭湯吧，臣妾親手調製的哩。」

札赫瞅著皇后，結褵多年，相互之間培養的瞭解和默契，對方想什麼不問可知。

「皇后，這時候來御書房，必有事情想要朕同意。」

「皇上聰明，臣妾心中的事一向瞞不了您。」

「妳要談什麼？……嗯，這冰鎮雪蘭湯真是可口。」

皇后等札赫喝完雪蘭湯，這才說到正題。

「皇上呀，我們的女兒行過了成年禮，是不是該談談她的終生大事了？」

札赫原已料到皇后要來談這事，他微笑道：

「上回皇后弄好大個排場宴請『臨時立法院籌備小組』成員，是不是和這事有關？」

「什麼事都瞞不過皇上的金眼，臣妾就直說了，我看中了那個司馬永漢，皇上您看這年輕人適不適合作琮璧的駙馬爺？」

札赫就這麼一個掌上明珠，依他的意思是最好不要那麼快就出嫁，但這事主要還是皇后著急，母親為女兒作想，遇到如意郎君不可錯過。

「皇后呀，琮璧過得好好的，定要這麼急著出嫁麼？」

「皇上，女大當嫁，好郎君可遇不可求，臣妾看那司馬永漢一表人才，去返億萬里外的地球，完成皇上交代不可能的任務，現在更成了我國變法改革的重要推手，將來仕途一片光明，這樣好的年輕人難得他單身未娶又上無父母，如果成了駙馬，就好比我們多了一個兒子。」

札赫忍不住笑道：

「皇后，妳舌燦蓮花說得好似媒婆一般。」

皇后也笑起來，札赫又道：

「說得再天花亂墜也是皇后的看法，還要看咱們女兒看不看得中啊！」

皇后道：「那是。不過琮璧一向最聽她父皇的話，只要您同意……」

「皇后，還有一個人的意見我們不能不聽。」

「皇上，您是說……皇太后？」

「皇太后」三個字說出，皇后臉色微變，不悅地道：

「琮璧畢竟是我們的女兒，只要我們的女兒同意了，想來太后一定沒有意見吧，畢竟她老人家隔了一代……」

她話未說完，札赫打斷道：

「話雖如此，但是我們膝下無兒，琮璧從小便被她祖母當成孫兒一般帶大，琮璧也和祖母最親，我們當然要問問太后的意見。」

札赫這話厲害了，輕描淡寫地一句：「但是我們膝下無兒」，就讓皇后的銳氣去了大半，她一時無語，心中十分氣苦，札赫早知她會如此反應，便提另一個問題緩和一下氣氛。

「要是琮璧她自己看不上司馬永漢呢？」

皇后立刻回答：「還有我的好姪兒呢。」

「妳說妳表姊的兒子？那個叫……叫什麼來著？」

「莊天，他每年過年時不都會來拜年麼？您還要他寫詩作賦，賞賜特多……」

「對，不錯，莊天是個好青年，文才也不錯。」

札赫深知扯到皇后娘家人時，說話就要客氣一些。

皇后聽了覺得欣慰，便央道：

「臣妾請皇上出面讓丞相作為男方家長，為司馬永漢提親。」

札赫思考一下點頭道：

「那司馬永漢隻身一人，現在丞相府為官，妳這主意倒也恰當，可是這裡有一個問題，還有另一個人也在向朕提親……」

皇后大驚，失聲叫道：

「另一個人向皇上直接提親？怎可能……啊……難道是太尉？」

札赫好整以暇地點頭道：

「不錯，方才下朝後，尤古為他的義子烏沃來提親。」

皇后暗忖道：

「太尉的動作怎麼會那麼快？這事前晚才在後宮商議定調，難道是……公主得了風聲又設法把消息漏給太尉？如果是這樣，表示她心屬烏沃那小子，我可要加把勁了。」

於是她正色對札赫道：

「皇上，烏沃那小子雖是尤古的義子，其實是個不務正業的紈絝子弟，太尉收他為義子前他在江湖上浪蕩多年，而司馬永漢自從地球完成任務回來後，皇上封了他『長安侯』，已在貴族之列，在我國已經是家喻戶曉的英雄人物，再說，兩人的外表一個聰明正派，一個痞里痞氣，實在不可同日而語……皇上，我們唯一的女兒可不能嫁給烏沃這浪子，這事您要及早拿定主意，不要又演變成丞相府和太尉府之爭，絕非朝廷之福。」

札赫見她在一瞬之間便將公主招親的事連結上丞相太尉之爭，而且說得頭頭是道。雖然素知皇后的機智，不禁還是暗自佩服。不過此刻他還是作了最「保險」的表態：

「朕還是那句話，這事要先問琮璧本人和太后的意見，皇后妳既心急，便趕快去辦吧。」

皇后道：「是，臣妾立即就去。不過臣妾要向皇上表白，絕不接受一個浪蕩子作為琮璧的駙馬。皇上您……」

札赫臉色一正：「這事今日天談到此，待妳問過太后及琮璧意見後再議。」

皇后熟知札赫不喜被逼作決定的個性，她那話乃是「醜話說在前面」的意思，便行禮告退了。

札赫在御書房中獨處了一會兒，心中思緒不斷，畢竟琮璧是他唯一的愛女，愛女就要嫁人實在不捨，至於嫁給誰則是另一個難題，尤其想到將來帝位的傳承，問題就更複雜。

他想到琮璧從小聰明可愛，自己雖然鍾愛於她，但是國事如麻，總覺得沒有足夠的時間陪伴女兒成長，皇后雖有了女兒，仍一直期望能懷孕為皇帝生個太子，另方面她用許多時間力氣防範其他嬪妃生子，琮璧反而受太后的呵護照顧最多。

琮璧天性活潑、外向又大膽，太后帶她如待男孩，也因此在太后的寵愛下，小公主愈長愈調皮大膽，後宮負責照護的執事宮女對這個公主不按規矩的行徑都擔驚受怕，每天都不知道她又會搞出什麼新花樣。

札赫心中回味女兒成長的點滴，嘴角噙著微笑，直到他的思緒轉到了琮璧招親的對象，司馬永漢和烏沃。

他是喜歡司馬永漢的，但心底裡潛伏了一個不足對外人道的隱思。他是父皇的長子，但父皇卻讓他弟弟蘇巴巴留在身邊培養為儲君，他理解那是因為蘇巴巴從小比他聰明優秀。也可能因為蘇巴巴是塞美奇晶和皮幽人的混血兒，基因比較優秀，總之他並無與弟弟一爭長短的野心。

直到父皇晚年發現蘇巴巴自行其是，有很不一樣的治國理念，便貶黜蘇巴巴，將自己召回立為太子，自從那年和蘇巴巴一場龍爭虎鬥的皇位之爭，使他覺得蘇巴巴之所以優秀雄才，以及之所以會勾結前太尉莫大提谷發動政變，都是因為蘇巴巴的生母是個皮幽女人，從那時起，他潛意識中不自覺存了「非我族類其心必異」的偏見。

「司馬永漢這孩子雖好，但他有一半的血液來自地球，我的女兒能嫁給半個地球人嗎？」

「可是另一方面，這人是塞國才女隨清娛和地球大師司馬遷所生下的混血兒，肯定有極優良的基因，我的女兒和他成親，後代必然更加優秀，又……有什麼不好？」

皇后走了良久，帝君還陷在胡思亂想中。

太后的後花園賞花亭裡坐了三位後宮最重要人物：皇后、太后和琮璧公主。皇后的侍從宮女都被摒在遠處的花叢中不得靠近。

涼亭的四周草地上除了開滿時令花卉之外，還有數十盆太后最喜愛的雪蘭花，這種珍貴的花原本只有寒冬雪地才盛開，但皇宮裡高明的園藝技師已培養出各種季節皆能盛開的改良種，其芳姿香氣較之野生品種有過之而無不及，從此太后的後花園便成了四季皆春，時時得見芳華。

亭外香氣薰人，亭內氣氛卻有些冷。

皇后說出了她中意的駙馬名字「司馬永漢」後，公主低頭沒有說話。

太后聽到「司馬永漢」四個字，臉就垮了下來，毫不掩飾地表示反對。

「那個司馬永漢前不久才經皇上特別恩典除去了罪籍，怎能配得上我皇皇帝冑的金枝玉葉？皇后妳要三思。」

皇后解說道：

「他母隨清娛從地球帶回之典章制度以及諸家經典書籍，為先帝治理、壯大我塞美奇晶國大有貢獻，且不說司馬之罪原本就是先帝冤枉了他母子，就說他司馬家既經當今皇上親自下旨除去了罪籍，又封了侯，自然不應再以此為由對司馬永漢持任何歧視及敵意，此非我泱泱大國皇室應有之舉；反過來想，如果皇室此時召了司馬永漢為駙馬，正好對全國庶民昭示，我們不主張種族歧視，吾皇帶頭身體力行，對皇上要推行的變法新政大有啟示作用……」

太后打斷道：

「皇后好口才，哀家萬萬說不過妳，這事要不問我便罷，若要問我，哀家的意見便是如此。皇后可以如此這般去回皇上吧。」

太后已經猜到皇后心意已決，自己在這件事上其實作不了主，皇后之所以來問自己必是皇上之意，便不客氣直言無飾了。

琮璧公主始終低首不語，與她平日的活潑敢言大相徑庭，其實她心中不確知小白傳出的口信，烏沃有沒有傳給太尉，也不知太尉有沒有為烏沃向皇上提親，是以她暫時選擇沉默不言，讓皇后拿不準她的想法，也給自己預留餘地。

皇后轉問公主。公主無語。

皇后又問了兩次，終於承認被「打敗」，丟下一句話便昂然走出賞花亭。

「我知妳意了。」

遠方的宮女見皇后要走，連忙快步迎向皇后，侍候皇后回到後宮。

兩天後，還是太后的賞花亭。

皇后再次光臨，她陪太后賞花，話了好些家常，又說了一些令老人家窩心的暖話，然後又回到涼亭，命侍從宮女獻上雪蘭湯。

「太后妳這亭子外擺了幾十盆雪蘭，美豔可比野生，香氣更勝野生，只一樁比不得野生雪蘭，便是滋補之效。我這冰鎮雪蘭湯是去年冰封城外棲蘭山時，禁軍衛隊山巡時冒冰雪採回的上品，是我親手調製而成，太后您試品嚐，看是不是與眾不同？」

太后接過，喝一口便讚一口，笑道：

「皇后御製，自然不同凡響，哀家今日可有口福了。」

兩人互動其樂融融，花亭中好一幅婆慈媳孝的美景。

「如此好湯，要不要叫琮璧也來嚐一碗？」

「來時已去問過，琮璧帶著小白去宮後小山練習射箭；我知太后疼她，特多製了幾碗用冰鎮著，她射箭回來出一身大汗，正好喝。」

「皇后自愛女兒，不好算在哀家頭上。」

祖、母兩人爭相疼愛，琮璧可真有福。

兩人用完了點心，溫言暖語也說得夠了，皇后終於說明來意了。

「關於琮璧的婚事，我已和皇上談好了，還是司馬永漢為上選，太后您……」

太后立刻變臉，不等皇后說完便決然道：

「我要親自告訴皇上，司馬永漢乃罪犯之後，絕不能入我皇室，來人，我這就要去見皇上。」

皇后臉色鐵青，冷冷地道：

「我知太后嫌棄司馬永漢之前曾為罪戶，心中喜歡太尉的義子烏沃，但若要論及以前之事，烏沃在太尉收為義子之前便是一個低賤的混混兒，家世未必比司馬永漢光彩，太后若執意如此，皇上可能將兩位公子都婉拒了，另選一位備選。」

「備用人選？妳說誰？」

「莊天。我事先已向皇上報備，如果提親都不成，莊天是個優秀的好青年，憑他的家世才華，作琮璧的駙馬也不會辱沒我們皇室和琮璧。」

「莊天？妳的表姪？」

「不錯，每年過年他都來給太后拜年的……」

太后立即陷入沉思，臉上流露出一絲不知所措的神色，皇后瞧在眼裡，暗忖道：

「我拿這個表姪當個備位，不料倒成為對付太后的絕招。她老人家即使放棄烏沃也不願我的娘家人娶了她的心頭肉。」

太后也不是省油的燈，她想一下便恢復從容，十分莊重地對皇后道：

「皇后，我們祖、母兩個都是為了琮璧的幸福而關心，各有各的考量，哀家以為畢竟是琮璧的婚事，琮璧是個懂事的孩子，自然有她自己的主張，我們仍應尊重她的選擇，然後報請皇上首肯，這樣才能確保咱們公主的一生幸福。」

皇后知道太后打的算盤就是祖、母兩人的意見互相抵銷，回歸到讓公主自作選擇。從太尉第一時間就得知消息立刻為烏沃提親的情形看來，這指使通風報信的人不是太后便是公主本人，那麼公主心中所屬已不言而喻，她暗忖：

「這老太太也太精了吧，居然想以她隔代之尊抵銷掉我為人親母的地位及影響力，我可不吃這一味……」

於是皇后板起臉站起身來，丟下一句：

「上回我們已問過琮璧，她並無意見，這事既然皇上諭由臣妾作主，我這就去通知丞相準備婚事，愈快愈好。」

然後就由侍從宮女扶持離去，留下太后在賞花亭中一臉愕然。

司馬永漢從丞相府回到家，他作夢也沒想到過自己就要成為塞美奇晶國的駙馬爺了。丞相告訴他皇后那邊傳來懿旨，要召司馬永漢為駙馬，如果沒有其他問題，要丞相府聯繫宮裡內務府積極籌備婚禮。

到這時金博丞相才想起，這事還沒正式問過司馬永漢。

永漢雖然上無父母，但婚姻大事畢竟該先問問他本人的意見。也許就是因為他孑然一身，被召為駙馬是任何年輕男子都求之不得的佳事，這才忽略了徵求司馬個人同意。

司馬永漢聽了這消息，面上看不出喜色，他只是淡定地問道：

「丞相，您需要多少時間回覆皇后？這事屬下要考慮。」

司馬的冷靜使金博倒抽一口涼氣，忖道：

「這個司馬永漢的思想行徑不同於常人，我早該想到，頭一個就應先問他的意見……」

「永漢，聽皇后那邊的口氣是希望愈快愈好；你要考慮考慮也是應該的，不過恐怕不宜拖太久。我看這樣吧，你回去好好想一夜……那晚宮裡設筵，聽說琮璧公主曾親自向你敬酒，並和你簡單談話，公主的高雅美麗想來你已親睹；你明日一早在我上朝前須將答案告知我，你先回去吧！」

司馬懷著異樣而複雜的心情回到家，侍候他的三女見他神色有異，都不敢貿然相問，他便一個人坐在書房中發呆。

值日侍候的齊妍忍不住敲門而入。

「公子，您為啥事發愁？要不說出來讓奴家為您解憂……」

司馬搖頭不答，齊妍乖巧地靠在司馬身旁坐下，柔聲道：

「公子自丞相府回家便沉默不語，奴家猜想是不是丞相說了什麼事令公子為難？」

司馬永漢搖搖頭，然後又點了點頭，苦笑道：

「齊妍妳雖是漫天瞎猜，倒也不離譜，若不是有天大難題，我何必悶聲苦思？」

「那您說出來，為難的事兒是啥？」

司馬永漢對著眼前一張白玉般的俏臉，神情中看出美人對他無比的關懷。

司馬輕嘆一聲道：

「好吧，齊妍，我就告訴妳何事發愁……丞相接到皇后的懿旨，說要召我為琮璧公主的駙馬，明日一早就要答覆！」

齊妍一聞此事，花容失色，她驚呼道：

「你……公子您要和琮璧公主成親？這……這太……太不可思議，但難道……難道不是天大喜事？」

司馬永漢苦笑道：

「此事由天而降，我完全沒有心理準備，想我司馬永漢不久前還是罪戶之身，好不容易立了一些功勞脫了罪籍，馬上又要被召為駙馬，這其中必有不比尋常的內幕，只是我參詳不透。」

齊妍恢復了鎮定，她手持團扇，輕搧為司馬驅燥熱，聲音也恢復一貫的溫柔平和。

「公子休要煩惱，待妾為您設想一二。聽說上回皇后設宴，公子和公主對飲了一碗美酒？公子對琮璧公主的印象如何？」

齊妍心思成熟理智，一句話直擊核心，她是問：你司馬永漢到底喜不喜歡公主？

「唉，匆匆就是一面之緣，交談一句客套話，如何談得上喜歡不喜歡？」

房門有人輕敲門推入，聽到韓婷的聲音：

「自然談得上的，好比齊妍和公子見第一次面便喜歡公子了。」

「韓婷妳可惡之極，妳是說妳自己的感覺吧！」

韓婷著一身白衣白裙，只披了一條磚紅色的披肩，口角噙著一絲笑意，輕盈地飄了進來。

「我都聽見了，公子方才所言，表示公子對琮璧公主並無一見鍾情的感覺，至多只是禮貌上的好感，對不？」

司馬看見韓婷，並不怪她偷聽又擅自進入，畢竟房門只是虛掩的。相反的，韓婷說的正是他心情的寫照，不禁抬起眼來看了韓婷一眼，等待韓婷說下去。

不料韓婷卻不說了，只一雙大眼瞅著齊妍。齊妍白了她一眼道：

「公子雖無一見鍾情之感，然而我等一向知道公主聰慧美麗，難得皇后親自選中公子，公子只要沒有特別不喜之處，便該答允這千載難逢的良緣，只是公子貴為駙馬爺之後，可不能把妾等棄如敝屣……」

齊妍接著說，說得更明白：

「公子做了駙馬爺，要把妾等三人帶入駙馬府，妾等得以繼續侍候公子，在複雜凶險的後宮中能為公子設想、擋災、賣命。」

司馬永漢聽著二位佳麗一人一句的，心思漸漸被說開，覺得她們所設想的情景倒也不失良策。

另外還有一層考量，如果自己明日對丞相說「不」，想來丞相不僅失望，而且還有得罪皇后之虞……可是當他仔細回想公主的模樣，竟是愈想愈模糊，連那天敬酒時，兩人說了什麼客套話都記不清楚了。

齊妍和韓婷齊聲道：「公子，您是決定了吧？」

司馬永漢揮手道：「妳們兩人且退，讓我靜下來再想想，這樁大事須得三思而行才好……」

這時書房門又有人輕敲而入，一個嬌柔而清脆的聲音：

「季文子三思而後行，子聞之，曰：『再，斯可矣。』公子當思孔夫子之嘉言，早作決定。」

只見秦妤俏生生地已站在司馬永漢面前，她似笑非笑地望著司馬永漢，一雙充滿聰慧的眸子流露出理解和鼓勵。司馬永漢知道秦妤在三女中年紀最小，卻是讀書最多的一個，這時聽她拿《論語．公冶長篇》中的話勸自己早作決定，想來恐非隨意發之，而是有什麼新的訊息為所本。

果然秦妤接著道：

「妾從宮中舊日密友口中得知，太尉已為其義子烏沃公子提了親，公子若是再猶豫不決，只怕烏沃公子將拔了頭籌，到時公子悔之不及矣。」

司馬永漢暗暗吃驚，看了她一眼道：

「妳們三人都退下吧，我要……再思。」

琮璧公主從太后那裡回到自己的寢宮，辭退了侍候著的小宮女，寢宮裡只剩下公主和小白。

太后告知琮璧公主，皇后將一手主導召司馬永漢為駙馬的大事，事情發展已超過太后所能掌控，目前唯一能改變情勢的只有琮璧自己，以及帝君札赫。

太后也透露了札赫對此事的態度。皇后說帝君傾向由她主導，這雖是皇后的說辭，但太后判斷確有幾分真實，原因是札赫對司馬或烏沃兩人並無特別的偏愛。

照皇后的說法，她將立刻啟動婚事籌備，一旦訂了婚約，那便無可挽回了。

太后很明白地表示：「剩下來只有靠琮璧妳自己努力了。妳大可直接去向父皇表達自己對婚事的看法。」

琮璧回到自己的寢宮，心事如麻，表面卻顯得十分淡定，只靜靜地坐在梳妝臺邊，小白送上了一碗雪蘭湯，琮璧卻搖搖手，沒有興趣嚐一口。

「公主。這是皇后親手為太后調製的，因我們不在宮中，皇后特別多留了一些給您用，您喝一碗吧。」

公主沒有答話，她心中一直在想，離開太后寢宮前太后最後對她說的一句話：

「皇后說做就做，妳要趕快去見妳父皇，妳父皇一向疼妳，妳要去向他求救。」

小白從主子臉上的神情看到有些陰晴不定，她是公主身邊唯一的親近侍從，一看便知她正在思考一件極難作決定的大事；依公主的性子，遇事從來不會猶豫不決，這時的神情極是罕見。

她不敢打擾，悄悄將一碗冰鎮雪蘭湯放在桌上，一言不發安靜地侍候在一旁。琮璧忽然輕聲冒出一句話來：

「從小父皇最喜我爽朗痛快的性子，想來他不愛我哭哭啼啼去求他作主……對吧，小白？」

小白深深望著主人，罕見主人用這般無助的口氣徵求她的意見，心想公主真的陷入天人交戰了！

小白在太后與公主密談時被摒在外，不知太后方才對公主說了些什麼，暗思：

「難道她也喜歡司馬永漢？在這兩位公子之間她竟難以抉擇，要父皇代她作主？」

小白再望向公主，她的神情漸漸恢復了一貫的自信決斷，終於她對小白下了指令。

「小白，快去作準備，我們出宮去。」

「出宮？這時候怎出得了？」

「我們走密道，妳快收拾一些必備東西，愈快愈好。」

「公主，妳要去哪裡？難不成去找……」

「我們去找烏沃，小白妳知道這時候去哪裡找他，對不對？」

小白笑道：「不錯，小白剛好知道哪裡能找得到他。公主妳要化妝易容吧？」

「不錯，妳快去準備，我要扮成一個俊俏的小商人。」

「那我呢？」

「妳……妳也扮成小商人，但我要比較有氣派。」

「公主本來就比較有氣派。」

琮璧公主沉吟片刻道：「待會我們離開時，不要關燈。」

「那不是會被值夜宮女發現我們失蹤了？」

「就是要被發現才好……」

城東的魚鮮店裡。

烏沃正在與奇奇哥品嚐店老闆今日特別進貨的深海鮮魚，烏沃帶了一小罈從太尉府窖藏裡偷出來的二十年老酒，和奇奇哥兩人吃得不亦樂乎。

飯局是奇奇哥約的，原來約在昨晚，烏沃改到今晚。奇奇哥請客，烏沃貢獻酒，兩人談的是深海潛水。奇奇哥開宗明義道：

「我的研究工作到了突破瓶頸的關鍵時候，最近一連幾個來自各方的數據使我對自己創建模型的正確性，信心大增……」

烏沃對奇奇哥心存敬意，一向以智人相稱，這時喝了幾碗老酒，仗著酒意打斷奇奇哥道：「老哥，您那模型是幹什麼用的？就算正確了又能怎樣？」

奇奇哥酒量不及烏沃，喝得已有些飄飄然，聽烏沃這樣相問也不以為忤，反而哈哈大笑道：

「你這小子精靈古怪，我就告訴你吧，奇奇哥這個模型如果搞對了，就能建構生命起源的量子解說，並能據以預測影響生命演化的分子輿圖……」

烏沃聽得一頭霧水，便打斷道：

「什麼解說，什麼輿圖，有什麼用處？很偉大嗎？」

奇奇哥兩次被打斷，卻不生氣，反而抓起碗來又乾了一碗，指著烏沃道：

「偉大嗎？我這個如果搞對了，半個生命祕院的研究計畫都要重寫，人類最大的生命奧祕為之破解，那些走其他途徑研究同樣題目的計畫就該另起爐灶了……」

「那朱橙的計畫呢？」

奇奇哥吃了一驚，酒意醒了一半。

「朱橙？你為啥會提到朱橙？」

「不為啥，生醫智人中除了您，我只認得朱橙，再說，她雖然在皮幽國，可我被皮幽軍隊抓去送到他們智人院裡時，只有朱橙待我特別好，我現在還會時常想念她……」

奇奇哥聽了似乎感慨良多，閉目道：

「朱橙……嗯，朱橙，她的研究的確和我的工作有……密切關係，想來她也會需要重新考量……但也有可能她和我在這個問題上的想法一致……畢竟正確的答案只有一個！」

烏沃雖然喝了不少，腦子還是清楚的，他立刻抓住一個要點，搶著道：

「但是她屬於皮幽國，您的偉大突破不會讓她知道的，是不是，老哥？」

奇奇哥聽了又是一震，他有些結巴地支吾道：

「皮幽……是敵國，我當然不會跟朱橙有任何聯繫……」

烏沃嘆一口氣道：

「我雖不懂你們在研究什麼高深的學問，但我覺得科學沒有敵我之分，要是你們生命祕院能和皮幽智人院合作，你們的研究工作一定可以互通有無，兩位世上最棒的生醫智人共登顛峰……」

奇奇哥睜大了眼問道：

「烏小子，你真的這麼想？」

「當然真的，倒不是因為我剛好認識奇奇哥及朱橙，我是從科學的整體發展來看的，兩國都有厲害的智人，好比您和朱橙，研究的題目又密切相關，為什麼不能合作，早日解決難題，共享研究成果？」

奇奇哥道：

「真難得你能這麼想，其實在皮幽人從我國分離出去自建國度之前，現皮幽智人院的好幾位都曾是我國的智人，朱橙便曾是便在生命祕院中，那時我們是同事呢。現在研究的課題，在我們的思考中只是科學上探索生命起源及演化機制的奧祕；可是在朝廷的眼中，這項研究的結果可能影響到國家安全，那便必須要絕對保密，遑論合作了……」

烏沃點頭道：

「這個我瞭解，但是有些研究結果是探討自然的奧祕，或是關於全星球人類的福祉的，就不應該列為國家機密，否則你防著我，我防著你，科學的進步一定會大受影響。」

奇奇哥又乾了一碗，叫聲「好酒」，聲音已顯七分醉意，卻透著激動。

「烏沃你能有這番見識，讓我十分感動。上回聽你說你自幼在南極角深海騎皇帝魚玩耍，水中功夫很厲害，我最近可能要去一次真正的深海，想邀你同行作我助手，你可有興趣？」

「當然有興趣！什麼時候？」

「還說不準，我在等我的模型最後的幾個數據，也在等阿里十三的團隊設計更深海的潛水設備……」

「要潛多深？」

「哈，至少是皇帝魚的兩倍深！」

烏沃眼睛一亮，興奮之情現於色。

「太好了，您準備好了，別忘了通知我！」

奇奇哥笑道：

「就知道烏沃小子你在想你的老相好了……」

「什麼老相好？」

「那條超大皇帝魚呀！」

這時奇奇哥腕上一個手環忽然青光一閃。奇奇哥匆匆起身，竟然語略帶慌張地叫道：

「烏沃小子，我有要事待處理，麻煩你代為結帳，我會奉還……」

他不顧酒醉七分，踉蹌地快步衝出小店，烏沃站起身來相扶已不及。

「奇奇哥智人，您小心啊……」

奇奇哥已走遠了。烏沃一肚子疑問，回座上就將碗中酒乾了。

「他那麼急急忙忙離去，肯定和手環上那一道青光有關，看來像是趕去赴什麼緊要的約會？他近來一些奇怪的舉止多半與他今天說的有關。」

烏沃常有一些莫名其妙的俠義心，有時又有些災難預測感，此時他忽然覺得奇奇哥此去有些不妙，便叫了老闆娘付帳。

他急忙衝出小店，醉步蹣跚踢倒兩張木椅。出了門兩頭張望，奇奇哥已不見蹤影。

烏沃暗罵自己慌張誤事，正要啟動四人之間的祕密通訊器聯絡，抬頭看見兩個商人打扮的小個兒迎面走來。

走近了，原來是熟人。烏沃嚇了一跳，酒醒了一大半。

「公主！妳怎麼這時候在這裡……小白，怎麼回事？」

小白看向琮璧公主，公主道：

「烏沃，今夜我要好好賭個大的……」

「妳又要賭什麼大的？妳瘋了嗎？」

「我沒有瘋，今夜要和你一起賭一個一生中最大的賭注！」

聽到這裡，烏沃的酒已經全醒。

法】

「小白，公主她……她是不是出了什麼事？」

小白的回答更是奇怪：

「不瞞公子，我也不知道，小白只知道今晚在這個魚鮮小店能找到您，其他的一概不知。」

烏沃用力眨了幾下眼睛，盯著公主的臉，他想要努力使自己更清醒一些，看看這個無法無天的公主到底在搞什麼花樣。

皎白的月光下，他看到公主一身可笑的商人打扮，臉上簡陋的化妝，想來是匆忙之中草草成裝就趕到這裡來「堵」烏沃；但是她一雙大眼睛卻是晶瑩清亮，靜靜地看向自己，目光中閃出的淨是無與倫比的決心。

烏沃被這眼光嚇住了。

「這人行徑平時已經難料，此時加上這好大的決心，恐怕更難招架，我義父才向皇上提了親，她要和我賭上『一生中最大的賭注』，我的媽呀……」

他有些心虛地問道：「妳到底要賭什麼？」

公主並不立即回答，卻道：

「京城南郊有一片好大的森林，林子裡有奇木異卉，野生小動物，還有一個湖，景色美極了……」

烏沃打斷她道：

「我知道，彩色森林，那又怎樣？」

「聽說月光下景色尤其迷人，我想去欣賞彩色森林夜景卻有些怕，你……」

「妳想要我陪妳去？公主妳不要來亂，這麼晚了要去欣賞什麼夜景，還不趕快回宮去？」

「我要你陪我去，我們在林子裡好好玩一回，你瞧今夜的月色有多美，那好大的林子沒有遊人，就我們三人玩個痛快，何況我們還要抓些小動物，更是有趣。」

「我可以陪妳，但妳必須告訴我，為何要選這個時辰去彩色森林遊玩？別跟我說些月色多美的廢話，我要聽實話，妳不說清楚，我是不會去的。」

「你過來，走近一點……」

烏沃知她要講悄悄話，便靠近她把耳朵伸過去。

琮璧公主在他耳邊說了一句話，烏沃聽了，原本酡紅的臉色一下子變得蒼白，他暗中罵道：「他媽的，我才是要賠上『一生中最大的賭注』！」

烏沃和公主四目對視，足足有好幾分鐘，小白在一旁默默地看著他們。公主的眼中漸漸流露出萬般柔情，烏沃的臉色也漸漸從蒼白恢復到先前醉酒的酡紅。

「從來沒有想到琮璧公主竟有那麼溫柔深情的一面……」

他們站得很近，公主抬頭凝視著烏沃，烏沃情不自禁，竟然伸手握住公主的柔荑。他感受到公主也輕輕地回握他，不禁一陣飄飄暈然，但他知道那不是酒力的後勁。耳邊聽到公主嬌柔的低聲耳語：

「執子之手，如此良夜何？」

烏沃讀過《詩經．擊鼓》，知道這聽來悱惻纏綿的四個字，其實是攜手共赴戰場的誓約，這時出自調皮大膽的公主之口，想到她說一生最大的豪賭，又想到《詩經》中的下一

法】

句「與子偕老」，心中別是一番滋味，一時之間把這個百般機靈的烏沃想得痴了。

終於他豁出去了，抬目直視公主道：

「走，我們看樹去。」

城京的百姓稱它彩色森林是有原因的。

這個原始森林極大，林相及植被極複雜，利用不同波長行光合作用的樹木交錯而立，在不同季節中各呈不同顏色，以致一年任何時間來到林中，都會看到五彩繽紛的樹林，無論在日光或是月光下，都是一番奇景，美不勝收。

公主嘆道：「久聞這林子夜景美麗，到了實地才知百聞不如一見。」

烏沃也讚道：「這些顏色和白天看到的截然不同，似乎……似乎……」

他一時尋不出適切的形容詞，小白接上了：

「從白天的爭奇鬥豔，變成了夜晚和諧共繪。」

「小白，妳真聰明，公主手下無弱將。」

「哈，你是說公主教得好吧，我要往林子裡湖邊去探探，烏公子看著點公主。」

小白走了，四面一片寂靜，平時大膽的公主忽然有些害怕起來，她不自覺緊握住烏沃的手，烏沃感覺到微微的顫抖。

其實烏沃自己也沒由來地緊張起來，幸好月光朦朧，更兼他臉上酒意尚未全消，不用擔心被公主看出他的窘態。

於是兩個平時大膽妄為的「頑劣份子」，這時手牽手在林子裡心跳如鼓，誰也說不出話來。

林子裡月光照過之處繽紛熱鬧，四周卻是一片寂寞。在那絕對的寂靜裡，兩人頭一回不在賭桌上相處，而是牽手坐在厚厚的落葉上，是那種寧靜和親近使兩人覺得又興奮、又緊張、又有幾分甜蜜，誰也不願開口說話。

公主頭上一細枝垂下，枝上數十片綠色葉子，烏沃伸出手去撥弄一下，公主看到烏沃的手一接近綠葉，那些葉片上立刻散發出極淡極柔和的綠光，只有在夜間才能看到，烏沃的手移開，綠光便隱去，其他靠近他手掌的葉子又綻放出綠光，明滅相間，那景象美妙之極。

「烏沃，你的手……」

烏沃自己也不知道手掌竟有如此神奇的魔力，他輕聲道：

「我也不知道是怎麼回事……」

其實他是隱約知道的，多半是他誤食那綠色獾族人身上的「藍色結晶」惹的禍，想不到在這彩色森林的夜晚裡，他又發現了自己一項新的特異功能。

「烏沃你再用手去撥撩一下那些葉子給我看。」

烏沃伸手撥動綠葉，只見一串葉子散發綠光此起彼落，在五顏六色的林子裡現出一種美妙而神祕的跳動流光，令人目眩神移。

「你怎麼會有如此神奇的超人能力？」

「我誤吸入了奇異的東西，使我有了植物的某些基因，這些綠葉在歡迎我加入它們呢！」

法】

「你試試其他顏色的樹葉看看……」

烏沃伸手靠近一棵長滿橘色葉子的窩侖樹，卻沒有任何感應，烏沃想到那綠色的玂族屍體，想到自己皮膚一度淡淡轉綠，心中有數。

他此時不願多談細節，而且細節他也未必完全清楚，便只淡淡地道：

「看來只有綠葉才喜歡我。」琮璧公主語帶雙關地笑道：

「哈哈，不能什麼顏色的葉子都歡迎你呀，你只能專心於一色，綠色我也喜歡。」

烏沃望著公主的俏臉裹在一頂不倫不類的商人帽裡，覺得又滑稽又可愛，這時聽她說「你只能鍾情於一色」，忽然情不自禁地低頭向公主臉上親了下去，公主吃了一驚，下意識地一躲，烏沃就親吻在她嘴唇上了。

剎那之間，兩人都是一番暈陶陶，渾然不覺小白靜悄悄地站在叢林後。

烏沃放開滿臉嬌羞的公主，低問道：

「琮璧，妳真要天亮才肯回宮？」

「我就是要讓皇后知道我們兩人在一起徹夜未歸……」

「妳膽大包天又有太后護著，小白怎麼辦？她可要受罰了……」

琮璧公主還未回答，身後傳來小白的聲音：「公子，小白不怕。」

小白從暗處走出來，月光照在她身上，只見她一手捧著一束顏色絢麗的野花，另一手抱著一隻黃色的小動物，似笑非笑地看著兩人。

奇奇哥快速離開魚鮮小店，抄條近路走到智人院，但他並沒有進入研究室。他在院後的樹林中藉著濃蔭遮住皎月的光輝，悄悄走到一個小土丘上。

小土丘四周都是濃密的樹林，他走到土丘的後方，腕上的手環閃著青光，頻率愈來愈高，最後停止閃爍，足足亮了十秒鐘，然後就熄滅了。他悄悄地在土丘後坐下。

奇奇哥酒意全消，緊張的心情略微放鬆，暗忖：「總算及時趕到，時間正好。」

他將手環舉起靠近左耳，手環的接收器已經和他身體上的晶片連接上。

四周一片寂靜，他的手環開始閃微弱的紅光，閃光忽快忽慢，忽長忽短，奇奇哥知道自己和對方的量子通信已經連上，這時訊號的傳遞完全是即時的，也沒有任何方法可以干擾或截取。

紅光閃得清晰而穩定，奇奇哥暗喜，心想今夜的通信真清楚。

「希望一次能把資訊全部成功傳到。」

他環目四顧，這個隱蔽的地方果然安全，沒有人知道這個土丘之下埋藏了一塊一尺見方的「碳板」，那一塊碳板是由碳基半導體製成的尖端晶片所組成，它就是奇奇哥和對方量子通信的接收站，只要站在土丘旁，訊號直接送到他的手環上。

足足四十秒鐘後，閃爍的紅色終於停止，奇奇哥心中甚喜，他知道這次傳來的是一份極大的資料檔，這段時間裡，他苦等的數據應該是完整地傳到了。

他暗中由衷地感謝，用只有自己能聽到的聲音：

「謝了，蘇巴巴陛下，這個檔案應該是精靈翠兒開花生兒的最新資訊，上回我冒生死之險送含苞翠兒過去，總算有收穫了。」

他悄悄從濃密的林子中轉來繞去，一穿出來迎面就是智人院的側牆便門。他用密碼進入。

現在奇奇哥把自己鎖在辦公室裡，他閉目用意念將晶片中的數據傳到電腦中的３Ｄ轉換程式中，他適才接收到的數萬個密碼一一轉化成３Ｄ空間的座標，然後一個標示著「甲」的巨大分子骨架就建構出來，另一批密碼訊號則啟動量子圖學程式，以原子尺度的解析度在分子骨架上將九種不同的元素原子填掛上去，他立刻辨認出有碳、氫、氧、氮、磷、硫、鎂、鐵，還有銅。分子骨架立時形成了一個被放大兩億多倍的真實分子的虛擬實體。

奇奇哥睜開雙眼，看到空間中這個構造複雜的神祕分子，他由衷地感到震撼。

他立刻將烏沃傳給他的藍色結晶分子叫出，於是空中併列了兩個分子的３Ｄ結構。

「這將是我創建模型中最後一塊拼圖嗎？」

「解讀這兩個分子就能指引我破解生命起源、物種演化的機制嗎？」

他望著那歷經千辛萬苦和百年機緣得到的分子，心中的思潮起伏澎湃，一會兒他覺得自己離終極的答案近在咫尺，一會兒又覺得終極的答案瞻之在前忽焉在後。

他開始詳細地解讀這兩個神祕分子的每一個細微之處，不放過任何一個大自然揭示的奧祕……

他閉上雙眼，一片幽闇之中忽然閃過一道靈光，他從這兩個分子之間看出了一些共同結構……

他啟動量子計算的分子圖學，將那些「共同結構」的片段作了最符合量子力學的抽出及重安排，半個時辰後，他得到三個截然不同的分子，它們都含有那些共同結構。

奇奇哥震驚於自己的發現，他心跳加速，略帶顫抖地喃喃自語：

「如果這三個分子結構中有一個是對的，我可能就得到生命發生時的原始分子了，那麼，從開花精靈的孢子得到的『甲』分子，以及從綠色獾人脊髓得到的藍色結晶分子，它們都曾經是具有基因編輯能力的衍生物……」

「……讓我想像，遠古時，它們的前驅物在洪荒的生態條件下活性高昂，某一次的偶然，將其載體的基因重新編輯，導致了演化途徑走向了半動物半植物以及半人半獸……甚至，烏沃身體內也因誤入了綠獾人的幹細胞，而出現了輕微的基因重編的現象……是這樣的嗎？」

「要驗證我這三個分子結構中是否真有一個確為生命的起點，根據我的模型推論，『它』，應該在深海底的火山口附近能夠找到。」

天亮時，小白陪著公主從後宮密道溜回到寢宮。

公主寢宮內燈火通明，走進宮門第一眼看到的場景令公主花容失色，小白噗的一下跪地，不敢抬頭。

只見帝君札赫居中而坐，皇后和太后坐在兩邊，排場更勝金鑾寶殿。

琮璧知道回來有一番不好過，但絕未料到這個場面。她走上前去在父皇膝前跪下，叫了父皇、母后和皇祖母，然後就低頭不語。她心中朝正面思考：

「這場皇家公審既然躲不掉，主審官是老爸總比老媽要好太多了，嗯，還有太后在場，這樣反而好過關。」

札赫皺起雙眉，聲音冰寒：「琮璧妳整夜不歸，去了哪裡？」

公主不敢怠慢，規規矩矩地回答：「我們去彩色森林夜遊了。」

「妳好大的膽子，身為公主竟敢私離皇宮去森林夜遊，妳怎麼出宮的？」

「女兒和小白從後宮密道出去的……」

札赫又怒又驚，喝道：

「妳怎知後宮有什麼密道？一派胡言！」

「十歲那年女兒就知道了。那年宮裡處理犯錯的宮女，一頓毒打，活活打死了一個小女孩，屍身便是由密道送出去的，我都看在眼裡。」

就這一句話令札赫語塞，皇后色變，半晌後才續審道：

「妳胡鬧的劣性變本加厲，居然兩人去彩色森林夜遊？小白，妳從實招來！」

小白全身發抖，其實是被剛才公主說：「一頓毒打，活活打死一個小女孩」的話嚇到了，她支吾著還來不及回話，公主已經答道：

「我們和太尉義子烏沃公子一道夜遊彩色森林……」

皇后在一旁實在聽不下去了，她一聲厲喝：

「太不成樣子！妳一個金枝玉葉的公主，半夜去和一個浪蕩子同遊，徹夜不歸！便是尋常民家的閨女，犯了這種罪行也要家法處置，何況我們皇室天子家規，皇上，您說該怎麼處置？」

札赫被皇后的怒氣嚇了一跳，一時不知如何接口，皇后的火力轉向，對小白怒吼道：

「小白，妳侍候公主，公主做出如此離經叛道的事，妳不馬上通報，竟然還跟隨著她胡鬧，妳該當何罪？」

小白抬眼看到皇后鐵青的臉，怒睜的雙目中射出凌厲的殺氣，跪在地上不敢回話，卻聽到琮璧接口答道：

「該當何罪，拖出去亂棍打死唄，再從後宮密道送出去了事。」

皇后大火上被加了一桶油，怒不可遏，對琮璧厲聲道：

「妳大膽！該怎麼處罰輪不到妳胡說八道，琮璧，妳先跟妳父皇招供，妳和姓烏的整夜在遊林子？沒有去別的地方……沒有做出什麼有辱皇家門楣的苟且之事？」

琮璧抬起頭，雙目看著皇后道：

「母后，女兒從小大膽妄為，喜愛冒險尋奇，妳也是知道的，這一回實是女兒聞說彩色森林月下景色天下無雙，忍不住想去一趟，但想到深夜入林，便有些害怕，這才約了烏公子一道去玩玩，果然見識了畢生未見過的美景，令我驚心動魄，貪戀美景之不暇，哪有時間去別的地方？女兒滿心充塞了至美至愉之感動，哪會去想什麼苟且之事，母后言重了。」

「妳……妳……妳，皇上啊，您看看這個女兒已經被寵得無法無天了，今夜之事，絕不能……」

她話聲未了，匍匐在地的小白懷中忽然跑出一隻黃色小動物，那動物非兔非鼠，臉孔長得有些像胖胖的貓，但比大部分貓的面容溫柔忠厚，一雙淺藍色的眼睛看上去特別無辜，牠窩在小白懷中久了，氣悶不過便掙扎著跑了出來。

牠一出來便跑到帝君札赫的面前，前肢舉起討食物吃。

札赫咦了一聲，見那小動物的舉動可笑，不禁莞爾，但立刻察覺到正在審問「人犯」，不宜面有笑容，便板起臉來道：

「琮璧妳從小到大，悖違庭訓的事幹得多了，真可謂罄竹難書，皇后疼愛於妳從未重罰，不想妳不知節制……」

「什麼不知節制？簡直是不知羞恥！」

皇后怒極，竟打斷札赫說話，札赫眉頭緊皺，正要接下去說話，腳前那隻黃色小動物見皇帝不理牠，便跑到太后前打躬作揖，太后身邊侍女隨時備有精緻點心，以備老人家不時之需，這時見牠鍥而不捨地討食，便偷偷拿出一塊點心，黃色小動物捧著點心喜孜孜地吃起來。

太后忍不住笑了起來，皇帝忍俊，這一切都瞧在皇后眼中，她知道皇帝和太后都想大事化小，今日想要打破公主和烏沃的關係是不容易了。

這時候太后說話了。

「琮璧公主自小到大妄行闖禍從來沒少過，之所以頑劣至斯，皇室的大人們在管教上疏忽各有責任，如今琮璧已行過成年之禮，她的行為要自負其責，如果今夜這種事傳出去，京城裡王公貴族弟子人人卻步，公主之名譽難以恢復。如今難得有個太尉的義子不畏風險，又與她情投意合，哀家之意，索性便召烏沃為駙馬……」

札赫的表情極為無奈，點頭道：

「太后說的也有道理，如今木已成舟，傳出去我皇室名譽掃地，琮璧再無良人……」

皇后恨聲道：

「沒有良人便找個浪子？皇上，這可是我們唯一的女兒……琮璧，妳可惡，妳是故意

【變

的！看妳嫁給這個浪蕩無行的賭徒有什麼好下場！」
說著氣呼呼地站起身來，對札赫及太后行了一禮道：
「這事我不管了！」
說完便快步離開，似乎一秒鐘也不想再待在琮璧的寢宮，侍女們趕快追隨上去。
皇后經過跪在地上的公主時，不看她一眼。
札赫道：
「皇后息怒，這……這未必不是好事，琮璧已成人，她的事……」
他原來衝口而出的是「她的事妳管不了」，但緊急煞住了，否則必然火上加油。太后卻接著道：
「豈止『未必不是好事』？乃是大大的喜事！皇上，哀家這十八年來和琮璧這小魔頭朝夕相處；皇上忙於朝廷國事，皇后忙於後宮庶務，是我教她皇室禮儀、讀書寫字，那晚皇后設宴，琮璧進退談笑，儼然大國公主風儀，滿朝稱頌，哀家引以為傲，至於……至於她的大膽妄為、無法無天，乃是天性，得之於皇上及皇后，與哀家無關。」
札赫聽了哭笑不得。此刻他深深體會，國事易斷家事難評，忖思道：
「這道理也簡單，朝廷上大臣人人服從，後宮裡家人卻不聽你的，或是陽奉陰違……」
然後他自我安慰地喃喃自語，結論道：
「想來這情形自古皆然，天下皇家莫不如此。」
琮璧和太后相處十八年，到今夜才領教到這個老太太的功力，她終身無出子女，卻能在前朝為后、今朝為太后，平日只是鋒芒不露，其實她在後宮諸處都布有耳目，各種紛擾

法】

她無不知情透悉。

想到她剛才對今夜夜遊未歸的事，竟然直言：「大人們在管教上疏忽各有責任。」琮璧不禁讚嘆：

「好一個『各有責任』，雖然實質上寵愛縱容我最厲害的是太后，但體制上責任最大的卻是皇后，四個字便將皇后抵住了；這種招式我要好好學習。」

她抬起頭來看札赫時，眼中已滿是喜悅。

「父皇，您方才說什麼『木已成舟』對琮璧不公平，女兒和烏沃夜遊森林，可是規規矩矩沒有任何踰矩之舉，不信您可審問小白……」

札赫有些尷尬，便道：

「朕說『木已成舟』乃是指你們的事已成定局之意，並非說妳有踰矩之事……至於……」說到這裡，他突然發怒，指著小白吼道：

「至於審問小白，小白便是妳的影子，審問個鬼啊！」

於是札赫藉著這一怒，便起駕離去，太監們立刻一擁而上。公主寢宮一下子就只剩下了太后。

太后道：

「妳父皇母后都被氣走了，妳還跪在那做甚？」

琮璧起身笑道：

「孫女就知道太后會保我，只沒想到太后手段這麼厲害。」

小白見主人起身，便要起來侍候在側，太后喝道：

「我叫公主起來，可沒叫妳也起來！」

小白連忙跪回，喃喃道：

「跪就跪，又跪不壞我。」

太尉府的議事室裡一張馬蹄型的大桌子，只坐了兩人。

門口由三個機器人中戰力最強的紅帶把守，任何腳步進入五十步內，無論多輕微，紅帶都能偵測到，且立刻進入作戰模式。室內在進行的必然是極機密的大事。

太尉尤古坐在主位，坐在他對面的竟然是廖淳仁。

桌上放了一張塞美奇晶國的行政區域圖，上面除了有各郡縣的地名，還有密密麻麻的人名和其他資料。

為了廖淳仁的方便，太尉這張地圖上的地名、人名皆以漢字打印。那是一張臨時立法委員候選人的分析圖，圖上有各郡縣候選人的名字、背景及地方聲望調查資料。

廖淳仁板著臉，一肚子的不高興，尤古知道，他曾親自答應廖淳仁不會再受抽取脊髓之苦，而廖淳仁卻在前幾日被生醫智人奇奇哥生吞活剝地抽了脊髓，而且這一回抽了好像有好幾次，從頭到尾不給麻醉藥，廖淳仁痛到極處人已糊塗，到底被抽了幾次已記不清楚。

現在面對太尉他有滿腔的不爽。其實太尉一見面就道歉了，但是廖並不接受。

「太尉你曾答應我要保護我，結果你的命令到了智人手上就是一個屁，你如不能將那個姓奇的什麼哥重罰，替我出一口氣，我憑什麼要再為你效勞？」

太尉陪笑道：

「這事是我疏忽了，我得知這情形後立即罰那奇奇哥一年薪資，本待叫他親自來給廖先生道歉，無奈那廝離開京城到南部去公差半年，等他回來，我定要他負荊請罪。」

廖淳仁也是擺個姿態，莫名其妙被帶到這個鬼星球上，人為刀俎，我為魚肉，哪有真刀真槍跟人家對幹的本錢，雖然明知太尉的話沒有一句靠譜，但見他竟懂得「負荊請罪」的典故，證明他要以地球之禮相待，也就見好即收。

「好吧，看在太尉的面上，我就忍了這一回。」

太尉謝了，指著桌上的地圖道：

「這是二十郡及京城的選前評估圖，這二十一個臨時立法委員就從這些人裡選出；另外的二十名是由幹過朝廷官員和御史的人互推出線，就沒有顯示在這張圖上……」

「我先問這二十名幹過官員和御史的立委，他們的選前形勢如何？」

「支持我的人和支持丞相的大約是各半，或許我這邊略微落後；我有把握的……應該有八席。」

廖淳仁摸了摸唇上花白的短髭，點頭道：

「料敵從寬，我們先打算這一塊太尉的人落後四席，然後看我們如何從郡縣選舉這邊贏回來。」

尤古道：「不錯，這正是我們今天要好好談一談的大事。」

「先說說您的自我評估吧，哪幾個郡縣您的人馬較有把握，哪些郡縣您的候選人居於劣勢，然後我們從落後不多、有希望翻盤的地方下手，買得動的票一定要捨得撒錢買下，買得動的對手一定要威迫利誘讓他退選……這只是個原則，咱們一郡一郡來細談。」

兩個時辰過去了，桌上那張行政區域圖上多了許多叉叉圈圈，桌上一壺上好的熱茶早已喝光也沒叫人添水換新，會議室中還就是太尉和廖淳仁，兩人都累了。只有門口警戒的紅帶依然威風凜凜地立著，絲毫不累。

奇的是這時紅帶的身邊多了一個長得和它十分相像卻只有一半身高的機器人，那正常人身高的機器人腰上繫了一根橙色的帶子，一高一矮兩個機器人正在以無聲響的模式交談。

「紅帶，你是何時發現我走過來？」

「五十公尺外。」

「為何沒有啟動作戰狀態對我發動攻擊？」

「走到三十公尺時，紅帶已知是『橙帶』來了。你扮成機器人的模樣，十分可笑。」

「我是看你站在這無聊，送一些好聽的音樂給你。」

「橙帶」說著便將一個拇指大的耳機遞給紅帶，紅帶將之塞入右耳，立刻聽到動人的音樂，正是它最喜歡的〈機器人狂想曲〉，這音樂是機器人作曲大師比托分的傑作，但因比托分已去了皮幽國，此曲在塞國遭到禁播，這時紅帶得聞這首高音質的「古典」音樂，十分心喜。

「真好聽，謝了。」

「自家兄弟嘛，不用客氣。」

「可以錄給另外兩個兄弟分享麼？」

「不急，我另外有不同的好音樂分送黃帶、青帶他們，然後你們可以交換共享各種機器人的好音樂。」

法】

廖淳仁打了一個呵欠，指著桌上道：

「根據烏沃公子送回來各郡縣的情資，怎麼細算我們都難有勝算，您看，最好的情形您的人馬能佔十二席，最壞情形，只能選上八席；即使最好情形，二十一席中您還是少一席。」

太尉沉著的臉色變得嚴肅，廖淳仁補充道：

「當然這個算法是料敵從寬，料己從嚴，是假設所有中間票全都給了丞相那邊，真實情形不會那麼糟。我們加一把勁，仍可一戰。」

太尉搖了搖頭道：

「我派的二十一個人選全都優先納入了推薦名單，每個人又都分配了直接與庶民對話的通信設備，想不到丞相在民間的力道如此扎實……」

廖淳仁又站起來仔細端詳桌上圖裡的數字，一手搓捏短髭，鼻裡嗯哼有聲，太尉知他在動腦筋，便不敢打擾他，只默默地等他開口。

廖淳仁在心裡盤算著，不過就是個臨時立委的選舉，自己一個外人，太尉多一席少一席也不是什麼大事，但是想到自己想要當「宇宙喬王」的雄心，這一戰便有戰略上的重要性了。

他思考了一會，心中已經有底，便緩緩地道：

「太尉如果想要必勝，那也是有辦法的。」

太尉聽了這話精神一振，忙問道：

「廖先生計將安出？」

廖淳仁在行政區域地圖上連點了三處，壓低了聲音道：

「根據您這上面的資料，這三郡都算是對方佔上風的地盤，但巧的是這三處的郡守都是太尉的人：一位是由現役地方軍頭兼任，另兩位曾在太尉麾下做過將軍，我們要從這三處下手……」

他繞過會議桌，走到太尉身邊，湊近太尉窸窸窣窣說了好一會，太尉連連點頭，漸漸臉上顯現出不可置信的神色，等到廖淳仁說完，一向沉著的太尉竟變得激動起來，兩眼亂眨，說不出話來。

廖淳仁回到原來的座位，冷靜地道：

「我們要是能辦到剛才說的這些，這三郡豬羊變色，一來一往就差了六席，太尉您便穩操勝券了。」

「豬羊變色？」

「這是地球的說法，就是……就是逆轉勝的意思吧……」

太尉一面沉思，一面喃喃自語：「豬羊變色……豬羊變色……逆轉勝！」

蘇巴巴退了朝回到御書房，傳右將軍皮幽貓來問話。皮幽貓恭立在桌前，蘇巴巴賜坐。

「塞國最近在搞變法，搞得如火如荼，左將軍從前線呈報，對方幾個屯田軍區有不尋常的演練活動，朕已命他一面嚴守邊界，一面讓赤目新軍上陣，讓他們早些進入實地作戰狀態，這個時間照說對方內部將有巨大變化，不致有餘力向外擴張，但我對尤古太尉知之甚深，此人精於謀略，用兵常喜出人意表，這段時間肯定加強了間諜活動，你要特別注意國內的安全。」

「啟稟皇上，皇上交代我最重要的大事，有進度也有瓶頸，先報告新兵訓練，最後一批赤目新兵正在作結訓前的測驗，這一批獾族人素質較差，訓練格外困難，好在三天後這一百名新血終於可以加入部隊，目前最大的瓶頸是獾族人的壯丁來源愈來愈稀少，這一期新兵之後恐怕很長一段時間難以為繼。」

蘇巴巴點頭接道：

「智人院那邊的研發工作雖有進展，但就怕緩不濟急。如果近期仍不能成功，我們要開始召集三十到三十五歲的國民加入軍訓，增加我國第二線正規部隊，然後再集訓年輕女子組成第三國防軍，我皮幽國人口稀少，必須全民皆兵才能應付當前的形勢……」

皮幽貓從帝君這番話中嗅出不尋常的訊息，暗忖：

「帝君一面說敵國正集中全力在搞內政變革，可一面又在談大舉建軍，顯然並不全是為了防禦，難道他心中在計畫全面進攻，一舉滅了塞國？」

他的沉思被蘇巴巴的話打斷：

「右將軍，你以國為姓，是一隻不折不扣的國姓貓，這些重擔朕就全權交給你了，你不要辜負朕的……」

話尚未完，太監匆匆進來報告：「智人院朱橙智人求見皇上。」

蘇巴巴忙道：「快傳！」

朱橙快步進來，見皮幽貓在座，兩人很快地交換了一個眼光，蘇巴巴沒有注意，那眼光中隱含著親切的喜悅。

皮幽貓起立，恭聲道：「朱橙智人有要事呈報，末將告退。」

蘇巴巴揮手道：「不必，你且留下聽聽朱橙的報告，她要呈報的事也與國防安全有關。」

朱橙上前恭敬行了一禮，然後陳道：

「啟稟帝君，臣的研究工作有了突破，臣比較了六千多個分子細部結構，終於從綠獾人身上取得的藍色結晶，和此次翠翠生殖過程得到的一個神祕分子結構中，發現兩段看似不同、其實生化的活性潛能完全類似的短鍊，臣從這兩段分子的『部分』3D結構得到啟發，它們中間類似核醣核酸的部分，極有可能是最早從無機物轉化為生命體的關鍵……」

蘇巴巴凝神聽到這裡，忍不住打斷道：

「妳這兩個分子共同處，在於都得自介於動植物界之間的特異生物，所以妳所說的『部分』不僅是生命發生的關鍵，也可能是演化分歧的起始點……」

朱橙忍不住讚道：

「皇上不愧當過智人院的總院長，我要報告的第二個發現便是這兩段分子的關鍵『部分』都不用氧原子而用硫原子……多年來科學界的共識，生命發源自深海，而我們這些發現，使我不得不認為這些分子都發生在極深海中的一座火山周圍……」

蘇巴巴一臉的興奮，叫道：「南極角海岬的萊萊克火山！」

朱橙點頭道：

「臣要親自下深海去尋找火山周遭的生物體，此非智人院的資源所能辦到，臣請調用我國軍用最先進之潛海設備，請皇上支持。」

法】

蘇巴巴毫不猶豫地答允道：

「國防軍部的深海工程司，最近試驗成功的超深潛海裝備潛到兩千公尺，正好符合朱橙所需。唯一難處在於它目前只屬原型產品，容納空間十分有限；朱橙妳可能最多帶一個助手下去，智人院中妳要帶誰去？」

朱橙道：

「如果真只能帶一人，臣想帶一個運用武器嫻熟的高手，聽說那片海域五百公尺以下常有極為凶惡的巨大深海生物出沒，那些巨型生物都是遠古時代遺下的物種，臣以為，如果潛水設備只能容納兩人操作，對臣而言，深海保鏢遠比科學助手重要，懇請皇上派一個武器高手下海，保護臣及臣將獲得之珍貴採樣……」

蘇巴巴聞言不住點頭，正在思考派遣何人較佳，坐在一旁的右將軍皮幽貓發言：

「啟稟皇上，臣自願請命利用休假時間擔任朱智人之護衛，請皇上恩准。」

蘇巴巴聞言先是搖頭，繼而想了一會，便覺得這也許不是一個壞主意。

「右將軍運用各種新式武器之戰技，在我皮幽國算得上數一數二，因此朕才把訓練新兵戰技的責任交給你，你既自願利用休假時間為朱智人作護衛，朕便准許了，就不知朱橙對此安排有無異議？」

朱橙瞟了皮幽貓一眼，點首道：

「啟稟皇上，近日右將軍加強智人院周圍的安全防護，經常深夜仍在智人院四周率兵親自巡邏，智人院同仁，尤其是愛加夜班的同仁，對右將軍特別感激，臣對右將軍感謝都來不及，哪裡有什麼異議，只怕耽誤了將軍訓練新軍的大事……」

蘇巴巴揮手打住，很滿意地笑道：

「適才已呈報新軍訓練三日後便結訓，如今朱橙的事重要性不比訓練新軍低，就這樣吧，皮幽貓你三日結訓交了差，便開始休假五天，休假期間你愛登山還是潛海，都由得你。」

朱橙和皮幽貓又對望了一眼，雖然只是一瞬之間，這回蘇巴巴卻看到了，他才暗自啊了一聲，耳中已聽到兩人齊聲道：

「謝皇上，臣領旨。」

塞美奇晶國第一次庶民參與的選舉順利地舉辦了。

這場選舉的設計及執行由丞相親率百官督導，各郡縣辦理選務，選舉前後及投票當日各地的安全事務則由太尉指揮各地方部隊，支援郡縣的公役捕快，確保國家第一次庶民選舉不會出現暴力或其他不法事件。

選舉前各方動員、與民對話、收集民意種種活動搞得熱鬧，選舉日卻是平靜冷清；雖是第一次施行選舉權力，庶民們出來投票的十中三、四而已。

選舉統計完畢，丞相府中金博召集了風晗、呼合毒、黃石九，以及司馬永漢開會確認，二十一席由各郡縣庶民選出的臨時立法委員中，太尉送來的名單竟然選上了十三名，丞相府所有人都覺不可思議。

金博心中十分惱怒，但面上絲毫不顯，他平和淡定地道：

「選舉順利完成了，靠各位的辛苦督導，老夫總算可以向帝君交差，先在這裡向諸君口

法】

頭致謝，過兩日一定在府裡設宴與諸君一醉……」

長史風晗看看了選舉結果，早已是一肚子氣憤，他忍不住道：

「丞相莫要謝我等，屬下對選舉結果極為不滿且高度懷疑……明明是偏向丞相，或者與丞相有淵源的候選人佔了一半以上，而太尉的人在二十一人中竟選上十三人，這是不可能的結果，其中必然有詐……」

副長史呼合毒打斷道：

「長官，屬下也覺十分納悶，但是各投票及開票處所的事務皆由地方長官及丞相府派出的幹員負責，據他們回報，沒有任何不合法或引起紛擾的情事，他們甚至覺得第一次辦理選務，一切平靜得出乎意料。」

丞相金博其實心中激動，不忿之情塞乎心胸，但他是兩朝大臣，修養功夫已近爐火純青，聞言只微微頷首，便轉向司馬永漢，問道：

「永漢，這場選舉整體設計裡你著力甚多，對選舉結果有何意見？」

司馬永漢道：

「咱們塞國原有之制度基本上還是摹仿地球上大漢帝國的制度，而民主制度則是地球上二千年後的新制，我們第一次舉辦民選，便是一口氣躍進了兩千『地球年』，能順利辦完就很好了，我們多辦幾次後，庶民的瞭解和參與熱忱都會增加。靠丞相的領導，札赫帝君的變法總算穩健地走出了第一步。」

司馬談政治制度，對丞相想談的選舉結果、丞相和太尉的勢力分布……一律避而不談，其實他心裡不但有深度的分析，也有極大的疑慮，只是此刻他不願談；他還在等幾個數字。

丞相聽了不動聲色，心中暗忖：

「這個司馬永漢也不簡單，他對選舉結果不可能沒有感想，只是在我面前答得滑頭。」

風長史道：

「我們在制度設計上應該沒有大問題，選舉結果如此出人意表，是否在執行面上出了我們沒有設想到的問題？」

副長史呼合毒道：

「據我手下報告，投票和開票的每一個程序都經過三次演練，不會在程序上出問題的。」

太史令黃石九忽然侃侃而談起來：

「皇上未登基之前曾長時間潛隱民間，或許覺得朝政漸漸偏離天下人民之福祉，是以這『庶民參政』之想法耿耿於聖上之懷。然而對天下精英之士而言，之前升遷之道唯在取悅、取信於帝君一人，今後當取悅、取信於全民，而民有百類，各有其私，良莠不齊，何其難也，是不只庶民不知所措，百官亦不能適應，屬下恐懼既往尊卑有序之社會秩序將被動搖，而君子為風小人為草，從此草上之風未必偃也。尤有甚者，若民無知而有力，得一野心者驅之上街，猶率獸而食人也……」

丞相聽得不爽，但這個老學究所言並非全是聳聽之危言，他揮了揮手打斷他說下去，正色嚴詞道：

「太史令所言聽來句句有理，何以不在帝君提出變法之議時當面進言？如今巨輪已經啟

法】

動，要阻止有如螳臂當車，已經不能走回頭路，吾輩該為之事，便是儘量謹慎周延，儘量避免可能產生之混亂失序，讓民主政治早日上路發揮其正面優勢，而不是再回過頭去批判此非彼非，喋喋無止無休。」

副長史呼合毒立刻接著道：

「丞相所言甚是，吾等食君之祿，自當忠君之事……」

丞相知他想見縫插針，便不客氣地打斷道：

「永漢，你方才就制度面說得甚好，但你還沒有對選舉結果表示意見，老夫正要傾聽。」

司馬永漢道：

「屬下尚在等幾個數據，待這幾個數字出來了，便能正確解讀這次選舉的結果了。」

「什麼數據？」

就在這時，機器人女侍阿巧輕輕敲門，丞相問道：

「阿巧何事？我們正在會議……」

「主人恕罪，適才有人送了一封信來，說是司馬公子急著要的重要訊息，阿巧估計與大人們正在會商之事相關，便冒昧打擾了。」

她談吐斯文，語意邏輯清晰，真不愧為機器人中的極品，司馬永漢聞言，連忙起身接過一個白色信封。

他拆開信很快地看了一遍，信中的數字飛快地在他心算中得到他要的答案。司馬重新回座，對丞相行了一禮道：

「丞相恕罪，方才丞相垂詢屬下不敢立即回答，現在可以了。此次選舉，太尉推薦二十一名候選人竟有十三名入選，關鍵在於『諾齊』、『里野』及『冰亞』這三郡……」

丞相閉目點頭，心中閃過三張親近於他的候選人面孔，暗忖：

「這三人皆是優秀人才，平時甚得當地民心，他們敗給太尉推薦的退休軍官，實在沒有道理。」

他脫口問道：

「永漢，這三郡怎麼了？」

「剛才阿巧送來的數據告訴我，這三郡的投票率都超出其他十八郡的平均值，而且超出異常的多，屬下很快地計算了一下，如果將每郡超出的比率換算成人數，則這三郡超出的投票人數都是二十萬票，各位是否會覺得有些奇怪？」

丞相年紀雖大，頭腦卻轉得快。只見他老臉脹得通紅，指著司馬永漢手中的信封道：

「你是說，這三郡的選票總數比投票人數多出了二十萬？這二十萬張票是從哪裡來的？」

司馬永漢道：

「屬下這樣懷疑當然是假設全國各郡縣的投票率大致相當，這三郡的投票率超高才顯得異常，而且『更巧』的是這三郡多出的票數都是二十萬，豈不奇怪？報告丞相，屬下懷疑這三郡有人作了二十萬假票！如果，我是說如果，這些票都作給……作給太尉的人馬，那翻轉選舉結果就不奇怪了。」

這一番說明大家都聽懂了，呼合毒怒道：

法】

「這……這簡直無法無天了，欽命第一次舉辦庶民參與選舉就敢作弊，這還了得……」

風晗打斷他：

「呼合兄莫驟下結論，我們應先弄清楚：如果有人作弊，是誰在作？是怎麼作的？」

黃石九長嘆一聲，彷彿大難臨頭，一副語重心長地道：

「唉，方才丞相阻止屬下說下去，屬下明知忠言逆耳還是要說下去，此次選舉出了此等弊端，足證民主制度移到本國好比淮橘為枳，實應立時停止……」

此時金博心中在想另外一個謎題。

「永漢，我知之矣。你看『諾齊』、『冰亞』、『里野』這三郡的民意雖然大都屬意與我方親近之地方俊彥，但是三郡的郡守卻都是太尉的親信，永漢，要作弊必須得由行政主管發動，選務工作由郡守負全責，若三個郡守帶頭作弊，那真可以無法無天了。」

司馬永漢在地球上時曾親眼目睹選舉中各種花樣，聽到丞相這番話，立刻就心領神會了。他連連點頭道：

「不錯，這種選舉作弊的事，說明白一點，只有主管單位親為之才有可能，這事丞相所言八九不離十，定是三個郡守監守自弊，作假票替太尉人馬翻盤，丞相可以啟動御史提出調查，一定要把這三個敗壞變法改革的害蟲繩之以法……」

丞相金博聽了雖然不住點首，但臉上神色卻是陰晴不定，待司馬說完，金博緩緩地道：

「這事雖然極有可能，但目前畢竟只是猜測，須得設法瞭解這三個郡守是如何在眾目睽睽之下能神不知鬼不覺地灌入二十萬票，掌握證據後，老夫自會向帝君密陳，在這之前，在座諸位必須絕對保密，如果洩漏出去，不僅打草驚蛇，更讓帝君對第一次辦理選舉就出大弊感到痛心疾首……老夫再重複一次，此事絕對不可洩漏，如有閃失，必將嚴厲究責！各位，可有異議？」

長史風晗追隨丞相金博日子最長，知道丞相此番嚴詞之中亦有他本身之考量。他受帝君之命全權辦理選舉，如果一個證據不足的弊案消息走漏，金博可要負起全責，他如何能不焦慮？

丞相見眾人無異議允諾，便繼續道：

「司馬永漢去向烏沃打探消息，尤其是這三郡的選情，看看是否能得到一些內情；風長史動用你的權力將各郡選票封存待查，今日之事，鉅細皆不出此屋，各位散了吧。」

司馬永漢對塞國第一次辦理庶民投票，竟然會有這種舞弊情事發生，其實心中一直感到挫折和不解，這個國家的人民連民主選舉的意義都還沒有搞清楚，怎麼就會搞出這麼厲害的作票花樣？

想到這裡，他忽然想起一個人。

好久以來此人幾乎已從他記憶中消失，這時想到選舉的弊端，忽然就想到了他。

「莫非是他？難道這人和太尉搞到一起了？這事待我去問奇奇哥便知道了。」

CHAPTER 08

水深火熱

四人幫再次在司馬的宅子聚餐時，司馬永漢的疑問就得到了答案。

他曾在丞相面前允諾不能洩漏府內密談的內容，於是便旁敲側擊地問烏沃。

「郡縣的選舉結果，太尉推薦的名單上了十三名，想來你很滿意……」

烏沃冷笑一聲道：

「滿意個屁，我只滿意巴羊酒和石頭都選上，其他的不關我事。」

「是啊，這兩人都是你推薦的。整體而言，太尉本人一定很滿意了？」

司馬永漢只是一般性問問，想為打探內情起個頭，萬料不到烏沃口沒遮攔地爆料了。

「他當然滿意！他找了三個聽命於他的郡守在選票上作假，這三郡的各投票處，監管者自己作弊，這樣贏得勝利有什麼光彩？讓我瞧不起。」

「是太尉自己想出的辦法，還是……」

「就是那個地球來的廖淳仁教唆使壞！太尉和他兩人閉門密談，我在門外陪紅帶機器人值勤守衛，他們雖然講悄悄話，又是用漢語交談，當時我聽不清也聽不懂，不過我的晶片全錄下了。選後我起了疑心，應用語音軟體把它轉成塞國語，才知道是這麼一回事……媽的，那姓廖的實在壞透，但他作弊的計策也確實高人一等……」

坐在一旁的奇奇哥接口道：

「太尉親自下令我們停止用廖淳仁做活檢體，反而請他入太尉府奉為上賓，我氣不過，幾天前硬是違命又抽了廖淳仁幾次脊髓，這人既得太尉寵信，肯定會告我的狀，還不知太尉會怎麼樣反應。」

司馬永漢點頭道：「原來如此。」

他心頭感到無比沉重；自己從億萬里外帶回的新制度，難得帝君有決心付諸實施，頭一回試驗就出大紕漏，雖然找到了答案，卻絲毫輕鬆不起來。

阿里十三從頭到尾默默聆聽三人的對話，這時忽然發言道：

「札赫要感謝這個廖淳仁。」

「感謝？從何說起？」

「感謝這人在我國起步實行民主時，便將地球上民主制度的惡劣弊病展現在我國人之眼前，札赫如果要繼續推行變法，這次選舉就是最好的教材。」

司馬永漢聽了這話豁然開朗，他方才一時鑽到牛角尖裡，這時向阿里十三投以感激的眼光。

「阿里智人總是最冷靜，您說得太對了，廖淳仁繼續留在太尉身邊出壞點子，我們就持續得到最好的負面教材，我們只要嚴格監察，吸取教訓，不斷改良選舉方法，便能建立完善的制度。」

奇奇哥道：

「我可沒司馬小子那麼樂觀，廖淳仁不知用什麼手段讓太尉對他言從計行，皇帝想推動的變法遲早就壞在他手上。」

阿里十三道：

「既然要走民主開放、庶民參與的路，遇到這種逆流，就只有兩條路可走，要麼就封閉走回頭路，要麼就更開放，讓更多庶民真正參與。」

烏沃道：

「那您說該走哪一條路？」

阿里笑道：

「你該去問札赫帝君的。問我嗎，我選後面一條。」

烏沃喜道：

「我也是這個意思，民主開放之途不容半途而廢，阿里智人，您說要『更開放，讓更多庶民真正參與』，要怎麼做才能達成？」

阿里沒說話，司馬猜到他在想什麼，便冒出一句：

「別擔心經費的事，去找巴羊酒，順便恭喜他當選。」

烏沃也懂了，他直接問阿里：

「阿里智人，這回您要製多少套通信裝備？」

阿里十三慢吞吞地回答：

「再七千套吧，這回我有更簡化的新型，製造成本下降、時間更快，能籌個六萬兩應該……」

司馬永漢接著道：

「我還有七顆頂級白鑽在與買家談價格，就請巴羊酒儘快出售，只要六萬兩就成交，不要再等好價錢。」

奇奇哥一向有成本考量，聞言就提醒道：

「司馬小子你要賤賣了？你那頂級鑽石售價不止這數目。那種好貨一轉手永遠再買不回來。」

司馬永漢笑道：

「那十顆鑽石本來也不是我的，我要買它回來做甚？」

烏沃聽了甚喜，一巴掌拍在司馬永漢肩膀上道：

「好樣的，瞧不出你這漂亮小子倒有豪氣，佩服佩服。我也要去給石頭送個恭喜，順便也找他籌些銀子。」

司馬暗忖：

「既然烏沃已將太尉見不得人的花樣在我們四人面前公開了，我索性問他如何取得證據。」

於是他回到主題。

「烏沃，你既聽到廖淳仁和太尉密商作假票，他們在那三郡中每郡灌進二十萬票，必定會留下什麼漏洞，我們要如何才能抓到證據？對了，你錄下他們的對話能不能當作證據？」

烏沃搖頭道：

「我只知廖淳仁要利用太尉親信的三個郡守作弊，但是執行的細節卻沒有錄到，我不知如何抓證據……」

奇奇哥又發言了，他平日話不多，今日倒是意見不斷，似乎有些反常。

「沒聽到可以猜到呀！試想某一個投票處所，共有一百人領取選票，其中五十三人投給司馬，四十七票投給烏沃，應是司馬勝選了，但是如果負責選務的官員事先將十張選烏沃的假票偷放入票櫃，開出來就變成五十七對五十三，烏沃勝。簡單又有效！可惜廖淳仁這種從地球上帶來的壞點子在塞美奇晶卻踢到鐵板，露出了屁股把作弊的證據送給人。」

司馬永漢聞言精神為之一振，忙問道：

「什麼證據？」

「那個姓廖的老頭萬萬料不到，咱們塞美奇晶國人領取選票時，登錄的方式是採取快速生物特徵辨識法，經過測試的人才可領到選票，灌進去的假票就沒有識別紀錄，就穿幫了。哈，同樣是『簡單又有效』！」

司馬永漢起立致謝：

「聞君一席話，勝我盲目檢查千萬張選票，奇奇哥智人，真有您的。」

阿里十三笑道：

「說來真巧，快速生物識別法是奇奇哥和我多年前合作的產物，比以前用的虹膜辨識法要快上百倍，這回可真派上用場了。」

奇奇哥打了一個呵欠，對烏沃道：

「阿里十三團隊的新潛水設備已經測試完成，我打算明日就要前往南極角海域，烏沃小子你去跟太尉請個假，咱們就動身，這邊的事就交給司馬和丞相去處理吧。」

烏沃點頭，但奇奇哥發現他臉色有異，忍不住問道：

「烏沃你怎麼了？」

「沒什麼，只是想不到我義父……他們竟然這樣惡搞……」

他暗下決心：

「義父如此做法我不能再幫他了。我要學學司馬永漢的沉穩，回去後的言行千萬不能引起太尉府的人懷疑，尤其那個穆姬。」

太尉坐在馬蹄形的長桌主位上，對著桌上一張選舉結果的總結報告端詳著。

他對面站著一臉肅然的烏沃。

「烏沃，除了二十一名庶民選舉的結果已經揭曉，官員及御史們的推選結果也已出爐：這裡二十名委員中估計站在義父這一邊的應有九人，所以這一塊我們只輸了兩席，哈哈，這些曾任朝廷大員及御史大夫的，和丞相關係非同一般，在義父苦心經營下，我們只輸兩席，可謂小輸為贏了。」

烏沃刻意巴結道：

「在庶民這一塊，義父推薦名單選上了十三名，就算其他八名全是傾向丞相那邊，我方也多了五席……

「所以總結起來，我方應可多出三席，在臨時立法院中，穩操勝算。丞相主持這場變法

法】

的第一步便小輸了。」

「這臨時立法院開第一次會選出院長後，便自動成為正式立法院，從此，立法院通過的議案，丞相府就得執行，這雖是勝利的一小步，它牽動以後的一連串動作，只要運作得當，義父便能大獲全勝了。」

「烏沃說得好，義父明日起便要出巡各地軍務，順便聯絡全國當選者，賀喜之餘，藉以將我方委員組織起來，變法大業未來的硬仗，我們一一打勝它……」

說到這裡，他站身來拍了拍烏沃的肩膀。

「烏沃啊，你自從參加了臨時規劃小組之後，見識和處事大大進步，變法大事面臨關鍵時刻，你就陪義父及南軍校尉羅哈一同出巡吧。」

烏沃略顯猶豫了一下，太尉抬眼問道：「怎麼？你有其他事？」

烏沃道：

「隨義父出巡各郡自然是求之不得的學習機會，只是行經南角郡時，另有一事烏沃必須請假脫隊……」

「啊？什麼事比義父的事更重要？」

「生醫智人奇奇哥將在南極角執行一次極深海之探測採樣，這回的實驗結果對帝君交辦的任務有關鍵之重要性，奇奇哥認為烏沃對此海域的熟悉對他甚有幫助，我已答應他作為實驗助手，不好臨陣退脫。還望義父莫怪。」

太尉聽了笑嘻嘻地道：

「很好，如今塞美奇晶國最重要的兩件事就是變法改革以及增加生殖率，烏沃你居然同時參與了這兩件事的大計畫，義父高興都來不及，哪會怪你？你陪義父到了南角郡就脫隊去協助奇奇哥智人，好啊。」

烏沃暗叫僥倖，忖道：

「估計太尉巡視到南極角，總是三日之後，和奇奇哥之約要延後三天了。」

御書房中丞相金博正在向帝君札赫簡報臨時立法委員的推選及選舉結果，在札赫第一時間的眼中，倒沒有特別關注到委員中親丞相或親太尉派系的分布，反而注意到兩個庶民代表巴羊酒和石頭都順利入選。

「丞相辛苦了，凡事最難是第一步的跨出，何況變法這麼大的事。這次辦理選舉乃是我國從未有過之創舉，能夠安穩順利地落幕，殊為不易，丞相你和手下盡心盡力，朕都看在眼裡，感謝在心裡。」

「皇上過獎，此乃為相者應有之所為。倒是此次啟動變法，臣發覺司馬永漢這年輕人潛力無窮，值得皇上重用。」

「丞相戮力於國事之餘，不時為朝廷推薦良才，真良相也。」

「皇上過獎，老臣愧不敢當。」

帝君札赫心中想的卻是：

「金博多年來固然推薦了不少堪用之才，但何嘗不是藉此在朝廷及地方上布置他的勢力？此種情形也是難免，只要不太過分，便由他去吧。」

他話一轉道：

「這次庶民在候選名單中總共只有兩位，這兩位皆能順利當選，朕心甚慰。」

丞相忙加解釋：

「京城的一名庶民委員巴羊酒，是城裡最成功的珠寶商人，他為商大小生意兼營，對平民及貴冑客戶同樣周到，極得人緣，至於那個石頭則是典型的地方角頭及江湖豪客，為人處事義氣當先，也得到不少庶民擁戴，這兩人一在京師一在地方，正好代表了兩種庶民的典型，僥倖雙雙入選，堪稱理想……」

「朕聽說這兩人都是太尉義子烏沃的推薦，看來烏沃這年輕人亦是不可多得之人才，可堪大用哩！」

丞相點首。札赫道：

「明日早朝，將宣布司馬永漢及烏沃二人之官職，朕屬意二人分別任丞相府副長史及虎賁中郎副將，丞相以為如何？」

丞相躬身道：

「丞相府雖原有副長史呼合毒，欽命增加一名亦無不可，至於皇上命烏沃擔任虎賁中郎副將，得以親近帝君威儀，想來必為太尉所願也。」

奇奇哥乘坐的飛行器在南極角的崖岸上盤旋，這回他的任務得到行政領導的支持，派了一架四人座的高級飛行器，有人工智慧全自動駕駛，來去如風，安全舒適，最重要是有足夠的空間置放裝備及補給。

奇奇哥以語音指揮：

「前面平坦的岩石上把我放下就行……向左，向左，再降低一些……」

飛行器無聲息，靈活地飛到那塊平坦的巨石上空，緩緩降到離地十公尺，奇奇哥小心翼翼地把他帶來的兩套潛水設備用繩索吊落到地，然後下指令道：

「多謝，請在附近海上候著，我上浮出海時會發射紅色火箭，螢光染料會造成直徑一百公尺的紅色圓圈，兩百秒鐘不散，夠你辨識了。

「收到。」

奇奇哥沿繩而下，落地後猛扯繩索，繩索自動上收，飛行器冉冉上升。

奇奇哥正要仔細檢視他帶來的裝備，岩石的另一面穿著緊身黑衣褲的烏沃已經出現。他高聲叫道：

「奇奇哥智人，我也剛到不久。」

奇奇哥將一套潛水設備交給烏沃，一臉嚴肅地道：

「烏沃，這一回不比尋常，潛水深度比我上回加兩倍不止，上回我碰上成千上萬的食人魚，這回千公尺以下又會碰上什麼凶險誰也不知道。剛聽說你小子封了大官，小命從此比較值錢了，你考慮一下，還要不要跟你老哥冒險？」

「您消息倒快，我這官職要辦完咱們大事之後才正式任命，在這個關頭，您讓我當皇帝我也不幹。」

說到皇帝他立刻想到那隻被他命名「大王」的特大號皇帝魚。不料奇奇哥也想到一塊了：

法】

「哈，我同意你，騎皇帝魚玩耍比幹皇帝快活。不過我要聲明在先，咱們一下海便直奔兩千公尺深的萊萊克海底火山，皇帝魚通常在五、六百公尺左右的海域，這回我們未必能碰上你的老朋友。」

烏沃點頭表示理解：

「那是。海洋那麼大，那幾條皇帝魚本就是可遇不可求，哪有那麼巧的，每次潛水都能碰上牠們。」

接著他嘆一口氣道：

「唉，好多年了，那一群五條皇帝魚，就大王牠長得特大，又有一張笑臉，我若見著牠肯定還認得，牠卻可能不認得我了！」

奇奇哥道：

「別胡思亂想了。讓我一面講解一面示範著裝，這回的裝備十分厲害，阿里十三向我保證可潛到三千公尺以上，裝備本身會依實際受力主動調整抗高壓設施，此外，所有你需要的資訊及深海中個人通信設備，全在頭盔之內自動顯示，另外我們背上藏有兩具火箭，左邊的向上發射聯絡天空待命的飛行器，右邊的裝有高爆彈頭，以備不時之需……發射按鈕在你胸前，左邊的管聯絡火箭，右邊的管攻擊火箭，你要記牢了。另外，我們氧氣足夠十二小時，十分充裕。」

烏沃道：

「來以前阿里智人已給了我一套模擬裝備，如何使用我已熟練了，現在您就示範吧，我照著您一個命令一個動作……」

這一回阿里十三提供的個人深潛裝備確實是頂尖的科技產品，他們兩人一前一後下潛過程中一直互報指標及情況，量子通訊的聲音清晰有如面對面說話。由於背景雜音全消，他們明明身處在深海之中迅速下潛，卻完全聽不到任何聲音，長時間極端的安靜易令人產生疏離寂寞的恐慌，於是持續對話就變成一種強大的相互支撐力量。

「烏沃小子，快到一千公尺了……」

「關了頭頂的雷射光，黑暗程度超過深夜的森林……」

「哈，你就是在深夜的森林中把公主弄上手了……」

「奇奇哥智人，請不要亂說……」

「亂說？我宮裡的朋友親口告訴我，你這小子在京城彩色森林裡和琮璧公主過了一夜……」

烏沃暗忖：「這事宮裡保密防得鐵桶似的，怎可能外洩？」

他忍不住道：「你宮裡的朋友不可能……」

「哈，你想說不可能知道還是不可能洩漏？總之你已承認這事的確發生，我可不是亂說……」

「這事不是像你想像的那樣，待我們回去以後再跟你細說……我們已下潛九百五十公尺，盔外絕對溫度二百七十九度……」

「千公尺之內並無大型生物……壓力七百大氣壓……」

「……深度一千二百公尺……溫度二百七十七點五……」

「一千三百……溫度二百七十六點四……」

「深度一千八……溫度……奇怪，溫度反而上升了，二百八十點六……」

「烏沃，那是因為我們靠近萊萊克火山口了。當心火山口的暖流將我們帶離目標地……加大推動器馬力，跟隨我！」

「是，智人！」

他們兩人啟動了雙靴上的小型推動器，奇奇哥頭盔中顯示器亮出了火山口周圍的海底地形，他一面下潛一面向東偏移，利用靈敏的水溫差，巧妙地避過了暖流。

「溫度逐漸下降……二百七十八點三度……還在微降中。」

「烏沃，關掉推進器，垂直下潛就好！」

終於他們安全地落在一個斜坡的礁石上。

在這種深度的海洋中，無線電通訊基本上是不可能的，阿里十三的量子通訊居然清晰穩定，實在不可思議。

烏沃利用頂上的探射光三百六十度的環掃描，肉眼什麼都沒看見，但是聲納上偵測到某種大型的物體快速地移動。奇奇哥的聲納也偵測到了。

「烏沃，有移動物體在二百四十公尺外，正以時速五十公里向我們移近……」

「是什麼東西？」

「聲波成影太模糊，還看不出……等再靠近一點……」

「我看出來了，一隻巨大的深海生物！哇！牠游得真快！」

「烏沃你眼力好，不錯，確是隻大型生物，估計有八、九公尺長。」

「看牠頭頸好像是海蛇……身體真大，怕不有一公尺粗……媽的，什麼東西這麼粗?!」

「好像有手腳呢……」

「烏沃，將頂上燈關了，咱們待在黑暗中不要動。」

無聲有形的聲納成像在密閉的頭盔內鎖定深海生物，顯示出的影像漸趨清晰……

「二百公尺……哇，我的天，這傢伙足有十公尺長、近兩公尺粗，游速每秒十二公尺，方向不變，正對著我們，我們怎麼辦？」

「我們準備好雷射砲，牠不靠近我們便按兵不動，牠若衝著我們進入一百公尺內，仔細瞄準牠的頭部，等我的命令發起攻擊……」

「聽您的，智人！」

奇奇哥曾在阿里十三的指導下試射過，他們裝備中的雷射砲能在五百公尺外，瞬間燒透兩公分厚的鋼板，瞄準系統能精準到一公分的圓點。

烏沃暗中祈望那深海生物轉向他去，但事與願違，那龐然巨物在全暗、全靜的海底，似乎仍有什麼特殊的本事認定了他們的所在，竟然一條直線對準兩人游過來。

牠游到距離二百公尺時，烏沃的聲納成像已經能夠清晰地看到牠的全貌；這海怪看上去全身呈流線型，十分符合流體力學，身軀比較類似鯨類，但頭下有較窄的頸項，又像是蛇類，一顆頭顱不停擺動，看上去令人驚悚，尤其奇異的是牠的「鰭」長得狀如獸類的手腳，烏沃仔細看清了，無法辨識是什麼生物，只覺頭皮一陣發麻。

「智人，牠像是有手有腳……」

「別說話，瞄準牠的首腦，等我發令！」

「八十公尺、七十、六十、五十，發砲！」

兩人瞄準器鎖定海怪的頭部，雷射砲無聲無息地發出，萬料不到就在此同時，那海怪的頭顱向左一偏，兩股雷射砲都射在牠的頸部，一霎之間，雷射光擊中處噴出兩股極熱的蒸汽，無數小氣泡造成一片模糊。

原來相距五百公尺能穿透兩分厚鋼板的雷射光束，打在這海怪的外皮上，只能將外層的組織氣化，並未對牠造成嚴重的傷害。

那海怪飛快地搖晃著一顆怪頭，中了兩束雷射砲絲毫不減速度地繼續衝向兩人所在處，烏沃緊張之極，不知該如何應付，這時傳來奇奇哥鎮定的聲音：

「烏沃你再射牠頭，用散彈！」

所謂「散彈」乃是將雷射砲的光束能量減弱，發射頻率增加，在一秒之內射出三百個脈衝。奇奇哥前一次瞄準海怪頭部的「砲彈」居然被牠閃過，他立刻懷疑某些古生物對電磁感應超級敏銳，以雷射光速而言，縱然在海水中打了個折扣，仍然絕非生物體的動作所能「閃過」，是以牠多半是在被瞄準器鎖定時已經感應，立時開始閃躲，而雷射光束極為聚焦，差之毫釐即被閃過，所以奇奇哥才想到用「散彈」對付牠。

烏沃大聲吼一聲：

「遵命！」

他按下雷射砲的「散彈」鍵，散彈連發持續了一秒鐘，在一瞬之間布出一道雷射光網，那海怪果然在烏沃瞄準測距時便有所感應，迅速擺動頭顱閃避……

奇奇哥一個翻身，以雙腳對著海怪，同時從腿上射出一枚火箭，火箭速度慢於雷射光束，但那海怪的頭顱正以生物的極限速度在「忙於」應付雷射散彈，這顆火箭砲立刻命中頸椎，將牠的腦袋轟得不知去向……

奇奇哥大喝一聲：「快潛！」

他和烏沃急速順著斜坡下潛，那海怪頭顱雖被轟掉，但這種體大腦小的古生物，腦神經雖不發達，體神經卻極為發達，往往在腦神經死亡之後，身軀上體神經仍可存活達數十分鐘之久，如果接受刺激，也會自主反應。

這個被炸斷了頭的古生物，其龐大身軀仍然鼓動全身鰭肢，控制方向，宛如仍是活生生地維持原速衝向奇奇哥和烏沃，只是沒了頭顱，那模樣十分恐怖。

兩人快速下潛，前後不過三秒鐘，那無頭的深海怪物已經衝撞到兩人原來站立之處，五十幾噸重的身軀以每秒十二公尺的速度撞在這座海底山坡上，發出巨雷一般的暴響，粉身碎骨，血肉橫飛，四周海水造成巨浪，把牠的肉塊斷骨沖向四方。

奇奇哥和烏沃戴著密閉的頭盔，雖然聽不到那聲巨響，但立時感到強大聲波和巨浪衝擊，大批連骨肉塊猛烈飛向四方，有些甚至撞擊到兩人身上，接著便是無數來自山坡上的碎片飄過頭盔；那些碎片極細極輕，在漆黑的海底散發出微弱的綠光，隨著一股巨流席捲而上。

黑暗中，兩人先後落在地上了，感覺上是落在另一個傾斜的岩石面上，烏沃精神稍定，卻立刻又感到一陣心慌，他暗忖道：

「我們還在火山腰上，不是在海底，這座海底火山究竟有多高？」

耳邊傳來奇奇哥的聲音：

「好厲害的傢伙，我瞧火山坡壁被牠撞出一個大坑，坡壁上的碎片正散落了下來。」

法】

烏沃聽到奇奇哥的聲音，心中覺得一陣踏實。

他環目四顧，果然看到了無數微亮綠光的碎片從頭上緩緩降落，那點點螢光像是在深夜裡仰望漫天的繁星，讓他感覺到一種天地悠悠而自覺渺小的惆悵之情，一時之間，剛逃脫死亡的烏沃，竟然站在深海之中遐想起來。

「烏沃，你看！」

是奇奇哥的聲音，帶著十分的興奮。

「烏沃，火山口下的原始生物體像下雨一般落下來了！」

「這些發光碎片是生物體？」

「是火山的碎片，裡面充滿了火山口附近的古生物體，這可能就是我們千辛萬苦要收集的寶貝……烏沃，開啟你的自動收集箱，開始幹活吧！」

「揀那些散發綠光的，對吧？我看這些碎片的顏色不盡相同呢……」

「不管它，各種不同綠色的都要，先從發光體較亮的下手。」

「奇奇哥，您腳邊落下一片超綠超亮的碎片，你快收集起來……」

說到這裡，烏沃突然叫道：

「不好，又有一個巨大的活動物體朝我們這邊游了過來！」

奇奇哥也發現了，他低聲道：

「小心，這種古生物大多成雙成對，可能是另一隻海怪來了……不好，牠要尋仇！」

烏沃仔細辨認，叫道：

「奇奇哥，不是海怪，是一艘潛航器！以每秒二十公尺的高速駛來，他媽的，比剛才那海怪還要快！」

「這種速度比我國最先進的潛航器還要快得多，難道……恐怕是來自外國？」

「皮幽國？」

「我是在猜……皮幽人的科技水準果然高明，竟能造出這樣的潛航器，如果是他們，可比剛才那海怪更要可怕。」

那艘潛航器很快地駛近，奇奇哥悄悄移到一塊大礁石後，烏沃亦步亦趨跟著也藏身礁石之後。

來船漸漸慢了下來，似乎也發現了飄落各處的綠光碎片，終於它停泊在海中無聲無響，烏沃目力特好，藉著海水中漂動的碎片所發出的微弱綠光，看到那潛航器上緩緩伸出一個收集箱，似乎也在收集那些碎片。

「智人，皮幽人也在收集發光碎片哩。」

「他們有超級潛航器操作，我們只能眼睜睜看著它大把大把收集我們辛苦發現的寶貝……」

「媽的，他們收集的比我們還多……」

「等等，又有什麼東西來了……啊，看起來是另一隻海怪快速游過來了！」

奇奇哥經烏沃提醒，仔細詳察頭盔中的聲納成像儀，也看到了。

「嘿，烏沃小子，麻煩大了。這回的海怪比之前那條更大一號，猜想是條雄性的。」

「牠似乎是追蹤潛航器而來。」

「你跟著我，我們躲遠一些，此處快要成為戰場了。」

兩人悄悄地上浮，落腳在一個平台上，正好可以居高臨下看著那一片海域，只見那艘皮幽國的潛航器收集夠了發光的碎片，收回了機器手，開始加速離開。

看來潛航器也偵察到了海怪向它游來，打算脫離現場。

經驗老到的奇奇哥盯著聲納成像儀上顯示海怪的速度，驚叫道：

「這隻海怪速度更快，潛航器雖快，但從零到極速仍需一些時間，船上駕駛者貪圖多收集一些發光碎片，似乎低估了海怪的速度。」

果然如他所料，潛航器尚未達到極速，已被海怪追上。

潛航器上發出一連串的雷射砲，射在海怪身上激起一束束高溫氣體，激光集聚的高能燒毀了海怪的外層表皮，卻未傷到海怪的要害。

海怪似已察覺到牠伙伴的屍塊，發出一聲聲低沉的巨吼，雖是原始生物，那吼聲中的憤怒和哀傷仍然可辨，震撼人心。

牠顯然誤認伴侶死於這艘奇異的入侵者之手，怒火使牠攻擊的力量超乎想像！

潛航器雖然加足馬力轉向脫離，仍然被這隻超巨大的海怪追到首尾相及，那海怪一個神龍擺尾，巨大的尾鰭掃中潛航器的艉部，潛航器的動力突然全失！原來艉端左邊的一個推進器竟被海怪這一尾橫掃之力，完全毀去，右邊的一具也因強烈衝擊而停俥。還好經過幾次的緊急啟動終於又運轉起來，只是潛艇的推動力只剩下一半。

海怪也付出了代價，牠的尾鰭撞進推動器的葉片中，那葉片的材料是高硬度、高韌性的特殊碳化矽，海怪的尾鰭被絞得血肉模糊，攻擊力為之一挫。

稍前，烏沃在他聲納成像儀上模糊地看到海域中的喋血爭鬥，他緊張地叫道：

「奇奇哥，我們要怎麼做？要不要下去助戰？」

這時所有對話聲音忽然跑掉了，烏沃只聽到一片雜音，連聲呼叫，依然只有嗡嗡沙沙之聲。

原來奇奇哥將他的祕密通訊頻道忽然切斷，他用口音輸入了一長串的密碼，開啟了皮幽國量子通訊的祕密管道，一個紅燈立刻開始閃亮，然後奇奇哥就聽到尖銳的女聲：

「……左槳全毀了，右槳停擺，皮幽貓，快關機然後重新啟動……」

一個沉穩的男聲傳來：

「鎮定！鎮定！我正在重啟……」

「推進器！右邊的，右邊的……」

「好了！右槳重新啟動了……」

「轟隆！」

「轟隆！」

兩聲暴響夾著女子的尖叫……

「海怪追上來了，牠用身軀襲擊我們！」

接著便是一連串巨大的碰撞聲，聲納成像儀顯示出海怪連續攻擊的影像，潛航器推動力不足，被海怪巨大的力道衝撞，東倒西歪，漸漸失去自身的控制。

奇奇哥用口音指令，將通訊器切回烏沃的頻道。

「烏沃，敢不敢和我衝下去對那海怪放手一擊？」

烏沃正在焦急不知為何失去了奇奇哥的聯繫，這時重新聽到他的聲音，心中一陣激

法】

動，吭聲道：

「有什麼不敢的？你可要想好，你確定要救皮幽國的潛航器？」

「殺海怪就是救自己！潛航器裡有一男一女，朱橙在裡面……」

烏沃聽到「朱橙」兩字，心頭一熱，叫道：

「智人，你發號司令吧，咱們和他媽這個醜八怪拚了。」

奇奇哥的聲音轉為鎮定而嚴肅：

「烏沃小子，你還有一枚威力強大的火箭彈，我們要下去騷擾這隻海怪，希望牠發怒反過來攻擊你，你設法讓牠的頭對著你的腳……照我的戰術行事你懂了嗎？」

「懂了！我的火箭是裝在腿上！」

奇奇哥再把通訊器轉回皮幽國的量子通信管道，傳來的仍是一片混亂聲；有海怪撞擊潛艇的巨響，有艇內驚呼和喊叫。

奇奇哥用清晰的聲音緩緩發話，他連說了兩遍。

「朱橙，朱橙，這裡是奇奇哥，收到請回答！」

「朱橙，朱橙，這裡是奇奇哥，收到請回答！」

然後他聽到朱橙的聲音：

「奇奇哥，怎麼是你？你在哪裡？你怎麼能和我直接通訊？」

「朱橙，我正在你們潛航器的上方……聽著，我們要來救妳，妳的潛航器全力向南南東十五度下潛！」

朱橙大叫：

「南南東十五度！快，快下潛！」

混亂中他仍能聽到潛航器中的激辯。

「皮幽貓，你怎麼不動？快下潛……」

「奇奇哥是我們的敵人，敵人的話怎能照辦……」

「皮幽貓，請相信我，奇奇哥沒有惡意，他一定有幫我們的計畫……」

接著又是一陣轟隆聲和尖叫聲。

奇奇哥焦急地等待著，烏沃聽不到和皮幽潛艇之間的對話，耳中只聽到一片背景雜音，心中更是焦急。

好不容易潛航器暫時擺脫海怪的糾纏，艇內的意見分歧也告終止，開始朝著南南東十五度的方向下潛。

奇奇哥重啟烏沃的量子通訊管道，大喝一聲：

「下潛！跟著海怪，用雷射打牠尾巴上的傷口！」

於是皮幽國的潛航器向下猛潛，海怪緊追在後，兩個塞國的潛水人跟在海怪後面，正是一幅螳螂捕蟬黃雀在後的畫面，呈現在近兩千公尺的深海，實屬不可思議。

兩股雷射砲連續射出，海怪快速扭動尾部，不讓受創傷的尾鰭再受傷，雷射砲射中身軀其他部位都無法穿透，但射中牠傷口卻是痛上加痛，那海怪怒嚎一聲，忽然放棄追逐潛航器，一個翻身對著奇奇哥和烏沃衝過來。

牠的胸腹之鰭高舉如雙臂，對著兩人撲將過來，奇奇哥大叫道：

法】

「按照戰術行事！」
「遵命！」
按照奇奇哥的計畫，他要用打帶跑戰術，引海怪曝露受傷的尾部給烏沃用雷射痛擊，不料那海怪不知為何，無論烏沃如何騷擾痛擊，牠卻只是鎖定奇奇哥窮追不捨，奇奇哥想要儘量遠離潛航器，以免烏沃發射火箭時誤中，但那海怪似乎「看穿」奇奇哥的戰術，不但窮追而且不斷緊逼奇奇哥圍著潛航器打轉，將烏沃「晾」在一旁，理都不理。
烏沃暗罵：
「奇奇哥定的什麼屁戰術，這個海怪連理都不理我，照這樣子下去，我的火箭砲全無用武之處，而奇奇哥卻要被牠玩死了……唉呀不妙，難道這個妖怪是想各個擊破，一個一個收拾咱們？」
奇奇哥的速度不及海怪，很快就被追上，牠一個翻騰，頭頸拋向奇奇哥，奇奇哥被一股巨大力道摔出，堪堪就要撞上那潛航器的左側；潛艇的外殼能承受深海壓力，其堅硬可想而知，奇奇哥被這股大力摔撞在艇體上，立時有喪命之危。
烏沃暗叫不妙，他從奇奇哥被摔出的力道判斷，這一撞非死即重傷，他一時不知如何搭救，只狂叫一聲「奇奇哥」，其實束手無策！
但烏沃的性子絕不會坐視奇奇哥就此遭難，他一瞬間忘了自身危險，猛然前衝，竟然一把抱住潛航器的起落架，飛起一腳猛踢海怪的腹部……
奇奇哥被摔向潛航器，堪堪就要撞上，忽然潛航器的左側伸出一隻機械手，一把將奇奇哥攔腰「抱」住，吸收了大部分的衝擊之力，將潛航器撞離航道十多公尺。

那海怪衝過了頭，牠減速轉身，再次對準潛航器衝了過來，潛航器原就失去了一半的推進動力，此時增加了兩個人；一個掛在落架上，一個被機械手抱在懷中，速度只有更慢，那海怪很快就追了上來。

奇奇哥打開了皮幽頻道，大叫道：

「朱橙，下潛！快下潛！」

烏沃掛在起落架上，感覺到海怪已追到他身下，似乎只要一張口便能咬住他的雙腿，在潛艇腹部小燈微弱的閃光中，他低頭看到一個似蛇非蛇的凶惡頭顱離自己愈來愈近，他騰出一手在右胸前的按鈕上猛然按下！

裝在他右腿上的火箭被啟動，轟然一聲巨響，一道橘紅色火光閃起，高爆力火箭彈射出，距離如此之近，立刻射中了海怪的腦殼，海怪同時也將烏沃震脫起落架，猛然摔到數十公尺之外，而那艘潛航器卻藉著火箭強大的爆發力直衝向上，因巨大爆炸而引起的向上洋流湧向潛航器，使得它雖然只剩一個推進器在運作，卻能快速地上升達百多公尺。

深海中只剩下頭殼開花的海怪殘軀仍在大量湧血中翻騰如狂；這一雙不知活了多少年的海底老怪竟然同年同月同日死在這片海底火山邊上。

烏沃被巨大的力道震離，血淋淋的海怪殘軀仍在作垂死前的狂舞，他巴不得借力使力，遠遠離開，於是他盡全身之力向遠處游去。

突然之間他停止了划動，因為他發現他的動力系統在方才一番折騰中失效了！

烏沃暗忖，這可不是鬧著玩的！他慌忙重新啟動系統，連續三次無效，看來動力系統是徹底損壞了。他趕緊開啟通訊，卻發現通訊系統竟然也被破壞了。

他想要拚力潛游，但深海有一股洋流力道太強，他無力自主上浮，只好任由洋流帶著他漸漸上升，愈游愈遠。

他累了，索性放鬆休息養力一會兒……

「奇奇哥，你還好嗎？請回答……」

被機器手「抱」住的奇奇哥終於從一片混亂思緒中清醒過來，他將通訊器開啟到皮幽國的量子通訊管道，正好就聽到了潛航器裡面朱橙的呼叫聲。

「朱橙，我在一個機器手的懷抱裡……我失去了烏沃，我要回去找尋他！」

「烏沃？誰是烏沃？」

「他曾被你們抓到皮幽國智人院，跟妳做過助理呀……」

「啊，你說是……水天？」

「水天是他用的假名字……請妳放開機器手，我要回現場……」

「我們好不容易脫離了那血腥地，你不可以回去！」

「我們能脫離是靠烏沃不顧自己性命轟殺海怪，同時助你們的潛航器脫離危險，我絕不能不管他的死活就這樣離去！」

通訊突然斷了，顯然是朱橙關了機，過了一會，潛航器上浮之勢緩了下來，耳中又聽到朱橙的聲音：

「奇奇哥，我們潛回去找找看吧！」

「朱橙，謝謝，妳說服了皮幽貓！」
「你……你怎知皮幽貓？」
「我先前就聽到你們的對話，妳不是喚他皮幽貓嗎？」
「你怎麼能進入我們的網路？」
「我……我早就用過它。」
「啊？」

等到潛航器潛到原先的殺戮戰場時，那片深海早已恢復了黑暗的寂靜，那些海怪屍體及火箭殘片都已沉到更深的海底，也許落到了火山的山腳下。

潛航器在附近四周轉了五圈，仍然沒有烏沃的蹤影。

「奇奇哥，我們必須放棄搜尋了……」

「不行，朱橙，叫皮幽貓放開我，讓我留下來尋找烏沃。」

耳邊傳來朱橙堅決的聲音：

「絕無可能，水天已經犧牲了，我絕對不能讓你再作無謂的犧牲……皮幽貓，我們全力上浮！」

奇奇哥無奈地四顧，最後一次環視這個烏沃失蹤之海，看到的是無邊無際的黑暗。他轉向聲納成像儀，看見的是平靜無物、無聲無息，彷彿睡著了的深海一隅。

他低聲留下痛苦的語音紀錄：

「在一千七百公尺的深海，我失去了烏沃。」

潛航器開始上浮，推進器開到極速，愈來愈快……

烏沃「隨波逐流」了幾十里，終於緩過了一口氣，他試著自主划動，試了幾分鐘便廢然放棄，心中盤算著：

「這一套重裝備在身，身陷一千多公尺的深海，我是不可能憑著自己的力量游回去，等到氧氣用盡，我就要長眠在這深海底了。」

令他自己都覺得奇怪的是，在絕望中他並沒有太多的沮喪和哀怨。也許是天生的賭徒心態，也許是血液中的求勝基因，他在靜候死神來臨的同時，還在為奇奇哥終於採到了他需要的樣本慶幸，算是不虛此行了。忽然他想到朱橙。

「朱橙為何在那潛航器上……是了，她是為了同一目的而來的，原來塞國和皮幽國最厲害的生醫智人想到一塊去了……媽的，她採到的樣本好像比我們更多！」

在這種該是絕望的時候，他內心卻興起一股強烈的期望；幻想那艘潛航器帶著兩個世上最棒的智人，到一個祕密的地方，共同破解塞美奇晶星球上生命起源、物種演化這些亙古的終極奧祕……

漸漸他感到睏倦，他開始輕聲把心中所思說出，他要記錄下臨終時心中最後的思想，他的聲音愈來愈低，睡意愈來愈濃……

他瞄了頭盔視窗一眼，不禁呵了一聲：

「八百？原來洋流竟將我帶升到八百公尺處了……」

突然，他被一個物體不輕不重地撞了一下，他立時清醒警覺，意念才及，頭盔上燈光大亮，於是他看到身旁一條龐然大魚，蹭著一張笑容可掬的大魚臉正對著自己，烏沃立刻認出一個老朋友的臉。

「呵！大王，是你！」

頂撞他的竟是久違了的皇帝魚「大王」，烏沃看到自幼就熟悉的臉，不禁喜極地翻身爬上魚背，抱著牠的肉冠，大聲叫著：

「大王，大王，你有什麼特異功能，竟在深海茫茫之中尋來救我？你的四個跟班呢？」

他忽然想到，可能這個深度早已超出了皇帝魚活動的極限，只有這隻特別碩大的「大王」敢於冒險下潛，其他四條不敢跟隨了。

果然，大王搭救了烏沃，片刻也不敢多留，立即擺動尾鰭，以最快速度向上游去，似乎已經受不了八百公尺深的壓力了。

上潛了約三百公尺，烏沃察看他的聲納成像儀，遠方出現了四個動點，仔細辨認正是那四條跟班的皇帝魚，烏沃對騎下的大王更多了一份感激。

「你冒了生命危險只為救我脫離……」

至於大王如何能找到陷在深海的烏沃仍然是個謎，不過這一切已不重要，因為烏沃知道，自己能平安回家了。

奇奇哥坐在自家書桌前，一隻手撐在下巴上，手指插入他的鬍鬚中，無意識地撥弄著一部金光閃亮的長鬚。他在沉思。

他從帶回的火山碎片中，將發散著暗綠螢光的生物體萃取出來，各種化學及生物測試正在進行，他一面等待檢驗結果，一面回想這趟深海的驚險過程。

皮幽國的潛航器將他從一千多公尺的深海「挾持」到了一百公尺的深度時，那牢牢抱住自己的機器手突然打開了。

他原以為自己將被挾持送到皮幽國，心中十分焦慮，這時機械手居然放手讓他自由離開，他心裡有數，定是朱橙說服了那個皮幽貓。

「聽說皮幽貓是皮幽國的右將軍，會跟朱橙一道出科學任務已經夠怪的了，竟還會聽命於朱橙，更是不可思議……」

他長嘆了一口氣，這趟驚奇之旅讓他由衷傷痛的就是失去了烏沃，只要想到烏沃，他心痛如絞……

「我約了阿里十三和司馬永漢，城東魚鮮小館，你來不來？」

忽然聽到這一句話，奇奇哥覺得胸口要炸了，他刷的一下站起身來，烏沃正笑嘻嘻地站在他身後面。

「你，你，你怎麼回來的？」

「跟小時候一樣，大王送了我一程。」

太尉府那張馬蹄形的長桌。

太尉尤古坐在中央主位，廖淳仁坐在他對面。會議室大門緊閉，門外守衛今日輪值的是黃帶。太尉先向廖淳仁致意。

「臨時立委名單出爐了，我方佔了上風，這漂亮的第一步裡，有你廖先生的貢獻，來，我敬你一杯。」

尤古拿起桌上的金杯，邀對面的廖淳仁共飲，廖淳仁一飲而盡，雖然和他在地球上慣飲的麥加倫威士忌大不相同，但是凡屬好酒，過喉的口感都是好的。

「太尉，好酒啊。對了，還沒有恭喜貴義子就要作駙馬爺了。」

太尉連忙謙虛兩句，心中暗忖：「這個廖淳仁真好本事，他被軟禁在生命祕院裡，能接觸一共就只一個男僕一個女侍，兩人兼負監視之責，他怎麼可能消息如此靈通？」

他卻不知廖淳仁早就用他從地球帶來的值錢物件當禮物，把監視他的一男一女收為己用，除了侍候起居，便是打探消息了。

「廖先生，下一步便要正式開議會了，你有何建議？」

廖淳仁自己動手添滿了一杯，一面沉吟著一面自顧自的又是一飲而盡。

「太尉呀，您要先想好一個主席的人選，此人不需和您太親近，最好和皇帝的關係不錯，想好後暗中串連您的人馬將他選出來。」

尤古連連點頭，低聲道：

「說得有理，我的推薦名單上有一位德高望重的前首席御史，諾金先生，他未退之前甚得先帝的賞識，讓我們拱他出來當主席，札赫帝君一定滿意。」

廖淳仁並不識得諾金是誰，但聽尤古這樣說便知聰明的太尉已完全瞭解自己的意思，便繼續道：

「然後便要動議提憲法草案修正案。」

「第一次開會，憲法草案還沒通過就提修正案？」

「太尉大人，我要教您一個『乖』，變法是皇上要的，憲法是變法第一要務，立法院第一次會議肯定要通過憲法草案，提修正案，便可以併案討論，要是不這時提出，等憲法草案通過了，生米成熟飯，就錯過修正的機會了。」

「但是我所召集的小組的建議已經併入原案了，馬上又提修正案，這……這合適嗎？」

「怎麼不合適？這回又不是你來提，難道別人不能提議麼？我呀，我就建議修正這一條：『丞相』作為最高行政首長，應該由選舉產生才符合民主大義。」

「選舉丞相？你說……丞相不由皇上派任而由選舉產生？這豈不是侵犯了皇上的權力，皇上豈能答應？這太難了。」

廖淳仁微笑道：

「既然變法是皇帝自己提出的，民主是皇帝自己要的，那我要問，皇帝能不能民選？要是不行，丞相總可以吧？不然所有重要的人事都是皇帝一人決定，那還變什麼屁法？我說要教您一個『乖』便在這裡了：您一定要把最難的事放在第一個立法的案子裡，皇上多半不會拒絕！因為他講了半天變法，立法院通過第一個案就被皇帝否決掉，那麼看在全國人的眼裡，皇帝的變法到底是玩真的還是玩假的？」

尤古聽了一聲不響，面無表情，廖淳仁暗忖：

「這個建議也許過於大膽，但正好考驗一下這個太尉的膽識，他若不敢做，我要考慮以後還要不要真心替他出主意了。」

太尉尤古想了好一會，將桌上杯酒一口乾了道：

「待我想想看，找哪個委員提案比較好！」

廖淳仁鬆了一口氣，旁敲側擊地建議：

「太尉若決意要幹，就建議修正案中明訂丞相應由曾具『丞相』、『太尉』、『首席御史』、『智人院首席智人』等經歷的人作為候選人……這樣建議是因為這些是貴國地位最高的官職，以目前來看，他們都是札赫皇帝所任命的，皇帝比較容易接受……」

廖淳仁側目看尤古一眼，發現尤古專心聆聽，並無異議，便繼續道：

「至於找何人去提案，我會建議找一個八竿子也打不到太尉身上的委員，但他卻會聽從您的指示……」

尤古嘴角露出一絲笑意，打斷廖淳仁說下去。

「廖先生，你是建議由一個庶民的委員來提案？」

廖淳仁拍手道：

「太尉和我想到一塊去了，兩位庶民委員既非丞相舊屬亦非太尉人馬，但卻都是太尉義子所推薦的民間菁英，由這兩人之一提案，十足反映民意：既然民主變法，人民要求丞相須由選舉產生。誰說不恰當？」

尤古笑著點頭道：

「民意？好個民意！我們修正案中建議，丞相的產生由帝君提名三位具有最高經歷的候選人，由立法院投票選出，再報帝君核准任命，這樣就兼顧『民意』和『帝權』了。」

他說著從桌下抽屜中取出一個小盒子，他將盒子推給對面的廖淳仁，笑道：

「廖先生智慧高超，每次進言皆大有見地，小小禮物請收下，聊表感謝之意。」

廖淳仁聞言雖然有些意外，但是倒不驚訝，替人出主意喬事情，是要收報酬的，想當年，那些報酬包括各種利益交換：可以是選舉時兌換的金錢，也可以是內線消息，也可以是開發案的回扣……至於禮物，那是最不起眼的報酬了。於是他大大方方地接過，打開一看，在地球見多識廣的廖院長竟然為之一震。

只見那不起眼的小盒中放著兩顆龍眼大小的鑽石，晶光四射，廖淳仁一看便知是頂級貨。如依地球的鑽石計價，每顆都至少在二十克拉以上，價錢恐怕都以億計。

廖淳仁看到如此貴重的禮物，確實心跳加快，倒不完全是因為禮物的價值，他馬上想到收了如此重禮之後自己要付出什麼代價。沒有人比他更明白什麼叫做對價關係；重賞之下必有勇夫，問題是對方要求自己「勇」到什麼程度。

這裡廖淳仁有些高估了這份禮物的價值，他不清楚在塞美奇晶星球上，鑽石產量遠大過地球，一般的小鑽價格不如地球昂貴。不過即使在塞國，二十克拉的鑽石還是屬於收藏級的寶物，價格不菲。

尤古見廖淳仁被這兩顆鑽石驚到了，有些得意地道：

「這兩顆鑽石一顆送給廖先生表示我的謝意，另一顆要請廖先生以你個人名義送給另外一個人。」

「要我送給另外一個人？送給誰？」

這下連八面玲瓏、善解人意的廖淳仁都給弄糊塗了。尤古這時露出一抹神祕的微笑，輕聲道：「馬上你就知道。」

他按了桌下面一個暗鍵，對著門口大聲道：「請客人進來吧。」

門開處，風姿綽約的穆姬領著一位客人緩步入內，那客人對太尉恭聲行禮：

「辱承太尉賜見，敝人巴羊酒不勝榮寵。」

太尉起身還禮。

「巴羊先生當選我國第一屆立法委員，何等光榮之地位，何必過謙？此乃廖淳仁先生，他對巴羊先生十分欽佩，定要我介紹兩位見面，當面向你道賀。」

廖淳仁不諳塞語，太尉就從頭到尾用漢語介紹。

廖淳仁呆了，任他八面玲瓏，一時也被這個場面搞矇了，但他畢竟經驗老到，立刻便恢復自如，順著尤古的話湊合道：

「久聞巴羊先生生意做得大，財源通四海，如今作了立法委員，真乃我們生意人的光榮。今日承太尉大人引見，便是要想結識大委員，日後有事可以有個照應。」

「啊？廖先生也是從商，不知做哪一方面的生意？」

「廖某從事『政治買賣』。」

「政治買賣？」

「小買賣！不過今後塞國走上民主變法之道，政治買賣就要變成大買賣了！」

「呵，呵！」

巴羊酒雖然機靈，一時也弄不懂廖淳仁講的玄虛。

廖淳仁卻在暗罵：「幹伊娘，這個太尉好奸詐。」

新出爐的立法院長諾金在御書房外的候見室中等候召見。

這間候見室的格局擺設和他的記憶變了許多，想來先帝亞奇死後這裡作了相當大幅的修繕；當他還是亞奇王朝的首席御史時，下朝之後曾多次在這間室中候召覲見，那時自己年富力強，戮力為國，糾舉彈劾了不少貪官弊案，雖然直聲動天下，但得罪權貴太多，謗聲也滿天下，他五十歲便決心告「老」還鄉去享受田園之樂了；卻想不到世事難料，這回變法大業中，自己居然再披官服，成為了第一任的立法院長。

候見室西面臨湖，東面是一壁明鏡，湖山景色被巧妙地迎入了室內，諾金望著鏡中白髮蒼蒼的自己站在閒雲潭影的背景之前，忽覺物換星移人事全非，一時之間竟然在皇宮的候見室中感極而生出莫名的悲傷之情。

「諾金院長大人，皇上有空了，請隨伍勃前往覲見。」機器人黃門令伍勃出現在門口。諾金暗中嘆道：「世道變得真快，什麼時候連黃門令都變成機器人了？」他還是老派的禮儀，轉身對伍勃拱手道：「有勞黃門令。」

御書房裡帝君札赫已經換了便服，他先對這位名滿天下的前朝老臣表達敬意，阻止他行禮。

「此非朝殿，不須多禮。諾金先生新任立法院院長，可喜可賀，快請坐下。」諾金仍然規規矩矩行了一禮才謝坐。

「皇上召見諾金，可是為了立法院通過選舉丞相之提案？」

「朕要推動變法，立法院為最重要之新組織，諸卿之工作關係國之大政，是新政中最重要之職位。諸卿主持院會通過之第一案便要選舉百官之首的丞相，朕要聽聽立法院諸公通過本案之理由。」

諾金正色道：

「啟稟皇上，此憲草修正案是由一位庶民選出之委員巴羊酒所提，只有三位委員附署，臣原以為絕無通過之可能，最多只是反應民間部分人士對『民主』此一新詞之意見，未必真正瞭解政府運作而提出，唯臣體察皇上民主變法之旨意，仍然開放討論足足一個時辰，正反意見充分表達後才付諸表決，臣以為此案過於激進，必為多數委員所反對，結果出乎大家意料，竟然以兩票之優勢通過了，照規定，此案仍須呈皇上核准方可執行。」

札赫問道：

「你說到正反意見討論了一個時辰，主要論點為何？」

諾金雖然率直卻不愚鈍，他暗忖：

「會議的全程皆有３Ｄ全錄檔案，皇上隨時可以調出細看，何必定要問我？只因主持會議時我本人並未就該議題發言，皇上是在問我個人的意見。」

他生性不喜繞彎說話，便直言了。

「贊成這修正案的議論大致如提案書上的說明，集中在民主變法的旨意上做文章，簡言之，丞相乃全國最高之行政首長，其行政決策應以民意為重，如其職位仍然由帝君決定，則他行事一切以揣測君心為重，整個變法的旨意難以彰顯；至於反對者主要意見，則為吾國初試民主，人民對民主旨意之瞭解甚為不足，不可好高騖遠求一步到位，終需先有民主議事之架構，然後一步一步求民主內容之完善……臣本人身為主席，自當以主持議事為職責，故未參與辯論，其實臣個人意見反對在立法院剛成立時，第一案便要選舉丞相，不過話說回來，本案雖然通過了，皇上仍有提名權，未來立院委員只能在皇上提名之三人中選舉一人為丞相，對皇權也還算考慮到。」
札赫很認真地聆聽完，卻沒有立時表示意見。諾金窺見帝君臉色陰晴不定，心中便有些忐忑不安，暗忖道：
「難道立法院通過的第一個改革案，就要被皇帝否決？那可大大不妙……」
其實札赫在盯著書桌上立法委員的名單。
四十一個名字，除了巴羊酒和石頭兩人不認識，其他人或為前官員，或為前武將，或為曾舉孝廉的地方菁英，名字都熟悉，甚至大部分人的面容都有記憶，他開始分析哪些是丞相故舊，哪些是太尉人馬，哪些是較為獨立自主的士大夫讀書人……
最後他面上露出了一絲笑意，因為他想到：
「不論是丞相的還是太尉的人，不都是我皇帝的人馬麼？朕所提出的首位人選，焉有通不過之理？」
於是他開口道：
「諾卿，假如朕提名現任丞相、現任太尉，再加上現任首席御史，這三人為行憲後首任丞相之候選人，以你看立法委員的意見如何？」
皇帝雖是用假設語氣相問，諾金吊在半空中的心總算落了下來，他朗聲答道：
「皇上如能接受此案並提出人選，愚臣以為，名單上御筆親書的首位人選必將會無異議通過！」
札赫微笑道：
「諾卿請回，靜候朕的旨意。」

【變

「皇上聖明。臣告退。」

丞相府深夜人未眠。

阿巧陪著司馬永漢到會議室門口，恭聲道：

「丞相，司馬副長史到。」

會議室中風晗、呼合毒、黃石九都已在座，很明顯，司馬永漢又是臨時被緊急召來與會的。

司馬永漢擔任新職副長史，奉丞相之命利用和烏沃的交往，多打探太尉府，此外，皇宮的消息也要注意，因為烏沃也有了新職務和新身分：擔任了虎賁副郎將，又是琮璧公主未來的駙馬。

丞相命司馬直接坐下議事。他指著桌上的立法院通報道：

「立法院通過了憲法修正案，主要是加入了丞相應由選舉產生這一條，這是重大的改變，將造成國政上極大的衝擊，甚至動盪。吾人謀國忠誠者不可不慎思，如何應對才對國家及皇上之變法大業最為有利，如有良策，老夫將親自密呈帝君。」

他話才落，長史風晗已接著道：

「這事透著古怪，一個珠寶商的提案，只三個人附議，最後竟然能夠通過，我曾仔細詢查，此案討論時持贊成意見者皆為太尉推薦之委員，加上議題內容擺明是衝著丞相來的，我不得不懷疑這是太尉在背後下指導棋，否則立法委員第一次開會，豈能有如此嚴密而細膩之配合……」

法】

呼合毒插口道：

「便是太尉在背後恐怕也掌握不了立法院的表決，難道……難道是皇上的意思？」

丞相原本力持淡定的臉色稍微變了一下，司馬永漢察覺到了，覺得有一事需要說明一下。

「啟稟丞相，屬下這裡有一事稟告……」

「永漢，這裡雖然都是長官，但議事時無大小，你有意見就說，不須拘禮。」

司馬永漢謝了，然後就侃侃發言。

「屬下與太尉的義子烏沃閒聊之中得知一件事，便是從地球來的那個廖淳仁，已經成了尤古太尉的軍師，凡變法的大事太尉都會和他相商……以屬下在地球時所見所聞，這個廖淳仁絕對會對太尉獻些興風作浪的點子，我懷疑整個修正案便是廖淳仁的傑作……」

太史令黃石九拍腿叫道：

「不錯，司馬副長史這話正中要害了，這個廖淳仁在地球上就是幹立法院長的，本來他流落到咱們這裡已淪為生命祕院的活檢體，竟然碰上皇上要變法，他搖身一變又成了太尉府的師爺，這也是氣數……說到修正案的本身，雖然看似奪了皇上任命丞相之權，不過它的提名權仍保留在帝君之手，也算是一種權力平衡，未必全是壞事。由此觀之，出主意的這個廖某實是一個老謀深算的厲害角色。」

丞相點了點頭，恢復了鎮定，十分平和地道：

「各位說的都有一定的道理，但老夫寧可相信好的一面，亦即此案如果能善加運作，全國最高行政首長能由選舉產生，將可召示全國人民兩件事，其一，帝君推動變法不但真心誠意，而且劍及履及；其二，老夫擔任丞相已歷兩朝，皇上或念及先皇的關係不便換我，然而歲月不饒人，吾近日頗有力不從心之感，此案正好給皇上一個重新考量人事之機會，老夫也能功成身退，固所願也。咱們倒也不必事事皆從負面去思考。」

這一番話大氣凜然，大家聽了對丞相的胸襟無不敬佩，一時肅然無言。只有司馬永漢忍不住再次發言道：

「丞相之心可昭日月，凡事從正面思考，屬下敬佩之至，然而大家對廖淳仁之瞭解可能仍不夠透徹，此人之思維及行事卻無一不從負面出發，且其惡劣程度遠非常理可度，屬下在地球時，智人曾給我帶了一個專測能場的裝置，在接近廖淳仁院長時量到的竟然是聞所未聞的負能場，令智人們瞋目不知所云……如今他若和太尉府合流，其負面的影響力非同小可，丞相不可等閒視之……」

丞相淡然一笑道：

「司馬副長史，你所言基於親身經歷，老夫心感不已，只是此時乃是戮力謀國、排除萬難，使皇上變法大業推向成功之關鍵時刻，絕非為個人利害考量而內鬥之時，因此我等最佳策略，乃是相信皇上之睿智，他在提名丞相候選人時，必然有其深遠之考量，當前小肚小腸的陰謀陽謀，所有力氣都將是一場空。」

司馬永漢無言。他凝視金博，看到一個白髮蒼蒼、皺紋滿面的老人，但老人的雙眼綻放出一股堅定、自信、大氣的眼神，能夠深深打動人心，也讓人不敢久視。

司馬永漢低頭暗自讚嘆，抬頭再次與丞相目光相遇時，卻發覺丞相的目光中隱隱有一種更深層的東西，那是什麼，司馬永漢形容不出來。

法】

帝君親筆的丞相提名書，由期門虎賁副郎將烏沃率領披甲武士保護，送到了立法院，由院長諾金親自接旨，儀式十分隆重。

烏沃離去後，諾金慎重地將信封打開，只見信紙上札赫帝君親書：

丞相候選人：

第一名　金博

第二名　尤古

第三名　阿里十三

諾金閉目暗思這場「隱形」的政治風暴應該已經被帝君這一紙消弭於無形，他不禁輕鬆地舒了一口氣。

正直誠實的諾金卻料不到，真正的政治風暴正要開始。

塞美奇晶國立法院首次對丞相行使選舉權。

投票的結果：尤古得到二十一票，驚險過半數而獲當選。丞相得了十六票，有三票投給了阿里十三。

這個結果有如一顆炸彈被引爆，震波立即傳到了皇宮。

金鑾殿上正在朝議地方財政問題，札赫得到消息，立刻宣布退朝，吩咐丞相金博及太尉尤古留下，自己則退到御書房中，閉門沉思。丞相和太尉兩人坐在候見室中等候覲見，氣氛尷尬已極。

御書房裡札赫坐在窗前，落地窗簾全開，窗外未央湖一碧萬頃，天空白雲悠悠，有一隻金色的喜鵲站在欄杆上一動不動，似乎也在欣賞湖景，一切是無比的恬靜平和，光明而美麗。

他激動的心情慢慢平靜下來，他的睿智也逐漸恢復。對這個完全超乎預料的消息，他已經有了較深的思考。

「這個投票結果極不尋常，看來朕的影響力完全沒有發揮，不過就算金博不敵尤古，三人競選，尤古也不可能一次投票就過半；上次通過修正案時，也是以多兩票過半通過，這代表立法院中已經有一個堅強的投票集團，這個集團人數剛好過半，其凝聚力甚至超越朕的影響力，誰是這個集團背後的首領？不言可知了。」

木已成舟，他要如何處理？

首先他想到，太尉畢竟是自己的親信，當年要不是靠他冒死挺身而出，出乎對手意料地陣前倒戈，殺死了前太尉莫大提谷，自己不可能順利登基。

「從朕自身的利害來看，讓尤古擔任丞相也沒有什麼不好，金博畢竟久居相位，年歲已老，藉此退位也不是朕要罷黜他，朕要為他辦個高規格的退典，讓他風風光光告老還鄉，賜個功在邦國之類的殊榮也過得去了。」

他在心中「處理」完人事問題，接下來是一個巨大的問號，他不得不問：

「立法院中有這樣一個聽從尤古指揮的集團，到底是何時形成的？如何形成的？照說這變法工作之籌劃、推動全在丞相府內進行，太尉怎可能無中生有一下子就集結了這麼堅強的投票集團？尤古雖然聰明絕頂，但朕不相信他能在變法未定之初便暗中行動，瞞過了主其事的金博，也瞞過了朕，立法院大會一開，立見威力……這個疑問不解，朕心難安……對了，尤古升任了丞相，他的太尉位置誰來接任？好，我要……測一測他的用心。」

但是這個疑團不是馬上可以解開的，眼下最重要的是處理丞相、太尉的人事問題，此事既有了腹案，便對外下令：

「黃門令，召丞相、太尉。」

太尉府裡外戒備森嚴，會議室裡正要進行最機密的會議。輪值守衛的是機器人青帶。

南軍校尉羅哈、衛尉木達、期門虎賁郎藍迪、期門虎賁副郎將烏沃都已到齊，主人太尉尤古仍在他的書房中沒有現身，大夥都沒出聲交談，但靜默中人人神色飛揚，室內透出興奮的氣氛，只有烏沃面帶微笑默默看著大家。

書房中太尉獨處，他手中拿著一支雷射筆，輸入一串密碼後，一按之下，空中出現了一排人頭像，從左到右，阿速勒、羅哈……全是他的麾下大將，只最右方是兩個沒有五官的空白人頭。

他的綠色雷射筆點向右邊的人頭，那人頭出現紅色，然後隨著筆上雷射光的頻率轉換，紅、橙、黃……紫，重複了三個循環，最後停在青色與藍色之間，雷射筆上顯示的波長為四七五。

太尉呼叫：「三三九三，三三九三。」

那個空白的人像出現了一個英俊男子的頭像一閃而逝，已經連結上了。

「三三九三待命。」

「速將朱橙智人之研究結果告知。」

「收到。」竟然是柳黃的聲音。

太尉在雷射筆上輸入了另一串密碼，雷射光點向左邊的空白頭像，頭像顏色飛快地轉換，最後停在黃、綠之間，雷射筆上的數字停在五六五。

空白頭像出現了一個男人臉孔，一瞬而逝。那張臉孔竟然是丞相府副長史呼合毒。

「四〇三六。請於兩時辰後面報貴府情況。」

「收到。」

太尉步入會議室，機器人侍女阿橘奉了茶，退出時將門緊閉，然後站在機器巨人青帶的身旁靜候使喚。

眾人見到太尉龍行虎步、威風凜凜地走進來，南軍校尉羅哈率眾鼓掌歡迎，太尉伸手止住，就坐後對大家道：

「今日本人召請諸位入太尉府議事，恐怕是最後一次，下次將有新的太尉了……」

話聲才了，掌聲又起，南軍校尉羅哈道：

「恭喜太尉榮升丞相，此乃我國民主變法後經選舉產生之第一任丞相，尤古之大名必將永垂不朽。」

眾官對平時說話粗魯成性的羅哈校尉，忽然之間能用如此典雅之語言拍馬屁，無不感到震驚，太尉也有些意外，不禁笑道：

「羅帥允武允文，佩服佩服。尤古承皇上信任，不但及時核准了立法院之選舉結果，並命尤古推薦繼任太尉之人選。今後尤古去丞相府任職，雖不便再有如今日之聚會而有些遺憾，但試想丞相府、立法院、繼任之太尉府，全是自己人當家，皇宮裡有虎賁郎正、副二將在位，我等全面作主，全面效力皇上，為我塞美奇晶國之新政打下百年基礎，此光榮之大責，捨我等其誰！」

眾官忍不住又要興奮地鼓掌，但為太尉伸手止住。

不過這種時刻虎賁郎藍迪不可能保持緘默，他搶著道：

「從此國家大政便在皇上指導之下，由我們尤古丞相的核心團隊率領百官為國為民謀求福利，之前金博老頭手下的各種雜音異議一掃而空，我等無論在何職位，唯尤古丞相馬首是瞻，以尤丞相之博學睿智，我等之萬眾一心，何愁天下不治……」

尤古暗忖：

「這藍迪居然懂得《左傳》裡的典故『馬首是瞻』，怪咧，怎麼一聽到我要任丞相，一夜之間，每個武將都變得出口成章，人人文武雙全，了不起啊。」

他怕藍迪打開話匣子一時三刻恐停不下來，連忙打斷道：

「尤古能有今日，固然是皇上殊恩，立法院諸公厚愛，尤其要感激的是諸位長時間與尤古並肩作戰、合作無間，今後尤古去了丞相府，大家仍是一家人，尤古不會忘了幫助諸君仕途順暢，更上層樓。」

這話一出確實壓不住群情了，大家不但鼓掌了，更加上歡呼，烏沃仔細聆聽，歡呼叫好聲中，竟然夾著有「尤古丞相萬歲」的聲音，他不禁為義父捏一把冷汗。

尤古送走了眾武官。烏沃走在最後，出了門，阿橘上前輕聲道：

「公子稍停，太尉要您留下。」

說著伸出纖纖玉手握著烏沃手腕將他拉回室內。尤古見烏沃轉回，待阿橘關門退出，這才問道：

「皇上任命丞相之旨下達後，金博府上和內宮之內有何動靜？」

烏沃回答得很小心。

「自皇上任命義父為新任丞相後，丞相府內一片平靜，沒有任何動作，從上次的閉門密商看來，金博丞相對功成身退告老還鄉早有心理準備，絲毫看不出有在計畫什麼行動。至於宮裡面，前宮的反應，義父比烏沃更清楚，後宮的情形，自從定了駙馬的身分，烏沃反而不便去走動了。」

尤古聽得很仔細，聽完想了片刻，暗忖：「丞相府之情況必須雙重確認，待會我再仔細和呼合毒查證……」當下叮囑道：

「金博丞相兩朝春風得意，自有其厲害本事，但歲月不饒人，畢竟老了，或許欲振乏力。後宮那邊，你還是借個什麼事由去向太后請個安，太后疼愛公主，愛屋及烏而對汝愛護有加，你也該去走動走動，順便打探些宮裡的消息。好，你快去準備換衣，參加帝君為金博丞相舉辦的榮退大典，莫讓皇上等我們。」

「是，義父，打聽後宮之事我當擇機而行。」

「還有，汝之上司藍迪，此人雖然多話滔滔不絕，其帶兵本領及本身的武功還是相當了得的，汝當多多親近並協助他，不可恃寵而驕怠慢於他。」

烏沃口中稱是而退，心中暗忖道：

「近日我的氣力和身體協調反應進步極大，更兼耳聰目明，不要說藍迪那廝早就酒色淘空，便是幾個副將兼武術教練的都不是我對手了。」

烏沃離去，尤古回到內室，面上神色陰晴不定。

札赫帝為金博丞相在宮中宴客大殿辦了一場極為隆重的退休典禮，當著百官稱讚金博為兩朝國師，功在民族，榮及子孫；並頒賜了親書的「勳勞永念」的匾額。盛典完畢，札赫執金博之手，親自送他上了飛行器，殷殷揮別。

丞相的幾位重要幕僚先後趕到，集合於丞相府。丞相府中氣氛肅穆，甚至有些悲戚。金博丞相神態自若，除了略顯清瘦，完全看不出任何沮喪之色。長史風晗發言道：

「此次立法院之運作及投票結果明白顯示立法委員中有太尉在背後操縱之痕跡，從提修正案到選舉投票，處處可看出太尉人馬之結幫，如此做法，使得皇上想要推動之變法大業，才跨出第一步便已蒙羞，我等應發動朝野有識之士造成輿論，絕不能就此放過……」

太史令黃石九接著道：

「屬下深感丞相明知太尉包藏禍心，但以變法大業為重，這才沒有任何杯葛之動作而讓修正案過關，是君子之心，亦是對皇上提名之公正性及權威性有信心。事變之後，丞相復以個人忍讓成全變法之順利推動，但如今形勢最令屬下耽憂者，乃是立法院中有過半委員形成集團，公然違抗帝君選擇丞相之旨意，從此以後，我塞國行政、立法、軍事大政均將落入尤古一人之手，如此變法真不如不變！」

黃石九飽讀詩書，一向喜歡引經據典作誇誇之言，但這一番發言卻是言簡意賅，擲地有聲，司馬永漢在旁聽了，不禁對這位老學究刮目相看。

副長史呼合毒皺眉看了黃石九一眼，緩緩道：

「兩位前輩所言，屬下皆十分欽佩，可惜當初沒有聽到這等精闢的建言，現在丞相榮退大典都已舉辦過了，再談這些豈不只是事後嘉言於事無補？」

言辭一向低調的呼合毒，忽然犀利起來，司馬永漢聽了也是刮目相看，他不禁暗忖道：「原來大家平時說的都是馬馬虎虎的場面話，關鍵時刻才見真章，我……我長知識了。」

他自幼隨母親讀了不少書，稍長淪為軍奴，後雖蒙網開一面，以役代刑做了守城軍士，這一番成長過程實在備極辛苦。只是雖然辛苦卻從來不須爾虞我詐，本性其實相對單純，這時見到這個場面免不了有許多感慨，但他不想發言了。

丞相聽了各人發言，神色絲毫不變，他的眼光落在司馬永漢臉上，司馬微微搖了搖頭。丞相也不勉強，對大家拱手致意，淡淡地道：

「感謝諸君嘉言，老夫心感不已。想此次變法大業，皇上不以金博老朽，委以籌劃推動之重任，老夫雖發現太尉在積極運作，然總覺變法大業當前，最忌將相不和，諸君皆讀過《史記》中〈廉頗藺相如列傳〉，如無藺相如之大度相讓，怎會有將相和之千古佳話？老夫一路欲傚賢相，無奈尤古殊非廉頗，遂有今日之局面。」

金博說到這裡略微停頓，然後聲轉高揚：

「老夫今後身無公職，終於可以自由自在，丞相府中不帶走一人一物，只帶侍候我多年之阿巧同歸田園，待一切安置妥當後，阿巧自會將處所地址通知諸君，歡迎暇時過訪，老夫必以清茶一壺，濁酒一尊，與諸君盡一日之歡。」

諸官感動不已，司馬永漢還注意到副長史呼合毒偷偷拭了一下眼角的眼淚。

大家由風長史帶頭，一一上前向金博行禮告別，然後出門離開，司馬永漢最後離去，走到門口，阿巧輕聲道：

「司馬副長史請留步，丞相還有話說。」

司馬永漢走向室內，身後阿巧緊閉了厚重的房門，金博雙目精光閃閃地看著他。

司馬永漢忽然感到一陣忐忑不安，丞相為何要用這樣的眼光看自己，難道有什麼驚人的話要對自己說？

金博伸手示意司馬永漢坐在他身旁，不慌不忙地從抽屜中拿出一個信封。他盯著司馬永漢，一字一字地道：

「永漢，老夫即將歸隱，這信封裡有我感激皇上的幾句肺腑之言，口頭不好講，所以寫在信中，定要請你今夜把它送到帝君手上。」

司馬永漢滿腹狐疑，為何要找自己送這封信？自己對宮裡情形不熟，又沒有熟識可託……丞相已經看出他的疑慮，便解釋道：

「這封信的內容涉及私密，老夫必須找一個完全沒有涉入朝廷政治的親信替我送這封信，以免引起不必要的猜疑，永漢你務必不辭困難替我送到皇上之手……」

烏沃仍感狐疑，支吾著道：「丞相，我見不著皇上呀……」

金博點頭微笑：「你雖然見不著，你的朋友每天都能見著皇上。」

「丞相您是說……您是說烏沃？」

「不錯，烏沃現職是期門虎賁副郎將，期門軍以權貴弟子為主力，每日午後護送帝君在宮牆內之活動便是虎賁副郎將之責，他每天都有機會見著帝君，你可以請他轉交。」

司馬永漢暗忖：

「你不信任你的親信官員，卻要我託烏沃轉交，這是什麼道理？這事透著神祕，我可要搞清楚……」

他表示猶豫：「可……烏沃乃太尉義子，託他轉呈密函妥當麼？」

丞相微笑道：

「這封信除了皇上之外，絕不能讓任何人看到，說來你也許不信，老夫放眼京城朝廷中，能信任的君子唯司馬與烏沃耳，他雖是太尉義子，但只要知道此信是給皇上親閱的，絕不會存窺閱之心。老夫閱人無數，這點眼力是有的。」

司馬永漢暗自佩服金博以丞相之尊，高高在上，竟然看出烏沃這個放蕩浪子其實是個至誠君子，不禁替烏沃生了一份知己之感，便接過信封一口承諾：

「丞相既然信得過他，屬下這便去辦這件事。」

CHAPTER 09

亦生亦死

立冬日　早上九點

早朝時間已到，金鑾殿中文武官員分列左右。

左列文官之首位空著，不見站在這位置上數十年之久的丞相金博。百官知道，以後這位置再也見不著他了。

右列武官為首的太尉大將軍卻不像平日全副戎裝，反而穿了一身文官服裝，標示官階的胸飾處卻是空白。

他容光煥發，神采奕奕。

帝君駕到。在場官員無不期待皇上第一件事便是宣布太尉尤古接任丞相，然後將宣布接任太尉的人選。

朝儀行禮畢，札赫望了望空著的丞相位，沉聲道：

「有請丞相！」

具高度人工智慧的黃門令伍勃躬身從金鑾殿右側引出一人，恭聲道：

「稟皇上，丞相到。」

眾人驚呼出聲，只見丞相金博穿著正式的丞相朝服，緩緩走到他站了數十年的老位置上，恭聲道：

「啟奏皇上，老臣金博聽旨。」

站在後面離得較遠的官員開始有人忍不住竊竊私語：

「丞相不是昨日已行過退典，怎麼今日又出現早朝？」

「難道有變化？」

「噓，噤聲！」

殿上札赫朗聲道：

「太尉尤古嫻熟軍事，然百官之首的丞相所司實有千頭萬緒，需要一段時間一一熟習，然後國事之銜接始能完善無隙；金博丞相任國之首宰凡數十載，昨日已慶榮退，復經朕懇請留職十日，甚盼在十日之內，金博、尤古兩位國之重臣攜手合作，順利完成交接。」

太尉震驚，表面上極力保持鎮定，暗思：

「再繁重的業務有一兩日交接也足夠了，為何要十日之長，看來昨日金博榮退典禮之後，一夜之間宮裡發生了什麼變化，這事有些麻煩了！唉，一再叮囑藍迪和烏沃這幾天盯住宮中動靜，為何沒有任何人回報消息？」

尤古滿心的疑問，但此刻卻不容他仔細推敲，因為接著就有重要事情輪到由太尉陳報。

「啟奏皇上，西北邊境又有敵軍來犯，二號及四號屯堡凌晨皆發生中等規模的戰鬥，敵軍由機器人指揮赤目軍兩個聯隊，分別跨過酉水及寅河對我軍發動攻擊，我方以電磁砲及小型中子彈回擊，激戰一個時辰後，我方兩處守軍皆能固守陣地，先後擊退敵軍，唯此次來犯敵人赤目軍訓練精良，戰場上確能以一當十，我軍損失較重，北軍校尉阿速勒身先士卒，親自上陣戰鬥，受了一些輕傷，並無大礙，二號、四號屯堡分別有三十及四十二人陣亡，輕重傷者共八十一人，兩處共殺死赤目軍戰士七人，天亮時敵軍已退回到彼軍防線之後，所幸兩郡無民眾傷亡！」

札赫聽了，初則面現憂色，繼而深深看了太尉一眼，太尉感到莫測高深。札赫聽完報告，指示道：

「太尉辛苦，前方奮戰的戰士及將軍們更加辛苦了。當此關鍵時刻，敵方潛伏探子必已將我國推動變法、丞相將異動等等情報送達蘇巴巴手中，是以朕命太尉暫留原職十日是經過全盤考慮而作之決定……」

太尉、丞相一齊恭聲道：「皇上聖明！」

札赫續道：

「今日凌晨之戰，凡傷亡皆按規定加一倍撫卹，北軍校尉阿速勒長年固守北疆，年齡已屆六十仍能親自上陣，此次他受傷雖然不重，朕心甚痛，即賜金三千，令他返京休養，暫在太尉府參贊防務；著派南軍校尉羅哈接替北軍校尉，即日生效。」

太尉尤古臉色微變，心想這麼重要的軍方人事異動，札赫不可能是因為聽到阿速勒負輕傷臨時做的決定，事先卻完全沒有和自己商量，此事太不尋常，難道札赫藉此機會要我繳出軍隊及對軍方的影響力？

不過他繼而想到接任阿速勒的乃是羅哈，同樣是屬於自己麾下死忠的部屬，似乎並沒有派皇帝的親信掌控西北部隊的意思，心中就踏實了一些。

他尚未開口，羅哈看了他一眼便躬身謝恩了。不想札赫繼續道：

「至於太尉轉任丞相後，太尉一職朕派光祿動白羽繼任，即日生效。依相同之考量，白羽應先與尤古太尉接交業務，以五日為度。至於白羽遺缺由期門虎賁郎藍迪接任，虎賁郎將之缺則由副郎將烏沃升任。即日生效！退朝。」

白羽謝恩。太尉臉色鐵青，一語不發，大步出殿，上了飛行器，直接回府。

札赫一口氣調動了數個重要之軍事職位，雖然全是太尉人馬，唯事前完全沒有和尤古商量，頗令他感到不滿。但札赫之前命尤古推薦太尉的繼任人選，尤古呈報了阿速勒及羅哈兩人供帝君選擇，結果札赫一個也不接受，反而派了資歷較淺的白羽來接任全國最高軍職；這最後一個調動，徹底傷了尤古的心。

尤古回到府中立刻傳令叫烏沃回府議事，並囑穆姬，待與烏沃談完事後，再傳羅哈、藍迪及木達來見。穆姬從尤古鐵青的臉色感覺到，不得了的大事要發生了。

上午十一點三十分

烏沃得令匆匆趕到太尉府，穆姬直接從大門口將他帶到尤古的內室。

尤古臉色嚴肅，開門見山地問烏沃：

「烏沃，昨日金博退休典禮在宮廷宴客大廳舉行完畢後，宮裡發生了什麼事？」

烏沃第一次看到一向沉著的義父面上透露出一種焦慮、疑惑，甚至恐懼的神情，不禁大感驚訝，他連忙答道：

「昨夜皇宮一夜平靜，並無發生任何特別之事。」

尤古沉吟了一會，再問道：

「你再仔細想想，皇上有沒有密會任何人？」

「沒有啊，我等護送皇上回後宮休憩一如平時，之後巡夜守衛，也沒有任何人進宮覲見……啊……」

他忽然想到一件事，啊了一聲，停了下來。尤古雙目圓睜，精光暴射，緊問道：

「想起了什麼？」

烏沃道：「皇上接到一封丞相臨別謝恩的信……」

「丞相的信？誰送信給皇上？」

「是我遞交的，司馬永漢拿了丞相謝恩的信給孩兒，因孩兒護送皇上回後宮，託我遞交……」

「你……你親自遞交的！皇上當場拆閱了麼？」

「沒有，他接了信，只低聲說了一句：『丞相多禮啊。』便入後宮去了。之後一切平靜……」

尤古衝口想說什麼但忍住了，只淡淡地道：

「瞭解了，你……恭喜你升了官，可要好好幹，你去吧。」

烏沃有些一頭霧水，但他已意識到那封信讓義父產生了極大的怒氣，只是忍住未發作，他行了一禮便離去。心中暗暗感覺到有大事要發生，一種山雨欲來風滿樓的氣氛壓著他，十分不爽。

「我要問問司馬永漢，到底是怎麼一回事。」

十一點四十五分

太尉府大門緊閉，門內紅帶和黃帶兩個機器武士鎮守，議事廳內門也緊閉，青帶武士和穆姬守在門口。

議事廳內，馬蹄形的會議桌坐了四人。

太尉尤古的對面坐著羅哈、藍迪及衛尉木達。

在自己人面前，太尉依然按捺住胸中怒氣，十分平靜地道：

「剛才大殿上的情形你們都看到了，有何想法？」

羅哈、藍迪兩人都調升了半級。對羅哈而言，同是大軍校尉，北軍校尉傳統上排在南軍之前；對藍迪而言，調職雖然沒有加俸，但光祿勳較期門郎將之名位更尊貴，是以兩人對皇上調職安排本身並無抱怨，但是進一步思及這人事調動的背後意義，便覺殊不可解，不免疑心重重。

這時聽尤古提到這話，木達照例無言，其他兩人一時不知如何回答，但是從來話多的藍迪仍然忍不住開口說道：

「這場人事調動全是軍職，屬下認為乃是衝著太尉來的，不然為什麼金博雖然已經下台，他的下屬死黨卻一個也沒有調動？所以吾人如要猜皇上的用意，便要從皇上為何要找太尉麻煩的角度切入，才能找到真正的原因。話雖如此，皇上為何此時要衝著太尉來？顯然是怕了太尉，至於皇上怕什麼來著，就不是末將們所能知曉的了……」

一旁的羅哈官階資歷皆比藍迪高一截，聽他翻過來覆過去說了半天，聽得頭昏腦脹，忍不住開罵了。

「你這人怎麼這麼囉唆，講了這麼一大堆全是廢話，說了等於沒有說，如果沒有看法就學我一樣，閉嘴！」

在羅哈聽來，藍迪說了一堆廢話，聽在尤古耳中，忽然有如雷音貫耳，讓他猛然一驚。他立即想通了⋯

「皇上有什麼地方怕我？原以為是因為我以第二順位打敗了他親筆提名第一的金博，但仔細一想，實際上金博已老，而我尤古過去擁立有功，由我來接丞相之位，與皇上的利益不會有什麼抵觸；如今藍迪沒話找話隨興一提，倒讓我明白了，札赫是怕我當了丞相，有權指揮調動皇宮禁軍！是了，這才是他要大幅調動軍事將領、派親信接任太尉的原因！」

原來塞國之國防軍權一向掌握在皇帝和太尉之手，但為權力平衡及防範京師內亂，皇宮禁軍的指揮權只歸帝君，如帝君因故不能指揮，而太尉必須緊急調動時，則必需得到丞相之副署，否則禁軍各主管不受命令。如今尤古既任丞相，太尉之職位當然不能再是尤古的親信了……

「這一切顯示札赫對我已生疑，不再信任！我原要藉他變法之機會，建立我尤古絕對的權威，如今卻只能當一個唯命是從的光桿丞相，我是否該孤注一擲，豁出去奮力反擊？這……這是我最後的機會！」

他雙眼漸漸泛赤，射出一道堅定的凶光。

羅哈在戰場上勇猛遜於阿速勒，但是在謀略方面略勝，他冷眼旁觀這一日來各種事件及發展，心知以太尉之雄心大志從初攀頂峰突然跌落，前途顯得渾沌不明，此刻其心情及思慮必然都在激動與疑慮之間擺盪，極不穩定。

他思考良久，終於發言。

「啟稟太尉，從皇上今日所頒旨意看來，札赫對太尉已生了極大之不信任，太尉如想扳回形勢，恐怕須得破釜沉舟全力出擊，否則新太尉上手，即將一步步洗牌換人，我等只有告老還鄉或許尚能保住一條性命……」

太尉伸手打斷他說下去，一臉嚴肅地道：

「諸君跟我尤古多年，同赴凶險，共享富貴，此事已至今日形勢，我絕不能自己高高在上做個光桿丞相，而你等則一一遭到撤換整肅。我有心大幹一場，把這個變法徹底推翻，這裡面的凶險也不需我多言，各位是否願意隨我一拚？一言而決！」

他說完這番話，掃視三人，雙目精光四射，當年拚死助札赫登基，一舉殺死莫大提谷的豪氣又回到身上。

羅哈第一個起立道：「末將願追隨太尉，一舉推翻那胡鬧的變法！」

藍迪和木達也起立表態：「末將唯太尉之命是從！」

太尉伸手請三將坐下，他再一揮手，會議室空中出現了一幅京城的三維景圖。

尤古手中雷射筆在京城四周劃了一圈，空中立刻顯出京城的城防要塞及重兵布點，他對羅哈下達第一道命令：

「羅哈你立即重新布置南軍，任務說白了，就是封城。」

羅哈領命。太尉又對藍迪下令道：

「藍迪率你的親兵進宮，任務是搏殺白羽，取得宮內禁軍之調動，然後進後宮，逮捕太后、皇后及公主。」

宮空中出現放大了的後宮３Ｄ圖，藍迪聽到格殺白羽之命令，不禁熱血上湧，臉色立刻泛赤，他厲聲答道：「遵命！」

尤古的目光落在一言不發的衛尉木達臉上，木達神情冷然，看不出他有任何激動的表情，太尉尤古卻深知，這個經常無聲無息的黑大漢，永遠是他執行最重要一擊的殺手。

「木達，你帶親信部隊及紅帶前往宮外松林，從直通宮內的密道進入，紅帶守在密道口防止任何人逃出，你進入後的任務是：直取札赫！」

說到這裡，他手中雷射筆一點，空中出現了一片松林，他的光點停在一個矮樹叢生處，立即出現一個紅色箭頭，指著樹草掩飾得天衣無縫的密道口處。

羅哈和藍迪聽到這裡都是臉色一變，只有木達神色如常，他冷然問道：

「直『取』札赫？是取他首級嗎？」

此言一出，羅哈和藍迪都忍不住啊的叫出聲來，兩人睜大了眼瞪著木達，然後轉看太尉如何回應。

太尉雙目定視木達，卻未正面回應，只一字一字道：

「如有抗捕，格殺勿論！」

木達和尤古的默契，不需再說明，木達立即答道：

「遵命。」

太尉微微點首，過了一會，低聲道：
「祕密地道入口的密碼在行動開始時會傳給你！」
尤古說完便不再開口，似在沉思，又似在養神。
羅哈一語打破沉默：「太尉，還有一個任務沒有派……」
尤古點頭道：「我派青帶去丞相府。」
三人無語，只是心跳加速。又是一陣沉默。這回是一向少話的木達打破沉默。
「敢問何時開始行動？」
太尉站起身來，朗聲宣布：
「各位立刻回去準備，我還要弄清楚一件事，才能作最後決定，你們準備好全面待命吧！」
說完揮手，三人點頭行禮，魚貫離去。
「召穆姬。」
在門外候著的穆姬應聲入內，太尉道：
「將擊殺金博的程序輸入青帶！將嚴守密道口、逃亡者格殺勿論的指令傳給紅帶！黃帶留守太尉府。」
穆姬躬身道：「遵命！」
「另外，我要妳儘快將生醫智人奇奇哥逮捕到府，記住，勿傷他性命，我要他活著才能取他身上的晶片！」
「是，太尉！」

太尉從懷中掏出金獸兵符交給穆姬：

「我要去一趟皇宮，如一個時辰沒有回府，妳以此符交羅哈開啟行動。」

下午一點

札赫剛用過午飯，正在品茗，伍勃來報太尉尤古緊急求見。

若是平日，伍勃肯定以帝君午休為由擋著，但這兩日國家大事波濤洶湧，隨時都可能有巨大變故需要立時處理，所以伍勃的指令已作了調整。

聽說是緊急求見，札赫就在御書房裡接見了尤古。

尤古開門見山說明來意。

「啟稟皇上，今日早朝之時皇上對軍方人事作了大幅度調動，雖然事前未有垂詢尤古意見，但幾項調動足見皇上聖明，只是過去重要軍職調動，皇上皆召尤古討論，便是日前，皇上還命臣推薦太尉一職之繼任人選，何以一夜之間皇上對臣所推薦之人選棄若敝屣，所薦兩人皆不如年資甚淺之白羽？」

札赫微閉雙目，仔細聽完，張開眼睛反問道：

「太尉這是興師問罪來著？」

太尉連忙起立再拜道：

「微臣豈敢！只是感覺昨夜定有什麼事情發生，令皇上對尤古起了疑心，尤古想要知道究竟……」

札赫不慌不忙地打斷他說下去，冷冷地道：

「太尉之意朕已盡知，朕之意太尉卻不瞭解，才有這番對朕質疑的話，朕且不怪罪你的違禮，先問你幾個問題，你要據實回答！」

尤古發現札赫似乎胸有成竹，心中略有些忐忑，但立刻想到自己來此犯顏質問，就是要弄清楚札赫對自己態度丕變的內幕，有什麼好不安的？

於是他凜然無畏地看向皇上，札赫哼了一聲問道：

「朕問你，你那義子烏沃原來是個江湖賭徒，他在京城天子腳下賭博贏了琮璧公主兩件珍寶，你明明知曉，竟然隱瞞至今，這難道是為臣之道？」

太尉萬萬沒有料到札赫一開口竟然質問的是烏沃的陳年舊事，一時之間倒是有些難以措辭，想了片刻才回答道：

「此事關係公主令譽，當時臣考慮再三，只有隱瞞真相才能保住公主涉足賭場之事不致曝光……」

他自覺答得十分得體，豈料札赫怒聲道：

「你隱瞞得好啊，之後烏沃便藉此一層關係接近公主，蠱惑公主，終於成為駙馬入主後宮，你知朕迄無子嗣，琮璧是朕獨女，駙馬爺將來甚至還思入主前殿也未可知，尤古啊，你布得好遠的長線！」

這一下尤古雖覺帝君有些強詞奪理，但卻不知如何辯解，只好勉強支吾著答道：

「啟稟皇上，烏沃入選為駙馬乃是他的福份，據臣觀察……他與公主……兩人……兩情相悅，佳偶天成，何必……何必強加以此等……利害關係……」

札赫重重哼了一聲道：

「好，撇開私事，朕要在公事上問你，你主管京師城防，卻讓國寶『精靈翠兒』兩次偷運往敵國，你不但沒有設法追回，而且瞞著不予呈報，太尉大將軍，你怎麼說？」

尤古額上開始冒汗，他支吾道：

「這事……這事，京城的城防……確實有疏漏之處，我已嚴命改進……」

札赫打斷道：

「其中有一次，聽說有一隻精靈翠兒含了花苞，此乃百年難得盛事，竟被人將它送到皮幽智人院去作極重要之科學實驗，這不是通敵資敵是什麼？」

尤古辯解道：

「就算城防有漏洞是臣之失職，皇上責臣通敵資敵，臣卻是不能接受……」

札赫逼上一句：

「你不接受？那麼朕問你，你和皮幽國智人院行政總管柳黃之間的祕密管道又是怎麼回事？」

尤古大吃一驚，他和柳黃的通信是以極機密的方式進行，而且通訊次數甚為稀少，札赫不可能掌握到證據，是以他就堅決否認：

「這……這……絕無其事……」

尤古心中卻感到無比震撼，一個可怕的念頭閃過他心頭：

「除非……除非呼合毒是雙面諜！」

此念一起，他心思大亂，連忙深呼吸數次方才略微平息，耳中聽到札赫的聲音轉為嚴厲：

「這通敵之事你當然不會輕易認罪，朕就再問你，朕之變法大業，舉行有史以來第一次臨時立法委員選舉，你竟敢作弊讓你的人馬一一當選，此事朕手中已有確實證據：投票人須經快速生物特徵辨識，所以實際投票人數一個也跑不了，多出來的票數就是假票！你的人馬在立法院中形成一個多數之投票集團，你為權力私欲破壞我尚在起步之民主變法，你身居太尉大將軍之高位，行此等卑鄙小人之事，令朕失望之極，朕為大局作想，變法初次選舉既然選出你作丞相，朕便認了，今日你既問起，朕便明白告訴你，你好好去作丞相，軍事的事就不要管了，你，好自為之吧。」

尤古臉色鐵青離開皇宮，他心中有數，札赫讓他當丞相乃是暫時之安排，等到人事安定了，札赫就會一步步徹底解除他多年建立的勢力，那時自己再作任何反抗，便有殺生之禍。

此刻，他對已在準備中、箭在弦上的兵變，再無懸念。

下午一點

鼎北，皮幽國的京城。

皇宮中蘇巴巴召見緊急從前線趕回的左將軍尼安亞，右將軍皮幽貓也在座。蘇巴巴對長駐在前線的尼安亞表示慰問。

「將軍長年鎮守前線，幾次突襲敵國屯堡皆有斬獲，功在國家，朕原思擇時到前線為將軍及將士們打氣，不過今日有重要大事，亟待與兩位密商，臨時緊急召回你，辛苦你了。」

尼安亞起立謝道：

法】

「前線到京城雖有千里之遙，然臣之新款飛行器性能絕佳，從起飛到降落皇宮之外尚不到半個時辰，談不上辛苦……」

「啊！比朕的還要快，軍用小飛行器能飛如此速度確實先進，飛行途中平順否？」

「尚可，當然比不上皇上的飛具，咱們軍人用的飛行器但求快速，舒適就顧不得太多了。」

閒話畢，蘇巴巴立刻進入正題。

「二位將軍，從各方打探來的敵後消息，證實塞國札赫力推的變法，已引起中央地方相當混亂，更兼太尉尤古與丞相金博，在新成立之立法院中爭奪優勢而生不和，今日午時最新情報顯示札赫調動重要軍職，彼軍方人心不穩，此誠我皮幽國最佳進擊之機會……」

聽到這裡，左將軍尼安亞按捺不住興奮之情，竟然打斷蘇巴巴的話，叫道：

「聽說阿速勒被調走，他的北軍校尉由羅哈來繼任，阿速勒雖然有勇無謀，總算還敢和我軍交過幾次手，現在換了一個暴躁而不能打硬仗的羅哈來作我對手……估計他明日就到職，哈哈，皇上說的對，末將回去後天便對屯堡發動突擊……」

一旁的右將軍皮幽貓輕聲提醒尼安亞：

「左將軍，並非如你想的突襲屯堡那回事，請耐性聽皇上說完。」

尼安亞一怔，立刻自覺到失態，正要道歉，蘇巴巴已開口：

「左將軍，朕方才所說的進擊，是指傾全國之力進襲塞國京城，一舉滅了札赫王朝！」

尼安亞嚇了一跳，轉看皮幽貓一眼，皮幽貓面色凝重，微微點頭。

「皇上，傾全國之力突襲，這……這需要多少時間準備，還有後勤補給……皇上，我們何時動手？」

蘇巴巴簡短地給了他答案。

「今夜。」

尼安亞吃驚說不出話來，但他到底是有實戰經驗的老將，想了一會兒便瞭解了蘇巴巴的戰略思考。口氣立刻改了：

「啊，今夜說打就打，皇上好主意，好得很啊！」

蘇巴巴滿意他的的領悟性，但還是作了說明：

「第一，這種好機會，我這一生未必還會有第二次。第二，兵貴神速，勝在出敵不意。敵方正在忙於內亂，前線才打了兩個小衝突，各自收兵不滿兩日，那阿速勒絕對料想不到今晚我軍傾巢而出，因此準備不足的，肯定是敵方而非我方，我軍一戰而勝就直撲塞京，如一擊不成，立刻退返，所以輜重補給不需太多，掌握此原則，我軍必勝！右將軍你說說補給的情形！」

皮幽貓應聲：「遵命」，就對尼安亞報告：

「左將軍如調動三萬大軍出擊，其中赤目軍五千人，皮幽軍兩萬人，輜重部隊五千，則我已準備好十日軍需，今夜立即可以隨軍供應。」

尼安亞點頭：

「五千赤目軍，那真是傾巢而出了！根據過去與塞國軍隊長期交戰的統計，赤目軍與敵軍的傷亡率大致是一比十，如果我們針對離塞京最近的多卡堡進攻，該屯堡守軍約三千多人，咱們赤目軍一鼓作氣猛攻之下，臣估計我方犧牲二百人當可殲敵兩千，多卡堡迎刃而

法】

破，我軍一刻也不停留直奔京城，讓其他屯堡救兵跟在咱們屁股後追趕，我第二線的皮幽軍已在兩側埋伏，對敵人部隊追來援救時再予夾殺，打他個措手不及，而咱們的赤目軍先頭部隊就已殺到京城了！」

蘇巴巴對尼安亞立刻就能講出作戰計畫感到滿意，證明尼安亞平時雖在防禦邊界，對於決戰敵國京城的戰術時時在心。

「尼安將軍之作戰計畫甚佳，朕即授權你統帥全軍，在今日天黑之前調動先鋒部隊，全面出擊。」

尼安亞起立領命。

蘇巴巴轉對皮幽貓道：

「皮幽將軍聽令，你即刻組織第二線攻擊部隊，前置五千精兵緊隨赤目軍之後，今晚發動。其他一萬五千人分三路調集，子夜時越過邊界，在我進軍路線兩側布伏，視鋒線狀況，既可補進，亦可掩護撤退，由你親自指揮！」

皮幽貓起身道：「遵命」。

尼安亞這時腦中已經對突襲的作戰計畫有了更完整的想法，他對皮幽貓道：

「為使赤目大軍充分發揮其巨大威力，須配合機器人在戰場實地指揮，五千大軍最理想約需八百個機器人軍士，我第一線可能尚缺一百多，要請皮幽兄儘可能補充之。其次，大軍接近塞京時，敵方定將出動無人飛行器從空中狙擊我軍，我希望我方也能有五十架攻擊型無人飛行器，配合赤目軍攻城時在空中掩護。」

蘇巴巴點首，轉問皮幽貓：

「尼安將軍所言甚是，皮幽將軍這邊有無問題？」

「我方二百多架攻擊型飛行器長年維持在隨時出動之狀態，皇上和尼安將軍可以放心，至於有單兵作戰指揮系統的機器人，平時都已投入前線，末將估計京城約有五十具左右，遵照皇上『傾全國之力』出擊之指示，末將請示是否將之全部投入戰場？」

蘇巴巴毫不猶豫地道：「全數投入，無需保留！」

尼安亞最後問道：「我軍何時啟動攻擊？」

蘇巴巴想了一想，卻未正面回答：

「兩位將軍立刻準備，最遲須在下午六時正回報朕；屆時務須一切準備妥當！」

下午二點

朱橙坐在研究室中，頭上戴了頭盔，雙眼牢盯著空中一個三維的分子結構，結構旁標註了「甲」字。她這套觀看設備加了密，只有她看得見那立體分子，別人就算闖進她的研究室，卻什麼也看不見。

她在鍵盤上任意一指，空中出現了另一張分子結構圖。

這個分子與前一張看似類似，其實小了許多，結構也單純了許多，旁邊畫了一個「X」。朱橙研究了一陣，暗忖道：

「這個『X』分子可視為『甲』分子的前驅原型，我要詳細比較兩者的細節，如果能從『甲』分子結構中將這個較簡單的『X』分子抽離出來，或許就能得到我想的答案……」

她這樣思考是有原因的。

這兩個分子都是從深海火山口下的碎片中獲得，複雜的「甲」分子是從火山原始生物中取得，較簡單的「X」分子卻是從覆蓋碎片上的海水中所得。

她用了三種輔助軟體，三度空間中做了數千次微觀比對，終於以百分之八十以上的正確度驗證了她的假設：

生命體「甲」分子是「X」分子與一些其他分子經過複雜的作用而生的產物。

那些被「剝離」的其他部分是些什麼？朱橙按捺住滿心的興奮，仔細地一一研究檢視。每弄清楚一個分子，或是分子的碎片，朱橙就興奮地輕嘆一聲。

等到她把所有被「抽離」的部分全檢定了，她發現這些分子都能在那深海火山口邊的原始生物中找到。

到此時，她已確信，「X」分子是塞星球上生命的起源，它本身沒有生命，但是它能和一些其他的分子作用而產生最原始的生命體，海底火山口邊的原始生命體中找出的「甲」分子，說明這個假說具可信度。

極端的興奮，反而使她長長嘆了一口氣。她緩緩將頭盔取下，關了密碼。耳邊忽然聽到柳黃的聲音：

「朱橙，妳頂著一個頭盔對著空牆足足看了將近兩個多時辰，我來看妳兩次，妳動也沒動，究竟在搞什麼鬼？」

「兩個時辰？」

「妳不看，都什麼時候了！」

朱橙急步到窗邊，拉開窗簾，果然一片黑了。

「朱橙，我看妳臉色很興奮的樣子，妳有什麼新發現？」

朱橙道：

「我在想問題，想得很深，便忘了時間……等我想通了，便會報告你。」

柳黃顯然不盡相信，他狐疑地看了朱橙一眼，說了一聲：「是呵？」便施施然去了。

朱橙掏出了一個特殊的通信器；就是她前次和皮幽貓深潛海採樣時用的那一具通訊器。

她迫不及待要把這個結論和皮幽貓分享。

然而皮幽貓沒有接上，一連試了三次無法連結成功，她又試了沒有加密的通話，仍然沒有回應，看來皮幽貓切斷了所有的通信。

「皮幽貓這個時間怎會切斷通信？他在搞什麼？」

朱橙想不通為什麼。於是她試著聯絡奇奇哥。

奇奇哥在敵國，但是在科學上，朱橙從心底裡認為是她最欽佩的前輩。她忍不住要急著把這個結果告訴最知音的人。上次在南極角岬深海的萊萊克火山，她和奇奇哥結下了「同艇共濟」的善緣，兩人都取得了相同的寶貴樣品，從那時起，兩人心照不宣地建立了默契，在尋找生命起源的純科學方面，兩人交換最新發現的資訊，相互合作。此刻，她心中只有科學，沒有敵我。

於是朱橙悄悄按下和奇奇哥祕密通話的密碼。

下午五點五十五分

蘇巴巴坐在皇宮的戰情室裡，他對面坐的是右將軍皮幽貓。

他們暫時關閉了所有通訊，只留和前線的左將軍皮安亞的量子通訊連線。蘇巴巴對皮幽貓及時完成了所有的準備工作感到滿意：

「皮幽將軍幹得好，不過三個時辰，竟能將如此大軍事動作的後勤工作全部到位！你用五十架攻擊型無人飛行器權當運輸器，將五十名戰鬥機器人快速運到前線，飛行器就留下來備為攻擊塞京時之用，這是好招。」

「皇上的軍令，無論如何有令必達。」

「將軍真乃我國最優之後勤司令，尼安亞有你的支援，希望他一舉攻克塞京，儘量減少殺戮。」

這時桌上一個鍵鈕的紅燈連連閃光，蘇巴巴按下，尼安亞沉著的聲音：

「啟稟皇上，備戰完畢，等候攻擊命令！」

蘇巴巴檢視時間，正好下午六點！

他從容下令：「即刻發動全面攻擊！」

「臣領命！」

傍晚六點十五分

奇奇哥興奮地衝到研究室，召集手下兩個助理立刻到實驗室報到，有重要工作要連夜趕工。

剛才他接到了朱橙的好消息，朱橙的研究結果完全符合他的理論公式所預測，他的預測幾乎將「X」分子八成的結構特性都描述出來：他預言，一個具有這些特性的分子結構，就是從無生命到有生命的關鍵分子。

朱橙居然找到了這個分子！

他的實驗室有大數量的海底火山碎片，他要助理們依照朱橙給的提示，徹夜不休也要把「X」分子找到，但他十分耽憂，如果「X」分子不夠穩定，從深海回來到此刻未必還能維持不變；但是總要一試。

他告訴朱橙，根據他的公式，如果「X」分子確為生命起源，他已知道用什麼樣的分子和「X」作用，就可能造出有生命、能自行複製的分子，屆時他就掌握了塞美奇晶星球上生命的奧祕。

麻煩是他需要一個實驗裝置，能夠模擬深海火山口附近的環境，這又得去拜託阿里十三。阿里一定會說預算中沒有這個項目，經費沒有著落。這又得去找司馬永漢和烏沃，讓他們去從丞相和太尉那裡想辦法。

奇奇哥想好了這一切，忍不住右拳捶在左掌上，暗叫一聲：

「有咱們四人幫襯，哪有辦不成的事！」

稍早，六點零五分

塞美奇晶國，京城，皇宮。

伍勃快步走到札赫的御書房門口。

「啟稟皇上，前方急訊，皮幽數千赤目軍大舉犯境，多卡堡守軍吃緊，阿速勒告急。」

「什麼？快傳太尉！」

「太尉已在途中。」

事實上，尤古仍在太尉府中。已在途中的是羅哈的部隊。

傍晚六點三十分

丞相府中金博顯得緊張而心事重重，因為副長史呼合毒失蹤了。

兩個時辰前丞相已得到情報，太尉尤古在與帝君札赫緊急會面後，匆匆離宮，據消息來源的敘述是：太尉離宮時，臉色鐵青。

金博知道，因為他的一封密函，尤古在皇帝面前所作的最後挽救已經失敗，於是他急召親信會商時局。這時，就發現呼合毒忽然失聯，阿巧試了各種聯絡方式，也試了各個聯絡地點，都得不到回音。

金博開始相信自己的懷疑是真的，呼合毒失蹤了，合理的猜測，他此刻多半已經躲進了太尉府。

問題是他的身分一直隱藏得很好，至少迄今並未被嚴重懷疑，為何此時要演出失蹤？顯然，他顧不得身分的曝光也要躲進太尉府，那是為了什麼？什麼事如此緊急？難道太尉那邊將有破釜沉舟的大動作？那又是什麼？其實呼合毒並沒有躲進太尉府，他只是失蹤了。

金博沉思了片刻，問司馬永漢：

「永漢，今日早朝之後，你有沒有聽烏沃說起太尉府的動靜？」

「太尉曾召烏沃要他多到後宮走動。」

「沒有其他訊息？」

「沒有，太尉要他去向太后問安。」

風晗仍在關心他的副史的事，皺眉道：

「已經兩個時辰了，我們仍然聯絡不到呼合毒，他會不會遭了什麼不測？」

金博心中已有譜，也不說破，只回道：

「不至於吧，阿巧正在繼續聯絡……」

說到阿巧，阿巧已出現在門口。

「丞相府遭攻擊，敵人已衝進府內，正與護府戰士在迴廊戰鬥。」

所謂「護府戰士」全是機器人，他們埋伏在迴廊中用隱藏的武器對付入侵敵人，防衛面之廣密絕無漏洞盲點，是以雖然聽到阿巧報警，丞相及諸臣並不恐慌。

「敵人是些什麼人？」

在金博設想中，多半是武裝部隊，卻不料阿巧回道：

「來敵只有一人，是太尉府的青帶！」

眾人大驚，人人都曾耳聞太尉的三個機器巨人有萬夫莫敵之勇，是守衛太尉府的無敵門神，想不到青帶竟然出現在丞相府，府裡的守備全是機器人，對付來侵的真人或許遊刃有餘，對上級別更高的機器人青帶，恐怕全都不是對手，太尉派青帶來顯然是要取丞相金博的性命。

金博震驚之中不失鎮定，厲聲下令道：

「阿巧，立刻設定戰鬥模式，準備禦敵！」

「遵命！」

阿巧的聲音忽然變為雄壯威武，行動也立刻從婉約柔美變為敏捷有力……

就在此刻，室外傳來幾聲轟然巨響，夾著著各種碰撞、破碎、撕裂的聲響，接著又是一聲巨響近在咫尺，緊接著，一個身高兩公尺半的巨人撞倒了隔音牆，出現在門口。它腰上的青色腰帶閃閃發光。

青帶一腳跨入，在眾人驚呼聲中，舉雙手向前一指，兩道超強的雷射砲指向最靠近的風晗和黃石九，可憐一位嫻熟政務的能吏，一位滿腹經綸的學官連躲開都來不及，便死於雷射砲光束下。

司馬永漢身手矯捷，一把抱住丞相便往桌後躲藏，青帶雙指並發，直指丞相及司馬，阿巧以身相護，只見火光四射，兩道雷射砲束全都打在阿巧身上，阿巧安然無損，昂然不懼地迎向青帶，並對青帶展開攻擊。

兩個機器人皆知，雙方用武器攻擊對彼此護體的材料不會造成巨大損傷，是以兩人皆捨棄武器，而以拳腳相向，以武術作生死搏鬥。

阿巧的身材只有青帶的一半，但是她的戰鬥力卻不在青帶之下，出拳踢腳的力道十足而移動更加靈活，這兩個機器人顯然都有搏擊高手的設定，此時對打起來，兔起鶻落、招招殺手，一大一小竟然鬥個旗鼓相當。

丞相固知阿巧之能，司馬永漢卻是看得膽戰心驚，一顆心吊在半空中，大氣都不敢出。等到阿巧和青帶鬥了二十招外，司馬才冷靜下來仔細觀戰，這時他也看出小個兒的阿巧不但沒有落下風，而且招招又快又狠，竟把比她大一倍的青帶逼得連連後退，司馬幾乎要叫：「好」，耳邊卻聽到金博丞相的聲音：

「不好！」

原來青帶的人工智慧「見」久戰無功，便自動切換到另一個作戰模式，以退為餌，誘敵逼上近身，忽地雙掌變推為抓，竟然抓住阿巧的雙腕，接著便以蠻力將阿巧舉起……

司馬永漢跟著丞相叫了一聲：「不好」，阿巧已被青帶舉在空中轉了一圈，全力摔向石牆。

轟然一聲，阿巧重重撞在石牆上，立刻跌落地上，一時之間爬不起身來。

青帶電腦指令設定的殺戮目標是丞相金博，他摔倒了阿巧，立刻鎖定丞相大步走上前來，卻不料司馬永漢突然跳起來衝上前，擋在丞相前面。

幾乎是同時，青帶叫吼：「找死！」丞相叫道：「永漢，你閃開！」

卻見司馬永漢右手握拳，對著青帶的臉面猛然伸掌；也不見司馬有任何後續動作，殺氣騰騰的青帶忽然安靜了下來，矗立在司馬永漢前一動也不動，呆若鐵公雞。

司馬永漢將手掌全力張開，緩緩地靠近青帶的頭部，忽然之間，青帶歪歪斜斜走了兩三步就倒在地上，手腳一陣亂抖，頭殼不斷撞地，除了沒有口吐白沫，竟像極了癲癇發作，只是動作更大，煞是嚇人。

青帶在地上全身抽搐了片刻便停止了，大字形躺在地上宛如「死」了。丞相從震驚之中恢復鎮定，他從桌後走出，聲音有些發顫。

「永漢，你伸手就制服了它，到底是怎麼回事？」

司馬永漢伸出手掌，修長的手指張開，金博看到他的食指、中指及無名指上都帶了一個肉色的指環，不仔細看不易注意到。金博不明所以，問道：

「是因為這三個指環？」

「這三個指環是阿里智人送我的禮物。顏色一樣，材料不同，合在一起即能瞬間發出三種強大的低頻電磁波群，凡是心存凶殺惡念的攻擊者的腦波絕不會超出這三個頻譜，被我一電擊就誘發它腦子狂亂發電，立時倒地不能行動，原來是讓我帶著去地球防身的，剛才百般無奈之下，施出來勉強一試，想不到對青帶這個機器人居然也有用，而且一擊奏效！」

丞相見多識廣，對科技有相當的底蘊，聞言略加思索，頗有深意地道：

「人有腦波，極其微弱，機器人則完全由電磁波控制，反應起來恐怕比人類更為劇烈……你看，青帶被你電成這個樣子……」

司馬永漢聞言心中已經雪亮，他暗忖道：

「塞星球上的機器人人工智慧愈來愈高，橫行起來勢不可擋，阿里十三等智人給了它們人工智慧，說不定留了一手絕招，專門對付發橫的機器人。」

他對丞相的淵博固然欽佩，對阿里十三的智慧更是五體投地，他正要開口，耳中卻聽到阿巧的聲音：「太尉兵發皇宮了。」

原來就這一會兒，阿巧啟動了三層自我修護程式，已經將剛才受到的損傷修護了八成，她一站起來，就收到各方最新的訊息。

丞相驚喝：「兵變！」

司馬永漢叫道：「阿巧妳保護丞相！我要去皇宮，烏沃還在後宮……」

丞相叫道：「你用我的飛行器……快！救皇上脫險！」

「謝丞相……」

晚上八點十分

塞國後宮禁衛軍營外，光祿勳白羽率領兩百衛隊巡邏西院一圈，正要回到後宮，忽然在不遠處喧譁聲起，仔細分辨人聲，似乎是禁衛軍遭人突襲，正在應戰。

白羽當機立斷，下令兩百個手下人戴上夜視裝備，雷射長槍加電磁短銃，守住後宮們，準備應變。

白羽本人戴的是指揮官的專用頭盔，除了夜視裝備，還有祕密通訊系統，不但能發號司令指揮作戰，還能和其他指揮將領機密分享戰場的即時資訊。

副將的訊號傳進來：「白將軍，前面打得激烈，要不要分兵支援？」

白羽一面指揮兵士在各門牆布伏，一面回答：「不可分兵，嚴守後宮門！」

天已全黑，皇宮的照明突然全滅，四周黑上加黑，白羽心中忽然閃過一絲不祥的想法。

「前後宮同時遭到攻擊，難道是皮幽國敵軍到了？不可能呀……」

前方一個指揮官的訊息傳進頭盔中：

「是羅哈的正規軍，他們大舉進攻正宮……」

白羽立時辨別出訊息來自虎賁郎藍迪，他即刻回覆：

「不只正宮，還有後宮！注意，這是兵變！太尉的軍隊造反了！」

於是他立即吩咐副將：

「前面有藍迪將軍的禁軍守著，我們全力堅守後宮，不得有誤！」

話聲才了，一個小型飛行器迅如流星般從前方飛到，白羽立即警戒，那飛行器直接與他的頭盔通訊：

「光祿勳，請率軍上前支援……」

「藍迪將軍，後宮不能失，你為何不在前……」

話聲未了，藍迪從飛行器上連發兩道雷射光束，近距離直接命中白羽，瞬間將光祿勳白羽燒成了灰燼。

白羽甫受札赫提拔接替尤古太尉，可憐尚未上任，便在藍迪故意製造的假戰情下，被欺騙突襲的手法殺了。

藍迪由空而降，站出飛行器，大喝道：

「札赫無道，搞變法喪我國家根基，太尉不願坐視，決心兵諫，現京城已為羅哈校尉之南軍部隊封鎖，汝等識時務者放下武器，我軍不殺自己人，如執意抗拒，須怪不得我藍迪不顧同袍之情！」

他左手一揮，一道赤色雷射光沖向天空，後宮四周喊聲震天，大批藍迪指揮的禁衛軍從四方湧入，人數總有三、四倍之多，白羽的兩百禁軍被「自己人」包圍，主將又已經戰死，鬥志全失，便紛紛放下武器了。

藍迪見心戰奏效，便大聲下令：

「從者免死，咱們收了他們的武器進後宮不得濫殺，將皇后、太后及公主押在後宮，聽候發落！」

藍迪見防守的禁軍皆已被解除武裝，便從飛行器走下，率領部隊一鼓作氣衝入了後宮。

稍早，八點

新上任的虎賁副郎將烏沃帶十幾個武藝高強的親兵到了太后宮。

烏沃由太后的親信史管事帶他進宮。他命親兵守在門外待命。

「史姐，多謝妳，我有好幾日沒有進宮，今日特來向太后請安。」

「謝什麼謝，你託小白轉告我要進宮給太后請安，我哪能不安排，不過說實話，駙馬爺，您和公主的事多虧太后的包容為你們作後盾，否則好事難成。」

烏沃正要回答，他眼尖已經看到太后由侍女扶著走了出來。

「太后在上，烏沃給太后請安。」

「快快起來，哀家念著你哩。今日這個時辰怎會有空進後宮？想來給我老人家請安是個幌子，實際上是念公主念得緊了。」

烏沃有些尷尬，索性照直說：

「太后明鑒，烏沃思念公主，也思念太后的恩情。只是和琮璧定了親，不便見面，便到太后這裡來請安順便問問公主的情形。」

太后哈哈笑道：

「烏沃小子三句話裡兩句真一句假，騙得哀家樂哈哈，你的公主好得很，定了親以後不但容光煥發更加漂亮，便和皇后的關係也變得融洽，我跟小琮璧說，不必要耽憂皇后對你的成見，琮璧畢竟是皇后的獨生女，何況烏沃小子又特會騙老人家歡心。」

烏沃也被太后逗笑了，隨即他收起笑容，一本正經地道：

「太后太看得起烏沃了，日後烏沃定當好好孝敬太后，每日侍奉請安，為太后找樂子逗笑。這幾日烏沃沒有進宮，後宮可有什麼事需要烏沃跑腿辦理的？」

「老身是沒什麼事要麻煩你，公主如有什麼事需要你辦的，小白早就和你通消息了，還要靠我老人家傳話麼？」

「太后人在後宮，什麼事都瞞不了您的法眼……」

這時史管事忽然從外跑進來，她的聲音鎮定：

「不好了，小白緊急通報，後宮遭到軍人進入，似乎要綁架皇后和公主……」

烏沃聞言大急，太后鎮定地道：

「烏沃你身為副郎將，快去後宮護皇后及公主到安全地……」

「太后您這邊……」

「有史管事在一切無慮，我身邊幾個侍女也非等閒之輩，你放心！」

烏沃素知太后的親信史管事有一身武藝，他心急公主那邊，便道聲：「史姐一切拜託你了」，便飛奔衝向後宮，一面傳訊命守在門外的十幾位親兵速往後宮集結。

烏沃衝進後宮，立刻就傻眼了，只見他的長官藍迪正在指揮虎賁部隊的軍士攻向皇后和公主，皇后身邊的女侍衛漸漸有抵擋不住的趨勢。

公主前面的小白奮起保護之責，她不畏雷射槍，也不怕刀鎗劍戟，正拚死與一身武器的藍迪力戰，卻是攻多於守，絲毫不懼。

藍迪心知自己的武器難以摧毀機器人，他的超高功率雷射瞬間可達千度以上的高溫，卻難以突破小白外披的碳矽陶瓷片，那些薄片在雷射光束持續轟擊之下，閃出縷縷赤焰，卻是無損其保護功效；小白體態動作維持著平時的溫柔，但出手卻是陰柔毒辣，藍迪大為吃驚。他在如此近身搏鬥中難佔上風，索性改變戰術，他從頭盔中發出指令，兩個搏鬥武術高強的副將迅速補進來向小白攻擊，他則快步繞過小白，直奔公主。

小白被兩個副將纏住，一時之間無法脫身，眼看著藍迪撲向公主，伸手便要想將公主手到擒來，忽然之間一條人影飛快地擋在公主面前，公主大叫一聲：

「烏沃！你快救母后！」

烏沃斜眼看出，十幾個藍迪手下和十個女侍衛鬥得不可開交，女侍衛們布陣擋在皇后前面，在交叉如織的雷射彈束擊中，漸漸抵擋不住，他心急如焚，但藍迪欲擒公主，更是分不出手來，情急之下大吼一聲，聲如狼嗥虎嘯，竟有猛獸之威。

「藍迪，你住手！」

藍迪聽到他的吼聲，心神為之一怔，不禁稍微一滯，烏沃已經雙拳如杵直擊藍迪的太陽穴，拳勢極快，竟帶著嘶嘶風雷之聲。

藍迪嚇了一跳，怒喝道：

「烏沃，你瘋了麼？膽敢違抗太尉之命！」

烏沃心中一片清明，但是他的身體確實有如瘋獸，咆嘷聲中雙拳擊中藍迪頭盔，力道大得驚人，竟然一舉將藍迪的頭盔打飛。

烏沃知道機不可失，他一連三個旋腿，愈踢愈高，第一腳被藍迪雙臂擋去，第二腿踢中藍迪跨骨，藍迪略微踉蹌，烏沃的第三腳踢在藍迪的右臉頰上，發出一聲骨裂的聲音，藍迪大叫一聲，向後便倒……

烏沃拔出他身上唯一的武器，一把電磁砲短銃，對準藍迪身上唯一沒有盔甲保護的部位——頭顱，一連發了五砲，藍迪全身完整無缺，腦袋已成一片殘血碎骨，立時倒斃在地。

烏沃自己不感覺，身旁其他的軍士看得心驚膽戰。然而就這時烏沃聽到公主的哭喊聲：「母后！」

烏沃轉身看到擋在皇后和公主前的女侍衛已有一半倒地斃命，幾個敵軍衝破缺口，鬥紅了眼的軍士只記得藍將軍的命令「遇抵抗格殺無論」，哪裡還顧得皇后和公主皆是手無寸鐵，一個副將對公主刺出長槍，皇后挺身上前一把將公主拉到身後，厲聲喝道：

「住手！大膽，你敢犯上造反？」

那副將為皇后凜然氣勢所懾，一時不敢下手，但身旁一個殺瘋了頭的士兵卻毫無顧忌，一槍刺出，當場把皇后刺倒血泊之中……

這時門口衝入一人，跌跌撞撞，動作僵硬而機械化，似乎四肢即將散落，唯有聲音極為宏亮：「他們殺了太后！他們殺了太后！」

正是太后身邊的機器人史管事，顯然能源補充不及，已拚命戰至力竭。琮璧公主有如瘋狂般叫喊：「太后！太后！」

她無助地環目四顧，低頭看到地上血泊，她撲向倒地的皇后。

「母后，母后，您不能死！」

皇后勉強睜開一線眼，以手指向女兒和烏沃，一口氣撐不住，垂首而亡。

公主淚崩大叫母后，藍迪的副將已殺得失去理智，竟然下令縱火燒宮，烏沃見敵軍人數太多，小白仍在奮戰中，再戰下去，己方絕無倖理，他一把抱住公主，急聲問：

「琮璧，後宮有無退路？」

他有力的擁抱使公主鎮定下來，她當機立斷反拉著烏沃往起火的牆角衝去，烏沃初以為她神智已失，直到看見她手中一個黑色盒子亮出白光，連閃五下，牆角忽然開啟一扇小門，他在心中狂叫：「密道，皇宮密道！」

耳邊聽到公主的聲音：「快進密道，小白跟著我們！」

烏沃急衝，拉著公主進入密道，他知道前次公主就是從密道出宮和自己在彩色森林幽會，她和小白對這條密道一定熟悉，這時就聽到身後軋軋聲起，回頭看時，不見追兵，卻看到密道入口的門又已關上。

「糟糕，小白沒有跟進來！」

「不，是小白關上密道的，她要抵擋一陣子，為我們多爭取一些逃亡時間！」

烏沃其實已知小白是個機器人，但是她的製造太精緻，人格設定太成熟，常常讓他認為就是一個有血有肉的真人。這時想到她一個俏生生的小姑娘為公主和他在火中與與叛軍浴血戰鬥，滿心的憐惜之情油然而生，一時之間，竟是真假難辨。

公主道：「我識得出去的路，咱們還是……先逃到彩色森林去吧？」

烏沃不答，只緊緊地握了一下她的手，兩人快步衝向黑暗的地道深處。前面有一岔路，公主道：

「別管岔道，那是通往正宮的……」

走完祕密地道，公主用她的密碼開啟了出口，她忽然輕聲驚呼：

「不久前有人從這裡進出入！」

她手中照明對準牆壁，只見右牆的刺鉤上掛著一個軍士的臂章。顯然是有一個軍士從狹窄的出口進出時，臂章被牆上的突刺鉤住了。

烏沃反應極快，他立刻接口：

「軍人臂章都是掛在左臂，這個臂章落在右牆，表示是從這裡進入而不是出去！啊，這臂章屬於衛尉的部隊，天啊，衛尉木達從這密道口進入，他要幹什麼……」

他立刻噤聲，心中已有答案。

「木達造反，目標是帝君！」

他突然噤聲的另外一個原因是，才出地面，矗在他面前竟是一個兩公尺半以上的巨人！然後他就看到了巨人腰上的紅帶！

紅帶抬起巨大的臂膀便要居高臨下，一擊摧毀地道口逃出的任何敵人，烏沃心知一眨眼的時間也不能等，張口大喝道：「同生共死，紅帶為你擋子彈！」

這是烏沃和這個巨型機器人結拜兄弟之時，紅帶說的話。烏沃一急之下脫口而出。紅帶聽到這句話，攻擊立刻停止，烏沃飛快地從衣袋中掏出一條橙色的衣帶，繫在腰上，然後對著紅帶一字一字清楚地說出六個字：〈機器人狂想曲〉。

紅帶聽了這六個字，整個人鬆弛下來，他的電腦隨著這六個字的指令悄悄地轉換到新的模式上，那新的模式是烏沃藉著〈機器人狂想曲〉這首曲子，在紅帶不斷聆聽中為他所進行的「洗腦」。

三秒鐘後，紅帶又開始有動作了，他說的第一句話竟然是：「橙帶是我的兄弟。」

烏沃向公主要了後宮入口密碼，傳給了紅帶，然後給了指示：

「紅帶，你從地道進入後宮，遇到男的就打死，只有一個可憐的小女孩你要保護，她叫『小白』。」

紅帶說聲遵命，便進入地道，高大的身材擠進地道口，居然絲毫不見困難，沒有觸碰到任何牆壁便輕巧地步入，這個巨人一身的感應能力已超越人類；至少超越了那個將臂章掛落在牆上的木達部下。

公主看到烏沃和紅帶的互動，雖在哀痛中還是忍不住心生羨慕，低聲對烏沃道：

「我也要和紅帶結拜兄妹。」

烏沃道：

「好，下回我們大家再結拜一次，妳就叫藍帶吧。現在妳快帶路，我們去彩色森林。」

這時，他聽到司馬永漢通信傳來：

「烏沃，我已定位了，你不要動，我立刻就到！」

烏沃還來不及回答，天空已飛來一道亮光，一架能載五人的豪華飛行器靜悄悄地落在他們面前，隔著透明的保護窗，見到司馬永漢坐在駕駛座上。

「啊，丞相的飛行器！」

「烏沃，公主，快上來，敵人來襲了！」

「敵人，你是說太尉的叛軍部隊？」

「不，皮幽國的大軍！」

烏沃大驚道：

法】

「糟了，內憂外患，太尉的叛軍已攻進後宮，皇后和太后都遇害……」

司馬遙指左方，沉聲道：

「皇上也遇難了！」

左方正宮一片火海，公主垂淚嘶聲道：

「烏沃，我一夜之間失去了父母，失去了祖母，我……我……成了孤兒……」

烏沃緊緊抱住她，咬牙切齒道：

「太尉竟敢弒君！從今以後我不再是他的義子！」

「我從空中觀察，衝進正宮的確是太尉的部隊……」

烏沃道：

「是衛尉木達的手下，他們就從這個祕密地道口進入的。」

司馬永漢驚訝烏沃如何得知，但他沒有細問，因為他和烏沃同時收到了新的訊息。來訊是透過他們「四人幫」的加密通訊網送進來，兩人立刻知道是阿里十三在呼叫。

「皮幽國戰鬥飛行器數十架來襲，我方戰機立刻要升空，京城上空馬上就要變成激烈空戰戰場，你們那架飛行器夾在空域中太危險，快降落到生命祕院，我的塞美奇晶二號已備妥待發，我等你們！」

烏沃和琮璧公主從飛行器上往下看，整個皇宮已陷入火海，琮璧終於忍不住，倒在烏沃懷中大哭起來，烏沃一面輕拍公主的背，一面對司馬永漢使個眼色，司馬點頭，飛行器猛然上升，向左傾斜，轉向生命祕院的方向低空飛去。

晚上九點

穆姬穿了一身勁裝，她躲在一架飛行器上。這架飛行器停在生命祕院外，她藏身在飛行器上的置物櫥中，等待這架飛行器的主人。

她在等奇奇哥，從下午到現在已經三個時辰，仍然不見奇奇哥「下班」。她知道生命祕院的高科技防衛十分厲害，聽人說闖入者不但會立時被發現，而且處處可能碰上生醫智人們發明的各種毒物，沾上了比殺頭還要慘十倍，這種地方不敢硬闖。

她想到太尉對她的交代，要將奇奇哥活著逮捕送回太尉府，要在「活著的奇奇哥身上」取出他的生物晶片，那裡面有太尉要的極機密資訊。

「那是什麼資訊？活著取出生物晶片，是否表示截取資訊之後就拋棄掉『死』的奇奇哥？他可是我國的首席生醫智人啊。」

穆姬深知太尉尤古心思深沉，絕不會做這種殺雞取卵的事，除非……

「除非太尉已掌握了什麼證據，奇奇哥研究出來的資訊有可能讓敵人獲得……那就怪不得要下手了！」

穆姬極為冷靜，侍候太尉多年，和太尉的關係相當親密，是下屬，也是侍妾，太尉不問的事她不多說，太尉的機密就算她偶然得知也絕不多問，這時她忽然想到太尉那支從不離身的雷射筆的機密，那個代號三三九三的英俊男人，是太尉埋伏在敵人智人院的間諜……

「是了，應該是太尉從那個間諜處得到什麼重要情報，必須對奇奇哥下手了……奇怪，怎麼奇奇哥還不下班？難道他要通宵幹活？」

法】

晚上十點

生命祕院內，奇奇哥智人坐在辦公室的電腦前，三位研究助理在全國各個相關領域的大數據裡找出一千多個分子，它們都與奇奇哥指定的分子在結構上有某種相關性或相似性，然後進一步依各種設定的條件逐一篩選，他們並不知道這個分子結構「X」其實是「敵國」智人朱橙所提供的。

奇奇哥為他宏大創意的公式提前布局：他的助理在找朱橙那個分子時，他則在努力尋找能和那個「X」分子作用形成最原始生命的「對手」分子；另外，他在檢視最新建造的桌上實驗室，這個箱型實驗室能夠產生類似海底的壓力、溫度、深海海水成分以及多硫的火山口環境。

他要人工複製生命的起源！

三位助理從他們的研究室將最新的進度不斷傳入。奇奇哥暫時放下手中的工作，檢視傳入的最新資料。

「嗯，頗有進展哩。他們已從一千多個候選分子縮減到三十個。」

奇奇哥看了數據，精神為之一振，他趕緊回到他的實驗室上，此實驗室雖然只一立方公尺，但是所有相關設備皆用最精密的科技，按照奇奇哥設計的規格量身製作，每一個細節都完美無缺。

他放心地輕嘆一口氣。

「這次實驗絕不能出差錯，也許就只這麼一次機會，搞砸了無以為繼！」

他聽到新的數據又傳入，這一回是三連響，原來三位助理幾乎同時送來他們認為符合奇奇哥要求的分子結構，這表示三位助理都已篩選完了手上的樣品，而且把他們認為正確的分子做了簡單的結構測定。

「這三個好手，未來都是智人的接班者，讓我瞧瞧他們找到了些什麼……」

他一面喃喃自語，一面將三個數據下面的附件打開，霎時空中顯出三個分子的３Ｄ結構，奇奇哥看了一會便知其中兩個分子絕非他的目標物，但是第三個……

「這個分子看上去有些意思了……」

他按鍵，前兩個分子消失，同時空中顯出朱橙先前傳來的分子結構。

朱橙傳來的結構「Ｘ」由於是用原子識別儀對含有海水、金屬離子等雜質的樣品作原子掃描而得的，雖然在○．一奈米尺度上不夠清晰，但整體結構大致可以辨認，而奇奇哥助理傳來的分子結構品質更差，許多原子有模糊不清之處，但是奇奇哥盯著它看，轉動角度仔細比較；愈看心跳愈快，三百六十度轉完一週，他失聲叫道：

「是它，它就是『Ｘ』！」

奇奇哥立刻召喚找到「它」的助理帶著樣品到他的辦公室，他壓抑住滿心激動，思考下一步工作，正想得出神，助理拿著一個密封的黑色小瓶進來。

「老闆，我找對了，對不對？」

奇奇哥笑道：「小子你走大運了，大海撈針還真給你撈到；幹得太漂亮！」

助理開心地把黑色小瓶交到奇奇哥手上道：

「這樣品是從一塊最亮最綠的火山碎片中用原來的深海海水浸洗出來的，它收在這個黑色瓶子裡，瓶內壁鍍了次奈米級碳精隔膜，分子完全不能穿透逸出……」

他正說到這，忽然中央系統的鈴聲大作，同時整座大樓每間研究室的警笛聲也啟動，聲音震撼人心。

接著便是播音：

「緊急通知：一級警報！一級警報！皮幽國軍隊來襲，京城已陷入戰鬥，本院即將成為轟炸目標，所有人員立即疏散……」

同樣的警報連續播放，奇奇哥和助理們埋首工作全然不知生命祕院外已經天下大亂了，他倆被警報驚起，這才感到自己已在研究室中昏天黑地工作了數個時辰，兩人對望一眼，幾乎同時叫聲：「快走！」

助理奔回他的實驗室收拾最重要物件，奇奇哥抓起桌上的隨身電腦及生命檢測器，將那隻黑色小瓶塞在口袋中，飛快地離開研究室。

這時他忽然聽到熟悉的呼叫，是他們四人幫之間的加密通訊。

「奇奇哥，奇奇哥，你還在研究室？」

「阿里十三，我正要離開，這裡一級警報響起了！」

「外面打起來了，先是太尉兵變，接著皮幽入侵，皇宮已毀，札赫、皇后都沒逃出……你快到智人院，我在塞美奇晶一號等你！」

奇奇哥從午後就埋首研究室，生命祕院的研究室是微生物密封等級的設計，他把自己隔離在其中，真想不到外面已經天翻地覆。

他大聲叫道：「皇宮毀了？烏沃小子他……」

烏沃的聲音插了進來：「我還沒死，奇奇哥我們正飛向智人院……」

「你們？司馬永漢也在嗎？皇室全沒了？」

「司馬和琮璧公主都在，我們三人在丞相的飛行器上。」

奇奇哥心中稍安道：「見面再說！」

奇奇哥跨上他的飛行器快速升空，朝智人院方向飛去。這時阿里的聲音又來了：

「奇奇哥，京城的高空雙方戰鬥飛行器已經開戰，你的飛行高度千萬不要超過一千尺！」

奇奇哥回答：「收到。」啟動了自動駕駛，高度設定在八百尺。正要歇口氣，將袋中的小黑瓶放入飛行器上的冷凍箱，忽然背後一個冰冷的聲音：

「奇奇哥，立刻飛向太尉府！」

一隻手從背後飛快地冒出，一把將奇奇哥手上的小黑瓶搶過，奇奇哥大驚失色，用力抓住那隻手，想要奪回黑瓶；來襲者另一隻手閃電般掐住了他的喉頭，顯然是個搏擊高手。於是他掙扎著側身……

這時他看清了來襲者的面容。

「妳……妳是……妳是太尉府的穆姬？妳要幹什麼？」

「太尉要你身上的晶片！你這黑瓶裡是什麼？」

「太尉……太尉要知道我的研究……我自會向他報告……要我晶片做甚……」

「你身上的晶片有最高的機密，你不要狡辯了，我問你，你和朱橙暗通款曲，交換的資料是什麼？是否全在你身上的晶片裡？」

奇奇哥聞言心驚，忖道：

「她……她怎麼知道這些？呵，是了，是柳黃……柳黃是太尉的暗樁……只有這樣才說得通。」

他心中已有了甩脫穆姬的計畫，口中卻道：

「好，我們去太尉府，我當面和太尉說個清楚！」

他一手接過駕駛桿，自動架駛自動解除，同時猛一下打開艙門，飛行器驟然向左猛傾一百三十度，穆姬不防，掐他喉頭的手被甩脫，在他脖子上留下三條血痕，她整個身體被摔出艙門，穆姬尖聲大叫，飛行器也因動作過猛，超出了操作的極限而瞬間熄火。

奇奇哥的駕駛技術顯然不如他的潛水技術，這時見飛行器完全失控，一時無法重啟動力，急忙中福至心靈，猛按「強迫降落」鍵，想要切換一個飛行模式試試運氣，飛行器果然重新獲得動力，但卻是以迫降的方式自動降落，正落在戰場的前方，不遠處殺聲動天，兩軍正朝此方向廝殺過來。

奇奇哥看到數十公尺外的地上躺著一個人體，從外形辨認，似乎是被他突然摔落在地的穆姬。

他不知穆姬是死是活，忍不住上前察看一眼，這一眼，竟把塞國首席的生醫智人嚇得魂飛魄散！

只見倒在地上的穆姬一動也不動，奇奇哥想用探測棒探測她的生命跡象，才一接近就看到穆姬的臉，一張臉已經只剩下半張，面頰上的肌肉正在「消失」之中，許多地方已露出白骨！

更駭人的是他手中的探測棒忽然發出劇烈的訊號，這表示已死亡的穆姬身上卻有極強或極多的生命體，奇奇哥把探測棒掠過穆姬消失中的顏面，訊號強到爆表，奇奇哥這時才看到穆姬身體上飄出無數螢光細點，由於光點極細極弱，所以之前一直都沒有發現。此時見多識廣的奇奇哥已隱約猜到，極強的生命跡象原來發自這些細螢光點，而它們卻來自一個死亡的軀體！

「這是怎麼一回事？」

奇奇哥感受到一生中從未有過的巨大震撼，這時，他發現穆姬半現白骨的手指握著那個殘破的黑色小瓶。

「難道是『X』？是『X』進入了穆姬的身體，造成穆姬的全身細胞『蒸發』？唉呀，如果真是這樣，這些類似極微孢子般的螢光點，每一個都帶著『X』，再侵入其他人體……糟了，連鎖反應！我們麻煩大了！」

這位頂尖的生醫智人用他的專業判斷，心中隱約知道大禍已經臨頭。他要儘快趕回實驗室。

他飛快衝回飛行器，仰頭看天，黑暗的天空各色雷射光橫七豎八地交織閃耀，他知道兩國之間一場天空戰爭正在進行，他連忙啟動飛行器。

一升空，他立刻開啟祕密通訊，呼叫阿里十三，他要告訴這個最要好的伙伴，他一生之中最重要的一個決定。

十點三十分

塞美奇晶智人院的西翼有一大片樹林，樹林後有一塊隱密的草坪。

法】

草坪上停放了一個碟形的飛行器，體積較一般個人飛行器大了兩倍不止，通體呈黑灰色，兩個艙門都開著，碟頂上有六個隸體漢字「塞美奇晶二號」。

阿里十三坐在飛行器的駕駛座上，他戴了一個智慧頭盔，雖在黑夜中仍清晰地看見，從前方飛過來的丞相的飛行器正緩緩下降，門開處走下三個人。

烏沃扶著琮璧公主走在前面，司馬永漢將飛行器熄火停妥當，跟在後面跑來。

三人跳上「塞美奇晶二號」飛行器，阿里十三關上艙門，大家剛落座，立刻傳來奇奇哥的呼叫，他打開播音器。

奇奇哥的聲音出奇的冷靜而嚴肅，四人都清楚地聽到他的聲音。

「我們可能遭到前所未有的大麻煩了。超級病毒爆發！這個星球上的人類即將面臨滅絕的危機，我不能跟你們會合了，我必須立即回生命祕院……」

驚呼聲來自三人之口，但系統立刻將發言權給了第一個反應的烏沃：

「為什麼？奇奇哥你說什麼？」

「剛才發生了一個可怕的意外，如果我的猜想不幸屬實，那麼半個時辰內將有二十兆個致命『孢子』在空中飄浮，每殺死一人，又將有二十兆個新殺手空降世界……此刻無暇細說了，我不能跟你們走，我要回研究室去盡最後努力挽救這個危機，如果……百萬分之一的機會我成功了，你們會再聽到我的聲音，否則……」

烏沃忽然大叫：「您快聯絡朱橙，她可以助您……」

奇奇哥長噓了一口氣：「我，知道的……」

他聲轉堅決：「你們……你們快走吧，記住，記住！走得愈遠愈好！再見。」

然後他就切斷了通訊，三人齊呼叫，杳無回應。

它們被奇奇哥一番話嚇得目瞪口呆，只有烏沃隱約猜到一些什麼，他大聲叫道：

「不行，我們不能丟下奇奇哥！」

阿里十三點頭道：「我們立刻去找他！」

十點四十分

塞美奇晶二號降落在生命祕院，和奇奇哥早一步降落在此的「皇帝魚」並排停靠。

四人急忙跳下，連琮璧公主也堅持下機，他們跑到生命祕院的大門口，這時天上戰「火」正烈，雷射光彈滿天飛，地面上遠處傳來殺聲。

阿里十三一連換了數種密碼，無一能開啟生命祕院的大門，烏沃和司馬永漢輪流用祕密通訊呼叫，仍然杳無回應。

琮璧公主急叫道：「怎麼辦？怎麼辦？烏沃你快想法子……」她心中，烏沃永遠有法子，永遠能化險為夷。

司馬永漢叫道：

「那邊有個小側門，我從地球回來體檢時，奇奇哥曾指點我從那小門出來抄近路……」

他領頭向側門奔去。

黑暗裡，混亂中，他們都沒看見一條黑影，悄悄地移動，摸向塞美奇晶二號。

十點四十五分

阿里十三和司馬永漢走在前面，烏沃和公主跟上來，他們十分失望地回到塞美奇晶二號，顯然，生命祕院所有的門都被封了，包括那個小側門也被從裡面鎖死。他們試盡各種方法無一奏效，只好放棄。阿里十三作了決定。

「我們走吧！」

烏沃嘆口氣道：「奇奇哥一旦決定了的事，誰也攔不住！」

十點五十分

奇奇哥的研究室中一片漆黑，只有靠牆的一排儀器上的指示燈此明彼滅。還有便是奇奇哥沉重的喘氣聲。

他剛結束了和朱橙的祕密通訊，他休息了一會，身體更虛弱了。他告訴了朱橙他所有的最新訊息和他的猜測，甚至將他身上晶片中最機密的資料也傳給了朱橙，希望能對她有所幫助。

現在他在等朱橙的回訊。

朱橙的呼叫再起，她的聲音透出深沉的悲哀：

「奇奇哥，抱歉萬分，沒有好消息，我跑完了全模擬，結論是，您可怕的猜測有百分之七十九正確性……喂，喂，您還在嗎？」

「朱橙，京城已大亂，兵變加皮幽入侵，札赫已死，現在這病毒爆發開了，每個人死亡後化為二十兆個帶病毒的孢子漂浮在空中，每個孢子都是殺手，人類將會滅絕，但是根據我的模型，在遠久遠久的未來，也許……也許……有極小極小的可能，這些孢子又會變成生命的起源，我們不知道。我只知……我……已被感染了，想來是和……穆姬的屍體靠近時沾上的，我……已無能為力，拯救星球靠妳了……」

他的說話聲音愈來愈衰弱，喘息卻愈來愈沉重。

「奇奇哥，奇奇哥，前輩，啊……」

朱橙的呼叫已帶哭聲，奇奇哥沒有回應。

「奇奇哥，您，您不能放棄……」

十點五十五分

皮幽國的皇宮中，蘇巴巴正在和前線的主帥尼安亞通話。

「稟皇上，京城城郊遭遇到頑強抵抗，赤目軍陷入激戰，右將軍已率二線皮幽國軍加入戰場，預料還有一場惡戰才能攻克……」

「空中支援夠嗎？」

「空中……等一下，皇上！空中無人機傳來消息，塞國發生內亂，好像是兵變，皇宮已起火……」

「尼安亞你稍待，朕這邊另有緊急訊息進來……」蘇巴巴切換頻道。

「朱橙，朱橙妳講……」

「皇上，塞國兵變，札赫已死！」

「什麼！札赫已死？妳從哪裡得知……」

「我……奇奇哥告訴我……還有更可怕的消息，皇上，一個無可抵禦的致死病毒已經在塞國京城戰場上爆發，我……我恐怕……恐怕星球上無人能倖免，我們面臨絕滅！」

蘇巴巴急怒而吼：

「什麼叫『無可抵禦』？什麼叫『我們面臨絕滅』？豈有此理！難道不能撲滅它？」

朱橙一時沒有回答。

「朱橙！妳……」

「皇上，它……數十兆個病毒孢子已升空，我們機會……極渺茫。」

「豈有此理！朕立刻到妳研究室！」

他按鈴呼叫飛行器，胸中充滿了異樣的激動，病毒的事雖然令他震驚，此刻他還不知道確實有多嚴重，而札赫之死，重重地衝擊了他，他處心積慮要打倒這一輩子的對頭，然而驟聽到這個同父異母的兄弟已死，一陣振奮過了，他漸漸感到莫名的悲哀。

稍前，十點三十五分

皮幽國智人院中，朱橙淚流滿面，她從小崇拜的偶像，他的生命已在消失中，她坐在千里之外愛莫能助。

這時她想到皮幽貓，三番四次呼叫他都沒有回應，想來一定是去了戰場，那個病毒在戰場爆發，他將面臨雙重的生死關頭，他還能能平安歸來嗎？

忽然她又聽到奇奇哥的聲音，竟然清晰而宏亮，她大為驚喜。

「朱橙，我最後還能做一件事，我馬上把遭感染的身上的分子掃描傳……傳給妳！還有，通知烏沃……」

然後就沒有聲音了，朱橙連連呼叫，再也沒有回應。過了一會兒，叮的一聲，一個超長訊息傳到朱橙的電腦。

朱橙凝視著螢光幕，長嘆一聲。

「我們失去了一位頂尖的智人！上一次星球遭病毒入侵時，是他拯救了這個星球，這一次他受害於一個『分子』，誰來拯救他？天哪，這不公平啊！」

她讀著奇奇哥的神奇公式和模型，想著那個分子，朱橙忽然領悟了。

「那個『X』分子，來自深海火山口，它是塞美奇晶星球上生命的起源，生命從『水深火熱』中煎熬而出，經過千萬次的隨機選擇，它的某一個衍生物具備了基因編輯的能力，造成了各種不同的演化途徑；生命的發生和滅亡是必然的，但是促成其發生及滅亡的原因和程序卻是偶然的。生命從一個分子經過數百萬年的演化終於有了今日的人類，然後同一個分子竟然成了滅絕人類的殺手，那數百萬年的選擇演進，其目的竟是讓同一個分子來終結，難道這是一個漫長的重新啟動的程序？」

她想到奇奇哥臨終說的「遠久遠久的未來……極小極小的可能……」，忽然感到敬畏之心油然而生，一種宇宙洪荒天地悠悠的震撼，令她久久不能自已。這時，奇奇哥臨終傳來的資料正好跑完，她不由自主地伸出手指，按在「重啟」鍵上。

她猛然想到：「我要趕快報告蘇巴巴！」

去】

CHAPTER 10

物換星移

立冬後一日　午夜十二點零五分

阿里十三熟練地駕駛塞美奇晶二號飛行器，冉冉升空。

飛行器內除駕駛座外還有四個旅客的位置，也備有五套宇宙航行的裝備、補給及藥品；不過目前仍在塞星球的大氣中飛行，都用不著。

塞美奇晶二號升到三千公尺，便進入敵我雙方無人飛行器的戰鬥空域，阿里十三正要繞過，忽然有兩架皮幽國的戰鬥飛行器尾隨而來，對準塞美奇晶二號發射各種型式的飛彈，阿里急速上升，躲過兩輪攻擊後開啟助推器，愈飛愈高，很快達到太空的邊緣，尾隨的戰機根本無法飛到相同高度，早已被甩掉。

阿里在這個高度來回飛行已過了半個時辰，有一件事需要大家作決定，於是他問道：

「各位，還要繼續飛離星球？我們就要進入太空。」

一時之間無人回答。

奇奇哥最後交代：「你們快走，記住，走得愈遠愈好。」他不是一個隨便說話的人，「愈遠愈好」肯定有他的道理。但是「多遠」是夠遠？

阿里十三低頭忙著，不知在跟誰聯絡，忽然他打開了擴音器，大家都能聽見從地面傳來的聲音。

「啊！是小白的聲音！」

公主驚叫，小白卻平靜地回道：

「皇宮已全毀，小白守在公主的寢室，剛才這邊燒到一千四百八十三點六度，這會兒涼快多了。」

阿里十三問道：

「還有別人在嗎？」

「沒有活人了。有個腰繫紅帶的巨人跑來，一聲不響，把所有的軍人都打死了，我才知道它是來保護我的。它現在坐我旁邊。」

公主搶問道：

「小白妳沒事，我太高興了。」

「公主妳沒死，千萬要小心，我知道大禍要來了，不過小白不怕病毒。」

阿里十三切換到丞相府。

「阿巧，阿巧，丞相府情況如何？請回話。」

「阿巧沒事，有個青帶巨人攻打丞相府，所向無敵，卻被司馬公子隨便弄一下就癱瘓了，後來丞相府被炸，丞相忽然病倒了。」

司馬永漢暗忖丞相會不會已感染了病毒？
「阿巧，照顧好丞相。」
「我會的。」
阿里手上已切換到太尉府。
「我是黃帶，向阿里智人請安。」
「黃帶，外頭打起來了，太尉府情況怎樣？」
「西廳被毀，被炸死二人，還好太尉不在那邊，幾個派去皇宮的侍衛受傷回來，不久之後就剩下白骨頭了……」
烏沃叫道：
「什麼白骨頭？黃帶，我是橙帶！你說清楚！」
「啊！兄弟，白骨頭就是肉變成風，不見了，剩下白骨頭。」
大家聽不懂，因為烏沃的身體內有生醫晶片，腦波稍轉便能得到一些資訊和領悟，他喃喃道：
「『肉變成風，剩下白骨頭』，這事和奇奇哥說的病毒有關，聽起來這病毒萬分凶惡，中毒者很快就剩下白骨，最恐怖的是那個『肉』變成的『風』，病毒之風似乎在戰場中已經擴散開了。」
他的聲音不大，但艙內每個人都聽得字字清楚，大家的心都向下沉，心中想的都同一個問題。
「這麼可怕的病毒，奇奇哥不知感染了沒有？他堅持不肯跟我們會合，難道是因為他被感染了嗎？」

大家都無言。

阿里十三說話了：

「你們一定奇怪，我怎麼能同時和那麼多機器人用各種祕密通訊聯繫？說穿了也很簡單，當年製造這些機器人時，它們的軟體全是出自我的研究團隊，為追蹤產品的績效，我們保留與它們的通信密碼，我在這時候和它們公開對話，就是要你們知道地面上各方情況……」

司馬永漢是阿里十三的老搭檔，他能猜到一些阿里的心思，插口道：

「阿里智人您是用量子通訊的方式對吧？無論是戰鬥或是病毒，都殺不死機器人，所以您無論離多遠，想要知道塞美奇晶的情形，找機器人會報便行！您真天才！」

阿里正色道：

「讓大家瞭解地面上的實情，我們才好作決定：回到京城還是進入太空？」

公主道：

「進入太空還能回來，是不？阿里智人！」

阿里答道：

「我展示與機器人的對話，就是告訴諸位，我和它們可隨時聯繫，只要地面安全了，我們隨時飛回來……」

這時，烏沃忽然被皮幽國的祕密通信呼叫了，他嚇了一跳，但立刻知道是誰在呼叫他，於是他也打開了播音。

「水天，水天，你在嗎？請回答！」

一個女人聲音。阿里十三驚道：

「是皮幽國的呼叫訊號？啊……」

烏沃回答：

「我是水天，朱橙智人您好？」

「你在哪裡？你那邊情況怎麼樣？」

「我在高空，和阿里十三智人在一起，地面糟極，兩軍惡鬥加上病毒爆發，我們一時回不去了，妳那邊……」

「我在隔離封閉的實驗室中暫時安全。奇奇哥死了，他臨終前要我聯絡你……我要告訴你，塞國爆發的病毒其實是一個沒有生命的分子，但它進入人體便能致死，人類無法抵抗，全星球無人可倖免，它擴散極快，奇奇哥最後給了我一些資訊，期望能助我想出辦法來，但我需要時間……我不知道還來不來得及……你們快走吧，愈遠愈好……」

然後她就切斷了通訊。她真的沒有時間用於說話了。

大家聽到奇奇哥已死，都感到一陣心痛，飛行器中的氣氛立刻沉重起來。阿里十三用眼神輪流詢問大家意見，見大家都無懸念，便下令：

「我們進入太空吧！各位身後置物箱中有全套宇航裝備，趕快穿著。」

十分鐘後，塞美奇晶二號再度進入太空飛航。

司馬永漢問阿里十三：

「智人，我們在太空漫遊，您的太空船已經飛了將近一整天，也該有個目的地吧？」

阿里十三道：「餓了？置物櫃中有食物和水。」

司馬永漢聽他答非所問，知他胸有成竹，便不再問。阿里十三卻主動宣布：

「大家吃點食物，大約四十分鐘後，在我們航線上將有一個蟲洞出現，此蟲洞開啟到關閉大約二百秒鐘，根據更精密的量子計算，我們應在距現在四十一分三十秒時抵達蟲洞洞口，便會有較佳的條件進入蟲洞……」

司馬永漢問道：「我們要去地球？」

阿里十三道：

「不錯，我的飛行計畫終點是地球，降落點是台灣島。你們有意見嗎？」

烏沃答道：「行，我還沒去過地球哩。」

阿里轉向司馬永漢道：

「司馬小子，我們再跑一趟地球，到了那裡，大家要靠你這匹識途老馬了。」

四十一分二十九秒後，蟲洞無聲無息地在浩瀚宇宙中開啟，比阿里十三的計算早了二秒，而塞美奇晶二號在阿里駕駛下，也早到了二秒，太空船因而得以超高速及時進入蟲洞，過程完美！

烏沃和公主極度緊張，兩人緊緊握住對方的手，瞬間之後就聽到雷電之聲，飛行器機身劇烈震動，其強烈程度令烏沃忍不住大叫：

「我們的太空船要解體了嗎？」

但沒有人聽見他，飛行器受到超強的重力吸引，已達相對極速。阿里十三連扳下三道開關，讓飛行器全面感應外力的分布及變化，同時做出即時的反應，透過表層密布的奈米「管線」釋放出負能量及反物質，其布局及份量每一瞬間皆達到最佳化，就像是人的身體在反應外熱時全身汗腺出汗，其分布與調節恰到好處。

艙外雷電交作有增無減，震耳欲聾的爆炸聲不絕於耳，但是艙內諸人聽不到了，因為阿里十三將艙內的傳音效能完全壓抑，所有對話透過艙內的通信系統，直接把數位化的語音送入每個人的頭盔內。

「你們看見的，是正、反物質碰撞爆炸的亮光，其亮度直逼白晝的太陽，同時物質湮滅時產生的巨大能量使飛行器劇烈震動，但各位放心，我們這架塞美奇晶二號經得起考驗，絕對不會解體！」

阿里十三按照他的量子計算，使飛行器在無與倫比的吸引力及排斥力之間，艱難地維持平衡。

劇烈震爆的頻率愈來愈高，終於形成了一種假穩定狀態，艙內的人反而不覺像剛開始時那麼恐怖了。只有阿里十三知道，其實這時刻才是緊張的關鍵時刻，飛行器的結構能撐多久，他其實毫無把握。

阿里的頭盔中各種數字顯示飛行器的承受值已達極限，他面上汗如雨滴，內衣褲皆濕透，忽然之間連聲轟然巨響，艙內的隔音設備再也隔絕不了，司馬永漢曾有過穿越蟲洞的經驗，還能維持鎮定，公主和烏沃兩人從緊握雙手不自覺已變為相互緊擁，極度驚駭和緊張中渾不知過了多久，一聲最強的爆炸聲讓大家信心動搖，巨響之後，所有的雷電戛然而止。

塞美奇晶二號已經通過了蟲洞，周遭突然安靜得像是進入了夢境。他們已在另一個時空裡。

阿里十三檢視所有的儀表數據，飛行器各方面的表現大致均在正常範圍之內，有些數據有偏差，但都能予以補正；塞美奇晶二號還真經得起考驗。

忽然，阿里十三盯住一個數據呆住了，他輕聲叫：

「司馬永漢，你來看！」

司馬永漢擠進狹窄的駕駛座，阿里指著兩個數字，面帶疑惑地對司馬永漢道：

「看到沒有？這兩組數字差了千分之一點五……」

「這兩數字代表什麼？」

「代表我們飛行器加上酬載的重量；我們現在的重量比起飛時減輕了千分之一點五……相當於……相當於地球上八十四公斤！司馬永漢，這數字熟悉嗎？」

司馬永漢驚叫道：

「廖淳仁！您是說廖淳仁又搭上了塞美奇晶二號？……」但他隨即否定自己的猜測：

「不對，不對……我們的重量是減輕而不是增重！」

阿里雙眼發亮，微笑道：

「上回我們從地球回來時，廖淳仁躲進我們的貨艙，所以飛行器重了八十四點六公斤，記得嗎？這回比起飛重量減輕八十四公斤，我猜廖淳仁不知怎麼搞的居然又搭上我們的飛行器，但他沒有宇航裝備，所以在穿過蟲洞時灰飛煙滅了……」

「您猜得有道理，但是為何上次通過蟲洞時他安然無恙呢？」

這時烏沃擠了進來，插口道：

「奇奇哥曾說，這是生醫界的不解之謎，可惜奇奇哥還來不及解謎，廖淳仁就被尤古太尉抓去當軍師了，他們曾動手術讓廖淳仁脫胎換骨變成了塞星人，可以肯定的是，這人在地球上的『奇異功能』在我們星球上已經消失，這一次過蟲洞就不靈了，他被蒸發掉了。」

阿里十三覺得他猜得很有理，連連點頭。

「是了，一定是我們停靠在生命祕院外面，大家全部下去想要進入祕院找奇奇哥時，這人悄悄爬了進來。」

司馬永漢苦笑：

「這位廖先生還真會保養，他體重一直維持八十四公斤哩。」

阿里十三開啟了艙窗，窗外深藍色一望無垠，不但烏沃為之精神一振，就連沉浸在悲傷中的琮璧公主也忍不住驚嘆：

「從來沒見過這麼美的天色！」

阿里十三宣布：

「我們就要進入地球的大氣層，各位放心，塞美奇晶二號的外殼耐得住五千度以上的高溫，等會看見窗外的火焰時，大家不要擔心。」

這時，司馬永漢忽然無厘頭地冒出一句話：

「我以半個地球人的身分，歡迎各位塞星人光臨地球！」

因為飛行器進入地球大氣層，立刻與大氣產生摩擦，阿里十三關閉了核動力引擎，飛行器成了一個火球。忽然之間，他們闖入了雷電層，暴雷巨響加上電光交織，感覺上像是進入了高空煉獄。

強烈的閃電落擊在飛行器的外殼上，發出耀眼的光點，密集得有如闖進了槍林彈雨，煞是嚇人。

飛行器在雷電交加中迅速下落，這個雷電層竟然長達五十公里，下降了足足三十多秒鐘，飛行器內的感覺像是有三分鐘之久，公主悄悄問烏沃：

「我們又進入蟲洞了嗎？」

其過程還真有點相似，飛行器以自由落地的速度剛一脫離雷電層，所有的聲響和震動戛然而止。這一回，公主不只看到了藍天，還看到了白雲。

但是好景不常，飛行器更接近地球時，它又陷入了狂風暴雨圈，阿里十三不慌不忙，啟動了自動引擎，飛行器不再利用地心引力自由降落，飛行軌跡立即穩住了。

司馬永漢道：

「上次我們也經過風雨雷電，似乎遠遠不及這次凌厲。」

阿里回道：

「看來地球進入了極端氣候的時代，這對地球人來說可不是好事！」

飛行器終於飛出了暴風雨圈，直奔一個最大海洋和最大陸地相交角落的一個小島，天氣忽然變得風和日麗，公主和烏沃從飛行器上俯瞰下去，終於看到了那婆娑之洋，美麗之島。

「台灣島變小了。」

司馬永漢從窗口往下看，發現福爾摩沙島在藍色海洋中足足小了一圈。阿里十三同意道：

「不錯，比上次俯瞰小了不少……是了，地球氣候變遷，海水面上升了。」

司馬永漢不敢相信自己的眼睛，他質疑地問：

「智人，能有那麼大的差別？」

「司馬，你忘了，你離開地球有多久了？要用地球的時間來計算，已經有三百多年了，三百年的極端氣候足以改變整個地球的生態！」

烏沃和公主第一次到地球，自然沒有感覺到變化，琮璧指著一個半山腰上的草坡，對烏沃道：

「多美的一片草地，地球上森林是綠的，草地也是綠的，不像塞美奇晶的五彩十色，但是它們綠得多麼賞心悅目。同是一個綠色，竟然能綠得多采多姿。」

烏沃對阿里道：

「船長，我們是不是降落在那一片草坡上？」

司馬永漢也表贊成。

「智人，上次您把我放在一個斷崖上，景色美不勝收，如今那個清水斷崖已經不復可見，就降在那片草坡上吧，我瞧也很漂亮……」

阿里十三降低了高度，減慢了速度，塞美奇晶二號歷經長程宇航，順利通過蟲洞，終於在台灣東部的一個山腰上平安降落。

阿里十三開艙，一股清涼的空氣迎面而來，大家待在太空飛行器中如此之久，此時吸入了第一口台灣海岸山脈上的空氣，頓覺暢快無比。

藍天白雲，山下海洋平靜，腳下芳草鮮美，野花叢叢，鳥兒唧唧。轉看後山，一條瀑布有如帛帶懸空，陽光裡出現一道彩虹，司馬永漢覺得景色雖無清水斷崖的雄壯，但是另有一番清爽嫵媚，竟然讓人興起迴腸盪氣的感覺，一時之間不禁看得呆了。

烏沃發現不遠處的大樹下有一個長滿青苔的石碑，他勉強識得是「麻荖漏山」四個字。

「智人，這座山好像叫做『麻荖漏山』，好奇怪的名字。」

琮璧足踏新世界的泥土，心情一掃鬱悶。她看到草叢樹根處跳出兩隻小松鼠，各自捧著一顆乾果，骨溜溜的小眼睛盯住琮璧，然後互望一眼，又一溜煙跑回草叢。

琮璧叫不出名稱，輕呼道：

「好可愛的小動物！司馬，牠叫什麼名字？」

「牠叫松鼠，地球上常見的，樹林、公園裡都有。」

烏沃讚道：

「司馬，不錯啊，不愧是半個地球人。」

這時有一隻藍色的鳥兒低飛過眾人眼前，那隻鳥紅眼面、藍羽毛、長尾，羽毛的深藍色閃出金屬光澤，極是華麗。

司馬永漢不待人發問，乾脆自己先招認：

「這隻藍鳥美極了，我是第一次看到。」

四人漫步草坪，阿里十三身上帶有防身武器，大膽地邀司馬永漢和他一同往深山裡探勘，烏沃陪著琮璧在草地上坐了下來。

鳥語花香中也不知時間過了多久。他們站起身來，烏沃輕聲道：

「新的時空，新的世界，我忽然覺得塞美奇晶星球上的事好像變得遙遠了。」

琮璧輕嘆了一口氣。

「烏沃，我們會留在這裡麼？」

「這美麗之島，為什麼不？」

這時看到阿里十三和司馬永漢走了回來。司馬永漢先開口：

「風景美極，我們還看到一小群鹿在吃草，就沒有看見一個人，也看不見一間房子，不知這島上發生了什麼事？」

阿里十三補充道：

「沒有人，我登上一個高地察看，四面都沒有人！」

琮璧牽著烏沃的手迎向兩人，微笑著指了指三人，最後指自己。

「沒有人？我們都是人。」

法】

後記

二〇一八年，《阿飄》出版後，常遇到讀者問一個問題：《阿飄》有沒有續集？

看過《阿飄》的讀者都知道，《阿飄》是一本科幻＋政治的小說；也許因為「政治」的部分牽涉到了一些台灣的政壇現象，所以這一部分被放大，相對而言，「科幻」部分就多少有些邊緣化了。

讀者關心續集，我想主要原因是讀完全書，意猶未盡。

阿飄司馬永漢乘坐太空飛船「塞美奇晶二號」，帶著十萬份地球民主政治的寶貴資料回到了塞美奇晶國，仍在施行漢朝典章制度的塞國朝廷，是否會依此改弦易轍實行民主制度？以地球上歷經二千年演化的政治制度，不談過程而驟然行之於科技先進、人文社會落後的塞國，其揠苗助長式的變法能成功嗎？

司馬遷的兒子司馬永漢回到塞國後遭遇了什麼樣的命運？

還有，那個在台灣政壇呼風喚雨的廖院長，意外地搭上了太空飛船，到了塞美奇晶國，他的命運又如何？

故事好像還沒有完，這些引人遐思的問題，不少讀者希望知道答案。

這些問題也縈繞於作者的心中。

於是我開始構思寫《變法》。

《變法》雖說是《阿飄》的續集，其實第一主角換了人，故事也另起爐灶，是一部獨立發展的小說，只維持了藕斷絲連的關係，在前述的諸問題上給了一些後續的交代。

從二〇一八年到現在三年之間，人類遭遇了前所未有的病毒疫情，全球的政治、經濟、環境都受到極大的衝擊，包括美國和台灣——司馬永漢民主制度的取經對象。

民主國家在這一次的防、抗疫中，在無疫苗、無特效藥的上半場靠的是人民的自律，疫苗問世後的下半場靠的是政府的效能。台灣在上半場得高分，美國不及格；到了下半場，美國得高分而台灣淪為不及格。

然而在塞美奇晶星球上，當大災疫來襲時，雷厲風行推動變法的塞國王朝，和處心積慮要消滅塞國的皮幽王朝，他們如何應對，又落得怎樣的結局，這些情節一直在我腦海中左右思考，反覆推敲……直到我寫下最後一個字。

兩年多前寫完《阿飄》時，我以為隨著科技的進步，相信有宇宙若比鄰的一天，那時制度崩壞的地球人也許還有「禮失求諸野」的機會；寫完《變法》，我竟無語問蒼天了。

皮幽國

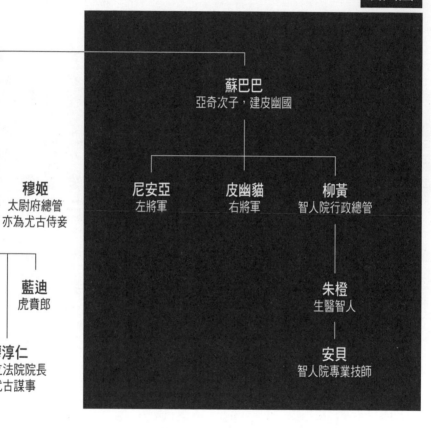

蘇巴巴
亞奇次子，建皮幽國

尼安亞
左將軍

皮幽貓
右將軍

柳黃
智人院行政總管

朱橙
生醫智人

安貝
智人院專業技師

穆姬
太尉府總管
亦為尤古侍妾

藍迪
虎賁郎

廖淳仁
臺灣立法院院長
為尤古謀事

石頭
賭場莊家

巴羊酒
珠寶商人

精靈翠兒
半動物半植物

人物關係圖

塞美奇晶國

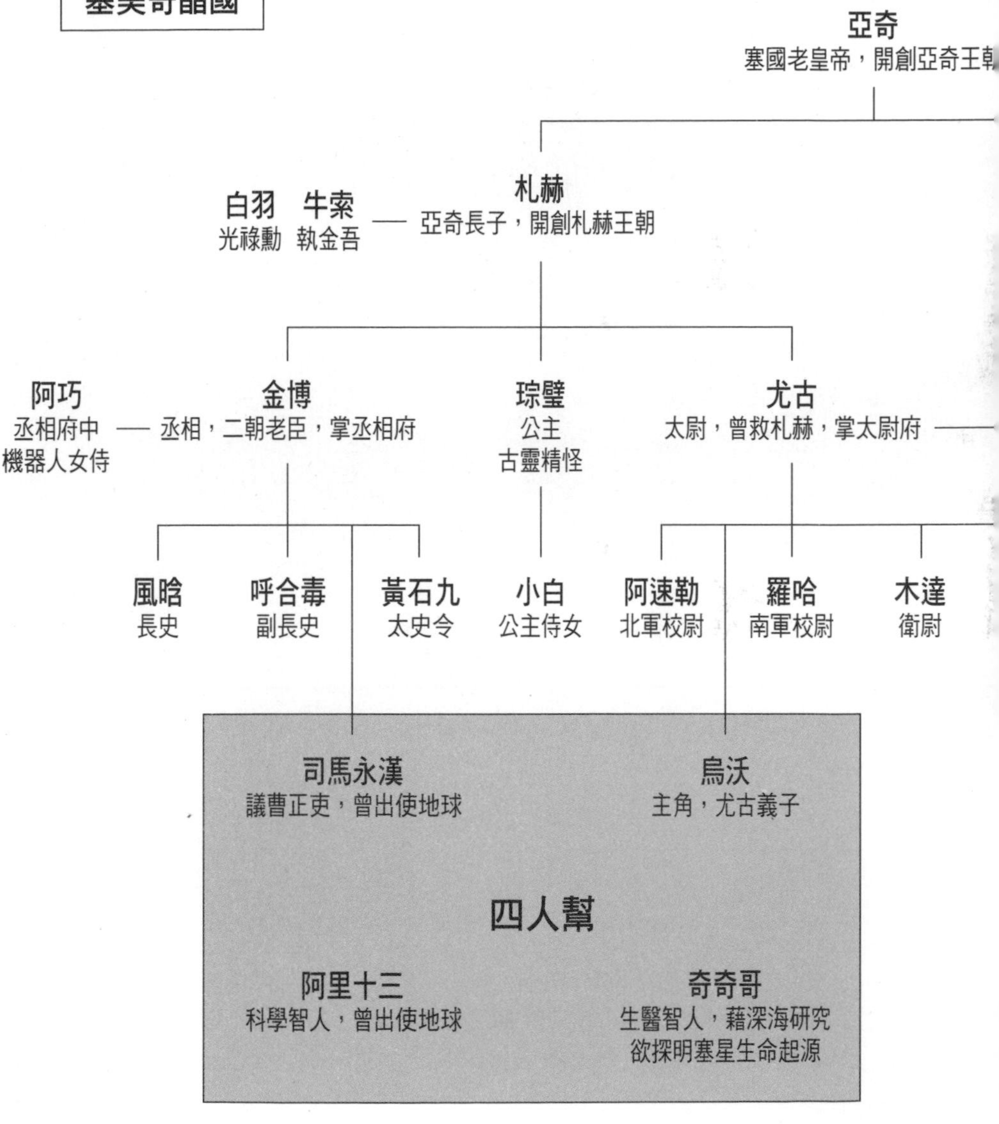
亞奇
塞國老皇帝，開創亞奇王
白羽 牛索
光祿勳 執金吾
札赫
亞奇長子，開創札赫王朝
阿巧
丞相府中
機器人女侍
金博
丞相，二朝老臣，掌丞相府
琮璧
公主
古靈精怪
尤古
太尉，曾救札赫，掌太尉府
風晗
長史
呼合毒
副長史
黃石九
太史令
小白
公主侍女
阿速勒
北軍校尉
羅哈
南軍校尉
木達
衛尉
司馬永漢
議曹正吏，曾出使地球
烏沃
主角，尤古義子
四人幫
阿里十三
科學智人，曾出使地球
奇奇哥
生醫智人，藉深海研究
欲探明塞星生命起源

作家作品集098

變法

作　者—上官鼎
封面暨內頁設計—陳恩安
封面圖片—達志有限公司
編　輯—陳彥廷
責任企劃—金多誠
內頁排版—立全電腦印前排版有限公司

總 編 輯—曾文娟
董 事 長—趙政岷
出 版 者—時報文化出版企業股份有限公司
一〇八〇一九 台北市和平西路三段二四〇號七樓
發行專線—(〇二)二三〇六六八四二
讀者服務專線—〇八〇〇二三一七〇五
(〇二)二三〇四七一〇三
讀者服務傳真—(〇二)二三〇四六八五八
郵撥—一九三四四七二四時報文化出版公司
信箱—一〇八九九臺北華江橋郵局第九九信箱
時報悅讀網—http://www.readingtimes.com.tw
時報文化臉書—https://www.facebook.com/readingtimes.fans
法律顧問—理律法律事務所　陳長文律師、李念祖律師
印　刷—勁達印刷有限公司
初版一刷—二〇二一年七月十六日
定　價—新台幣五二〇元
(缺頁或破損的書，請寄回更換)

時報文化出版公司成立於一九七五年，
一九九九年股票上櫃公開發行，二〇〇八年脫離中時集團非屬旺中，
以「尊重智慧與創意的文化事業」為信念。

變法 = Reform/上官鼎著. -- 初版. -- 臺北市：時報文化出版企業股份有限公司, 2021.07
面；　公分. -- (作家作品集；CM00098)
ISBN 978-957-13-9175-5(平裝)

863.57　　110010170

ISBN 978-957-13-9175-5（平裝）
Printed in Taiwan